Selige Sommerzeit

Selige Sommerzeit

Eine Sizilianische Kindheit

Von Fulco di Verdura
Nacherzählt von Edmonde Charles-Roux

Aus dem Französischen von Margaret Carroux

»... bei manch einer seltsamen Geschichte, vielleicht sogar, wer weiß, bei der Geschichte des Traumes vom Wunderland aus alter Zeit; und wie sie traurig war mit all ihren Schmerzen und fröhlich mit all ihren Freuden im Gedanken an ihre eigene Kindheit und die selige Sommerzeit.«

Lewis Carroll, *Alice im Wunderland*

Rainer Wunderlich Verlag Hermann Leins

CIP-Kurztitelaufnahme der Deutschen Bibliothek

DiVerdura, Fulco:
Selige Sommerzeit : e. sizilian. Kindheit / von
Fulco di Verdura. Nacherzählt von Edmonde Charles-
Roux. Aus d. Franz. von Margaret Carroux. - 1. dt.
Ausg. – Tübingen : Wunderlich, 1983.
ISBN 3-8052-0374-8
NE: Charles-Roux, Edmonde [Bearb.]

ISBN 3 8052 0374 8

Erste deutsche Ausgabe 1983

Printed in Germany. Satz und Druck von studiodruck, Raidwangen. Gebunden bei Pustet, Regensburg.

Für Maria Felice,
die Fulcos Freuden und Schmerzen teilte

Inhalt

1

Der Garten mit den drei Portalen

Das Haus mit seinen Balkonen und den beiden vorspringenden Terrassen steht noch, Gott sei Dank, das liebe alte Haus von einst, sonnendurchglüht und etwas ermattet, könnte man meinen, unter dem übermäßigen Gewicht seines leuchtenden Behangs aus Bougainvillea, aber verführerisch und stolz in seinem englischen Park – diesem halbtropischen Park, der dem stämmigen kleinen Jungen damals so riesig und rätselhaft erschien, aber jetzt in den leicht verschleierten Augen des alten Mannes, der ich nun bin, unerklärlicherweise an Ausdehnung und Rätselhaftigkeit verloren zu haben scheint. Doch das Haus (und für mich wird die Villa[1] Niscemi immer das bleiben, was sie war, DAS HAUS, der einzige Wohnsitz, den ich so ausschließlich und vorbehaltslos geliebt habe, wie nur Kinder etwas lieben können), das Haus (aber ich nenne es *sie,* denn auf italienisch ist nichts weiblicher als ein Haus, *la casa, la villa,* dem männlichen Element preisgegeben, nämlich dem Garten, *il giardino),* dieses Haus hat nichts von seinem ungewöhnlichen Charme und seiner Anziehungskraft eingebüßt. Vielleicht sehe ich es noch mit den Augen des Kindes. Ich habe nie wieder dort gewohnt und es nur selten wiedergesehen.

Wie dem auch sei, die Villa steht immer noch, dauerhafter denn je, flankiert von ihren einladenden Terrassen, die sie ausstreckt wie zwei ausgebreitete Hände. Von dort sieht man im leichten sommerlichen Dunst die Kuppeln und Kampanile von Palermo, überragt von den schroffen Hängen der fernen Berge, die der alten Königsstadt als ein riesiger Verteidigungswall zu dienen scheinen. *Prima sede corona regis et regni caput,* so bezeichnete man früher die Hauptstadt des Königreichs beider Sizilien. Das breite Tal, das sie auf drei Seiten umgibt, ist unter dem Namen Goldene Muschel bekannt, »la Conca d'Oro«, zweifellos, weil es mit Orangenhainen bedeckt war. Im Norden liegt der unvergleichliche Kreisbogen des Golfs. So schließt das

Meer das Viereck. Aber es war nicht zu sehen, eher zu ahnen. Unsere Villa liegt etwa sieben oder acht Kilometer von der Stadt entfernt in der »I Colli« genannten Gegend, auf halbem Wege zwischen Palermo und der Bucht von Mondello, wo wir immer badeten.

Wir wohnten auch nicht richtig auf dem Land. In meiner Kindheit begannen die Vororte Resuttana, Partanna und San Lorenzo zu wachsen und uns einzukreisen. Aber wir hatten das Glück, daß unser Garten an den königlichen Park La Favorita grenzte. Eines unserer Portale rechts vom Haus führte direkt in den großen Park mit seinen Hainen, Alleen, Rasenflächen und kunstvollen Gartenanlagen im italienischen Stil, zu dem wir freien Zugang hatten, auch wenn er für die Öffentlichkeit geschlossen war, eine Vergünstigung, die wir ganz selbstverständlich fanden. Selbst im geeinten Italien war Sizilien nicht knauserig mit Privilegien.

Hinter dem Park, weniger als einen Kilometer entfernt, erhebt sich die gewaltige Masse des Monte Pellegrino, gleichsam eine Felsenbastion in lachsfarbenem Rosa, die sich von einem so blauen und anscheinend so greifbar blauen Himmel abhebt, daß ich manchmal glaubte, man könne den Finger hineinstecken. Dieser einzigartige Berg oder vielmehr »das schönste Vorgebirge der Welt«, wie ihn Goethe genannt hat, mit seinen steilen Wänden, seinen Höhlen, seinen Grotten, die seit dem ersten punischen Krieg Eindringlingen Unterschlupf boten – Hamilkar Barkas' Mannen lebten dort drei Jahre, ohne daß es ihnen gelang, Palermo einzunehmen –, mit seinen Legenden und seiner »Santuzza«, unserer guten und verehrten Rosalia, all das nahm einen beträchtlichen Platz in unseren Kinderköpfen ein. Der Monte Pellegrino war allgegenwärtig. Er lastete auf uns mit dem ganzen Gewicht seiner Geheimnisse. Sein Name wird in diesem Bericht oft vorkommen.

Links vom Haus führte eine lange Allee, auf die orangefarbene Blütenblätter regneten – sie war von Pfefferbäumen gesäumt –, zu einem zweiten Portal, dem Gegenstück des ersten. Es gewährte aber nicht Zugang zu den Schönheiten des königlichen Parks, sondern auf der Seite der Ebene der Colli zu einem halbrunden und völlig kahlen Platz: es war der alte Dorfanger von San Lorenzo, der früher sicherlich eine Rasenfläche gewesen war, während sich rechts die erstaunlichen Glockentürmchen einer Pagode erhoben und noch immer erheben, sozusagen in Disharmonie zu dieser alles Grün entbehrenden Gegend.

Sie sind alles, was man dort von dem berühmten *palazzino cinese* erblickt, dem exotischen, bunten Juwel, das für den Park La Favorita dasselbe ist wie das Trianon für den Park von Versailles.

Unser Garten hatte mehr oder weniger die Form eines ungleichschenkeligen Dreiecks, dessen kürzeste Seite hinter dem Haus verlief und an dessen drei Eckpunkten sich die drei Portale befanden, bewacht von drei Pförtnern in drei Pförtnerhäusern. Das letzte und am weitesten entfernte dieser Portale im hinteren Teil des Gartens führte zur Landstraße nach Palermo über die Piazza Leoni. Das war ein im vorigen Jahrhundert im Geschmack der romantischen englischen Parks und ohne vorher festgelegten Plan angelegter Garten. Sein Charme beruhte hauptsächlich auf der Mannigfaltigkeit der halbtropischen Gewächse, die er enthielt: Araukarien, Stechapfel, Eukalyptus und andere Balsambäume, Riesenpalmen und Zwergpalmen, Magnolia grandiflora und Hibiskus.

Der Garten vor dem Haus wurde die Floretta genannt. Das waren nur bescheidene Rabatten mit mehr oder weniger Blumen. Es gab auch ein marmornes Brunnenbecken, in dem hohe Papyrusbüsche wuchsen, dann eine künstliche Grotte und, von höchster Anziehungskraft, einen kleinen See mit einer Felseninsel in der Mitte: genug, um mehr als einem Kind den Kopf zu verdrehen.

Der Obstgarten, von hohen Mauern umgeben, erstreckte sich auf der ganzen Länge des Hauses auf der Seite zum königlichen Park. Durch ein quietschendes grünes Türchen gelangte man in diesen Garten Eden, der einem ständigen Wandel unterworfen war und eine Fülle von Obstbäumen aufwies: Orangen-, Zitronen- und Zedratbäume und diese besondere Sorte Limonenbäume mit ovalen Früchten, die *lumie* heißen und nur bei uns gedeihen, außerdem Mandarinen, Kirschen, Birnen, japanische Mispeln, Quitten, Pfirsiche, Aprikosen, ganz zu schweigen von der unendlichen Vielfalt von Gemüse und unzähligen Erdbeerpflanzen. So gab es in jeder Jahreszeit, außer im tiefsten Winter, in diesem Obstgarten immer etwas zu ernten und zu schnabulieren, ohne daß unsere Gouvernanten es wußten, und manchmal bekam es uns schlecht. Die schlimmsten Magenverstimmungen wurden immer durch die gleichen Früchte hervorgerufen: wir überaßen uns an Herzkirschen und Feigen, diesen köstlichen grünen Feigen, die Sizilien der phönizischen Kolonisation verdankt, mit dem bläulichen Fruchtfleisch und der milchigen Haut, die man auf einmal in den Mund stecken muß, vor allem, wenn die Sonne sie gut gewärmt hat und man am Fruchtstiel etwas Saft wie einen Honigtropfen hervorquellen sieht. Und dann die Tomaten ... Ach, unsere frisch gepflückten Tomaten. In diesem Obstgarten schmeckten auch sie nach Sonne.

In unserem »Heiligtum der Pomona«[2] – so nannten die gebildeten Familienmitglieder unseren Obstgarten – wuchs ein wahrscheinlich sehr alter Baum mit einem knorrigen Stamm und krummen, wulstigen Ästen, die so schwer waren, daß sie mit kräftigen Stangen gestützt werden mußten. Denn trotz seines hohen Alters trug der Baum noch eine Menge Früchte. Sehr seltsam, diese Früchte. Große Kugeln in blassem Gelb. Die Blüte verströmte einen scharfen Duft und ähnelte einer riesigen *zagara* – das ist das sizilianische Wort für Orangenblüte.

Die Gärtner nannten den alten Baum *pampaleone,* eine Vokabel, die sich niemand erklären konnte, und hatten dekretiert, daß die Früchte nicht eßbar seien. Dieses Verdikt und der großartige Name mit seinen aufregenden afrikanischen Anklängen – noch heute, nach so vielen Jahren, drängt sich mir bei dem Gedanken an den ehrwürdigen hundertjährigen Baum das Bild eines »Löwen der Wüste« auf – verliehen dem *pampaleone* eine unwiderstehliche Anziehungskraft. Natürlich erlag ich der Versuchung der verbotenen Frucht. Sie war so sauer, daß sich mir der Gaumen zusammenzog, und ich warf sie angewidert weg. Wieder einmal bekam ich eine scharfe Rüge von Pipitone, dem Obergärtner, der mir versicherte, ich hätte viel riskiert und er wisse, wovon er spreche, wenn er behaupte, ein weniger robustes Kind als ich wäre auf der Stelle tot umgefallen.

Viele Jahre später erinnerte ich mich dieses Vorfalls, und mir wurde klar, daß die gefährliche *pampaleone* nur eine harmlose Pampelmuse gewesen war. Aber wenige Sizilianer kannten damals den Geschmack und den Namen. Die Welle der Beliebtheit der von Pipitone so gefürchteten Frucht hatte den Atlantik noch nicht überquert, übrigens ebensowenig die seltsame Sitte, die Frucht in der Mitte durchzuschneiden und, wie es in Amerika geschieht, traurig auf Eiswürfel wie auf eine Totenbahre zu betten, geschmückt mit der rituellen Kirsche.

Alles, was ich von meiner Kindheit, meiner Familie, meinen Freunden, den Spielen und Geschehnissen jener Zeit im Gedächtnis behalten habe, alles, was das geheime Paradies meiner Erinnerung ausmacht, ist untrennbar von der Atmosphäre unseres Hauses. Und noch heute kann ich mit aller Klarheit dessen Aura und Geruch heraufbeschwören, die düstere Frische in den weitläufigen Wohnräumen, deren Jalousien den Sommer über immer halb geschlossen waren, ihre hohen Decken und die Freskomalereien an den Wänden, das Gefühl von unendlichem Raum.

Die Villa war ein schöner Bau aus der ersten Hälfte des 18. Jahrhunderts. Ihr künstlerischer Wert war nicht besonders groß – es gab imposantere Villen nahe Palermo –, aber sie hatte ihren eigenen Charme, eine Warmherzigkeit, könnte man sagen, für die ich um so empfänglicher war und bin, als ich sie selten in anderen Häusern verspürt habe. Die Fresken? Sie waren zugegebenermaßen nicht gerade bemerkenswert. Mit Ausnahme sehr weniger wertvoller Stücke waren die Möbel anspruchslos, hatten aber den Vorteil, behaglich und von erprobter Strapazierfähigkeit zu sein. Man konnte gefahrlos mit einem Satz von Sofas auf Sessel hüpfen und auf den Diwans Bocksprünge machen, vorausgesetzt allerdings, daß kein Erwachsener in der Nähe war, was in einem so großen Haus durchaus vorkam.

Meine früheste Erinnerung an die Villa stammt aus der Zeit, als ich noch ganz klein war: ich wartete auf die Rückkehr von Großmama und meiner Mutter von ihrer täglichen Fahrt nach Palermo. Um sieben Uhr schloß der königliche Park La Favorita seine Tore, und da die Damen niemals vor halb acht oder acht Uhr zurückkamen, mußten sie durch das dritte Portal im hinteren Teil des Gartens fahren, das zur Piazza Leoni führte. Ich glaube noch das vertraute Geräusch zu hören, wenn sich der Landauer der Villa näherte. Zuerst ein fernes Rumpeln, das zu einem alarmierenden Crescendo anschwoll durch den prasselnden Kies auf der Allee, der unter den Rädern hervorspritzte, dann das sonore Finale, nachdem Wagen, Pferde und Kutscher ihr Ziel erreicht hatten und brüsk unter der gewölbten Durchfahrt anhielten, die Türen aufgerissen wurden und die Damen mit ihren Einkäufen ausstiegen, einer Unzahl von Paketen aller Formate, von den umfangreichsten bis zu ganz kleinen.

Wo immer wir uns auch im Haus aufhielten, meine Schwester und ich, wir stürzten in die Halle, stießen Ho! Ho! Ho!-Rufe aus, daß die Wände wackelten und wir ganz außer Atem kamen, uns voran eine Meute bellender und kläffender Hunde, hinter uns in einigem Abstand unsere Miss, die ebenso mißbilligend wie unfähig war, diesem Toben und unseren Walkürenschreien Einhalt zu gebieten – all das stand offensichtlich im

Widerspruch zu den Grundsätzen der guten Erziehung, wie sie in Großbritannien gelehrt wurden. Die so herbeigesehnten beiden Reisenden überschritten die Schwelle, und endlich konnten wir uns ihnen in die Arme werfen.

Die Halle war ein riesiger und feierlicher Raum, der alle möglichen Verführungen bot. Der Marmorfußboden war sehr geeignet zum Rollschuhlaufen, und auch eine eindrucksvolle Volière war verlockend; in ihr saßen bengalische Finken mit buntem Gefieder und auf seiner Stange ein alter, zänkischer Papagei, der berühmte Coco, der immer bereit war, mit dem Schnabel nach jedem menschlichen Körperteil zu hacken, welcher auch immer in seine Reichweite kam. Man mußte mächtig auf der Hut vor ihm sein. Ich war übersät mit blauen Flecken.

Den Platz zwischen den beiden großen Terrassen, die auf den Garten hinausgingen, nahm ein monumentaler Kamin im Neo-Renaissancestil von 1880 ein, der sehr beliebt war in der Regierungszeit unseres Königs Umberto I. Der Kaminsims wies in überreicher Fülle Skulpturen von Löwenköpfen und Löwentatzen sowie von schweren Girlanden auf, aus deren Blattwerk fleischige Formen herausragten, die weder wie Früchte noch wie Blüten aussahen. An der gegenüberliegenden Wand auf der Treppenseite hing über einem großen Eichentisch eine im Laufe der Jahre dunkel gewordene, monumentale Landkarte von Sizilien. Sehr hoch unter der Decke waren die Porträts aller einander folgenden Könige Siziliens aufgereiht, sehr idealisiert, Hauteville, Hohenstaufen, Anjou, Aragon, Könige der spanischen Dynastien, der Häuser von Savoyen oder Bourbon, alle in derselben Haltung verewigt, alle mit demselben Ausdruck steifer Gleichgültigkeit.

Die Harmonie des Ganzen, ob es sich um Wände, Decke, Möbel oder Zierat handelte, war gewährleistet durch eine Farbskala, die von sanftem Karamel bis zu kräftigem Kaffeebraun reichte.

Außer um die Sessel herum, die erreichbar sein mußten, damit man sich hinsetzen konnte, war jeder verfügbare Platz ausgenutzt für allegorische Figuren, Wappenschilder, Kronen, lateinische Monogramme und Sinnsprüche. Einige leicht rostige Rüstungen, Hellebarden und Schwerter waren an den Wänden befestigt, und staubbedeckte alte Fahnen hingen trübsinnig von der Decke herab.

Das Zimmer, in das man von der Halle gelangte, war der Mittelpunkt unseres Familienlebens; hier versammelten wir uns vor und nach den Mahlzeiten, und hier hielten wir uns nachmittags auf, sobald wir mit unseren Aufgaben fertig waren. Es war ein quadratischer Raum mit perspektivisch gezeichneten Fresken an allen Wänden. Der Maler hatte es verstanden, wirkliche Pilaster, Marmorbalustraden und Blumenkübel vorzutäuschen, zwischen denen sich ein Heer von stämmigen Putten tummelte. Indes verdankte dieser Raum seinen Namen nicht der Originalität dieser übervölkerten Wände.

Er hieß *la stanza del telefono*, das Telephonzimmer. Der wie damals üblich primitive Apparat war an der Wand befestigt, genau unter den Füßen eines pausbäckigen und athletischen Engels, der sehr erstaunt zu sein schien, das Telephon da zu sehen. Eine kleine Trittleiter, bestehend aus zwei abnehmbaren Stufen, ermöglichte den Kindern, den Zauberkasten zu erreichen, wenn unser Vater oder einer unserer Verwandten uns sprechen wollte, was nicht oft vorkam, aber immer Anlaß zu erinnerungswürdigen Handgemengen war, um als erster den Apparat abzunehmen. Wenn der Sieger den Hörer ergriffen hatte, blieb dem Verlierer nichts anderes übrig, als sich des Mithörers zu bedienen, der wie ein Jo-Jo an einer langen Schnur baumelte.

Auf einem runden Tisch in der Mitte des Zimmers lagen auf der gelben Damastdecke mit den schweren Fransen die Zeitschriften und Wochenblätter, die meine Familie abonniert hatte: *l'Illustration*, die *Revue des Deux Mondes* (Großmama), *The Illustrated London News* und *La Revue de Paris* (Mama). Die Gazetten waren im Kreis um einen riesigen Blumenkübel angeordnet, in dem ein Baumfarn wuchs. Verstreut im Zimmer ein Kartentisch (selten benutzt und nur im Fall höherer Gewalt, wenn ein Gast unbedingt beschäftigt werden mußte, dem man dann mit sanfter Stimme vorschlug, Patiencen zu legen, oder wenn ein Freund des Hauses versuchte, die Geheimnisse eines ganz neuen Spiels zu ergründen: Bridge), Sessel, Schemel, Beistelltischchen, Polsterbänke, Handarbeitskörbe auf Holzgestellen und unzählige einzelne Stühle. In der Nähe des Fensters, das auf die Terrasse hinausging, lag immer ein Puzzlespiel zum Gebrauch bereit. Trotz dieser Fülle von Möbeln wirkte die *stanza del telefono* keineswegs überladen. Wie alle Wohnzimmer der Villa war sie erstaunlich geräumig, und die Decken waren sehr hoch.

Dann kam der *salone*. Er war langgestreckt, doppelt so groß wie die *stanza del telefono* und lichtdurchflutet, denn er hatte auf drei Seiten hohe Fenster. Ein Maler, dessen Namen herauszufinden sich niemand je die Mühe gemacht hat, hatte ihn von der Decke bis zum Fußboden mit Fresken verziert. Die Vier Jahreszeiten, die sich mit Spiegelfeldern, beruhigenden Landschaften oder dem unvermeidlichen Geflatter von *putti* abwechselten, befanden sich auf zwei einander gegenüberliegenden Wänden. Meine Träumerei und meine Vorliebe gehörten dem Winter, denn in dieser frierenden, rotgekleideten Gestalt, die damit beschäftigt war, sich an den Flammen eines großen Holzfeuers die Hände zu wärmen, glaubte ich die verheißungsvolle Silhouette des Weihnachtsmannes zu erkennen.

Ein anderes riesiges Fresko mit einem seltsamen Vorwurf nahm die dritte Wand von einem Ende bis zum anderen ein. Auf einem Thron saß in einer höchst affektierten Pose ein junger Mann von der heldenhaften Sorte, der ein »antikes« Gewand trug und beachtliche Waden hatte – man hätte ihn für einen Ballettänzer halten können. Dieser junge Mann überreichte mit einer wohlgerundeten Armbewegung einem anderen, ihm zu Füßen knienden jungen Mann in einer unbestimmten Rüstung, der seinen Schild übertrieben hob, ein Wappen. Der Sitzende sollte angeblich Karl den Großen darstellen, der andere einen unserer Vorfahren Valguarnera. Das Ganze, erheblich über Lebensgröße, beherrschte den Raum.

An der Decke hatte der Künstler Mariä Himmelfahrt mit peinlicher Sorgfalt dargestellt. Man sah die Madonna im Glorienschein gen Himmel fahren, inmitten eines Gewimmels von akrobatischen Engeln und geflügelten *puttini.* Alle waren mit frommen Aufgaben beschäftigt. Als unermüdliche Gehilfen bei dem dramatischen Vorgang schleppten sie die Attribute der Unbefleckten und durchquerten unablässig den Himmel über unseren Köpfen, einer trug Lilien, einer Rosen, einer einen Olivenzweig, einer hatte ein dickes Buch zu bringen, einer eine Fahne, einer trug eine Landkarte und was nicht alles, und einer schwang sich sogar mit leeren Händen empor, tanzte über den Wolken herum, für nichts und wieder nichts, aus lauter Glückseligkeit ... Eine Welt kindlicher Frömmigkeit am unendlichen Himmelszelt.

Die Überfülle von Diwanen und Sofas im *salone* gewährte nur zur Terrasse freien Zugang. Eine riesige gestreifte Markise ermöglichte im Frühling und Sommer, daß sich das Familienleben dort abspielte, dessen Schauplatz in den anderen Jahreszeiten die *stanza del telefono* war.

Wenn man Karl den Großen und unseren Vorfahren ihrem *pas de deux* überließ, gelangte man in die *stanza verde,* das grüne Zimmer. Warum hieß es so? Gewiß, dort befanden sich sechs gut gearbeitete Wandteppiche im Régence-Stil, in deren Mitte mehr oder weniger deutlich leichte Pergolen zu erkennen waren, an denen sich ein sehr kümmerlicher Weinstock schüchtern emporrankte. Aber dieser Anflug von Grün war herzlich wenig in Anbetracht dessen, daß die übrigen Wände des »grünen Zimmers« einheitlich mit dunkelrotem Samt bespannt waren. In diesem sehr großen Raum standen außer einem Klavier nur an den Wänden sehr lange Bänke, ebenfalls rot bespannt. Es war der Ballsaal, und da die Jalousien immer geschlossen blieben, war es sehr dunkel darin. Um in die Etage der Kinder zu kommen, gab es keinen anderen Weg. So war ich mehrmals am Tag mit diesem spiegelglatt gebohnerten Parkett und der beängstigenden Leere konfrontiert.

Jemand, der mir Angst machen wollte, hatte mir erzählt, das Klavier, das auf halbem Wege stand, sei gar kein richtiges Klavier und nicht da, um Musik zu machen, sondern um einem Bären Unterschlupf zu gewähren. Alles klang wahrscheinlich, alles war glaubwürdig in der Villa Niscemi, wie die Fortsetzung dieses Berichts ausgiebig beweisen wird. Ich zog daher weder die Anwesenheit des Bären noch seine Wildheit in Zweifel und durchquerte den leeren Raum im gestreckten Lauf, und immer schlug mir das Herz bis zum Hals.

Fast noch schlimmer war es, wenn sich jemand im Nebenzimmer aufhielt. Ich schämte mich dann meiner Feigheit und zwang mich mit unerhörter Willensanstrengung, langsam zu gehen, fast zu schlendern, damit mich niemand durch den Raum rasen und das Türenknallen hinter mir hörte.

Das nächste Zimmer, in das ich meist atemlos und voller Angst gelangte, erschien mir vergleichsweise fast winzig. Es wurde immer *la stanza di Tobia* genannt, weil man an der Dekke den Sohn des Tobias sah, der seinen dicken Fisch trug und in Begleitung seines Hundes friedlich an einem Fluß entlangging, beschützt von seinem Engel.

In einer Märznacht und bei starkem Sturm – um genau zu sein, es war der 20. März 1899 und zwanzig Minuten vor Mitternacht – kam ich unter diesem Deckengemälde zur Welt. Ich bin also in gewisser Hinsicht ein seltenes Exemplar: geboren am letzten Tag des Tierkreiszeichens Fische, am letzten Tag des Winters und am letzten Tag des astrologischen Jahrs. Meine

Mutter schlief übrigens gewöhnlich im Nebenzimmer und war nur anläßlich ihrer Niederkunft in der *stanza di Tobia* einquartiert worden.

Wie mir berichtet wurde, pflegen meine Verwandten, die jetzt in der Villa wohnen, Gästen gegenüber zu bemerken: »In diesem Zimmer ist Fulco geboren«, was die Anwesenden meistens eiskalt läßt. Den sizilianischen Freund, der mir das erzählte, ohne sich sonderlich darüber zu verwundern, fragte ich: »Wozu denn bloß? Den Gästen ist das doch völlig egal, nicht wahr?« Er antwortete mir: »Das stimmt, aber es könnte ihnen ja auch nicht egal sein.« Das ist nur eine Veranschaulichung der wohlbekannten Vorliebe meiner Mitbürger für den Konditionalis. Unsere Gespräche sind gespickt mit »das würde sein«, »es könnte sein« und ähnlichen Formulierungen, die unsere abgrundtiefe Skepsis widerspiegeln. Das ist nicht die geringste unserer Eigentümlichkeiten.

Der Wunsch, nichts über dieses Haus zu unterschlagen oder wegzulassen und auch nichts zu vergessen (aber ich sehe ein, daß das unmöglich ist), zwingt mich, meine Bestandsaufnahme zu vervollständigen. Das Speisezimmer lag auch nach vorn heraus und auf gleicher Höhe mit einer der beiden Terrassen. Davor befand sich ein dunkles Boudoir, *sittingroom* genannt, in dem seit Menschengedenken niemand gesessen oder sich auch nur aufgehalten hat, und hinter dem Speisezimmer lag das geheimnisvolle »Schlafzimmer von Großpapa«, das immer verschlossen war und von dem nur mit größter Zurückhaltung gesprochen wurde. Erst sehr viel später habe ich es dann begriffen: in diesem Zimmer war mein Großvater in geistiger Umnachtung gestorben.

Der Rest des Hauses schloß sich Zimmer für Zimmer, Korridor für Korridor an, eine Treppe zum Hinaufgehen, eine andere, um herunterzukommen, die Zimmer der Dienstboten, Eßzimmer des Personals, eine Waschküche, wo die gesamte Wäsche gewaschen und eine lange Terrasse über den Ställen, wo sie aufgehängt wurde, eine Wäschekammer, sehr sauber und ganz weiß, so groß wie ein Kapitelsaal, wo die Wäsche gebügelt, gemangelt, gestärkt und manchmal gelackt wurde, schließlich eine riesige, höhlenartige Küche im Erdgeschoß.

Wie alle Wohnsitze aus der gleichen Zeit, die sich die dem Zauber des Landlebens verfallenen palermitanischen Aristokraten in der Ebene der Colli bauen ließen, hatte die Villa Niscemi einen sehr einfachen Grundriß: sie war völlig quadratisch.

Die zwei Seiten des Quadrats, die ich nicht beschreiben muß, enthielten die Ställe, die Geschirrkammer, die Boxen der Reitpferde und die Remisen für unsere Wagen. Da war der Break für Spazierfahrten, in dem man sich gegenübersaß; der Phaeton ohne Verdeck für den Sommer; das große Coupé auf acht Federn, dessen Wagenschläge wie Ohren aussahen und das einen kleinen, schwarz lackierten Tritt hatte; der Phaeton mit weißen Rädern, rotem Wagenkasten und schwarzem Verdeck; die Kalesche aus Peddigrohr mit den gepolsterten Sitzen. Die runden Markenzeichen dieser Wagen, auf Kupfer graviert, waren auf den Radnaben angebracht, und alle waren Nobelmarken: Bottazi, Neapel; W. C. Windover, London; Rothschild et fils, Paris. Nur die Jagdwagen waren in Mailand hergestellt.

Die ganzen Wirtschaftsgebäude umschlossen einen großen Hof, in dessen Mitte eine hohe, dürre Palme wuchs. Dieser Hof war eine andere Welt. Das Leben, das sich hier abspielte, war erfüllt von Geschrei und Gerüchen: Kutscher und Reitknechte gestikulierten und brüllten sich an, Pferde wieherten und stampften, Hunde bellten, Tauben gurrten, Hennen gackerten und machten sich vernehmbar, obwohl sie in ihren Hühnerhof eingesperrt waren. All das war nicht etwa ein störender Lärm, sondern eine Art pastorale Symphonie, die vor allem im Sommer die Hintergrundmusik unseres täglichen Lebens war.

Tiere und Menschen

In aneinandergrenzenden Boxen, deren Trennbalken unter ihren gemeinsamen Angriffen erzitterten, lebten zwei feurige Vierbeiner, die man öfter hörte als sah. Der eine war ein Zwergmaulesel mit fahlrotem Fell, der andere ein riesiger Schafbock im Zustand ständiger Wut. Sobald jemand in der Nähe vorbeikam, versuchte der Maulesel seine Tür mit Hufschlägen einzutreten, während der Bock die seine mit den Hörnern bearbeitete.

Diese beiden Wüteriche waren mein persönliches Eigentum. Allerdings nur dem Namen nach, denn es war mir verboten, ihnen nahezukommen, wonach es mich auch gar nicht verlangte. Den Maulesel – meines Wissens war er einzig in seiner Art – hatte mir mein Großvater zu meinem dritten Geburtstag geschenkt, zusammen mit einem winzigen zweirädrigen Einspänner. Leider erwies sich das seltene Tier als so angriffslustig, sowohl gegen Kinder wie gegen Erwachsene, daß es fast sofort hinter Schloß und Riegel kam. Indes gab es einen Menschen, den dieser Satansbraten von Maulesel ertrug und dem gegenüber er sogar manchmal Sympathie bekundete, und das war der alte Antonio, unser schwergewichtiger Kutscher, der über den Wirtschaftshof und die Ställe herrschte. Jeden Morgen spannte Gnu Antonio den fürchterlichen Bastard an und vermochte sich dann, so gut es ging, trotz seines Leibesumfangs auf den Sitz zu zwängen. Dann machte er eine Fahrt über die Alleen von La Favorita. Es erübrigt sich zu erwähnen, daß dieser seltsame Anblick, diese Karikatur einer Kutsche mit einem dicken Mann in Livree und Melone, der einen von einem Zwergmaulesel gezogenen Kinderwagen lenkt, unweigerlich überraschend war.

Möglicherweise wird ein Leser, der unsere Traditionen nicht kennt, sich wundern, daß ein Kutscher mit dem Vornamen angeredet wird unter Voranstellung des Wortes Gnuri oder kurz Gnu, wobei es sich um eine Abkürzung des sizilianischen Signuri handelt, das Herr bedeutet. Indes war es so Sitte. Ebenso führten alle Köche den Titel Monsú, eine Verdrehung des französischen Monsieur, und zwar, weil sie theoretisch Franzosen sein oder wenigstens lange Zeit in Frankreich gelebt haben sollten, dem einzigen Land, in dem ein Koch hinter die Geheimnisse der feinen Küche kommen konnte.

Nun war unser Monsú nicht nur Küchenjunge in Paris gewesen, sondern hatte seine Kenntnisse in London erweitert, und die englische Küche zog er ganz eindeutig vor. *Kidney pie, Yorkshire pudding* und andere britische Spezialitäten gelangen ihm vortrefflich, und die einzige Schwierigkeit bestand darin, daß man nicht verstand, was der Monsú einem vorsetzen wollte, denn auf der langen Reise von den Küsten Albions bis zur Bucht von Palermo hatten die Bezeichnungen der englischen Gerichte ebenso radikale wie willkürliche Veränderungen durchgemacht. So war *mince pie* zu *mezzosposo* (halber Ehemann) geworden und *strawberry fool* durch eine kuriose phonetische Anpassung zu *strabbifuodi.* Wenn wir ihn reden hörten, kam es uns vor, als spräche er türkisch.

Aber unser Monsú zweifelte keinen Augenblick daran, wenn er sich dieses Sprachsalats bediente, sich im reinsten Englisch auszudrücken, und er konnte es gar nicht fassen, daß es uns schwer fiel, ihn zu verstehen.[3]

Der große, übelriechende Bock, der Stallnachbar des Zwergmaulesels, gehörte mir auch. Es war ein seltsamer Brauch, daß die sizilianischen Klöster bei bestimmten Gelegenheiten den Söhnen von Patrizierfamilien lebende Tiere schenkten. Ich hatte den Bock als Ostergeschenk[4] von einem Nonnenkloster bekommen – ein niedliches Lamm war er damals. Sein auf die Dauer unnatürlicher Zölibat spielte, glaube ich, bei der rapiden Verschlechterung seines Charakters ein große Rolle.

Eine weitere Bewohnerin des Wirtschaftshofes war unsere Ziege. Auch sie gehörte mir. Sie war eine brave Geiß und nicht besonders interessant, abgesehen von ihrem erstaunlichen Appetit. Ihre Gefräßigkeit sollte einen vorzeitigen Tod zur Folge haben, der auf eine Orgie mit leeren Büchsen zurückzuführen war. Zuerst war ihre Aufblähung verdächtig gewesen. Dann gab sie ekelhafte Düfte von sich, und die unanständigen Geräusche, die sie sich zuschulden kommen ließ, stürzten mich in die größte Verwirrung. Unsere Engländerin, die den Wirtschaftshof sowieso als einen Ort ansah, »der nichts für uns war«, nahm das zum Vorwand, uns den Zutritt zu verbieten.

»Die Ziege hat Luft geschluckt«, bot sie uns als Erklärung an. Aber wir wußten, was los war. Die Ziege hatte leere Büchsen gefressen, und in den Büchsen war kondensierte Milch gewesen. Einige Tage später platzte die Ziege und starb unter den bestürzten Blicken unserer Leute.

Nninni und nicht einfach Nini hieß das Pony meiner Schwester Maria Felice; ja Nninni mit zwei nn vor jedem i. Eine reizende, lebhafte Stute, die einem sofort sympathisch war. Es kam vor – außerordentliche Gnade –, daß ich aufgefordert wurde, in Maria Felices *tonneau* genanntem Wagen Platz zu nehmen, und wir beide statteten dann, von besagter Nninni in leichtem Trab gezogen, in der Nachbarschaft Besuche ab.

Meine Schwester war älter als ich und der Liebling meiner Großmutter. So wurde ihr immer das Beste zuteil. Deshalb hatte ich kein Pony und kein *tonneau,* sondern nur einen kleinen Esel und einen sizilianischen Holzkarren in Knabengröße, den mir mein Vater geschenkt hatte. Mein Eselchen hatte nicht einmal einen Namen, wenig Charakter und überhaupt keine Persönlichkeit. Er wurde einfach als *sciccarieddu* bezeichnet, Fulcos Eselchen. Was den Karren betrifft, so war das ein quadratischer Kasten auf hohen Rädern, unerhört farbenprächtig in Hellrot und Goldgelb, auf allen Flächen bemalt, innen und außen, auf den beweglichen und unbeweglichen Teilen, und mit Schnitzereien selbst auf den schmalsten Kanten. Sogar auf der Unterseite war der Boden meines Karren bemalt, ebenso die Verstrebungen, die ihn versteiften, die Keile, Streben und Achsen, obwohl man sie gar nicht sah, wenn der Karren bespannt war, alles war bemalt und mit Schnitzereien verziert, als ob der mit der Ausführung betraute Künstler auch den Kies auf den Wegen, den Staub der Straßen und den lockeren Boden zu Richtern seines Talents hätte machen wollen. Erstaunlich, dieses Bestreben der Sizilianer, ebensoviel, wenn nicht gar mehr Sorgfalt auf das zu verwenden, was man nicht sieht, als auf das, was man sieht. Deshalb muß man in manchen Kapellen in Palermo unter das Chorgestühl kriechen, damit einem nichts von der versteckten Pracht entgeht, die eine geschickte Hand dort geschnitzt hat.

Ich war damals etwa sechs Jahre alt, und der sizilianische Karren erlebte sein Goldenes Zeitalter. Es gab ihn noch nicht lange auf unseren Straßen, und das aus einem sehr einfachen Grund: bis 1860 hatte es in Sizilien keine Straßen gegeben, nur Maultierpfade.[5] Außer an der Küste und von wenigen Ausnahmen abgesehen, erfuhren Straßen und Karren gemeinsam einen Aufschwung und trieben die Bauern aus ihren Höfen heraus. Jetzt war es möglich, ausgedehnteres, weiter entferntes Land urbar zu machen... Etwa um 1865 fanden die bäuerlichen Familien Gefallen an den Verzierungen, deren Eigenartigkeit gleich die Reisenden verblüffte. Schon im 18. Jahrhundert hatte die palermitanische Aristokratie das Bestreben erkennen lassen, aus dem kleinsten Tragsessel, aus jeder Reisesänfte ein Wanderkunstwerk zu machen. Häufig sah man auf den Türen außer Allegorien, galanten Festlichkeiten, Menuetten und Schäferspielen in Schönschrift auf goldenem Grund und mit unerhörtem Aufwand »magische Sinnsprüche«, die den bösen Blick bannen sollten. Mit den ersten Anstoß zur pseudo-historischen Dekoration hatte ein Edelmann gegeben, der seinen Machtwillen bekunden wollte. Er hatte auf den Türen seiner Sänfte das ungewöhnliche Leben eines palermitanischen Bürgers darstellen lassen, Guiseppe Balsamo, seines Zeichens Abenteurer, in der Pariser Welt unter einem Hochstaplernamen bekannt: Graf Alexandre de Cagliostro.

Zweifellos folgte der Bauernstand diesem Beispiel aus ähnlichen Gründen. Jetzt war er an der Reihe, seine Persönlichkeit zu manifestieren. Aus einem Arbeitsgerät machte er den Schmuck unserer Straßen. Aber die Einführung und Verbreitung der bemalten Karren bezeugten auch eine plötzliche Auflehnung gegen das Unglück. Gleichsam auf Tragsesseln hokkend, die gemalte und geschnitzte Legenden zur Schau stellten, fuhren ganze Familien auf die Felder, gezogen von einem Pferd, das prächtiger mit Federn geschmückt war als ein Siouxkrieger. Es begann ein neues Geduldspiel, das Geduldspiel der Straßen, wo nichts von der Angst vor der Zukunft ablenkte. Man mußte sich also mit Träumen eindecken: Sizilien zeichnete sie auf den Seitenbrettern seiner Karren auf.

Einen Karren erhielt man nur auf Bestellung. Über die ganze Insel verstreut gab es mächtige Malerdynastien, die Verarbeitungsgeheimnisse und Kundenstamm vom Vater auf den Sohn vererbten. Allein zwischen Palermo und Bagheria befanden sich die Werkstätten der Lo Monacos, der Gebrüder Rosselli, der Gebrüder Ficano, der Familie Ducato und viele andere. Ihre Zahl war Legion. Bei den fünf Seitenfeldern hatte man die Qual der Wahl. Ihre Mannigfaltigkeit, ihre Überfülle waren unwahrscheinlich: die dramatische Geschichte der heiligen Familie; das heroische Leben des großen Garibaldi und seiner tapferen Anita; die erbarmungslosen Tage der Sizilianischen Vesper; die Entdeckung Amerikas durch Christoph Kolumbus; Liebschaften und Tod der grausamen Carmen nach Bizet; Leda und ihr Schwan; Krieg der Engländer gegen die Buren; die napoleonische Zeit nach A. Hugo – das A. hat mir immer zu denken gegeben. Der Vollständigkeit halber sei auch erwähnt, daß auf dem fünften Feld immer »Der Übergang über die Barasina« dargestellt wurde. Die Moderne brach in diese Welt der Heldengedichte und Sagen in Gestalt von blutigem Alltagsgeschehen ein, Abrechnungen zwischen verfeindeten Familien oder Berufsverbrechern, Liebesaffären, die in der Aristokratie Anstoß erregt hatten, Auszüge aus beliebten Romanen. Aber wie sehr für das eine oder andere dieser Themen auch geschwärmt werden mochte, die bei weitem größte Begeisterung erweckten die fahrenden Ritter.

Seit die Normannen vor fast neun Jahrhunderten Sizilien erobert und die Bewohner in die Schönheiten der altfranzösischen Heldengedichte eingeweiht hatten, haben diese jede andere Form von Poesie abgelehnt. Die Liebschaften des Junkers Renaud (Rinaldo bei Torquato Tasso), sein Aufbruch zum Kreuzzug, seine verhängnisvolle Begegnung mit der Zauberin Armida vor den Mauern Jerusalems, die Behexung, deren Opfer der weichherzige Kreuzfahrer wurde, der Ritter Rinaldo als Gefangener im Zaubergarten, die Entdeckung des Talismans, der ihn von der Liebestollheit heilte, das waren, höchst phantasievoll dargestellt, die Bilderfolgen, die meinen Karren schmückten. Insoweit nichts als das Übliche. Aber mein Karren war doch außergewöhnlich, denn er verleugnete die örtlichen Gepflogenheiten durch die Wahl des Themas, das den geschnitzten Teil zur Verkleidung der Achse schmückte. Eine Art Verzierung sozusagen. Der *pizzo* (Spitze), unter dem Wagen angebracht inmitten dieser komplizierten Ansammlung von Holzteilen verschiedener Formen, also praktisch unsichtbar, hat in Sizilien eine besondere Bedeutung. Er ist so etwas wie ein Heiligtum, meistens mit einer frommen Szene geschmückt, die der zukünftige Eigentümer sorgfältig auswählt; Kreuzabnahme, Flucht nach Ägypten, Vermählung der Jungfrau Maria oder Kampf des heiligen Georgs mit dem Drachen. Warum hatte ich etwas völlig anderes? In einer Haltung à la Ben Hur, den rasenden Lauf ihrer Pferde mit einer Handbewegung anfeuernd, war »Königin Nofretete, ihren Wagen lenkend« das ungewöhnliche Thema, das auf der ganzen Achse meines Karrens dargestellt war. Zu beiden Seiten dieses von Bildung zeugenden Werks und es gleichsam wie Karyatiden einrahmend, machten zwei Zirkusreiterinnen im Ballettröckchen Kunststükke auf galoppierenden Pferden. Für mich stand unumstößlich fest: Nofretete war eine Heilige und die Zirkusreiterinnen Engelchen. Mehrere Jahre vergingen, ohne daß der religiöse Charakter, den ich dieser anachronistischen Szene zuschrieb, jemals durch irgend etwas widerlegt worden wäre.

Daß mein Fahrzeug schön war, wer würde das bezweifeln? In dem Augenblick, in dem mein langsamer Renner in seinem Geschirr mit dem doppelten Federbusch mich im Zuckeltrab davontrug, war ich ganz schön stolz auf ihn. Aber ohne Schmerzen ging es nicht ab. Die sizilianischen Karren, die ohne Federaufhängung oder die geringste Vorrichtung zur Stoßdämpfung gebaut wurden, waren, so schön sie auch aussahen, der Gipfel der Unbequemlichkeit. Jede Ausfahrt war für mich eine wahre Tortur. Wenn die Schmerzen, die mein Hinterteil erlitt, mich auf die Härte des Lebens vorbereiten sollten, dann hat diese Erziehungsmethode bei mir nicht die erwartete Wirkung gehabt. Je öfter ich in meinem Karren fuhr, um so mehr sehnte ich mich nach Komfort.

In unseren Ställen hausten indes nicht nur das Pony Nninni und mein Esel, sondern auch sechs oder acht Pferde. Sie hatten hochtrabende Namen. Da waren Cassio, Marcantonio und eine imposante Stute mit schönem, kastanienbraunem Fell, die aus unerfindlichen Gründen unter dem Namen La Bognanco bekannt war. Aber ich hatte eine kleine Rotbraune lieber, die La Baietta hieß, denn ich kannte sie besser, und sie es war, die uns in die Stadt brachte, wenn der für die Beförderung der Kinder reservierte kleine Landauer angespannt wurde.

Im Adelskalender des Wirtschaftshofs war noch ein Name verzeichnet, und die Trägerin war eine wahrlich bedeutende Persönlichkeit. Gewissermaßen eine verehrungswürdige und verehrte Königin Mutter. Es war die lahmende, silberhaarige *scecca vecchia*, unsere weiße Eselin. Sie kam mir alt wie Methusalem vor. Wie alt sie wirklich war, weiß ich gar nicht. Ich hatte sie immer gekannt und immer dort gesehen, sanft, klug und bewundernswert geduldig. Einige Monate, ehe wir diese geliebte Stätte verlassen mußten, um uns anderswo der rauhen Wirklichkeit zu stellen, war sie friedlich entschlafen.

Nun glauben Sie ja nicht, daß die Fauna der Villa Niscemi nur auf den Wirtschaftshof beschränkt war. Auf einer Lichtung im Garten, versteckt hinter einer Gruppe dicht belaubter Lorbeerbäume, standen zwei ziemlich große Käfige. Im einen lebte ständig eine sich stets vermehrende Menge Meerschweinchen, im anderen ein Zwerghahn mit seinem Harem weißer Bantamhennen.

Dieser Teil des Gartens war das Reich meiner Schwester. Hier übte sie eine uneingeschränkte Herrschaft aus, die ihr nie streitig gemacht worden war.

Oft sperrte sie mich zur Strafe für eine wirkliche oder eingebildete Missetat in einen der Käfige ein und schenkte mir erst wieder die Freiheit, wenn mein Gefängnis von Grund auf gesäubert war. Unter einem psychologischen Gesichtspunkt war das klug ersonnen, denn da sie mich genau kannte, wußte sie, daß ich viel zu stolz war, um Hilfe herbeizurufen. Wäre ein Gärtner oder sonst jemand vorbeigekommen, hätte ich so getan, als ob ich aus freien Stücken Stallknecht spielte.

Im Lauf der Jahre, die mir allerdings nicht viel an Körpergröße bescherten, nahm ich dennoch an Kühnheit und Kraft zu und begann diese Gewaltherrschaft nur noch schwer zu ertragen. Bis ich mich dann eines Tages nicht mehr fügsam in den Stall schubsen ließ (ich erinnere mich genau, es war der Meerschweinchenstall), sondern meine Schwester an den Schultern packte, sie an das Gitter drängte und ihr ins Gesicht spuckte. Das war das Ende der Tyrannei. Die Zarin war entthront. Ein junger Kerenski, braunhaarig und kurzbeinig, aber listig und resolut, war auf dem Plan erschienen. Seit jenem Tag ließ das Verhalten meiner ungestümen Schwester eine gewisse Hochachtung erkennen.

In einem anderen Teil des Gartens und zum Glück sehr abgelegen befand sich ein anderer, sehr viel robusterer Käfig mit besonders dicken und kräftigen Gitterstäben. Er war sehr tief, dieser Käfig, und dunkel und unheimlich wie eine Höhle. Dort lebte ein Pavianpärchen von sehr unbändigen Sitten und außerordentlicher Unanständigkeit. Schnüffeln, hartnäckiges Erkunden, wenig ästhetische Reinigungsprozeduren, Jucken und rasendes Kratzen, Liebesspiele, und all das mit erhobenem Schwanz! Ihr Betragen entrüstete mich. Unsere Paviane zeigten ununterbrochen das, was im Namen der Schicklichkeit zu verbergen man uns eindringlich befohlen hatte. Außerdem stanken sie. In der Hoffnung, den so lästigen Geruch neutralisieren zu können, hatte Großmama in der Nähe des Käfigs einen Stechapfelhain pflanzen lassen, denn die weißen Stechapfelblüten mit den schweren Kelchen strömen einen betäubenden Duft aus. Eine abwegige Idee, wenn man bedenkt, daß der Stechapfel nur des Nachts duftet und es niemandem in den Sinn gekommen wäre, im Mondschein einen Spaziergang zum Paviankäfig zu machen.

Mit bestürzender Regelmäßigkeit brachte das Pavianweibchen einmal jährlich einen kleinen Pavian zur Welt; mit nicht weniger großer Hartnäckigkeit schmetterte der zärtliche Vater den Schädel seines Sprößlings an die Käfigstangen.

Warum behielt man diese bösartigen Tiere, die weder das Gefühl ansprachen noch ein Schmuck waren? Eine Frage, die ich heute ebensowenig zu beantworten vermag wie damals. Ich glaube, daß ich es in meiner Kindheit als selbstverständlich ansah, solche Tiere zu halten. Man mußte in seinem Garten Paviane haben. Das gehörte zu den Verpflichtungen, die man auf sich nahm, wie unangenehm sie auch waren. Und außerdem gehörte ich zu den kleinen Jungen, denen man beigebracht hatte, keine Fragen zu stellen.

Wie es auch bei meinem Zwergmaulesel der Fall war, hatte ein einziger Mann, einer unserer Bedienten, der schon im Ruhestand war, mit diesem unwürdigen Paar Freundschaft geschlossen. Manuele hieß er, und obwohl er den Dienst für die Familie schon lange quittiert hatte, wohnte er noch im Haus. Aber jetzt stand er im Dienst der Paviane. Denn nur er konnte ungefährdet ihren Käfig betreten, ihn saubermachen, die Tiere füttern und schließlich die blutigen Reste ihrer unglücklichen Nachkommenschaft beseitigen. Daß Manuele selbst erstaunlich affenähnlich aussah, genügt nicht als Erklärung für seinen Einfluß auf diese abstoßenden Paviane. Im übrigen erstreckte sich seine geheimnisvolle Fähigkeit auf alle Tiere, und sogar auf Schwäne. Diese aggressiven und schönen Vögel führten ein Leben, das ich ziemlich töricht fand, mal schwammen sie, mal hockten sie auf ihrer Felseninsel in der Mitte des künstlichen Sees. Sie lebten relativ einvernehmlich mit den Mandarinenten. Hauptsächlich führten unsere Schwäne untereinander Krieg. Eines Tages fing Manuele einen der Streithähne ein, brachte ihn in sein Zimmer und ließ ihn in seinem Bett schlafen. Nicht, daß er sich für Leda hielt, soviel ich weiß. Der Schwan sei etwas verletzt gewesen, sagte er. Er rechnete darauf, daß die Bettwärme ihn heilen würde.

Das waren im großen und ganzen die Tiere, die ständig im Bereich der Villa Niscemi wohnten und unser Leben teilten. Aber im Lauf der Jahre kamen noch andere dazu, darunter verschiedene Affen, die nur kurz bei uns weilten: keiner von ihnen überlebte den ersten Winter, sie starben an Lungenentzündung. Warum wurden immer wieder welche angeschafft? Wer besorgte sie uns? Und warum überhaupt Affen? Vielleicht gab es keinen bestimmten Grund, sie aufzunehmen – keinen anderen Grund, meine ich, als ihnen die Tore unseres irdischen Paradieses zu öffnen. Sofern – aber das ist nur eine Vermutung – man nicht damit rechnete, daß ihre manchmal so verwirrende Animalität uns über das aufklären würde, was darzulegen unsere Erzieher sich so lange und erfolgreich hüteten. Ja, vielleicht waren unsere Paviane wirklich da, damit sie mit ihrer Animalität dafür sorgten, daß wir das Gefühl für das *Natürliche* nicht verlören.

Was mich betrifft, so hatte ich zwar seit meiner frühesten Jugend die Tierwelt ins Herz geschlossen, aber die Affen ließen mich ziemlich kalt. Lag es daran, daß sie uns zu ähnlich waren? Mit einer Ausnahme allerdings: zwischen mir und einem zarten kleinen Wesen, einem winzigen Uistiti oder Kralläffchen mit Samtmaske und einem langen, grünlichen Schwanz, stellte sich gewissermaßen ein Einvernehmen her. Es zeichnete sich durch einen unglaublich langen Vornamen aus. An diesen Namen erinnere ich mich noch genau, er lautete Shinshitrscaramanganusaiamahowa – und mit Silbenakzenten, bitte schön. Armer

Shin! Er lebte in einem Zustand ständigen Mißtrauens. Bei jedem neuen Gesicht verlor er vor lauter Überraschung die Beherrschung seiner Schließmuskeln. Man glaubte, er leide an chronischem Durchfall, aber seine Krankheit bestand wohl eher in unheilbarer Schüchternheit. Man lebte bei uns wie in einem Seehafen, wo unaufhörlich Menschen ankommen und abfahren, und jede neue Ankunft wurde von Shin als eine tödliche Bedrohung des Friedens unserer Sippe empfunden. Seine Bestürzung hatte, wenn er auf einer Schulter oder einem Arm saß, verheerende Folgen für unsere Kleidung, unsere Möbel und Teppiche.

Von den anderen Vertretern der Tierwelt seien noch kurz erwähnt ein Mungo, zwei Eichhörnchen, denen es mehrfach gelang, mich zu beißen, unzählige Schildkröten, weiße Mäuse und ein Chamäleon, das nur ein einziges Mal, dann aber ein für allemal die Farbe wechselte und sofort starb. Doch nun zu den Katzen. Natürlich gab es auch Katzen im Haus, aber sie gehörten Großmama, und ihre Umgänglichkeit beschränkte sich auf ihre Herrin. Picciolino war ein fetter, blauschwarzer Perserkater, träge und selten schnurrend, erfüllt von asiatischer Würde. Dieser Potentat, dieser Haremsfürst, dem man männliche Leidenschaft zutraute, weigerte sich indes, sich als Kater aufzuführen. Er hatte zwei Gemahlinnen, konnte aber nie dazu gebracht werden, seine ehelichen Rechte bei der einen oder anderen geltend zu machen. Vor Mäusen hatte er eine Heidenangst. Sobald er eine nur von ferne erblickte, versteckte er sich schleunigst. Was seine Frauen betrifft, so waren es friedliche und sanftmütige Geschöpfe, die immer gemeinsam durchs Haus zogen und deren Namen ich sogar vergessen habe.

Absichtlich kommen in der Prozession der Tiere, die für immer mit meinen Kindheitserinnerungen verbunden bleiben, die Hunde an letzter Stelle. Der Grund ist, daß weder meine Schwester noch ich die Hunde als lediglich zum Tierreich und der uns umgebenden Fauna gehörig ansahen, die wir mehr oder weniger liebten, sondern eher als unzertrennliche Gefährten. Mit welchem soll ich anfangen, und wie kann ich sie wieder zum Leben erwecken? Nach unserer Familie waren sie es, die uns am nächsten standen und an denen wir am meisten hingen.

Der erste Name, der mir einfällt, ist der eines sagenhaften Spitzes, den ich nur von einer Photographie her kenne. Loulou, der auf dem Bild liebenswert aussah, saß zu Füßen einer ganz kleinen Reiterin, fast noch ein Baby: meine Schwester Maria Felice. Die Geschichte unserer Hunde, die erlebte Geschichte, beginnt mit einem Mops weiblichen Geschlechts. Sie hieß Musetta wie das hochherzige Flittchen aus *La Bohème*. Mehr kann ich über sie nicht sagen. Ich war damals noch so klein, daß der Name Musetta ungefähr alles ist, woran ich mich erinnere. Als der Mops starb, schenkte man uns eine Hündin von angeblich derselben Rasse: Musetta II. Aber es stellte sich heraus, daß die Neuerwerbung nichts von einem Mops an sich hatte. Denn als Musetta II. größer wurde, wuchs sie zu einer sehr seltsamen Hündin heran.

Man stelle sich einen plumpen, um nicht zu sagen fetten Körper vor, ein kurzhaariges, sandfarbenes Fell, man stelle sich eine Art Bratwurst vor, auf Streichhölzer aufgespießt, einen apathischen Blick, einen sanft geringelten Stummelschwanz, der etwas Schwächliches und zugleich unangenehm Borstiges an sich hatte, und zu alledem stelle man sich unter der schwarzen Schnauze kleine weiße Zähne vor, die in einem stark vorstehenden Unterkiefer saßen.

Nun ja, Musetta war häßlich. Aber trotz dieser unbestreitbaren Mängel besaß sie eine angeborene Würde und aristokratische Zurückhaltung.

Später habe ich jedesmal, wenn ich eine Frau traf, die trotz fragwürdiger Herkunft und eines unvorteilhaften Äußeren sich durchzusetzen verstand, an Musetta denken müssen. Das ist mir sogar passiert, wenn ich mich in Gesellschaft von hochgeborenen, aber nicht wirklich eleganten oder sogar etwas ungepflegten Personen befand. Ich kannte zum Beispiel eine französische Herzogin, die nie verhindern konnte, daß ihre Strümpfe Wasser zogen und der Rock ihr schier von den Hüften rutschte. Aber sie besaß ein solches Charisma, daß man in dem Augenblick, in dem sie das Zimmer betrat, nur sie sah.

So etwa verhielt es sich mit Musetta. Intelligent, aber träge und leichtfertig, liebevoll, aber ohne Übertreibung, immer auf Abstand bedacht, die Lächerlichkeit von schamlosem Gefühlsüberschwang fürchtend, im Grunde sehr philosophisch und nicht viel vom Leben erwartend – kurzum, Musetta war eine *grande dame* der Hundewelt.

Wie es häufig bei Mischlingen der Fall ist, erfreute sie sich einer kräftigen Konstitution und blieb lange genug am Leben, um unseren Kummer zu teilen, als wir nach Großmamas Tod den schönen Landsitz in der Colli-Ebene verlassen und in der

Stadt die düstere Pracht der Casa Verdura beziehen mußten. Als Musetta II. starb, wurde sie in dem kleinen Garten unseres Stadthauses begraben. Im Zweiten Weltkrieg verwüstete eine Bombe den Garten und zerstörte das schlichte Grab, so daß von dieser getreuen Freundin, die durch ihre stille Gegenwart die glücklichen Tage unserer Kindheit verschönte, nichts Sichtbares geblieben ist.

Ihr zu Ehren haben wir in lateinisch-sizilianischem Kauderwelsch ein Liedchen verfaßt:

Potamus immensus
Bottoni redingottensus
Piccolo portentus

und so weiter. Es war nicht gerade genial, darüber waren wir uns klar. Der zweite Vers, in dem der rosige, runde Bauch von Musetta II. sowie die Doppelreihe von Zitzen, die ihn zierte, erwähnt waren, zog einen Vergleich zwischen diesem Bauch und einer zweireihigen Kostümjacke, die eine mit uns verwandte Baronin jahraus, jahrein trug.

Ihr Mann (Musettas, nicht der der Baronin) war absolut reinrassig und hatte einen erstklassigen Stammbaum. Er hieß Dick und war leider nur der Form halber Musettas Ehemann. Denn kurz nach seiner Ankunft bei uns war er von einem der ersten Automobile, die es in Sizilien gab, überfahren worden. Dieses lächerliche Fahrzeug, das wie eine Kaffeemühle aussah, gehörte einem geradezu grotesken Mann. Er ließ sich Doktor Guccia nennen, dabei besaß er überhaupt keinen akademischen Titel. Der Unfall, dessen Opfer Dick wurde, trug Guccia unseren Haß ein, der sich auf seine sämtlichen Familienmitglieder bis zur zweiten Generation erstreckte.

Wir glaubten wirklich, daß Dick es nicht überstehen würde, aber wider Erwarten überlebte er. Doch sein »Hinterviertel«, wie man auf Sizilianisch sagt, blieb gelähmt, so daß er sich kaum von einem Zimmer ins andere schleppen konnte. Unser Schreiner stellte eine Art Stuhl mit Rädern her, der an seinem Hinterteil festgemacht wurde und ihm ermöglichte, ohne allzuviel Mühe durch das Haus und sogar in den Garten zu fahren. Sein Leben lang erschreckte ihn jedes Geräusch, das an Motorfahrzeuge erinnerte. Er brauchte bloß von ferne eine Autohupe zu hören, schon setzte sich Dick mit seinem Rollstuhl in Bewegung und suchte unter irgendeinem Möbelstück Schutz. Hätte man ihn zurückgehalten, wäre er von Krämpfen befallen worden. Am lebhaftesten erinnere ich mich an den Anblick, den er uns jeden Abend bot. Wir pflegten ihn in eine Puppenwiege zu betten und ihm eine Mütze aufzusetzen, deren Bänder unter dem Kinn verknotet wurden und ohne die er sich hartnäckig weigerte einzuschlafen. Ich sehe noch seine schwarze, runzlige Nase vor mir, die platt wie ein Pilz unter der Mütze aus grünem Samt erschien, und die gefältelten Mützenbänder, die sein Gesicht rosa umwallten.

Der Leser wird über das, was ich berichte, vielleicht lächeln. Aber es handelte sich keineswegs um Spielereien, wenn wir Dick umsorgten. Wir versuchten, das Leben eines Freundes zu verlängern, den wir gern hatten, ja, ganz einfach gern hatten. Und daß Dick Spielsachen bekam, die kleine Mädchen sonst unbedingt für sich behalten, war nur eine Folge der ausgesprochenen Abneigung meiner Schwester gegen das Puppenspielen. Es war verständlich, daß Maria Felice, die nur an sportlichen Spielen Gefallen fand und kleine Mädchen, die »Mutter und Kind« spielten, von Herzen verachtete, das ganze Drum und Dran, das mit Puppen zusammenhing, den Hunden zukommen ließ. Sie stellte ihnen sogar ein Puppenhaus zur Verfügung, was ihnen, bis sie sich daran gewöhnt hatten, maßlos verwunderlich erschienen war.

Der Tod unseres Hundes war der erste große Kummer in meinem Leben. Dick wurde krank, und als er nach einiger Zeit starb, wagte niemand es uns zu sagen, weil alle wußten, wie sehr wir ihn liebten. Vielmehr wurde uns, die wir noch auf ein Wunder hofften, erklärt, er sei so krank, daß er nicht gestört werden sollte. Er liege in einer kleinen Hundehütte unter einer Holztreppe in einem sehr dunklen Winkel, hieß es, und einmal am Tag durften wir hingehen und ihm sein Futter bringen, ohne Lärm zu machen, um ihn nicht aufzuwecken. Wir erfüllten diese Aufgabe mit gebührender Gewissenhaftigkeit, aber eines Tages gab es einen heftigen Streit zwischen Maria Felice und mir darüber, wer von uns an der Reihe sei, zu Dick zu gehen. Ich bin dran ... Nein, ich ... Das spielte sich in Gegenwart von zwei Zimmermädchen ab, und die eine sagte zur anderen, ohne die Stimme genügend zu senken: »So was Dummes! Da zanken sich die Kinder darum, einem Hund Futter zu bringen, der seit drei Tagen tot und begraben ist!«

Diese Worte ließen mit einemmal die sanft leuchtende Aureole aufreißen, die jahraus, jahrein mein junges Leben mit einem trügerischen Glanz umgeben hatte. Ja, ich träumte von Wundern, aber ein eisiger Windstoß brachte mir den ersten

Augenblick völliger Trostlosigkeit, dieses entsetzliche Gefühl absoluter Leere, das wie ein Schlag in die Magengrube ist. Noch oft habe ich im Lauf meines Lebens dieselbe Verwirrung empfunden, dieselbe Verzweiflung unter noch ernsteren Umständen, aber selten hat mir ein Kummer einen so lebhaften Eindruck gemacht wie dieser erste.

Es gab noch eine sehr vornehme Hundedame mit Namen Lady bei uns, eine englische Setter-Hündin mit vollendeter Erziehung und untadeligen Manieren, die überdies vor dem Hintergrund einer Villa aus dem frühen 18. Jahrhundert sehr dekorativ wirkte. Lady war der Liebling unserer Gouvernanten, und bei der geringsten Provokation verschwanden sie gemeinsam und flüchteten in die *splendid isolation,* die seit eh und je die Größe des Vereinigten Königreichs ausmachte. Meine Schwester behauptete, daß nicht Mißbilligung der Grund war, sich so überstürzt zurückzuziehen, sondern der Wunsch, miteinander Englisch zu reden, und zwar über uns.

Ein entsetzliches Unglück unter dem Gesichtspunkt von Schicklichkeit und aristokratischen Traditionen war die Ankunft einer Neuerwerbung. Diesmal handelte es sich um eine junge Hündin, die angeblich ein Spaniel sein sollte (ich frage mich, wie meine Mutter es fertig brachte, solche Bastarde überhaupt aufzutreiben – vielleicht spielten wirtschaftliche Gründe dabei eine Rolle). Die junge Hündin hörte nicht auf, übermäßig in die Länge zu wachsen, bis sie einer Art langhaarigem Basset ähnelte, braun und weiß, aber mit dem Kopf eines Pekinesen und dem buschigen Schwanz eines Wolfshundes. Dieses höchst lebhafte Hundefräulein hörte auf den Namen O-Kiss-Me-San (auch das ein glücklicher Fund von Mama, in irgendeinem Roman entdeckt), in abgekürzter Form Kiki. Sie war keß, kokett, listig, hinterhältig, hatte einen sehr lockeren Lebenswandel und stürzte sich von einem Abenteuer ins andere, mit allen unvermeidlichen Konsequenzen und Überraschungen, die das mit sich brachte. Es ließ sich im vorhinein überhaupt nicht sagen, wem ihre Sprößlinge ähneln würden. Ungeheuer waren sie, ausgesprochene Ungeheuer. Sie loszuwerden war ganz und gar nicht einfach. Wir machten uns auf die Suche nach leichtgläubigen Familien in der Nachbarschaft, denen wir sie schenken konnten, indem wir ihnen versicherten, die Welpen gehörten einer ganz neuen Rasse an, um die man sich in Großbritannien geradezu reiße. Wenn man uns fragte, um welche Rasse es sich handle, beschränkten wir uns auf das Wort »englisch«.

2

Eine Patrizierfamilie

Der Leser wird sich zweifellos fragen, warum ich die Tiere beschrieben habe, ehe ich die Menschen vorstelle, die in diesem Haus lebten. Rückblickend betrachtet, nachdem so viele Jahre vergangen sind, bald ein Dreivierteljahrhundert, scheint mir, daß die Tiere ein integraler Bestandteil der Szenerie meiner Kindheit waren, genau wie die Bäume im Garten oder die Steine des Hauses, während die Menschen davon getrennt waren und allein durch ihre persönlichen Vorzüge in Erscheinung traten. Mit Ausnahme meiner Großmutter gehörten sie auch noch zu meinem Leben, nachdem wir die Villa Niscemi längst verlassen hatten.

Auf der obersten Stufe der Hierarchie thronte auf einem Sockel, der zu gleichen Teilen aus Zuneigung und Respekt bestand, Maria Favara, Fürstin di Niscemi, meine Großmutter. Nach den Maßstäben des 19. Jahrhunderts ist sie eine sehr schöne Frau gewesen, aber in meiner Erinnerung, die ich mit zärtlicher Liebe wachrufe, war sie eine alte Dame, Sommer wie Winter schwarz gekleidet, ein wenig korpulent, aber mit fein geschnittenen Zügen, das Gesicht umrahmt von weißen Löckchen, und immer mit einem Fächer in der Hand. Mit sechzehn Jahren hatte sie meinen Großvater geheiratet, Corrado Fürst di Niscemi.[6] Er war einer der Tausend gewesen. So bezeichnete man die tausend Freiwilligen in roten Hemden, die sich Garibaldi angeschlossen hatten. Später war das »Rothemd« Corrado Senator des Königreichs geworden, und soviel ich weiß, war die Ehe mit Großmama Favara eine Liebesheirat gewesen.

Eine Tradögie hatte ihr Leben überschattet. Viele Jahre nach der Geburt des Stammhalters und dreier Töchter kam ein zweiter Junge zur Welt, der das vielgeliebte Nesthäkchen und nach einer sizilianischen Redewendung »das Licht in den Augen seiner Mutter« war. Er hieß Enzo, und wenn man den Familienberichten glauben soll, war dieser Enzo ein hübsches Kind, das mit seinem scharfen Verstand zu den schönsten Hoffnungen berechtigte. Eines Morgens wachte er mit Fieber auf. Mittags war er tot. Er war zwölf Jahre alt. Die Diagnose der Ärzte: perniziöses Fieber. Durch dieses Drama hat Großmama während mehrerer Monate den Verstand und für immer ihren Glauben verloren. Sie wurde Atheistin, zur großen Bestürzung meiner Mutter, die sehr fromm war.

Als Kinder durften wir Enzos Namen nicht aussprechen; sein Zimmer war abgeschlossen. Es war in dem Zustand geblieben, in dem es sich am Morgen seines Todes befunden hatte. Seitdem hatte niemand die Schwelle überschritten mit Ausnahme seiner alten Amme, Nina Costa, die in Piana dei Colli wohnte, nicht weit von uns. Nur Nina hatte einen Schlüssel und kam einmal in der Woche zum Saubermachen.

Auf Mamas Nachttisch hatte ich die verblaßte, vergilbte Photographie eines kleinen Jungen gesehen, der eine einreihige Jacke mit Gürtel und Brusttaschen und eine Mütze trug. Er hielt mit beiden Händen die Lenkstange seines Fahrrads, hatte einen Fuß auf ein Pedal gestellt und sah mit sehr viel Ernsthaftigkeit geradeaus. Die Intensität dieses Blicks, von dem man hätte meinen können, er sei auf die Zukunft gerichtet, diese kleine, unscharfe Gestalt, die verschlossene Tür im zweiten Stock, all das erweckte in mir die Vorstellung, daß Enzo noch im Haus sei, so daß ich, wenn ich an seinem Zimmer vorbeikam, unwillkürlich auf Zehenspitzen ging.

Nach Großmamas Tod, als das Haus eine Beute jener Männer wurde, deren Beruf darin besteht, Untersuchungen anzustellen, in Schriftstücken zu wühlen und das Inventar aufzunehmen, war nichts im Haus mehr heilig, und man wagte es, das verbotene Zimmer zu betreten. Das Bett war gemacht, auf einem Stuhl lag der Morgenrock, darunter die Hausschuhe, auf einem kleinen Schreibtisch unerledigte Schularbeiten, an der Wand Stiche von Hunden und Pferden, eine große, offene Spieldose mit Kupferwalze und Metallzungen, einige Bücher und in einer Ecke das Fahrrad.

Nach dem Tod des kleinen Enzo hat sich Großmama nicht mehr nach der Mode gerichtet und die Trauer nicht abgelegt. Sie trug schwarze Kappen, die denen der Königin Victoria ähnelten, aber zum Glück ohne die unter dem Kinn zu knotenden Bänder. Alles an ihr war schwarz: Handschuhe, Sonnenschirm, Fächer und sogar die Kette, an der ihre Uhr hing, und selbst die Uhr aus brüniertem Silber. Bei festlichen Anlässen,

Hochzeiten oder Taufen, wurde die Strenge ihrer Kleidung gemildert durch einen Strauß künstlicher Parmaveilchen (in Paris bei Lespiaux gekauft), den sie am Gürtel befestigte, und durch eine kleine malvenfarbene Reiherfeder an der Toque.

Sie hatte eine vorzügliche Erziehung genossen und war mit Recht stolz auf ihre Sprachkenntnisse. Französisch und deutsch sprach sie fließend. Aber ihre Aussprache des Englischen ließ erheblich zu wünschen übrig. Sie hatte die ärgerliche Angewohnheit, sich darüber hinwegzusetzen, daß das H im Englischen aspiriert wird. Bei ihr klangen *owl* (Eule) und *howl* (heulen) absolut gleich, und das wird in England nicht nur als ein Aussprachefehler angesehen, sondern als ein Zeichen von Unbildung. Jede neue englische Gouvernante wurde gewarnt, keine Bemerkung darüber zu machen, denn Großmama zu korrigieren war einfach unvorstellbar.

Sie hatte ihre Gewohnheiten. Die jährliche Reise, deren Route Monate im voraus festgelegt wurde, war ein unwandelbarer Ritus. Die Europatour dauerte mindestens zwölf Wochen, und das Ziel waren Österreich, Holland, Belgien oder auch die Loire-Schlösser, woran sich im Oktober unweigerlich ein Aufenthalt in Paris anschloß, dann ein weiterer in Rom, um ihre Tochter zu besuchen, unsere Tante Caterina, Fürstin di Paterno. Von dort trat sie eiligst die Rückreise nach Palermo an, um rechtzeitig zu Allerheiligen einzutreffen, »I Morti«, das einzige christliche Fest, das sie feierte.

Sie war gutherzig, und es gebrach ihr nicht an Verständnis für die Fehler und Schwächen anderer, aber sie war auch sehr selbstbewußt und bestand, ohne barsch zu sein, auf ihrer Meinung. Unmöglich, sie davon abzubringen. So war sie bei jedem ihrer Pariser Aufenthalte empört über das Benehmen der Gepäckträger an der Gare de Lyon, über ihre Dreistigkeit und ihre derben Späße. Sie war dann so gereizt, daß sie wünschte, die Preußen würden zurückkommen, um »ein bißchen für Ordnung zu sorgen und die Disziplin wiederherzustellen«. Entsetzt über eine solche Möglichkeit, bekreuzigte sich Mama.

Meine Großmutter hatte einen festen Empfangstag.[7] Jeden Sonntag empfing sie Freunde, Verwandte und alte Busenfreundinnen mit ihren Sonnenschirmen und auch jeden »distinguierten« Fremden, der sich auf der Durchreise in Palermo aufhielt. Die Gesellschaft war ziemlich übereinstimmend mit dem, was man heute »alter Zopf« oder »etepetete« nennen würde. Im Sommer war der Tisch in der zarten Beleuchtung des palermitanischen Spätnachmittags im Garten gedeckt – der englische Ästhetizismus schlug damals hohe Wellen, und die Vorliebe für *gardenparties* war in Sizilien so verbreitet wie anderswo auch. Meine Schwester und ich durften ebenfalls unsere Freunde einladen, was uns entzückte. Nichts erschien mir begeisternder, als im Garten Tee zu trinken, in der Nähe der Allee, wo Granatäpfel herabfielen und sich blutrot öffneten. Aber es besteht kein Zweifel, daß unser Vergnügen zu einem großen Teil darin bestand, uns vor den unglücklichen Kindern aufzuspielen, die in der Stadt wohnten.

Zu den eifrigsten Besucherinnen der Villa Niscemi gehörten zwei alte Jungfern, wie es sie heute nicht mehr gibt. Sie kamen in einem nur mit einem Pferd bespannten schwarzen Coupé, und der Kutscher auf dem Bock trug Livree. Neben ihm saß ein wie ein Straßenjunge aussehendes Bürschlein, ebenfalls in Livree, die ihm aber viel zu groß und zu weit war – wohl in weiser Voraussicht, daß er noch wachsen würde. Kaum hielt das Coupé, da sprang der kleine Groom herunter und eilte sich, die Mütze in der Hand, den Schlag zu öffnen. Aus dem Wagen stiegen dann zwei Lustspielfiguren, die Signorine Salandra, beide klein, aber die eine spindeldürr, die andere rundlich. Die erstere, Carolina, hatte eine kräftige Hakennase, die andere, Giulietta, eine kleine und spitze. Die beiden Schwestern waren wie zwei Vögelchen, die zu verschiedenen Arten gehörten, und man konnte eigentlich nicht recht begreifen, warum sie zusammen waren. Sie waren munter, gesprächig, witzig und lebhaft, aber offenbar unfähig, die Leute mit ihrem richtigen Namen anzureden. Für jeden hatten sie einen Spitznamen parat. Meine Großmutter nannten sie *la cara bella* und meine Mutter *la cara simpatica,* und in drei Worten hätte man sie nicht besser charakterisieren können.

Mama hieß Carolina und war eine geborene Valguarnera di Niscemi. Man konnte sie eigentlich nicht schön nennen, aber sie hatte eine schlanke, ranke Figur, sehr sanfte, braune Augen, eine stolze bourbonische Nase und die schönsten Hände der Welt, weiß und glatt wie Elfenbein und immer kühl. Schon in jungen Jahren durchzogen weiße Fäden ihr volles, braunes Haar. Angeblich habe ich als kleines Kind zu ihr gesagt: »Mama, warum bist du nicht so schön wie Donna Franca?« Franca Florio[8] galt damals als die schönste Frau Italiens. Habe ich das wirklich gesagt, oder ist es nur eine Familienlegende? Alles verblaßt mit der Zeit. Heute bezweifle ich, daß ich je eine solche Frage gestellt habe. Aber wie dem auch sei, ich frage mich, warum meine Mutter das immer wieder anderen erzählte. Es war mir entsetzlich peinlich.

Wenn ich an meine Mutter zurückdenke, sehe ich sie immer mit einem Buch in der Hand vor mir. Ich glaube, ich kenne niemanden sonst mit einem solchen Lesehunger. Die broschierten Bände der Tauchnitz Edition, die in englischer Sprache in Leipzig gedruckt und auf dem Kontinent verkauft wurden, waren billiger als in England erschienene Originalausgaben. Sie ließ sie sich massenweise schicken. Kaum waren sie da, waren sie auch schon verschlungen. Zu ihren Lieblingsautoren gehörten Dickens und Thackeray, aber vor allem Wilkie Collins, für den sie schwärmte. Und sie beschränkte sich nicht auf seine Schauergeschichten *Die Frau in Weiß* oder *Der Monddiamant.* Sittenromane, Abenteuerromane gehörten genauso zu ihrer Lektüre. Ein Roman mit dem Titel *Armadale,* der von Schiffbrüchigen, Kindesunterschiebungen und Gespenstern handelte, war für sie – und später für mich – eine unerschöpfliche Quelle des Entzückens.

Die französischen Zeitschriften, auf die sie abonniert war, brachten regelmäßig in Fortsetzungen die Werke von Paul Bourget, Henry Bordeaux und Marcel Prévost. Auf italienisch las sie Fogazzaro mit Vergnügen, aber gleichsam heimlich: der Verfasser von *Malombra* war auf den Index gesetzt worden.[9] Aus Sparsamkeit las sie die Werke von d'Annunzio erst, wenn sie ins Französische übersetzt waren. Warum sie auf italienisch kaufen, wenn man bloß ein Jahr zu warten brauchte, bis die *Revue de Paris* sie veröffentlichte? Das mag auf den ersten Blick etwas gesucht erscheinen, erwies sich aber als völlig gerechtfertigt, als d'Annunzio begann, direkt auf französisch zu schreiben.

D'Annunzios Zauber schlug damals alle in seinen Bann. Man begeisterte sich für ihn und fand ihn faszinierend. Meine Mutter half meiner Schwester und mir, Eingang in das Reich der Poesie zu finden, indem sie uns laut aus dem *Poema paradisiaco,* den *Laudi,* dem *Hortus larvarum* und der *Città del silenzio* vorlas. Ich höre noch ihre verhaltene Stimme, die aber dann und wann doch ein starkes Gefühl verriet. Ich höre sie noch, als sie las:

> Ravenna, Guidarello Guidarelli
> Dorme, supino con le man conserte
> Su la sua spada grande ...[10]

Was für eine Auffassung von der Religion hatte sie? Gewiß war sie nicht bigott. Aber daß sie von Herzen und zutiefst christlich war, darüber besteht kein Zweifel. Sie sagte oft, sie habe ihren Beruf verfehlt und hätte Nonne werden sollen, bemühte sich aber immer, das scherzhaft klingen zu lassen. Eine seltsame Nonne hätte sie abgegeben! Sie hatte eine spöttische Ader und war außerordentlich schlagfertig. Ich kenne niemanden außer ihr, der es so gut verstand, jemanden mit wenigen Worten fertig zu machen. Eine besondere Eigentümlichkeit von ihr war auch ihre Sprache. Mitunter recht derb. Auch Kraftausdrücke verschmähte sie nicht. Erstaunlich bei einer so tugendhaften Frau. Prüde war sie allerdings nicht. Viele Jahre später habe ich einige ihrer freimütigsten Äußerungen notiert und mit ihrer Zustimmung in einem kleinen Band gesammelt, dessen Titel, mit dem sie einverstanden war, lautete: *Zotige Aussprüche einer treuen Tochter der Kirche.*

In dem engen Rahmen, in dem sie lebte, und in einer so geschlossenen Gesellschaft war ihr Humor fast ein Wunder. Sie verbannte die rauhe Wirklichkeit aus einem scheinbar friedlichen Dasein. Ist das eine Erklärung für die Kraft, mit der sie trotz der Enttäuschungen und Mißlichkeiten, die das Leben ihr bescherte, es so gut zu meistern und zu ertragen verstand? War es nicht gerade *das,* was ihre Gesellschaft so anregend machte?

Mein Vater und meine Mutter waren Vetter und Kusine zweiten Grades und entstammten beide einem alten spanischen Geschlecht. Unser Familienname lautete San Estaban y La Cerda, der italienisiert zu Santostefano della Cerda wurde.

Die La Cerdas tauchten ungefähr zwei Jahrhunderte vor der Entdeckung Amerikas durch Christoph Kolumbus auf. Unsere Vorfahren waren zwei Infanten, die Enkel des Königs Alfons X. von Kastilien und Leon, der mit Violante von Aragon vermählt war und Alfons der Weise genannt wurde. Er beschäftigte sich so eingehend mit juristischen, historischen und wissenschaftlichen Werken, daß er vergaß, seine Rechte auf das Herzogtum Gascogne geltend zu machen. Gelehrte, die außerdem den Beruf eines Königs ausüben, werden zu ihren Lebzeiten selten geschätzt. Weil er die Astronomie dem Krieg vorzog, wurde der Verfasser der Alfonsinischen Tafeln von den Cortes abgesetzt.

Sein Sohn Don Fernando hatte eine gute Partie gemacht, als er seine Kusine Blanche heiratete, die Tochter Ludwigs des Heiligen von Frankreich. Als er starb, waren seine Söhne noch minderjährig. Ihr Onkel Sancho wurde zum Regenten ernannt, eine für die beiden Knaben verhängnisvolle Entscheidung. Denn der Onkel begnügte sich nicht mit dieser Rolle, sondern wollte sich des Throns bemächtigen. Da entsann man sich im Königreich Aragon, daß die Infanten die Enkel von Violante waren: die Ehre erforderte, die jungen Leute gegen den ungetreuen Onkel zu unterstützen, und es kam zum Krieg. Frankreich gewährte den Infanten Beistand, und auch der Papst, aber zurückhaltend und ohne große Überzeugung. So kam es, daß der Usurpator den Thron Kastiliens besteigen und als Sancho IV., genannt der Tapfere, regieren konnte.

Gleich nach seiner Krönung jagte er die Neffen zum Teufel. Niemals hat mein Vorfahr La Cerda seinen Thron wiederbekommen. Aber sein Bruder und er verstanden es, dem König von Kastilien erhebliche Unannehmlichkeiten zu bereiten, und waren ihm ein Dorn im Auge. Der Papst versuchte den Älteren zu beschwichtigen, indem er ihn zum »König der Glücklichen Inseln« machte. Es war verlorene Liebesmüh. Der Titel war verlockend, aber das Amt hatte keinen konkreten Hintergrund: niemandem war es bisher gelungen, sich auf dem Archipel niederzulassen, den man heute die Kanarischen Inseln nennt. Also machten die Infanten weiter ihre Rechte auf die Krone geltend, und ihre Nachkommen taten desgleichen, eine Generation nach der anderen. Die La Cerdas machten den Königen von Kastilien soviel Scherereien, daß es nicht auszuhalten war, und zu guter Letzt gab man ihnen, um endlich Ruhe zu haben, das Herzogtum Medinacceli.

In den ersten Jahren des 17. Jahrhunderts finden wir dann die Nachkommen der lästigen Infanten in Sizilien wieder. Nach der Vereinigung der Königreiche Kastilien und Aragon war die Insel spanischer Besitz geworden. Aber ein Zweig der Familie La Cerda drohte auszusterben, denn die einzige Erbin, Donna Hippolita, hatte ein Keuschheitsgelübde abgelegt. Der König von Spanien mischte sich ein: die »vergine in capillis« müsse ihren verhängnisvollen Entschluß rückgängig machen und heiraten. Als ihren Ehemann bestimmte man einen ihrer Vettern, Don Diego San Esteban. Sie fügte sich.

Daraufhin beschloß Philipp III., um dem glücklichen Ausgang dieser Angelegenheit mehr Glanz zu verleihen, den Rang der La Cerdas zu erhöhen. Er schuf für sie den Titel Marquis di Murata La Cerda, den Donna Hippolita und ihr Mann als erste trugen. Und da das noch nicht genügte, um sie für das gebrachte Opfer zu entschädigen, bestimmte Philipp III., daß ihnen zu

Ehren eine befestigte Stadt mit dem Namen Murata La Cerda gebaut und ihnen zu Lehen gegeben werden solle. Es ist nicht überliefert, ob Donna Hippolita eine glückliche Ehefrau wurde, doch wissen wir, daß ihr Opfer vergeblich war: sie starb kinderlos, und mit ihr erlosch der sizilianische Zweig der La Cerdas.

Trotz ihres hochtönenden Namens ist unsere Stadt, die im Lauf der Jahrhunderte mehrmals in andere Hände überging, nicht mehr, was sie einst war. Ich bin einmal hingefahren, weil ich das kennenlernen wollte, was früher ein stolzes Marquisat war. Ich fand ein sehr armseliges Dorf, von Hühnern bevölkert, aber sonst halb verlassen, auf der einen Seite die Reste eines Palastes mit dem Aussehen eines Gefängnisses, auf der anderen eine mit Wappenschildern verzierte, verfallene Kirche. Keine Spur von Befestigungen. Ich bezweifle, daß sie je gebaut worden sind.

Wenn man unseren Familiennamen wörtlich nimmt, müssen wir zugeben, daß er seltsam klingt. Denn *la cerda* bedeutet auf spanisch die Sau oder, wenn man, um weniger derb zu sein, auf den Urzustand des Tiers zurückgreift, die Bache, das weibliche Wildschwein. Offenbar war das ursprünglich ein Spitzname der betrogenen Infanten, denn nach einigen Chronisten waren sie stark behaart und hatten nach anderen auf den Schultern große haarige Muttermale. Wie dem auch sei, als Nachkomme einer Sau bekannt zu sein, ist ein bißchen stark, besonders wenn man bedenkt, daß die betreffende Sau die Tochter eines kanonisierten Königs von Frankreich war, Ludwigs des Heiligen, der in Tunis an der Pest starb und dessen Herz in der Kathedrale von Monreale aufbewahrt wird.

Um mit der Genealogie zu Ende zu kommen, sei noch erwähnt, daß die Verduras, die ihren Namen von einem kleinen und immer ausgetrockneten sizilianischen Fluß herleiten, auch im 17. Jahrhundert geadelt wurden. Später erbten wir ihren Titel, als mein Großvater die letzte Namensträgerin heiratete. Ich habe meine Großmutter Felice nicht mehr kennengelernt, sie starb kurz vor meiner Geburt. Die Ehe muß unglücklich gewesen sein, denn sie und mein Großvater lebten getrennt. Ich erwähne das nicht, um zu erklären, wie ich zum Herzog wurde – wie man sehen wird, bedeutet das nicht viel in Sizilien –, sondern wegen der zweiten Ehe meines Großvaters Giuseppe della Cerda, genannt Beppe.

Er kehrte Sizilien den Rücken und ließ sich in Nizza nieder, wo er die Witwe von Eugène Isabey heiratete, dessen Vater Jean-Baptiste der berühmte Miniaturenmaler war, Freund von Bonaparte und Joséphine und Zeichenlehrer der Kaiserin. Eugène war der Schüler seines Vaters gewesen und hatte seine große Zeit im Zweiten Kaiserreich gehabt. Daher stammte die Miniaturensammlung, die seine Witwe geerbt hatte und die man an den Wänden ihrer Wohnung in Nizza sehen konnte. Eine ganze Reihe unter der Brust gegürteter Damen...

Jedesmal, wenn wir durch Nizza kamen, schleppte meine Mutter mich in die Rue de Rivoli, wo die alten Herrschaften wohnten. Ich haßte diese Besuche, denn ich wußte, daß damit nicht nur der Höflichkeit Genüge getan werden sollte, sondern meine Mutter insgeheim einen ganz anderen Beweggrund hatte: es gelüstete sie nach den Miniaturen. Nachdem sie mir im Hotel Ruhl, wo wir abgestiegen waren, einen langen Vortrag über die Begabung von Eugène Isabey gehalten hatte, mußte ich sie dann jeden Tag begleiten, um seine Werke zu bewundern.

Mein Großvater, den ich vorher nie gesehen hatte, flößte mir mit seiner barschen Stimme und der drohenden Miene keine Sympathie ein. Er hatte eine gewaltige Nase und einen buschigen Schnurrbart wie riesige weiße Krallen, die mich entsetzlich kratzten, wenn er sich verpflichtet fühlte, mich zu küssen. Seine zweite Frau, eine geborene Morisot, die er zärtlich »Emma Mignon« nannte – bei uns sagt man *nonnastra,* Stiefgroßmutter –, war sehr beleibt und ähnelte einem Teewärmer in Form einer dicken Henne.

Bei diesen Besuchen mußte ich das Süßholzraspeln meiner Mutter in einem Ton ertragen, den ich bei ihr gar nicht kannte und der mir schrecklich peinlich war. Für Erbschleicherei hatte sie wirklich kein Talent. Das Schlimmste war, daß sie mich für ihr Vorhaben einspannte, das sie so energisch verfolgte. Den Blick auf die Bilder geheftet, sagte sie, ohne sich direkt an jemanden zu richten: »Mein Kleiner liebt alles Schöne, und besonders die Malerei. Jetzt spricht er nur noch von diesen kleinen Wunderwerken...« Damals waren mir indes »diese kleinen Wunderwerke« höchst gleichgültig. Ich hatte keinen anderen Wunsch, als möglichst schnell aus dieser muffigen Wohnung, in der man erstickte, herauszukommen und im Park an der Place Masséna zu spielen.

Die Machenschaften meiner Mutter blieben erfolglos. Wie nicht anders zu erwarten, hinterließ die »Stiefgroßmutter«, als sie starb, die ganzen »kleinen Wunderwerke« den Familien Isabey und Morisot.

Sizilien hatte eine Verfassung, die dem englischen System nachempfunden war. Deshalb gab es in Palermo »la Camera dei Pari«, die auf den ersten Blick dem britischen Oberhaus aufs Haar glich. Aber nur auf den ersten Blick. Denn wenn jedem Pair des Königreichs Sizilien auch eine Rangnummer entsprechend seinem Titel zugeteilt war, so leitete sich diese Nummer nicht aus der Bedeutung seines Titels ab, sondern hing vom Alter seines Hauses ab, auch von dessen historischem Wert und sogar von der Größe seines Lehens oder dem Wirken seiner Familie in längst vergangener Zeit. So kam es, daß so mancher Marquis, Graf oder sogar ein einfacher Baron einen höheren Rang haben konnte als ein Herzog oder ein Fürst.

All das wird einem englischen Staatsbürger völlig unverständlich erscheinen. Und dennoch wurde eine von einem britischen Untertanen[11] ersonnene Verfassung zu der Zeit, als die Insel unter dem »Schutz der englischen Flotte und Armee« lebte, so von dem sizilianischen Adel interpretiert, und so wurden die Dinge im Oberhaus gehandhabt. Als Beweis führe ich nur ein Beispiel an, das meiner Familie. Ihr hoher Rang in der Camera dei Pari war nicht darauf zurückzuführen, daß wir Herzöge (di Verdura) waren, sondern darauf, daß unser Titel Marquis (della Cerda) älter war.

Der Erbe dieser Anhäufung hochtrabender Titel und historischer Namen war mein Vater Giulio Santostefano della Cerda, nachdem sein älterer Bruder Alessio (genannt Alessino) im Alter von siebenundzwanzig Jahren der »Auszehrung« erlegen war.

Mein Vater und meine Mutter waren als Kinder befreundet gewesen, hatten sich aber jahrelang nicht gesehen, bis mein Vater wieder nach Palermo kam als Leutnant der Weißen Ulanen von Novara, eines Kavallerieregiments, das durch die Eleganz und die Ausschweifungen seiner Offiziere in ganz Italien berühmt geworden war. Nachdem die Ulanen aus Brescia ausgerückt waren, wo sie lange in Garnison gelegen hatten, hinterließen sie so viele Schulden, daß am Morgen ihres Ausrückens die Mauern der Stadt mit Zetteln beklebt waren, die eine gewisse Verbitterung erkennen ließen: *»I duchi e i marchesi sono partiti ma i conti sono rimasti.«* Die Herzöge und Marquis sind abgereist, aber die *conti* sind uns geblieben. Im Italienischen bedeutet *conti* sowohl Grafen als auch Rechnungen.

Inzwischen ein vortrefflicher Reiter, überdies ein gut aussehender Mann, braungebrannt und schlank in der kurzen, hochgeschlossenen Husarenjacke mit dem weißen Kragen, nicht zuletzt umgeben vom Prestige seines Regiments wie von einer Aureole – so kehrte mein Vater auf seine Heimatinsel zurück. Er und meine Mutter verliebten sich ineinander, heirateten sofort und bereuten es ihr Leben lang.

Viele Jahre später erinnerte sich meine Mutter ihrer ersten Nacht in der Villa in Bagheria, wo sie ihre Flitterwochen verbrachten. Sie lag im Bett und erwartete ihren Gatten, als statt des feschen Offiziers, in den sie sich verliebt hatte, eine magere Gestalt mit dünnen Beinen in einem schlotternden Nachthemd und roten Pantoffeln hereinkam. In dem weißen Hemd erschien er ihr entsetzlich dunkelhäutig. Sie begriff auf der Stelle, daß sie nicht für die Liebe geschaffen sei.

Nach wenigen Jahren gaben sie den Versuch auf, zusammenzuleben, mein Vater blieb in der Stadt und wohnte weiterhin in der Casa Verdura, während meine Mutter mit der zweijährigen Maria Felice zu Großmama in die Villa Niscemi zog.

Dann entstand eine kaum glaubliche Situation zwischen ihnen: ein Ehepaar, das nichts für einander übrig hatte, ein Mann und eine Frau, die sich nicht liebten, die kaum miteinander sprachen, die, wenn auch nicht *de jure*, so doch *de facto* getrennt lebten, beschlossen, weiter miteinander zu schlafen, um den Stammhalter zu zeugen, das zukünftige Familienoberhaupt und den Träger des Wappens. Sie hätten zuerst eine Reihe Töchter bekommen können, wie es häufig der Fall ist im palermitanischen Adel. Zum Glück ist meiner Mutter dies Mißgeschick erspart geblieben. Als erster kam ein Junge, der aber gleich nach der Geburt starb. Wenn mein Vater von diesem traurigen Geschehnis sprach, nannte er meinen unbekannten Bruder »Garibaldi«. Es habe schnell gehen müssen, sagte er, und in seiner Bestürzung wegen der Nottaufe sei ihm kein anderer Name eingefallen. (Aber ich habe immer den Verdacht gehegt, daß er diese Geschichte nur erfunden hatte, um meine Mutter in Harnisch zu bringen.)

Zwei Jahre später erschien ich dann. Die Sache war wichtig, denn nun brauchte meine Mutter nicht mehr in Palermo zu schlafen und die Nacht in dem Ehebett zu verbringen, einem angeblichen Louis XVI-Kunstwerk, das aber der Phantasie des alten Herzogs, meines Urgroßvaters, entsprungen war, der behauptete, ein guter Kenner der Stilkunde zu sein. Meine

Mutter hegte einen unversöhnlichen Haß auf dieses Möbel, das schließlich verkauft wurde, von dem sie aber immer noch in versteckten Anspielungen sprach. Wenn sie sagte: »Der Schauplatz des Verbrechens«, dann sprach sie von diesem Bett.

Nicht nur, weil man in jener Zeit auf die Gepflogenheiten Rücksicht nehmen und den Schein wahren mußte, sondern auch aus Liebe zu uns gaben meine Eltern vor, nach wie vor auf freundschaftlichem Fuße zu stehen. Jeden Sonntag kam mein Vater zum Mittagessen in die Villa Niscemi. Uns Kindern kam das höchst gelegen, denn die Eltern überboten sich gegenseitig, uns zu verwöhnen.

Was mich bei meinem Vater und meiner Mutter verwunderte, war ihre nahe Verwandtschaft. Sie waren ja Vetter und Kusine zweiten Grades, und das verblüffte mich, denn Vater schien mir einem anderen Geschlecht anzugehören, fast könnte man sagen, einer anderen Rasse. Drahtig, gestikulierend, sich leicht begeisternd und Kreuzzüge für die widersprüchlichsten Anliegen führend, eigensinnig, rachsüchtig, zu heftigen Wutanfällen neigend, aber dennoch ein Edelmann vom Scheitel bis zur Sohle und von ausgesuchter Höflichkeit: kein Zweifel, sein Ruf eines Frauenlieblings war gerechtfertigt. Er war sich dessen bewußt und spielte seinen Charme so mechanisch aus, wie er einen Wasserhahn zugedreht oder einen Lichtschalter angeknipst hätte. Allerdings muß ich gestehen, daß sein Charme auf mich nicht wirkte. Die väterliche Liebenswürdigkeit war auch mehr für die Öffentlichkeit als für den Familiengebrauch bestimmt. Auch seiner Erfolge bei Frauen rühmte er sich nicht vor uns, aber meiner Mutter verzieh er niemals, daß sie seinem Charme nicht erlegen war, sondern, wie er sich Jahre später mir gegenüber ausdrückte, »immer kalt wie eine Hundeschnauze blieb«.

Die einzige Eigenschaft, die seine Kinder dankbar anerkannten, und der Grund, warum wir ihn bewunderten, war seine Tierliebe. Wehe dem Kutscher oder dem Fuhrmann, der in seiner Gegenwart ein Pferd oder einen Esel zu mißhandeln wagte. Dann stürzte er sich auf den Unglücklichen und verprügelte ihn. Die Leute blieben stehen und nickten beifällig. Ja, ja, der Marquis Santostefano della Cerda, der Marquis Giulio ... Das Bild meines Vaters, immer wie aus dem Ei gepellt, umgeben von Hunden und Pferden, auf den Straßen Palermos eigenhändig Recht sprechend, dieses Bild ist mir lange im Gedächtnis geblieben. Es gibt alte Leute, die sich noch daran erinnern.

Um dieses Porträt zu vervollständigen, sei hinzugefügt, daß er eine Leidenschaft für Pferderennen hatte – eine Zeitlang hatte er sogar einen eigenen Rennstall; daß er stolz, mutig, selbstsicher und ein guter Schütze war, sich unzählige Male duelliert hatte und man ihn oft bei Ehrenhändeln konsultierte, so daß keine »Jury« eingesetzt werden konnte, der er nicht angehörte; daß er eine sehr gepflegte Erscheinung war, das rabenschwarze, glatte Haar immer sorgfältig zurückgekämmt, die Nägel manikürt, kurzum, daß es diesem für seine Zeit sehr typischen Aristokraten nicht an Verve gebrach. Es muß auch erwähnt werden, daß er nichts und niemanden fürchtete – mit einer Ausnahme: eine Frau flößte ihm eine gewisse Ehrfurcht ein, und er zollte ihr Respekt. Das war seine Schwiegermutter, die ihrerseits alles mißbilligte, was er darstellte.

Kusinen, Kusinen...

Meine Schwester Maria Felice war vier Jahre älter als ich, aber im Lauf der Zeit schien der Altersunterschied geringer und unser Einvernehmen größer zu werden. Sie war die unersetzliche Freundin. Wenn ich daran denke, wie die jungen Hitzköpfe heute aufwachsen, kann ich mein Glück besser ermessen. Sie brauchen die ganze Welt, die Geschwindigkeit, den Wettlauf ums Glück... Wir waren es zufrieden, in einem großen Garten ein Abenteuer zu erleben, das mir nach so vielen Jahren fast unwirklich erscheint. Wir waren lediglich durch Blutsverwandtschaft verbunden. Das besiegelte unser Einvernehmen, diese kameradschaftliche Atmosphäre, die allein die Angehörigen unseres Clans einschloß. In den heutigen Familien ist man auch verbunden, aber man kennt sich nicht mehr. Dazu fehlt die Zeit.

Mit ihren großen dunklen Augen, dem ebenholzschwarzen Haar, dem bernsteinfarbenen Teint, der sich belebte, wenn sie (sehr selten) errötete oder (was häufiger vorkam) wütend wurde, war Maria Felice eine echte Sizilianerin. Ihr ovales Gesicht erhellte sich, wenn sie lächelte, aber wenn etwas sie verdroß, konnte man geradezu sehen, wie sich ihre Stirn umwölkte und ein Gewitter dräute. Nur im Freien war sie wirklich glücklich, und sie war überaus beherzt. Das Merkwürdige bei ihr war, daß ihr Temperament und ihre Mutwilligkeit ihre Empfindsamkeit nicht im mindesten minderten. Sie empfand aufrichtiges Mitgefühl mit unglücklichen Menschen oder Tieren. Was das betrifft, so wußte man, wem sie nachschlug.

Wie unser Vater, der Eseln und Pferden zu Hilfe eilte, konnte Maria Felice es nicht ertragen, wenn in ihrer Gegenwart ein Tier mißhandelt wurde. Dann verwandelte sie sich in eine Tigerin, nichts hätte sie davon abhalten können, dem ungerecht behandelten Tier beizuspringen und dafür zu sorgen, daß der Missetäter bestraft wurde.

Ihre beste Freundin und getreue Spielgefährtin war unsere Kusine Maria Giulia, die Tochter einer Schwester unserer Mutter, die mit Pietro Moncada di Paterno verheiratet war. Maria Giulia und Maria Felice waren gleich alt und sehr ähnlich veranlagt. Von ihnen konnte man alles erwarten, sie waren für jeden dummen Streich gut.

Als Bauernmädchen im Stil *Cavalleria rusticana* verkleidet, liehen sie sich meinen sizilianischen Karren aus und meinen kleinen Esel, unseren braven und geduldigen *sciccarieddu,* und auf ging's, um Unfug anzustellen. Sie hatten, Gott weiß in welchem Schrank des Hauses, einen alten Photoapparat gefunden, der zwar nur noch aus dem Gehäuse bestand, aber sehr hübsch aussah, und außerdem gab es noch ein Stativ. Mit diesem kostbaren Gerät und einem imposanten Stück schwarzen Stoffs bewaffnet, machten sich die beiden auf den Weg und gaben vor, sie wollten Gruppenaufnahmen machen. Ihre nichtsahnenden Opfer waren die Familien ehemaliger Bedienter in der Nachbarschaft, die vorher verständigt worden waren, sie sollten, wenn die jungen Damen kommen, ihren Sonntagsstaat anlegen. Nach ein oder zwei Wochen wurde ihnen mitgeteilt, irgend etwas habe nicht geklappt und die Aufnahmen müßten wiederholt werden. Bei jedem neuen Besuch wurden immer höhere Anforderungen gestellt, und die Sitzungen dauerten immer länger.

»Bitte lächeln.«

»Nicht schielen!«

»Angelina, sitz nicht da auf dem Stuhl, als wär's ein Nachttopf.«

Schließlich hatten sie genug von dem Spiel und dachten sich ein neues aus.

Als ich größer wurde, wurde ich zur Verstärkung der Mannschaft der beiden stürmischen Kusinen herangezogen und durfte an ihren Unternehmungen teilnehmen. Ich erinnere mich an eine besonders verwegene, bei der wir die Dächer des Hauses erforschten, um zu entdecken, wo die Fledermäuse hausten, und uns mit der Lebensweise von Mäusen und Geckos vertraut zu machen, diesen seltsamen, bleichen Eidechsen mit den langen, mit Haftlamellen versehenen Fingern, die bei uns heimisch sind und auf sizilianisch *schirpiuni* heißen. Wie man sieht, beschränkte sich Maria Felices Tierliebe nicht auf Hunde und Pferde.

Manchmal nahm diese Tierliebe ungewöhnliche Formen an. Als wir die Villa Niscemi verlassen mußten, um in der Stadt zu leben, stellte sich heraus, daß die Casa Verdura, die lange unbewohnt gewesen war, von Mäusen wimmelte. Jeden Abend wurden in der Halle, auf den Treppen, Fluren und bis zu den entlegensten Zimmern im Palais Fallen aufgestellt. Aber diese Fallen waren nicht wie die heutigen Mausefallen mit teuflischen Federn und Bügeln versehen, die beim Zuschlagen dem unglücklichen Nagetier den Kopf zerschmettern. In der Casa Verdura gab es nur »altmodische« Mausefallen mit einem labyrinthähnlichen Gang, der zu einem kleinen runden Käfig führte, in dem sich die Maus verängstigt, aber lebendig wiederfand. In den frühen Morgenstunden, ehe die Herrschaft aufstand, hatte ein Diener die Aufgabe, die Käfige zu leeren und die Mäuse den Katzen auszuliefern.

Aber die Mäuseplage überstieg die häuslichen Möglichkeiten und die Aufnahmefähigkeit der Katzenmägen, und so mußte ein Mäusefänger bestellt werden, ein sehr gesuchter Beruf, denn es hieß, in Palermo gebe es einen Mäusemarkt.

Damals war Maria Felice schon in dem Alter, in dem junge Damen abends ausgehen. Als sie nach Hause kam, fand sie unten an der Treppe einen Zettel, den ich dort hingelegt hatte, nachdem sich die übrigen Familienmitglieder in ihre Schlafzimmer zurückgezogen hatten. Auf dem Zettel stand ein Befehl: BEFREIE DIE MÄUSE. Sie führte ihn getreulich aus. Im Ballkleid ging Maria Felice von Zimmer zu Zimmer, von Korridor zu Korridor, ein zeitraubendes Unterfangen in Anbetracht der Weitläufigkeit des Palais. Sie legte sich erst ins Bett, als sie sicher war, daß alle Gefangenen die Freiheit erlangt hatten.

Maria Felices Leidenschaft für Pferde und Hunde ging allerdings über ihre sonstige Tierliebe hinaus. Die Photographien, die es von ihr gibt, bezeugen es: keine einzige, auf der nicht auch einer dieser Vierbeiner zu sehen ist. Auch auf dem Gebiet konnte man von erblicher Belastung sprechen. Wenn die Pferde unseres Vaters auf der Reitbahn der Favorita zugeritten wurden, drangen aus dem Schulzimmer Schreie von alarmierender Heftigkeit: Maria Felice hatte eine Auseinandersetzung mit unserer Miss und weigerte sich, weiterzuarbeiten, ehe sie nicht Erlaubnis bekäme, zum Zuschauen auf die Reitbahn zu gehen. Wie man sieht, wurde in meiner Familie die Tierliebe nicht auf die leichte Schulter genommen.[12]

Maria Giulia war zweifellos eine sehr bewunderte, oft nachgeahmte Kusine und die beste Freundin meiner Schwester, aber sie war nicht unsere einzige Kusine. Es muß hier eine weitere erwähnt werden, die uns ganz andere Gefühle einflößte. Sie war der geborene Pechvogel und zog ein Mißgeschick nach dem anderen auf sich. Wenn wir irgendeinen teuflischen Streich ausheckten, ließ sich mit Sicherheit voraussagen, daß sie das Opfer sein würde. Nicht, daß sie uns unsympathisch war. Im Grunde mochten wir sie gern. Aber sie schien zu unserer Belustigung erschaffen und nur auf der Welt zu sein, um geneckt und seelisch gefoltert zu werden.

Schon die Tatsache, daß sie im Kloster Sacré-Cœur an der Piazza Olivuzza in Palermo erzogen wurde, einem Gebäude, das wie eine Strafanstalt oder eine Kaserne aussah, war ein Grund zum Spott. Jedesmal, wenn wir bei unserer Freundin Anna Camporeale eingeladen waren, einer hübschen Rothaarigen, die dem Kloster genau gegenüber wohnte, lachten wir lauthals darüber, daß wir vergnügt in einem Garten spielten, während die Ärmste sich hinter Gefängnisgittern langweilte. Obwohl es sich dabei um ein französisches Institut handelte, lernte man dort sehr gute Manieren, aber sehr schlechtes Französisch und im Namen der Moral eine Menge Vorurteile. So wurde den jungen Mädchen beigebracht, wie man badet – wie oft in der Woche, weiß ich nicht, aber jedenfalls immer im Hemd.

Wir hatten noch andere Freundinnen im Kloster Sacré-Cœur, zum Beispiel Giovanna und Maria Oddo, zwei blonde Kusinen väterlicherseits. Wir bedauerten sie zwar, weil sie eingesperrt waren, aber wir verspürten keineswegs einen unwiderstehlichen Drang, sie zu quälen, wie es bei der anderen Kusine der Fall war. Was wir ihr angetan haben, ist so grausam, daß ich es vorziehe, ihren Namen zu verschweigen. Sie war klein und mollig, hatte ein rundes Gesicht, winzige, knopfähnliche Augen und zwei dicke, schwarze Zöpfe, die ziemlich fettig waren. Man hätte sie leicht für ein Eskimomädchen halten können. Die Sommerferien verbrachte sie meist in der Villa Niscemi, und es war ganz selbstverständlich, daß sie mit uns zum Baden an den Strand von Mondello fuhr. Wenn sie aus dem Wasser kam, klebte ihr alles am Körper: die nassen Haare, die ihr über den ganzen Rücken reichten, ihre Strümpfe und der lange Badeanzug aus schwarzer Wolle. Wir fanden, daß sie nach Hund rieche. Diesen unangenehmen Geruch nahmen wir als Ausgangspunkt für eine fiktive Gestalt: wir erfanden den Hund Fido.

»Hast du gemerkt, wie schlecht dieser Fido heute riecht?«

»Er stinkt, meinst du wohl.«

»Man sollte diesen Hund wirklich öfter waschen.«

Und so weiter, und so fort. Das unglückliche Mädchen konnte es gar nicht verstehen, warum sie diesen Hund nie sah und warum wir dauernd von einem Tier sprachen, das gar nicht da war. Und wir: »Stell dich nicht so dumm an, er ist gerade hier gewesen. Hast du ihn nicht bellen hören? Wenn du nicht nur blind, sondern auch taub bist, dann gebrauche wenigstens deine Nase. Fido hat einen solchen Gestank hinterlassen, daß man eine verstopfte Nase haben muß, um ihn nicht zu riechen.« Die Jahre vergingen unbarmherzig, für sie wie für uns, ohne daß sie jemals das Geheimnis des Hundes Fido ergründen konnte.

Als Zögling von Nonnen war die kleine Kusine zwangsläufig sehr schamhaft, und die Vorstellung, einen noch so winzigen Teil ihres schlaffen und sehr weißen Körpers den Blicken anderer auszusetzen, stürzte sie in abgrundtiefe Verwirrung. Soviel Tugend konnte nicht unbemerkt bleiben. Zweifellos war es das, was meine übermütige Schwester zu einem teuflischen Plan anregte, der fast ganz gelang.

Ich habe erwähnt, daß sich in einem abgelegenen Teil unseres Gartens ein See befand mit einer kleinen Felseninsel in der Mitte. Das Wasser war flach, er reichte kaum bis zum Knie, aber der Grund war so glitschig, daß es schwierig war, sich im See aufrecht zu halten, sofern man nicht daran gewöhnt war wie Maria Felice und ich. Eigentlich war es uns verboten, durch den See zu waten, aber wir taten es heimlich. Eines schönen Morgens brachte Maria Felice es fertig, unsere Klosterschülerin dazu zu überreden, es uns gleichzutun. Die Kusine zog ihre schwarzen Stiefel und ihre Baumwollstrümpfe aus, ging ins Wasser und saß beim ersten Schritt, den sie versuchte, auf ihren vier Buchstaben, wobei sich ihr Faltenrock um ihre Schultern bauschte. Sie wurde mit großer Mühe herausgezogen und bewogen, ihr Schulkleid auszuziehen, damit es in der Sonne trockne. Ich wurde weggeschickt, weil sich die kleine Kusine nicht im Schlüpfer sehen lassen wollte, aber ich verschanzte mich hinter einem Gebüsch, um die Szene zu genießen. Maria Felice scheute keine Mühe und vermochte ihr Opfer zu einem neuen Versuch zu überreden. Halb getragen, halb gezogen, gelang es dem Fräulein von Sacré-Cœur nach entsetzlichen Rutschpartien, auf der Insel Fuß zu fassen. Die beiden hatten Brot mitgebracht, um die Schwäne und Enten zu füttern. Als der Vorrat erschöpft war, ging Maria Felice unter dem Vorwand, Nachschub zu holen – denn es sei nicht ratsam, den Rückweg anzutreten ohne etwas, womit man die Schwäne davon abhalten könne, sich auf einen zu stürzen –, allein zum Ufer zurück, zog sich Schuhe und Strümpfe an und machte sich zum Haus auf, und ohne dem Schreien und Flehen von der Insel die mindeste Aufmerksamkeit zu schenken, überließ sie die Unglückliche, die im Hemd und weißem Schlüpfer auf ihrer Insel gestrandet war, ihrem traurigen Schicksal.

Entsetzt bei dem Gedanken, sie könnte in diesem Aufzug gefunden werden, und voller Angst vor dem Zischen und den Schnabelhieben der Schwäne – wir hatten sie mehrmals gewarnt, sie müsse sich vor diesen wilden und tückischen Vögeln hüten –, blieb sie wie gelähmt sitzen, eine Gefangene auf ihrer Insel wie Ariadne auf Naxos, von hoffnungsloser Stille umgeben. Der Tag neigte sich dem Ende zu.

Unserer Gouvernante fiel ihre Abwesenheit auf. Wo steckte die Klosterschülerin nur? Da Miss Aileen sehr wohl wußte, daß sie nicht das Mädchen war, das sich allein in die Nacht hinauswagte, vermutete sie einen üblen Streich und unterzog uns einem regelrechten Verhör. Ich hielt den Mund – Schweigen ist eine sizilianische Tugend –, während Maria Felice ausweichend antwortete. Nein, sie habe keine Ahnung, wo die Kusine sein könnte. Zuletzt habe sie sie im hinteren Teil des Gartens gesehen. Das wurde sofort in Zweifel gezogen. Warum sollte es ein ängstliches Kind, das sich immer gottgefällig verhielt, gemessenen Schrittes und mit gesenktem Blick einherging, plötzlich nach einem nächtlichen Spaziergang gelüsten?

Es wurde Alarm geblasen. Eine Abteilung, bestehend aus einem Stallknecht, einem Zimmermädchen, der Gouvernante und einem Gärtner, der eine Laterne mitnahm, setzte sich in Marsch. Wir durften an der Suche nicht teilnehmen. Wir standen am Fenster und amüsierten uns im stillen.

Das nasse Schulkleid, das am Ufer lag, brachte die Rettungsexpedition auf die Spur der Gestrandeten. Niedergeschlagen, vor Kälte und Angst zitternd, wurde sie gefunden und, in eine Decke eingehüllt, ins Haus gebracht, gerade so rechtzeitig, daß die höheren Instanzen davon keine Kenntnis erhielten, denn die Damen waren noch nicht aus Palermo zurückgekehrt. Meine Großmutter hätte den Scherz gewiß nicht spaßig gefunden.

Ein andermal trieb Maria Felice es zu weit, und was ich jetzt erzählen werde, hätte schlimme Folgen haben können.

Es war ein heißer Julitag. Der Wirtschaftshof war leer und still. Die hohe Palme in seiner Mitte, reglos unter der sengenden Sonne, sah wie aus Zink gegossen aus. Am Fuß der Palme stand in ihrem strengen Schulkleid das Fräulein von Sacré-Cœur, unser Opferlamm, mit dem Rücken zu den Ställen, das runde Gesicht uns zugewandt, die wir uns mit unseren Hunden auf dem Balkon aufhielten. Weshalb war sie nicht bei uns? Es war wohl ihr Schicksal, daß sie im Hof geblieben war. Wie dem auch sei, auf dem Balkon plauderten Maria Giulia und Maria Felice eifrig miteinander, und ich war wie gewöhnlich dabei, ohne etwas zu sagen. Ich hörte kaum zu.

Plötzlich bemerkte ich zu meinem Schrecken, daß sich die untere Halbtür der Box, die den großen Widder beherbergte, halb öffnete und sein Kopf langsam auftauchte. Dann erschien das ganze Tier. Geblendet durch die helle Sommersonne blieb er einen Augenblick benommen stehen, dann hatten sich seine Augen an das Licht gewöhnt, und er begann sich umzusehen. Da stieß ich Maria Felice mit dem Ellbogen an, damit sie die kleine Kusine warnte, die immer noch am Fuß der Palme stand. Aber mit einem kräftigen Tritt aufs Schienbein gab sie mir zu verstehen, daß sie es gesehen habe und ich schweigen solle. Die Bestie ging auf ihr Opfer zu, während Maria Felice mit unerschütterlichen Gelassenheit weiter mit Maria Giulia scherzte. Als der Widder nur noch einige Meter entfernt war und schon den Kopf zum Angriff senkte, rief meine Schwester mit gleichmütiger Stimme vom Balkon herab: »Dreh dich um, meine Liebe, du bekommst Besuch.« Die Kusine drehte sich um. Mit einer Geschwindigkeit, die nur große Angst bewirken kann und die man von ihr nicht erwartet hätte, begann sie laut schreiend um die Palme herumzulaufen, verfolgt von dem schnaubenden Untier, dessen Atem sie auf den Waden spürte. Der Lärm scheuchte die Leute im Hof auf. Fensterläden klapperten und Türen schlugen; Pferde wieherten, Tauben flogen auf und Hunde bellten; schließlich erschienen Kutscher und Stallburschen. Und die Jagd begann.

Der Widder verfolgte das Mädchen, die Stallburschen und Kutscher, mit Besen, Rechen und Mistgabeln bewaffnet, verfolgten den Widder, während die Hunde das Gros der Truppe verfolgten, die in rasendem Galopp um die Palme herumhetzte und Staubwolken aufwirbelte.

Der Lärm wurde um so betäubender, als zu den Schreien des Opfers, dem Gebrüll der Verfolger und dem Gebell der Hunde jetzt noch die durchdringenden und schrillen Stimmen der Dienerschaft hinzukamen, die sich an den Fenstern eingefunden hatte, das Schauspiel sozusagen von Logenplätzen aus mitansah und sich zu dessen Ablauf äußerte. Plötzlich tauchte an der Küchentür die massige, weiße Gestalt von Monsú auf. Mitgerissen vom Rhythmus dieses Karussells, unterstützt von zwei Küchenjungen, die wie er mit Pfannen und Schürhaken bewaffnet waren, machte er sich mit ihnen auf, die Reihen der Kämpfer zu verstärken.

Zu guter Letzt und mit Gottes Hilfe gelang es, den wütenden Bock in seine Box zurückzudrängen und wieder einzusperren. Das Konzert von Fußtritten und Stößen mit den Hörnern zwischen ihm und seinem Stallnachbarn begann von neuem. Der Maulesel, der nur aus der Ferne an dem Krawall teilgenommen hatte, war unbändiger denn je.

Die Kusine hatte mittlerweile einen Nervenschock erlitten und befand sich in einem absolut hysterischen Zustand. Von schlotternden Zimmermädchen wurde sie ins Haus getragen, wo es gelang, sie mit Hilfe von Riechsalz und eiskalten Umschlägen zu beruhigen.

Dieses Abenteuer hatte eine heftige Auseinandersetzung zwischen unseren Müttern zur Folge. Für einige Monate verschwand das Fräulein von Sacré-Cœur aus unserem Leben. Aber da sie im Grunde sehr gutmütig war und das Zerwürfnis beenden wollte, kam sie dann wieder in die Villa Niscemi, bereit, sich von neuem quälen zu lassen.

Und alles begann wieder wie gehabt. Sie ertrug unsere Streiche noch eine ganze Reihe von Jahren. Ich erinnere mich an das Abendessen in einer *trattoria* in der Bucht von Sferacavallo. Als ich zufällig unter den Tisch schaute, sah ich, daß sie einen Schuh ausgezogen hatte. Es gelang mir, ihn verschwinden zu lassen und den Kellner zu überreden, ihn ihr in der Suppe zu servieren.

Ja, wir behandelten diese Kusine abscheulich, das läßt sich nicht leugnen. Und natürlich gab es bei uns wie bei allen Kindern auch manchmal Verdrossenheit und Streitigkeiten, aber ich kenne keinen Bruder und keine Schwester unter unseren Freunden, die einander so nahe standen wie Maria Felice und ich. Und so ist es unser Leben lang geblieben, trotz aller Widrigkeiten und der räumlichen Trennung.

3

Gouvernanten, Lehrerinnen, Dienerschaft

Nachdem ich die Szenerie meiner Kindheit in allen Einzelheiten beschrieben habe und auch die *dramatis personae*, einschließlich der vierbeinigen, möchte ich jetzt von einer Frau aus dem Norden sprechen, die lange Zeit meine Erziehung überwachte.

An meine ersten fünf Lebensjahre kann ich mich nicht sehr gut erinnern, aber mir ist erzählt worden, daß ich damals von einer gewissen Mathilde betreut wurde. Sie war Deutsche, und nichts von ihr ist mir im Gedächtnis geblieben. Sie soll, wie ich später hörte, eine stürmische Affäre mit Isidoro, einem unserer Kutscher, gehabt haben, so daß sie ohne viel Federlesens in ihre heimischen Wälder zurückgeschickt wurde. Es gab auch eine weniger romantische Begründung für diesen Abschied. Eines Tages sah meine Mutter vom Fenster aus, daß Fräulein Mathilde mir eine saftige Ohrfeige versetzte und mich in den Arm kniff. Dieser Vorfall beendete die teutonische Vorherrschaft.

Kaum hatte sich die Tür hinter der Deutschen geschlossen, da öffnete sie sich wieder für eine Engländerin. Großbritannien hielt feierlich Einzug in der Villa Niscemi. Der englische Lebensstil, die Sitten und die britische Kultur begannen sich überall einzuschleichen.

Die erste Vertreterin des britischen Imperiums war Miss Aileen Brennan, unsere *nursery governess* (Kindermädchen/ Gouvernante), ein Titel, nebenbei bemerkt, der bedeutet, daß das Gehalt geringer ist als für eine Gouvernante. Sie war recht hübsch, blond, ruhig, still, sanft, offenkundig irisch und natürlich katholisch. Man hätte ja seine Kinder nicht einer Protestantin anvertrauen wollen, die aus einer Ketzerstadt kam!

Miss Aileen blieb fünf Jahre bei uns. In dieser Zeit wurden wir unaufhörlich photographiert, um sie geschart, und immer war ich es, der sich an sie drängte, und immer ich, der ihre Hand hielt. Maria Felice mochte sie auch, aber mit Einschränkungen: sie fand, sie habe zuviel von einem Stubenhocker an sich.

Miss Aileen hatte eine Schwester, Miss Alice, die in einem Haus von Freunden Gouvernante war, der Casa Sciara, und die beiden Schwestern besuchten sich dauernd. Wahrscheinlich hatten die jungen Irinnen es nötig, sich gegenseitig zu trösten. Es mußte hart sein, so fern der Heimat zu leben, und bitter, die Weiden ihrer grünen Insel gegen unsere kargen Felder und das von der Sonne ausgedörrte Land zu tauschen. Wie fremd mußte Sizilien ihnen sein.[13]

Miss Aileen lehrte mich die Lieder ihrer Heimat. Ich sang *The Rose of Tralee* und andere irische Balladen und konnte den Text auswendig. Wie traurig sie waren! Vor allem *Londonderry Air.* Wie eine Totenklage. Ich brach in Tränen aus, wann immer ich es hörte. Miss Aileen verdanke ich auch meine Kenntnis von Abzählreimen, die eine *nurse,* die diesen Namen verdient, ihren Schutzbefohlenen beizubringen hat, sonst würde sie ihrer erzieherischen Aufgabe nicht gerecht werden. »Alle vornehmen kleinen Engländer können *nursery rhymes* aufsagen«, versicherte sie mir. Ich gab mir Mühe. Aber *Jack and Jill, Bo Peep, Humpty Dumpty* und andere Kunstwerke, ersonnen, um die kindliche Sensibilität zu wecken, wurden rasch widerlegt durch die makabre Deftigkeit der Volkslieder im sizilianischen Dialekt, die unsere Dienstboten mir beibrachten.

Mary had jam
Mary had jelly
Mary went to bed
With a pain in her...
Now don't be mistaken
Now don't be misled
Mary went to bed
With a pain in her head[14]...

sang Miss Aileen. Leider vermischte sich das mit den aufregenden Küchenliedern:

C'era una volta un Nao
Tirituppetti e caríu
Iu a la casa si curcao
Tirituppetti e muríu...
E la mugghi di lo Nao
Tutta, tutta si pelao.[15]

Ich wuchs also zwischen zwei unvereinbaren Welten auf. Was die sizilianischen Dienstboten betrifft, so waren sie verwirrt durch die ständige Anwesenheit dieser Ausländerin, aber dennoch bemüht, die äußerlichen Formen des Respekts zu wahren, und so hatten sie sich als Titel unserer Gouvernante etwas Ungewöhnliches einfallen lassen, das deren Ehelosigkeit doppelt und unbeabsichtigt bestätigte. Sie nannten sie *la signora Miss.*

Bei den Mahlzeiten saß ich neben Miss Aileen. Solange sie bei uns war, führte sie einen Kreuzzug und übte heftige Kritik an meinen Tischmanieren. Während ich bald mit meinem Messer, bald mit meiner Gabel kämpfte, hörte ich sie ununterbrochen vernehmlich flüstern: *»Disgusting, perfectly disgusting.«* Und dieses »abscheulich, absolut abscheulich«, womit sie meinem kräftigen Appetit Einhalt gebieten wollte, verwirrte mich so, daß ich niemals, wie sie sich ausdrückte, ein »zierlicher Esser« wurde und es auch heute nicht bin.

Miss Aileens Nachfolgerin, nachdem diese aus familiären Gründen in die Heimat hatte zurückkehren müssen, hörte auf den romantischen Namen Irène de Villiers und kam aus Kapstadt. Wie hatte es meine Mutter fertig gebracht, sie da zu finden? Und wie hatte es das Fräulein fertig gebracht, den weiten Weg vom Tafelberg bis zu unserem Monte Pellegrino zu finden? Rätselhaft... Sie trug knöchellange Röcke und zwei Schleifen im Haar und war von der Tanzwut befallen. Sie brauchte nur zwei Takte Musik zu hören, um sofort die »erste Position« einzunehmen, die Fußspitzen schön nach außen, dann hob sie graziös mit beiden Händen ihren Rock, machte ein paar Tanzschritte und summte: »Eins, zwei, drei! Eins, zwei, drei!« Ansonsten war sie sehr charmant.

Kaum war sie angekommen, da entbrannte ein Unbekannter in Liebe zu ihr und deponierte auf einer Bank im Park der Favorita Liebesbriefe für sie. Sie lachte darüber, und die Affäre war so unschuldig, daß sie uns Kinder bat, die Botschaften abzuholen und für sie zu übersetzen. Die Unterschrift lautete: »Ein fahrender Ritter voll unendlicher Qual.«

Meines Wissens haben sie sich nie getroffen.

In ihrem Schlafzimmer hatte unsere Gouvernante in einem silbernen Rahmen die Photographie einer Dame, die ein Kleid mit Schleppe und drei Straußenfedern im Haar trug. Miss Irène sagte, das sei ihre Mutter am Tag ihrer Vorstellung bei Hofe, und sie beschrieb uns die Zeremonie mit vielen Einzelheiten. Als Maria Felice und ich nach ihrer Abreise ihr Zimmer durchstöberten, fanden wir seltsamerweise auf der Kommode das kostbare Photo, aus dem Rahmen herausgenommen und in kleine Stücke zerrissen. Das war schon erstaunlich, aber wie groß war unsere Überraschung, als wir, nachdem wir die Stücke mühsam wieder zusammengeklebt hatten, auf der Rückseite ein zweites Bild entdeckten, die Gruppenaufnahme einer Fußballmannschaft. Der Kopf eines der Spieler war rot umrandet. Wie war das zu verstehen?

Nach Miss Irène kam Miss Lilley, eine blasse Blondine mit schüchternem Auftreten, die sich bei Kindern unseres Kalibers keinen Respekt zu verschaffen vermochte. Wenn sie es je wagte, uns zu tadeln, oder wenn sie die unbestreitbare Überlegenheit der britischen Erziehung rühmte, wiesen wir sie grob in die Schranken: »Schämen Sie sich nicht? Zur Zeit der Johanna von Orleans und Napoleons waren Sie auch in einer recht schwierigen Lage. Sie haben keinen Grund, so stolz zu tun!«

Angesichts der Rebellion war die Regierungszeit von Miss Lilley kurz.

Eine weitere Persönlichkeit, die, obwohl sie winzig klein war, eine große Rolle in unserem Leben spielte, war Sandrina, die Zofe meiner Mutter. Sandrina stammte aus Pescia in der Toskana, war eine pausbäckige, kugelrunde Frau und Stimmungen unterworfen. Das war ärgerlich für Mama. Sie erkannte die Krise immer schon, ehe sie ausbrach: »Heute läßt Sandrina die Unterlippe hängen. Das ist ein schlechtes Zeichen.«

Sandrina klagte ständig über eingebildete Leiden. »Da habe ich doch eine Art Mattigkeit im Magen.« Ihre Ausdrucksweise war sehr seltsam. Wenn sie davon sprach, daß sie früh aufgestanden war, sagte sie: »In der Morgendämmerung des Tagesanbruchs«; oder wenn sie eine Ausdehnung begreiflich machen wollte, sagte sie: »Lang wie die Füße des heiligen Kreuzes.« Meine Mutter und Sandrina stritten sich unaufhörlich, was aber nicht verhinderte, daß Sandrina fünfzig Jahre lang bei ihr blieb. Ihrer Obhut wurden wir anvertraut, wenn unsere Gouvernante Urlaub hatte, der immer in die Zeit unserer jährlichen Reise auf den Kontinent fiel. Niemals waren wir glücklicher, als wenn nur Sandrina uns beaufsichtigte. Sie starb während des Zweiten Weltkriegs, und das Grab der armen Sandrina ist ebenso im Bombenhagel verschwunden wie das von Musetta.

Meine Großmutter hatte nicht weniger als drei Kammerzofen. Die ranghöchste, Viola, die ein Muttermal und ein behaartes Kinn hatte, stammte ebenfalls aus der Toskana. Eine toskanische Zofe zu haben galt damals als überaus schick. Die Viola untergeordneten Mädchen waren Einheimische, sozusagen »Eigengewächs«. Sie wechselten von Zeit zu Zeit, aber da sie alle miteinander verwandt waren, änderten sich zwar die Gesichter, aber die Vornamen blieben sich gleich: es waren immer Angelinas und Giovanninas.

Was das männliche Personal betrifft, so ist an erster Stelle Angelo zu erwähnen, der Butler mit den breiten, grauen Koteletten, überzeugt von seiner Bedeutung und mit einer sehr geschraubten Ausdrucksweise; seine Gehilfen waren Pasquale, der mit zunehmendem Alter immer mehr wie ein Klammeraffe aussah, und der gute Mommino, der immer bereit war, meine Untaten zu decken. Schließlich, auf einer sehr viel niedrigeren Stufe der Dienstboten-Hierarchie, eine Schar Diener, die bei uns wie Schiffe in einen Hafen einliefen und wieder ablegten.

Wie ich schon erwähnt habe, befand sich an jedem der drei Portale zum Garten ein Pförtnerhaus. Zwei davon wurden von den Brüdern Mineo bewohnt, deren sehr zahlreiche Familien unser Haus mit Zimmermädchen versorgten. Alle diese Angelinas, Giovanninas und auch Rosalias waren dort geboren.

Das dritte Pförtnerhaus am Tor zur Piana dei Colli war das Heim von Salvatore Pipitone, des gefürchteten Obergärtners und unersetzlichen Faktotums, und seiner Frau Lena, ehemals Kammerzofe meiner Großmutter. Ihre Tochter Maria, ein überaus gutmütiges Geschöpf, war unsere bevorzugte Spielkameradin.

Unter den Kutschern stach der schöne Isodoro hervor, eben jener, der das Herz des deutschen Kindermädchens Mathilde erobert hatte, und vielleicht auch Sandrinas, wie es gerüchteweise hieß.

Engländerinnen in Sizilien

Eines muß jedoch betont werden: trotz der englischen *nurses*, des obligatorischen Tees und der vergeblichen Versuche, mir *porridge* aufzunötigen, die bald aufgegeben wurden, kann nicht davon die Rede sein, daß ich eine englische Erziehung genossen habe. Vieles stand dem in Sizilien entgegen, und vor allem das Haus. Ja, das Haus selbst. So gab es in der Villa Niscemi keine richtige *nursery*, also das Reich, wo die Kinder für sich waren. Nach Ansicht unserer Gouvernanten war das ein schwerwiegender Mangel: das Fehlen dieser Grundzelle der englischen

Erziehung mache sich sehr stark bei uns bemerkbar. Als Ersatz für eine *nursery* diente uns ein großes Zimmer gleich neben den Räumen meiner Mutter, das eigentlich ein Schrankzimmer war, aber lichtdurchflutet. Zwei französische Fenster gewährten Zugang zu zwei Balkonen, der eine blickte auf den Garten, der andere auf den Hof, den Schauplatz so vieler erinnerungswerter Geschehnisse, und dieser große Raum war unser Spielzimmer. In den Schränken waren Bettdecken und die ganze Wäsche des Hauses untergebracht, außerdem Schals, Mäntel und Pelze von Mama und meine Garderobe. Ein weiterer Schrank war für unsere Spielsachen vorgesehen, die theoretisch immer sofort nach Gebrauch weggeräumt werden sollten, falls Großmama zufällig in diesen Teil des Hauses kommen sollte. Aber diese Vorschrift wurde nur selten befolgt, denn die Hausmädchen steckten mit uns unter einer Decke und hielten uns über das Kommen und Gehen der Herrin des Hauses auf dem laufenden, so daß wir vor Überraschungen sicher waren. Das Haus war so groß, daß, wenn sie sich auf den Weg machte, Zeit genug war, alles wegzuräumen, bis sie das Spielzimmer erreichte.

Das Frühstück für die Kinder wurde im Eßzimmer angerichtet, am anderen Ende des Hauses. Ich mußte von meinem Zimmer aus sieben große Räume durchqueren, um dort hinzukommen, wo mich meine lauwarme Milch erwartete. Bis ich mich an den Tisch setzte, hatte sich Haut auf der Milch gebildet, die mir jeden Morgen Übelkeit verursachte. Das ist wahrscheinlich der Grund, warum ich bis zum heutigen Tag dieses kräftigende Getränk verabscheue.

Die anderen Mahlzeiten nahmen wir zusammen mit den Erwachsenen ein. Abends setzten wir uns nie vor neun Uhr zu Tisch. Diese späte Stunde wurde von unserer Engländerin heftig kritisiert, ebenso die Gewohnheit, die sie abscheulich nannte, Kindern schon in jungen Jahren ein mit Wasser verdünntes Glas Wein zu geben. Dieses rötliche Wasser, das in England nie geduldet worden wäre, empörte Miss Aileen, die auch nicht verstehen konnte, warum ich in einem Haus mit so vielen Räumen im Zimmer meiner Mutter schlafen mußte. Ich hatte sieben Lebensjahre hinter mir, als ich endlich das Weiße Zimmer im zweiten Stock bekam, wo die Gästezimmer lagen.

Maria Felice, die, wie ich erwähnt habe, der Liebling meiner Großmutter war, ihr »Herzblatt«, wie man so sagt, hatte seit eh und je im zweiten Stock, nicht weit von der *foresteria,* ein eigenes Schlafzimmer gehabt und außerdem ein sogenanntes »Studio«, wo sie auf dem Gebiet der Kunst, der Wissenschaften und der eleganten Ausdrucksweise das lernen sollte, was eine wohlerzogene junge Dame beherrschen mußte. Dieses »Studio« war einer zaghaften Modernisierung unterzogen worden. Blasse Jugendstil-Blütenranken schmückten die Wände dieses Zimmers, das am Ende eines langen Korridors neben einem höhlenartigen Badezimmer lag, in dem der Marmor, aus dem die Badewanne bestand, das Wasser abkühlte, ehe man auch nur hineinsteigen konnte. Vier Personen benutzten dieses Bad: Mama, wir Kinder und die Gouvernante. Großmama hatte ihr Privatbad, ein geheiligter Ort, den niemand zu betreten, geschweige denn zu benutzen gewagt hätte.

Wenn man die Entfernungen zusammenrechnet, die ich zurücklegen mußte zwischen den Räumen, in denen man sich wusch, in denen man lernte und in denen man aß, dann ergibt das gut und gerne einen täglichen Marsch von mehr als einem Kilometer, ohne daß man das Haus verließ.

All das war für uns ganz selbstverständlich. Aber nicht für unsere Engländerinnen, die von einer Überraschung in die andere fielen. Als die letzte unserer Gourvernanten, die bleiche Miss Lilley, bei uns eintraf und gefragt wurde, ob ihr Zimmer ihr zusage und alles enthalte, was sie brauche, bejahte sie das schüchtern, fragte dann aber: »Wozu dient die gitarrenförmige Schüssel, die ich im Badezimmer gesehen habe?« Errötend mußte meine Mutter ihr den Namen und den Gebrauch erklären. Die Engländerin hatte zum erstenmal ein Bidet gesehen.

Mama stand völlig unter der energischen, aber gut gemeinten Kuratel ihrer Mutter. Tatsächlich bestimmte Großmama bis auf die kleinste Einzelheit unsere Lebensführung und unsere Erziehung. Sie machte ihren Einfluß auf allen Gebieten geltend, ob es sich nun um häusliche, religiöse oder geistige Dinge handelte. Was mich betrifft, so war ich in den Augen meiner Großmutter von klein auf ein unlenkbares Kind, ein hoffnungsloser Fall – und zweifellos hatte sie recht –, während der Lehrplan für Maria Felice ihr lange Zeit sehr am Herzen lag. Man versuchte ihr die Anfangsgründe der Musik, der Literatur, ja sogar des Lateinischen und Griechischen einzutrichtern – alles erfolglos.

Etwa zu dieser Zeit wurde eine Dame, deren wohlklingender Name noch heute einen Zauber auf mich ausübt, engagiert, um Maria Felice in die Welt von Shakespeare und Milton einzuführen. Sie hieß Miss Harriet Simpson Kay und trug hohe Absätze und raschelnde Röcke. Miss Harriet Simpson Kay! Was für ein faszinierender Name. Für mich war sie das lebende Sinnbild der Poesie, der Romantik und der Erotik. Ihre Hüte dienten als Träger für alle möglichen wunderbaren Dinge: Rosetten aus Tüll, kunstvoll gebundene Schleifen und Vögel, die aussahen, als hätten sie sich auf ihrer Pompadour-Frisur niedergelassen, um gleich wieder aufzufliegen. Eine erstaunliche Erscheinung. Aber trotz ihrer seltsamen Aufmachung mangelte es ihr weder an Geschmack noch an Humor. Sie schenkte mir, der ich doch noch so klein war, die Erstausgabe von Edward Lears *The Book of Nonsense*[16]. Ich besitze den kostbaren Band mit ihrer herrlichen Widmung noch heute. Die Kalligraphie von Miss Kay auf dem Vorsatzblatt bildet einen Reiterzug hoher Buchstaben, die gleichsam durch einen heftigen Sturm niedergedrückt werden, und endet mit einer majestätischen, vielfach verschnörkelten Unterschrift.

Alles wäre mit Miss Kay gut gegangen und wir hätten uns sogar mit ihrer einzigen Unvollkommenheit abgefunden – nämlich daß sie kein Verständnis für den Charme der Hündin Musetta aufbrachte –, hätte sie nicht einen verhängnisvollen Fehler begangen. Eines Tages hörte man sie sagen: »Dieses Tier verletzt meinen Schönheitssinn.«

Diese unannehmbare Bemerkung forderte eine sofortige Erwiderung heraus.

Punkt halb fünf wurde Miss Kays Unterricht unterbrochen: es war die Teestunde. Dieser unabänderliche Ritus, der sich immer auf dieselbe Weise vollzog – erst wurde sehr heißer Tee in die Tasse eingeschenkt und dann ein Tröpfchen Milch hinzugefügt –, erbitterte Maria Felice, die in dem Intermezzo nur einen Vorwand sah, den Unterricht zu verlängern. Einmal mehr standen sich im Studio im zweiten Stock zwei unterschiedliche Lebensanschauungen gegenüber: britische Zurückhaltung und verrückte sizilianische Maßlosigkeit.

Eines Tages verfiel Miss Kays aufsässige Schülerin dann auf den Gedanken einer wahrhaft teuflischen Rache. Da Musetta gerade Junge geworfen hatte (Vater unbekannt), beschloß Maria Felice, unsere Hündin zu melken und ihrer Lehrerin das Produkt dieser Operation zu servieren. Meine Rolle bestand darin, Musetta festzuhalten, während Maria Felice ihr Milch abzuzapfen versuchte. Wer noch nie eine Hünding gemolken hat, kann sich nicht vorstellen, wie schwierig das ist, und vermutlich für das Opfer auch sehr schmerzhaft, wenn sich ungeübte Hände daranmachen. Musetta jedenfalls fand es so unerträglich, daß sie, die sonst so friedlich war, mich zum erstenmal in ihrem Leben biß. Ich war immer derjenige, der die unangenehmsten Aufgaben übertragen bekam. Das magere Ergebnis unserer gemeinsamen Bemühungen wurde in ein Milchkännchen gefüllt, auf Miss Kays Tablett gestellt und zur schicksalhaften Teestunde in ihre Tasse gegossen. Miss Kay hatte sie gerade bis zum letzten Tropfen ausgetrunken, als Maria Felice sie fragte: »Wissen Sie, Miss Kay, was Sie eben mit Ihrem Tee getrunken haben? Musettas Milch.«

Von Brechreiz gewürgt, sprang Miss Harriet Simpson Kay mit einem Satz auf, die Hand auf den Mund gepreßt, und verließ eiligst das Zimmer. Nach einigen Minuten kam sie zurück, erleichtert, aber sehr blaß.

Es wäre verständlich gewesen, wenn sie uns verpetzt hätte, aber sie tat es nicht. Das war englisches *fair play* in höchster Vollendung, aber ihre Abneigung gegen unseren Hund nahm beträchtlich zu. Sie brauchte Musetta bloß zu sehen, und schon fiel ihr die Geschichte mit der Milch wieder ein. Nach dieser Teestunde duldete sie die Hündin nicht mehr im Zimmer. Arme Miss Harriet Simpson Kay... Sizilien hat ihr grausam mitgespielt.

Sie schien ein sehr bewegtes Gefühlsleben gehabt zu haben. War es Dichtung oder Wahrheit, wenn sie Andeutungen über aufregende Reisen mit Lord X. machte? Und als sie erzählte, sie habe sich beim Schlittschuhlaufen mit dem jungen französischen Vicomte, dessen Namen sie aber diskret verschwieg, den Knöchel verstaucht? Und dieser Rothschild, den sie ein paarmal mit verzückter Stimme erwähnte? »Ja, ja, ein Rothschild«, beteuerte sie. »Aber welcher Rothschild, Miss Kay?« wollten wir wissen. »Ein Wiener«, antwortete sie geheimnisvoller denn je.

Nicht lange nach dem Tee-Zwischenfall verließ uns Miss Kay. Sie wurde Hauslehrerin einer Freundin von uns, deren Vater als Don Juan bekannt war. Er machte sich sofort an Miss Kay heran, und das hatte schlimme Folgen für sie. Die Sache wurde ruchbar, und sie mußte Palermo verlassen.

Viele Jahre später hieß es gerüchteweise, sie habe den Verstand verloren. Schonungslos wurde davon gesprochen, sie sei völlig übergeschnappt und habe ihre Tage in einer Irrenanstalt beschlossen.

Ich meinerseits mußte natürlich italienischen Unterricht

erhalten. Meine erste Lehrerin war Signorina Gemelli, eine hagere alte Jungfer, deren graue und trockene Oberlippe mit einem ziemlich buschigen Schnurrbart geziert war. Sie unterrichtete auch die Söhne unserer Nachbarn Gebbiarossa, und von ihnen kam sie jeden Nachmittag in einem seltsamen, von einem Esel gezogenen Gefährt, das man für eine grüne Minna hätte halten können, aber es war ganz schwarz. Sobald ich das Tor knarren hörte, nahm ich die Beine unter den Arm und flüchtete so weit weg, wie ich nur konnte, in der Hoffnung, den fatalen Augenblick, in dem ich gerufen würde, hinauszögern zu können.

Ich war ein unmöglicher Schüler, ein nicht zu bändigendes Kind, und trieb Signorina Gemelli dermaßen zur Verzweiflung, daß sie sich manchmal auf die Stirn und die Wangen schlug, um sich zu vergewissern, daß sie wirklich wach war und das, was sie sah, nicht ein böser Traum. Ich hatte eine etwas ungewöhnliche Art erfunden, meine Lektionen aufzusagen. Meine unglückliche Lehrerin traute kaum ihren Augen. Wenn Vögel, Säugetiere oder Reptilien darin vorkamen, schlug ich mit den Armen um mich, bewegte die Hände wie Flügel, warf mich auf den Boden und kroch bellend auf allen vieren herum oder schlängelte mich bäuchlings hin und her, wobei ich heftig zischte.

Mein denkwürdigster Einfall kam mir, als mir meine Lehrerin die Geschichte von Attila, der Geißel Gottes, und seiner Horden vorlas. Der erste Satz im Lehrbuch lautete: »Die Hunnen waren Nomaden und kleinwüchsig. Sie kamen aus Asien, überschwemmten Europa und zerstörten alles auf ihrem Weg.« Diese barbarische Vision stieg mir zu Kopf. Im Handumdrehen war ich auf dem Tisch und schrie: »Ich bin ein Hunne ... Ich bin ein Hunne und kleinwüchsig.« Dann sprang ich vom Tisch herunter und schmiß, immer noch schreiend, die Stühle um und warf Hefte und Bücher auf den Boden. Die arme Gemelli, die stark lispelte, rief, so laut sie konnte: »Fuschco, Fuschco!«, aber alles war vergeblich. Berauscht von meinem Erfolg als Schauspieler stürmte ich aus dem Schulzimmer und wie die Horden, die ich nachahmte, durch das ganze Haus, immer noch brüllend: »Ich bin ein Hunne ... Ich bin die Geißel Gottes ...« Entsetzt sah die Dienerschaft mir nach: »Unser kleiner Herr hat den Verstand verloren ... Durch das viele Lernen ist er verrückt geworden.«

Schließlich wurde ich von Pasquale und Mommino gepackt,

als ich, auf dem Tisch in der Gesindestube hockend, zu meiner großen Bestürzung sah, daß ein Zimmermädchen vor Aufregung ohnmächtig wurde.

Einmal in der Woche fand der einzige Unterricht statt, dem ich mich mit Vergnügen unterzog: die Tanzstunde. Signorina Sulli waltete ihres Amtes bald bei dieser, bald bei jener Familie, und ihr Kurs erfreute sich großen Zuspruchs. Kleine Jungen und kleine Mädchen wurden nicht nur in die Geheimnisse von Walzer, Polka, Mazurka und Two-Step eingeweiht, sondern auch mit weniger landläufigen Tänzen bekannt gemacht. Wir lernten etwas, das unser Lehrerin »season« nannte, dann gab es die *Washington Post* und natürlich die Quadrille. Die Stunde endete mit *Sir Roger de Coverley.* Wir führten komplizierte Figuren aus, in deren Verlauf die Tänzer ihre Damen tauschten. Ich schätzte diese Stunden außerordentlich. Ich war noch nicht zehn Jahre alt und schon ein guter Tänzer. Meine bevorzugte Partnerin war eine kleine Engländerin meines Alters. Von ihr wird später noch die Rede sein.

4

Die Opernsucht

Und ich? Wo bleibe ich bei alledem? Und wie war ich eigentlich? Der stämmige kleine Junge, der aber fest auf seinen kurzen Beinen stand, immer in Bewegung war, auf Sofas und Sessel sprang, auf Bäume kletterte oder Kopfstand machte? Oder zeigte sich meine wahre Natur eher, wenn dieser kleine Junge plötzlich innehielt, von einem seiner hunderttausend Streiche abließ und sich unendlichen Träumereien hingab?

Zu Hause trug ich gewöhnlich kurze Hosen aus blauem Serge, einen dazu passenden Rollkragenpullover, schwarze Stiefel und schwarze Strümpfe, die immer rutschten. Das wurde *il vestito di casa,* der Hausanzug, genannt. Zum Ausgehen trug ich stets und ständig einen Matrosenanzug. Er kam zu einem bestimmten Zeitpunkt aus London; im Winterpaket ein Matrosenanzug aus dunkelblauem Serge mit dem Etikett von Peter Robinson, im Sommerpaket ein ebensolcher aus weißem Leinen, blaugestreift mit dem Etikett von Peter Jones. (Übrigens sei nicht verschwiegen, daß die Hosen des »Hausanzugs« immer die des Ausgehanzugs vom vorigen Jahr waren.) Die beiden Londoner Lieferanten waren in meiner Phantasie zwei mythische Gestalten geworden, die sich nie treffen sollten; und ich fragte mich, ob »Jones« den Winter wie die Murmeltiere schlafend verbrachte, während »Robinson« im Frühjahr beim ersten Sonnenstrahl schmolz und erst im Herbst wiedererstand.

Meine Kopfbedeckung war unterschiedlich je nach der Jahreszeit: im Winter eine Matrosenmütze, im Sommer ein breitrandiger Strohhut, festgehalten durch ein Gummiband, auf dem ich dauernd kaute, so daß es immer wieder durch Knoten verkürzt werden mußte und wie ein Rosenkranz unter dem Kinn aussah.

So war ich. Oder zumindest bin ich meiner Erinnerung nach in jenen fernen, glücklichen Jahren im sonnigen Sizilien so gewesen.

Man wird es mir kaum glauben, aber trotz meiner Wildheit und meines Mangels an Fleiß war das Zeichnen mein liebster Zeitvertreib. Schon als kleines Kind zeichnete ich oder kritzelte vielmehr. Ich entwarf imaginäre Landkarten – fast immer waren es Inseln mit ihren Bergen, Flüssen, Buchten und Städten. Einige Jahre später begann ich Stadtpläne zu zeichnen, die auch imaginär waren, und trug Denkmäler, Kirchen und die unerläßlichen Königspaläste ein, denn meine Inseln waren immer Königreiche, weil ich keine andere Regierungsform kannte. Für diese Königreiche erfand ich Könige, Königinnen und Minister mit seltsamen Namen. Sie hießen wie unsere Hunde. Da gab es einen König Dick XV., eine Königin Musetta II. und so weiter. Aber ich erinnere mich auch, ein raffiniertes Land von rein gastronomischem Charakter erfunden zu haben. Dieses Königreich hieß »Tafelland«. Dort lebten in schöner Eintracht Baron von Lamm, Herr von Chateaubriand, Fräulein von Kutteln und Sir Loin (Rinderlende).

Als ich dann endlich mein eigenes Zimmer bekam – das Weiße Zimmer –, führte mein Weg mehrmals am Tag an einem großen Bücherschrank vorbei. In Anbetracht meiner »Kleinwüchsigkeit« konnte ich nur die Bände in den unteren Reihen erreichen. Auf diese Weise wurde das Wörterbuch Larousse für mich eine unerschöpfliche Quelle der Belehrung.

Das erste Kunstbuch, das ich durchblätterte, war ein sehr schweres, in grünes Leder gebundenes Werk; auf der Vorderseite des Einbands befand sich in der Mitte ein in Gold geprägtes Medaillon, das einen jungen Mann mit langen Locken und einer Art Baskenmütze im Profil zeigte sowie eine Inschrift: Raphael – Sanctius – Urbinas. Es war der *Raphael* von Eugène Müntz. Ich schleppte den gewichtigen Band ins Weiße Zimmer, setzte mich aufs Bett, wendete langsam die Seiten um und betrachtete die einander folgenden Gesichter von erstaunlicher Heiterkeit, die meinen Blick zu erwidern schienen. Das waren meine ersten, wenn auch noch unsicheren Schritte in den Wundergarten der italienischen Renaissance. Ich spürte, daß sich etwas in mir geändert hatte, aber ich wußte nicht genau was. Niemals hatte ich bisher auf diese Weise gelebt: die Kunst, dieses Geschenk der Götter, hatte Einzug in meinem Leben gehalten. Durch dieses Buch habe ich Geschmack an der Kunst gefunden. Geschmack? Einen Durst nach Kunst, sollte ich es eher nennen, einen Durst, den ich noch heute habe. So alt ich auch bin, wenn ich gewisse Meisterwerke sehe, Raffaels Sibyllen von Santa Maria della Pace in Rom oder in Palermo die *Verkündung* von Antonello da Messina oder auch die *Auferstehung* von Piero della Francesca im Palazzo Communale in Borgo di San Sepolcro, schnürt die Ergriffenheit mir die Kehle zu.

Diese Fähigkeit zu bewundern, die ich vorher nicht besessen hatte, verlieh unseren jährlichen Reisen auf den Kontinent einen neuen Sinn. Ich betrat die Museen wie das Gelobte Land. Ich erinnere mich genau an die »Tribuna« der Uffizien und den »Salon carré« im Louvre, wie sie damals waren: eine Art Allerheiligstes, in dem sich die Gemälde befanden, die man für die schönsten hielt. Ich frage mich, ob diese Auswahl heute die gleiche wäre. Ich fürchte nein. Allein der Palazzo Pitti hat heute noch diese Atmosphäre einer Privatsammlung, in der die Bilder dort aufgehängt sind, wo sie am wirkungsvollsten sind, und nicht nach Schulen, nach Epochen, nach Ländern angeordnet werden, als wären sie Briefmarken in einem Album.

Schon in jenen Jahren hatte ich eine Voreingenommenheit für alles Italienische. Jetzt, nachdem ich drei Viertel meines Lebens im Ausland verbracht habe, sei es in Amerika, in Frankreich oder England – muß ich gestehen, daß sich das nicht geändert hat. Es kommt vor, daß ich auf englisch oder französisch denke, und die Kultur dieser beiden Länder ist für mich eine außerordentliche Bereicherung gewesen, aber meine *italianità* ist dadurch nicht im mindesten beeinträchtigt.

Etwa zur selben Zeit entdeckte ich die Musik, aber sie wirkte sich auf mich ganz anders aus. Während die bildenden Künste mich ununterdrückbar dazu animierten, es selbst zu versuchen, und ich mich mit dem Stift in der Hand gleich daran machte, das erste beste Stück Papier zu bekritzeln, versetzte mich die Musik in eine Traumwelt oder machte mir, wenn die Melodie beschwingt war, Lust zu tanzen und seltsame Ballette zu improvisieren. Eines schönen Tages entdeckte ich zu meiner größten Verwunderung, daß ich aus dem Gedächtnis eine Melodie summen und sie Taste für Taste mit einem Finger auf dem Klavier nachspielen konnte. Das machte mich unendlich stolz, zumal meine Schwester trotz all der Stunden, die sie erhalten hatte, es nicht konnte. Aber da ich nicht die geringste Aussicht hatte, Musikunterricht zu bekommen, geschweige denn Klavier zu spielen – das galt nicht als passend für einen Jungen –, mußte ich mich mit meinen zaghaften Interpretationen von *Rêve de valse, Espagnole* oder, recht hochfliegend, von *Clair de Lune* von Massenet begnügen.

Schließlich kam der schicksalhafte Tag, an dem ich zu einer Nachmittagsvorstellung in der Oper von Palermo mitgenommen wurde, als *Aida* gegeben wurde: der siebenjährige Junge, der ich war, verlor völlig den Kopf. Bei dieser Matinee lernte ich nicht nur den Zauber der Oper kennen, sondern betrat auch zum erstenmal ein Theater.

Das Teatro Massimo in Palermo war und ist noch heute eines der größten Theater Europas.[17] Seine riesigen Ausmaße beeindruckten und faszinierten mich. Am Haupteingang führt eine Marmortreppe zu einer Säulenvorhalle. Auf hohen Sockeln rechts und links von der Treppe stehen zwei außerordentlich blutdürstig aussehende Bronzelöwen, und auf ihnen sitzen zwei spärlich bekleidete, überlebensgroße Damen, die die ankommenden Besucher zu überwachen scheinen. Die eine der Damen blickt traurig drein, die andere fröhlich; sie stellen, wie man mir sagte, Tragödie und Komödie dar. Das Gebäude ist von einem schmiedeeisernen Gitter umgeben, hinter dem die Büsten einiger berühmter Musiker und ein paar Palmen aufragen.

Ich wollte so gern einmal diese erhabene Treppe hinaufsteigen und war unendlich enttäuscht, als unser Landauer nicht bei den Löwen anhielt, sondern durch einen ziemlich dunklen Tunnel auf einen runden, gedeckten Hof fuhr. Dort hielten wir dann vor einer ganz und gar nichtssagenden Tür. Mir wurde erklärt, daß nur die einfachen Leute, die zu Fuß oder mit der Droschke ins Theater kommen, die große Marmortreppe zwischen den beiden Damen auf ihren wilden Löwen emporsteigen. Die Wagen der Patrizier dagegen seien als einzige befugt, durch den sakrosankten Tunnel zu fahren, und das sei ja wohl das Mindeste, nachdem es dummerweise die Rampe nicht mehr gebe, die es den adligen Familien in den alten Theatern ermöglichte, den Wagen erst an der Tür ihrer Loge zu verlassen, und das sogar im zweiten Rang. Die städtischen Behörden hätten vor nichts mehr Respekt. (Ich möchte hinzufügen, daß ich nie ein Wort von dieser Geschichte geglaubt habe, die mir von A bis Z erfunden schien.)

Durch die häßliche Tür gelangten wir auf einen rätselhaften Korridor, der lang und kahl war und eher an einen Krankenhausanbau als an ein Theater denken ließ. Ich war ganz bestürzt. Dann kam eine doppelläufige Treppe, aber ebenso schmucklos, kahl und kalt wie das übrige. Schließlich erreichten wir das riesige Foyer. Hier verflüchtigte sich meine Enttäuschung oder wurde vielmehr überwältigt von der Pracht eines Raums, der vier Stockwerke hoch war und dessen Decke und Wände mit allen möglichen, mehr oder weniger vergoldeten Ornamenten verziert waren. Das Foyer dieses wunderbaren Gebäudes hat sich nicht verändert. Es ist erhalten geblieben mit seinen Palmwedeln, Lorbeerzweigen, tragischen und komischen Masken, musikalischen Symbolen, Adlern, geflügelten Jungfrauen, Mäandern, Füllhörnern und Verzierungen in Stuck, Bronze und Marmor, die sich ineinander verflechten, sich verfolgen, miteinander wetteifern und sich zu einem tollen Tanz zusammenfinden.

An der Hand wurde ich über blutrote Teppiche geführt, dann ging es wieder durch Korridore und über Treppen, und betäubt von soviel Pracht betrat ich schließlich unsere Loge im zweiten Rang. Als ich mich über die Brüstung beugte, verschlug es mir fast den Atem. Der riesige, hufeisenförmige Raum mit den fünf Rängen erschien mir wie eine hohe, vergoldete Grotte, von unzähligen Zellen – den Logen – durchlöchert, und ganz oben, fast an der Decke, war die Galerie. In der Mitte des Theaters befand sich die geräumige Königsloge, flankiert von zwei starkbusigen Karyatiden, die Armleuchter hochhielten. Gegenüber sah ich den Bühnenvorhang wie eine Kaskade aus rotem Samt, die vom Himmel herabzuwallen schien, und ganz unten am roten Rand der Parkettsessel den Orchestergraben, gespickt mit Notenpulten, vor denen einige Musiker Platz genommen hatten; sie zupften an den Saiten ihrer Instrumente und erzeugten seltsame Töne, die aus der Tiefe aufstiegen wie eine orientalisch klingende Musik.

Was die fünf unteren Ränge betrifft, so lag der Verteilung der Logen ein ausgesprochener Snobismuskult zugrunde. Wenn ich die Plätze im sechsten Rang nicht erwähne, dann darum, weil der Olymp praktisch nicht existierte: er zählte nicht.

Die Logen im ersten Rang wurden fast ausschließlich von Angehörigen militärischer Kreise, der Marine und hohen Funktionären der Stadtverwaltung und der Regierung eingenommen.

Der zweite Rang, der gesuchteste und eleganteste, erstreckte sich zu beiden Seiten der Königsloge. Links bildeten die Proszeniumsloge und die drei anschließenden Logen die sogenannte »Barkasse« des Club Bellini, des aristokratischen Refugiums palermitanischer Lebemänner. Die Proszeniumsloge auf der rechten Seite war die des Prefetto. Alle anderen Logen im zweiten Rang wurden von der Creme der Gesellschaft eingenommen: sie brachten das gesellschaftliche Prestige zum Ausdruck. Um es zu wahren, mußte man Jahr für Jahr dieselbe Loge mieten und nie eine andere.

Im dritten Rang saß die obere Mittelschicht, die namhaftesten Rechtsanwälte und ihre Gattinnen, etwas zu elegant aufgemacht, die reichen Familien mit zahlreichen heiratsfähigen Töchtern, schließlich alle jene, denen es trotz ihrer Bemühungen nicht gelungen war, eine Loge im zweiten Rang zu ergattern, die aber dennoch im Teatro Massimo gesehen werden wollten.

In die Logen des vierten Rangs flüchteten sich diejenigen, die woanders nicht unterkommen konnten. Es waren die am geringsten geachteten Plätze, die weitaus schlechter angesehen waren als die Logen im fünften Rang. Da wußte man wenigstens, mit wem man es zu tun hatte: Familien, die wegen eines kürzlich eingetretenen Trauerfalls sich nicht im gewohnten Rang sehen lassen konnten – das kam häufig vor, denn die Trauer spielte im Leben der palermitanischen Familien eine große Rolle; Jugendliche, die sich noch nicht mit ihren Eltern im zweiten Rang zeigen durften, weil sie nicht entsprechend gekleidet waren; Gruppen »unbegleiteter« junger Mädchen, die zwar den besten Kreisen angehören, aber im zweiten Rang nicht erscheinen durften, weil sie noch nicht »in die Gesellschaft eingeführt« waren; verarmte Adlige, die sich eine Loge im zweiten Rang nicht leisten konnten, aber eher auf einen Theaterbesuch verzichtet hätten, als in den verachteten Logen des ersten, dritten und vierten Ranges gesehen zu werden.

Was das Parkett betrifft, so war es einfach undenkbar, dort zu sitzen. Da konnten sich nur völlig Unbekannte niederlassen, Techniker, Handelsvertreter oder durchreisende Ausländer.

Aber kommen wir auf diese unvergeßliche Nachmittagsvorstellung und den zauberhaften Augenblick zurück, als die Kronleuchter langsam erloschen, Stille eintrat und man im Halbdunkel sah, daß der Dirigent kam, sich zwischen den Pulten hindurchschlängelte und, den Taktstock in der Hand, sein winziges Podium erklomm, mit dem Taktstock dreimal kurz auf sein Pult klopfte, tick, tick, tick, und dann mit erhobenen Armen wartete. Worauf wartete er? Kaum war Stille eingetreten, da durchbrach er sie mit einer Fülle wunderbarer Töne. Dann kam nach einem kurzen Präludium der feierliche Augenblick, in dem sich die Rampe erhellte, der rote Vorhang leicht erbebte, sich wie eine Geisterwand auftat und das Zauberbild des großen Saals im Palast von Memphis enthüllte. Schon beim ersten Takt des *Se quel guerriero io fossi* begann mein Herz zu klopfen. Später wurde mir gesagt, ich hätte ganz benommen ausgesehen. Tatsächlich war ich verzaubert, verstört, und kaum hatte Radames den letzten Ton seiner Arie *Un trono vicino al ciel* gesungen, da waren die Würfel gefallen: ich war von der Opernsucht ergriffen. Diese Manie behielt ich mein Leben lang.

Im weiteren Verlauf der Vorstellung äußerte sich mein Empfindungsvermögen auf unterschiedliche Weise. Der Tanz der jungen äthiopischen Sklavinnen, der Klang der Trompeten, der Triumphmarsch, der Streitwagen des Siegers, der dramatische Einzug der Gefangenen begeisterten mich derart, daß ich nicht mehr stillsitzen konnte. Die Gerichtsszene erregte meine Empörung. Ich wütete gegen die Priester; ich war buchstäblich außer mir.

Dann kam der letzte Akt. Von *La fatal pietra* bis zum Augenblick des Todes von Aida und Radames, lebendig begraben, während über ihnen Amneris, ganz in Schwarz gekleidet, *Pace t'imploro* singt, war ich nur noch ein kleiner schniefender, nach Luft ringender Zuschauer mit verschleierten Augen, der sich nach Kräften bemühte, nicht zu weinen, und schließlich von Rührung überwältigt, ein in Tränen schwimmendes Kind. Meine Mutter hatte ihre liebe Not, mich zu beruhigen und mir klar zu machen, daß die unglücklichen Sänger, die Opfer der Liebe und gerade unter der Erde verschwunden, nicht wirklich tot waren, sondern im Gegenteil ganz lebendig, denn ich konnte sie ja zwischen den Falten des Vorhangs sehen, wo sie sich vor dem Beifall klatschenden Publikum verbeugten, lächelnd und glücklich. Ich gebe zu, daß es mir lieber gewesen wäre, nicht getröstet zu werden und meine Illusionen des leichtgläubigen Kindes zu behalten. Rings um mich verließen Zuschauer trokkenen Auges ihre Logen. Ich sah diese Herren im untadeligen Anzug und diese ungerührten Damen und fragte mich, weshalb sie eigentlich ins Theater gekommen waren, wenn sie offenbar nicht daran *glaubten.*

Nach diesem traumatisierenden Erlebnis ließ ich meiner Familie, die sehr beeindruckt war von meiner musikalischen Sensibilität, wie sie es nannte, keine Ruhe, bis ich ein eigenes Grammophon bekam. Es war mein ganzer Stolz und meine Freude, und im Lauf der Jahre wurden Schallplatten das Geschenk, das ich mir am meisten wünschte. Ich identifizierte mich dauernd mit Leuten, die Mimi und Rudolf hießen, Violetta und Alfred, Norma und Pollione, Linkerton und Butterfly, aber Hänsel und Gretel mochte ich nicht; diese Oper, die ich mir anhören mußte, bloß weil sie angeblich für Kinder geeignet war, fand ich mit ihrem Geschrei, den Trillern und Lebkuchengeschichten einfach unerträglich.

Mit sieben Jahren begann ich die Talente der großen Sänger zu vergleichen. Die Stimmen von Caruso und Bonci[18] mit seinem *ha ha ha* (dem berühmten perlenden Gelächter) sowie die von Zenatello[19] waren mir vertraut. Unter den Sängerinnen bevorzugte ich Regina Pacini[20], Maria Barrientos[21] und Salome Kruceniski[22] – letztere nur, weil es meine Zuhörer immer so verblüffte, wenn ich diesen obskuren Namen wiederholte.

Meine Großmutter war eine glühende Verehrerin des berühmten Tenors Francesco Tamagno[23], der die Rolle des Othello kreiert hatte. Sie besaß viele Photographien von ihm in allen möglichen Kostümen und Posen und erzählte unglaubliche Anekdoten von ihm: daß allein durch sein schmetterndes *Do di petto* die Scheiben von zwei hohen Fenstern zerbarsten und der Tenor, als das Publikum bei einer Othello-Aufführung mehrmals eine Wiederholung seines herzzerreißenden *Miseria mia* verlangte, sich zum Zuschauerraum umdrehte und schrie: *»Miseria vostra!«*, was zuerst einen Höllenlärm und dann einen Aufruhr hervorrief.

Nach Großmamas Ansicht konnte nach Tamagnos Tod kein Tenor das *Esultate* von Othello so singen, wie er es auf dem Balkon seines Hotels vor Tausenden von Mailändern getan hatte, die ihm Beifall spendeten. Nein, niemand nach ihm ...

Es gab noch ein anderes Verbindungsglied zwischen der Welt der Oper und mir. Meine Familie besaß ein großes, weiches Kissen mit einem himmelblauen Brokatbezug. Es war ständig ausgestellt in der sogenannten »Galerie« der Casa Verdura. Dieses Kissen wurde »Bellincioni« genannt, weil mein Vater es Gemma Bellincioni[24] geliehen hatte, die er sehr verehrte. Jedesmal, wenn die berühmte Primadonna nach Palermo kam, um *La Traviata* zu singen, wurde das Kissen auf die Bühne gelegt, damit sie sich im dritten Akt darauf fallen lassen und bequemer sterben konnte. La Gemma, wie ihre Fans sie nannten, war eine sehr schöne Frau und außerdem eine bemerkenswerte Schauspielerin.

Viele Jahre später hatte ich Gelegenheit, ihr in Venedig, wo sie sich zur Ruhe gesetzt hatte, vorgestellt zu werden. Sie war eine sehr alte Dame geworden, und von ihrem früheren Charme waren nur geringe Spuren geblieben, aber sie hatte erstaunlich strahlende Augen und eine samtige Stimme, die von weit her zu kommen schien. Sie erinnerte sich genau an das *bel cuscino azzuro e morbido* und erzählte mir, eines Abends habe sie es halb verfehlt und sei mit dem Kopf auf den Bühnenboden aufgeschlagen.

Sie wohnte in einem *palazetto* an einem verschlafenen Seitenarm der großen Kanäle. Da sie an den Straßenlärm von Mailand gewöhnt war, wo sie immer gelebt hatte, bedrückten sie die provinzielle Ruhe von Venedig und die Lagunenstille, und wann immer sie konnte, fuhr sie mit dem *vaporetto* zum Lido, bloß um sich dort auf eine Bank zu setzen und das Quietschen der Straßenbahn und das Hupen der Taxis zu hören, und dann schloß sie einen Moment die Augen und träumte, sie sei wieder in Mailand auf ihrer geliebten, geräuschvollen Piazza della Scala.

Manchmal gewann meine Wildheit wieder die Oberhand, und das Ungestüm des verwöhnten Kindes brach sich erneut Bahn. Als ob ich nie ein eifriger Junge gewesen wäre, der sich mit Leidenschaft der Entdeckung von Malerei, Musik und Zeichnen hingegeben hatte. Mit einemmal wurde der Garten der Villa Niscemi mein wichtigstes Anliegen. Nur er machte mich glücklich.

Ich sehe mich noch, wie ich mit zehn Jahren auf bestimmte Bäume zulief, die ich als mein ausschließliches Eigentum ansah und auf die niemand ohne meine Erlaubnis klettern durfte. Zwei dieser Bäume gehörten zu einer tropischen Spielart von Gummibäumen, die *ficus elasticus* heißt. Ihre gewaltigen Stämme waren säulenartig wie Elefantenbeine, und ihre majestätischen und kräftigen Äste, deren Rinde auch an Elefantenhaut denken ließ, boten einen außerordentlich behaglichen Ruheplatz. Die dicken, dunkelgrünen und glänzenden Blätter sonderten, wenn man sie abpflückte, eine etwas milchige weiße Flüssigkeit ab, die ich halb erfreut, halb ängstlich rinnen sah. Um diese Bäume von den anderen zu unterscheiden, hatten sie Namen erhalten. Der eine, der sehr hoch war und am Stammansatz zwei Auswüchse hatte, die wie ein Hinterteil aussahen, hieß »himmlischer Hintern«, der andere verdankte seinen Namen einer Fülle von Warzen. Deshalb wurde er nach unserem Hausarzt »Arico« genannt, denn dessen kahler Schädel war mit drei Warzen verziert, die trotz den Ermahnungen unserer Gouvernante bei jedem seiner Besuche unsere Blicke unwiderstehlich auf sich zogen.

Das Zauberreich La Favorita

Es kam vor, daß ich trotz meiner lebhaften Phantasie alle Möglichkeiten des Gartens erschöpft hatte. Meine Schwester war mit ihren Tieren, ihren Stunden, ihren gleichaltrigen Freundinnen beschäftigt. Daß ihr kleiner Bruder schon ungeduldig auf sie wartete, wenn ihr Unterricht beendet war, ärgerte sie. Deshalb blieb ich mir oft selbst überlassen und wanderte unglücklich und einsam umher.

Dann pflegte ich mich in Mamas Zimmer zu stehlen und mich wie ein lebender Vorwurf vor ihr aufzubauen. Um ihre Aufmerksamkeit zu erregen, hatte ich eine Redewendung von beispielhafter Prägnanz erfunden: *»Bimbo disoccupato«* (Kind ohne Beschäftigung), sagte ich mit kummervoller Stimme. Sie lachte. Das waren die Tage, an denen sie mich *le petit flou* nannte, ein Spitzname, den sie für mich erfunden hatte. Denn sie wußte, worauf ich hinauswollte: sie sollte mit mir in den Park gehen. Allein war gar nicht daran zu denken, es war mir verboten, und was hätte ich überhaupt allein auf diesem riesigen Spielplatz anfangen sollen? Wenn ich mit Maria Felice dort hinging, mußte ich die Überwachung einer Gouvernante ertragen, die unseren Forschungsdrang zügeln sollte. Nein, die vollkommene, unersetzliche Gesellschaft war die von Mama, die dank einem ererbten Privileg als Kind auch dort gespielt hatte.

Denn von Generation zu Generation übten wir gleichsam ein Lehnsrecht auf den Park La Favorita aus, und zwar aus dem einfachen Grund, weil Angehörige unserer Familie ihn einst dem König geschenkt hatten.

Im 18. Jahrhundert war Neapel die Hauptstadt des Königreichs beider Sizilien. Aber obwohl das Königreich verwaltungsmäßig ein doppeltes blieb, war im üblichen Sprachgebrauch nur vom Königreich Neapel die Rede, und die Sizilianer, Opfer dieser neapolitanischen Nachlässigkeit, empfanden diese Auslassung als eine Beleidigung. Neapel... Immer war der Regierungssitz in dieser Stadt gewesen, bis in der Nacht des 12. Dezember 1798 der Vormarsch der Soldaten des Direktoriums Ferdinand I. von Bourbon – bekannter unter dem Spitznamen »Nasone« (große Nase)– veranlaßte, mit seiner Familie in die zweite Hauptstadt Palermo zu fliehen, wo er sich unter den Schutz von Lord Nelson begab.

Der königliche Palast von Palermo auf seinem Felsensockel, mit seinem schiefen Turm von Pisa und seiner Palastkapelle war eindrucksvoll. Arabischen Emiren hatte er als Festung, den Herrschern der normannischen Dynastie, den staufischen Kaisern und den französischen Königen als Residenz gedient und wurde dann, als sich die Könige von Aragon unserer Insel bemächtigten, die Residenz der Vizekönige, der Repräsentanten der spanischen Macht. Aber diese lange, geschichtsträchtige Vergangenheit hinderte Nasone nicht, den ihm zugefallenen Palast mit den Schlössern von Caserta und Portici zu vergleichen, die er gerade verlassen hatte; er fand den imposanten Gebäudekomplex bedrückend und den Garten, der sich auf einem Abhang erstreckte und von der Stadtmauer umgeben war, friedhofsähnlich.

Drei Adlige, die in der Region der Colli Grund und Boden besaßen, boten dem König einen Teil davon an, damit er sich fern der Stadt ein Landhaus bauen lassen könne. Einer der Spender war ein Fürst di Niscemi, der Urgroßvater meiner Mutter. Und dieses, dem König Ferdinand gemachte Geschenk war der Grund, warum wir jederzeit freien Zugang zum Park der Favorita hatten. Als 1860 die Dynastie von Savoyen mit König Victor-Emmanuel an die Macht kam, blieb das Privileg erhalten.

Wir brauchten also nichts zu tun, als eine kleine Tür neben dem Portal zu öffnen, und schon lag der Park vor uns mit seinen Geheimnissen, seiner üppigen Vegetation, den langen Alleen, gesäumt teils von Eichen, teils von Platanen oder Zypressen, den Lichtungen, begrenzt von Buchsbaumhecken oder Fliedersträuchern, die sich im Frühjahr schon lange, ehe man sie sah, durch ihren überwältigenden Duft bemerkbar machten; er führte uns zu ihnen. Wir gingen zu den Fliedersträuchern wie in eine für eine Hochzeit mit Blumen geschmückte Kirche. Es wurde einem schwindlig vor lauter Duft.

Da war auch der Brunnen, in dessen Mitte Herkules auf einer dorischen Säule hockte, und das Becken der Diana, die keinen Kopf mehr hatte. Das klare, durchsichtige Wasser ließ eine Unmenge seltsamer, glitschiger Pflanzen erkennen, die wie eine feuchte Falle das Waten im Becken gefährlich machten. In einem Olivenhain stand ein architektonisches Phantasiegebilde von recht unheimlicher Art. Dieses Bauwerk – eine nachgemachte griechische Nekropole, oder war sie etruskisch, das weiß ich nicht mehr – wurde von mir mit Geistern und Gespenstern bevölkert, und damit versetzte ich die Jungen meines Alters, verächtliche Städter, die aus Palermo gekommen waren, um den Tag mit mir zu verbringen, in Angst und Schrecken. In einem anderen Teil des Parks war die Ruine einer Pagode errichtet worden, in deren Tiefe sich eine Wohnung befand. Aber war das immer so gewesen? War das eine Ruine zu Wohnzwecken? Jedenfalls ein komisches kleines Gebäude, das so aussah, als würde es gleich einstürzen. Es beherbergte eine Familie von Angestellten des königlichen Haushalts, und man war sehr überrascht, wenn man sah, daß wirkliche Menschen, Vater, Mutter und mehrere Kinder, in dieser gespenstischen Szenerie wohnten. Noch seltsamer als alles andere und ein Anziehungspunkt, der unsere Aufmerksamkeit mehr fesselte als die architektonischen Absonderlichkeiten, war ein gewaltiger Maulbeerbaum, der seine Zweige in alle Himmelsrichtungen ausstreckte. Von Juni an stellte er einen üppigen Schmuck an scharlachroten Beeren zur Schau, die, wenn wir sie pflückten, dunkle, verdächtige Flecke auf unseren Fingern zurückließen: wahre Mörderhände.

Im Prinzip durften wir die Mittelallee, die den Park von La Favorita der Länge nach durchschneidet, nicht überschreiten. Der diesseitige Teil grenzte an den Garten der Villa Niscemi. Hier war man auf vertrautem Gelände. In der Nähe von prächtigen Statuen und blühenden Beeten durften wir spielen. Jenseits der Allee änderte sich die Landschaft rasch. Sie wurde hügelig, bergig, und nach Ansicht unserer Miss wimmelte es dort von Schlangen. Dennoch gelang es uns ab und zu, in dieses als »gefährlich« bezeichnete Gebiet vorzustoßen, manchmal allein, manchmal in Begleitung eines Erwachsenen, der schlecht zu Fuß, verärgert oder von vornherein erschöpft war.

Nachdem die verbotene Grenze überschritten war, kletterten wir zwischen den Felsen empor bis zu den ersten Steilhängen des gewaltigen Monte Pellegrino, und dort hielten wir an, schauten hinauf und bewunderten den »Sklavensprung«, einen zweihundert Meter hohen Felsvorsprung direkt über uns, oder wir verwunderten uns über einen tiefen Einschnitt im Berg, der ein kleines, sehr steiles Tal bildete. Ganz oben stand eine Kapelle, kaum größer als eine Hütte, in der ein Einsiedler lange gewohnt hatte. Dieses Tal hieß »La Valle del Porco«, und wir fragten uns, warum der Name die Erinnerung an ein Schwein wachhielt und nicht an den frommen Mann, der sich in diese Felsenwüste zurückgezogen hatte.

Von Ende Januar bis April bemächtigten sich die an den unteren Hängen des Monte Pellegrino vegetierenden Pflanzen jedes Fußbreits Boden und bildeten wilde Beete, wo Lupinen, Anemonen und Freesien sich mit Margeriten abwechselten und mit einem zinnoberroten Blümchen mit schwarzer Mitte, das man »die Blume des heiligen Joseph« nannte. Sie blühte um den 19. März, und das ist das Fest des braven Zimmermanns, des Patrons der Straßenhändler, Krämer und Hausierer und aller, die auf den Gassen und dem Markt von Palermo Handel treiben. Später, in den ersten Sommertagen, wenn das Gras zu verdorren begann und die Sonne diesen Teil der Welt vergoldete, kam die Zeit der duftenden Pflanzen, der wilden Minze und des Rosmarin. Es war die Zeit des Fenchels und des Wacholders mit seinem Anisduft; die Zeit, da diese steilen einsamen Hänge nur noch ein aromatisches Chaos rötlicher Riffe waren, die zwischen blühenden Büschen hervorragten.

Im Herbst gab es eine andere Art Üppigkeit. Früchte reiften im Schatten der Felsen: Brombeeren und Heidelbeeren, und wir stiegen mit Körben hinauf. Manchmal bewaffneten wir uns auch mit Handschuhen und Messern. Dann gingen wir um die rauhen Felsen herum bis zu einem kleinen Tal, das von Kakteen eingefaßt war wie von einer natürlichen Schutzmauer. Diese Kakteen heißen Feigenkaktus, und unter ihren Blättern, die groß wie Tennisschläger und entsetzlich stachelig sind, findet man die dunkel-orangefarbenen Früchte, leuchtend wie Edelsteine und so schön, daß man vergißt, wie stachelig auch ihre feine Haut ist, so schön, daß man sie mit großer Mühe pflückt, sie dann zu Hause schält und abkratzt und in eine Schüssel mit kaltem Wasser legt, obwohl niemand sie ißt, weil sie gar nicht gut schmecken und man das seit eh und je weiß. Dennoch werden sie des Gesprächs gewürdigt: man gibt zu, daß sie, von der Sonne gewärmt, ungenießbar *wären;* man gibt zu, daß, äße man sie, die Kerne zwischen den Zähnen zurückbleiben würden; man gibt zu, daß sie adstringierende Eigenschaften haben und zu Verstopfung führen würden, was das wichtigste Argument ist, sie nicht anzurühren, aber als Vorwand dient für eine Unmenge Scherze. Man hat nun einmal in Sizilien ein besonderes Talent, das, was hübsch anzusehen ist, mit allen möglichen

Gefahren auszustatten. So wird also der Feigenkaktus in einer Schale mit frischem Wasser den Blicken dargeboten.

Aber das Allerschönste im Zauberreich von La Favorita war dennoch der chinesische Pavillon, *la palazzina cinese,* der alles andere in den Schatten stellte. In einem abgelegenen Teil des Parks, umgeben von einem Garten in etwas steifem italienischen Stil, erhebt sich dieses Gebäude, das die Regeln des Geschmacks ebenso außer acht läßt wie die der Vernunft.

Mauern unterschiedlicher Farbe – einige pistaziengrün, andere zimtbraun –, eine bizarre Anhäufung von Säulenhallen, unzählige Terrassen, große und kleine in sehr unterschiedlicher Höhe, Minarette und Glockentürmchen, die in ständigen Widerspruch verwickelt zu sein schienen, alles an diesem seltsamen Gebäude mit dem zeltförmigen Spitzdach erschüttert unsere Vorstellung, die wir uns von einem Palais machen. Wenn man es betritt, geht man nicht hinauf, sondern hinunter: das Erdgeschoß ist ein Souterrain. Der Ballsaal liegt regelrecht im Keller, es ist ein schmaler, niedriger, gewölbter Raum, eine Art Korridor in Form eines Fasses, den man gut und gern für einen Weinkeller halten würde, wären nicht an beiden Enden zwei halbkreisförmige, mit Stufen versehene Nischen, in denen die Musiker Platz nahmen, und hingen an den Wänden nicht eine Unmenge englischer Stiche von Francesco Bartolozzi.[25]

Einer der anderen Salons ist mit Fresken ausgemalt, die das Innere eines verfallenen Mausoleums vortäuschen, das von einem Mondstrahl schwach erhellt wird. Diese unheimliche Stimmung wird durch Eulen, Käuze und Fledermäuse auf den Bildern verstärkt. Eine sehr steile Wendeltreppe führt zu einem schmalen Podest, der sich so weit verbreitert, daß sich ein boudoirähnliches Eßzimmer anschließen kann, gerade groß genug für sechs Tischgäste. Der Freskenmaler war angewiesen worden, eine Laube vorzutäuschen, an der sich bis zur Decke eine sehr gleichmäßig wachsende Pflanze emporrankt, so daß man im Freien zu sein glaubt. Der ovale Tisch hat sieben runde Löcher: eines vor jedem der sechs Stühle für die Teller und in der Mitte ein größeres für die Schüssel. Darunter befand sich in der Tiefe des Souterrains eine komplizierte Maschine, die den Dienern ermöglichte, mit Hilfe einer einfachen Kurbel die Schüsseln und Teller hinaufzuschicken oder herunterzuholen, ohne daß der König während der Mahlzeit durch die Anwesenheit von Domestiken gestört wurde.

Bei jedem unserer Besuche setzte der Verwalter von La Favo-

1 Klein-Fulco in ernster Gemütsverfassung.

2 Meine Schwester Maria Felice und ich waren Tiernarren. Es gibt kaum ein Foto von uns beiden, auf dem nicht irgendein Vierfüßler zu sehen ist.

3 Villa Niscemi heute: Noch immer gibt es hier Bougainvillea in Hülle und Fülle.

4 Der Garten der Villa Niscemi, wo wir so viele glückliche Stunden zubrachten. Links das Tor, durch welches das Kamel Moffo Einzug hielt. Im Hintergrund der Monte Pellegrino.

5 Der „Salon" der Villa Niscemi, von der Decke bis zum Fußboden mit Fresken verziert.

6 Gnu Antonio, unser schwergewichtiger Kutscher, bot einen erheiternden Anblick, wenn er in meinem Gespann spazierenfuhr.

7 Fulco, Maria Felice und *nursery governess* Miss Aileen in Gesellschaft der zwei heißgeliebten Scheusäler Musetta und Lady.

8 Am Strand von Mondello: Fulco *(links)* und Maria Felice *(vierte von links)* zusammen mit Freunden unter den fürsorglichen Blicken von Mamá.

9 Die monumentalen Ausmaße der palermitanischen Oper haben mich als Kind immer beeindruckt.

10 Die Bucht von Palermo mit dem Monte Pellegrino und der an seinem Fuß gelegenen großen, weißen Stadt.

11 Garibaldi schenkte meiner Großmutter diese Fotografie einer persönlichen Widmung.

12 Mein Vater beim Tontaube schießen im königlichen Park „La Favorita".

13 *Oben:* Auch in der Villa Serradifalco, dem Landhaus meines Vaters in Bagheria, waren wir Kinder gern. Im Hintergrund erhebt sich La Montagnola.

14 Fulco mit Abu-ba-Ker, dem Häuptlingssohn aus Somali, der zu Besuch in der Villa Serradifalco weilte.

15 Moffo, das Kamel, das einen gehörigen Wirbel in der Villa Niscemi auslöste.

16 Ein kleiner Wilder, offenbar wenig begeistert von der Aussicht auf das bevorstehende Kostümfest.

17 In der Villa d'Este. Am Tisch sitzend: Großmamá *(links),* Maria Felice, Fulco und Mamá. Der Herr ist jener Moffo, nach dem wir respektlos das Kamel tauften.

rita auf unsere Bitte diese seltsame Vorrichtung in Gang. Ich erinnere mich eines vergilbten Blatts Papier, das noch an der Maschine angenagelt war und auf dem man die königlichen Anweisungen und die Erklärung eines wahren Klingelkodex lesen konnte. Die Tischgesellschaft läutete ein-, zwei- oder dreimal, mehr oder weniger lang, je nachdem, ob Salz, Pfeffer, Wein oder Brot heraufgeschickt werden sollte. Mir schien, ich sähe sie, diese Tischgesellschaft, Ferdinand, der König mit der großen Nase und den grauen Koteletten, die ihm die Ohren bedeckten, die Königin Maria Carolina mit den vollen Lippen und dem kräftigen Kinn der Habsburger, deren Schwester Marie Antoinette war, die Königin von Frankreich, und dann Admiral Nelson und das Ehepaar Hamilton, Lady Hamilton noch sittsam und noch begleitet von ihrer Mutter, Mrs. Cadogan, sie alle vereint an der königlichen Tafel.

Ein anderer Raum im chinesischen Stil auf derselben Etage diente als Wohnzimmer. Die seidene Wandbespannung war mit Pflanzensaft bemalt, der Holzfußboden rot lackiert. Die Gemächer des Königs waren in türkischem Stil eingerichtet, das Schlafzimmer lag in der Mitte und enthielt ein bootförmiges Bett aus Schmiedeeisen in Rot und Gold. Hinter einer Schiebewand befand sich ein Waschtisch mit Spiegeln und außerdem ein mit Wappen und Königskrone verzierter Nachttopf. Diesen in einem toilettenlosen Schloß unerläßlichen Gebrauchsgegenstand durften wir nicht mit Namen nennen. Unsere zartbesaitete Engländerin ersetzte ihn durch die hübsche Metapher »Miss White«, die weiße Dame.

Von den Gemächern des Bourbonenkönigs führte eine Wendeltreppe, die ebenfalls hinter einer Schiebewand verborgen war, hinunter zum Badezimmer mit seiner achteckigen Marmorwanne, in die man auf kleinen Stufen in Form von Pferdehufen gelangte. Wie Nasone, dem das Laufen schwer fiel und der sich in den Briefen an seine Mätresse, die Herzogin di Floridia, unablässig über den schmerzhaften Zustand seiner Füße beklagte *(O, le mie pedamenta!)*, wie er es fertig brachte, von seinem Schlafzimmer ins Bad zu kommen und in die Wanne zu steigen, ist mir rätselhaft.

Die Gemächer der Königin befanden sich ganz oben im Gebäude. Man gelangte dorthin über eine derart unbequeme Treppe, daß nur ein Bergsteiger sie mühelos bewältigen konnte. Das Geländer hatte sich als so unzureichend erwiesen, daß es durch eine Kordel ergänzt worden war, an der sich die Benutzer der Treppe bei ihren täglichen Klettereien in das Reich von Maria Carolina festhalten konnten. Jedesmal, wenn ich dort hinaufkam, war ich von neuem verblüfft und bezaubert von dem Raffinement dieser Räume. Es waren genau drei Zimmer, wie sie im Märchen beschrieben werden.

Das erste war in persischem Stil eingerichtet und in matten Farbtönen gehalten: ein sanftes Grün wie junge Erbsen, rosenrot wie eine Rosenknospe, eine Spur Elfenbein und Silber, schlanke achteckige Säulen, bestickte Ottomanen und erstaunliche Leuchter aus Pergament, an denen bunte Perlenschnüre hingen, teils mit Troddeln, teils mit Fransen.

Das nächste Zimmer war pompejanisch eingerichtet. An den Wänden hoben sich von einem schwarzen, glänzenden Untergrund mit terracottafarbenen Auflichtungen tanzende Nymphen und artige Satyrn ab, mit denen Scharen von frechen Amouretten schäkerten, und natürlich hier und dort auch sanfte junge Ziegen, die zwischen den Thyrsi Weinranken und Efeu knabberten.

Dann kam in bescheidenen Proportionen das Schlafzimmer, das reizend war. Der Alkoven – das Bett war verschwunden – war weiß und himmelblau gestrichen und mit Medaillons à la Wedgwood geschmückt. Diese Medaillons zeigten die Profile der Angehörigen der königlichen Familie und waren das Werk der Königin, die wie alle Töchter der Kaiserin Maria Theresia künstlerisch begabt war. Aber statt die Namen unter die Profile zu schreiben, hatte sie Metaphern benutzt. Für den König: *Il mio sostegno* (meine Stütze) – was ein Zeichen ihrer Großzügigkeit war, denn in Wirklichkeit war sie die Stütze des Königs. Für den Kronprinzen, den Herzog von Kalabrien: *La mia fierezza* (mein Stolz), für Maria Amalia, die später Königin von Frankreich wurde: *La mia gioia* (meine Freude). Und dann fiel einem ein etwas größeres, ovales Medaillon auf, auf dem kleine Engel auf Wolken herumsprangen, und unter dieser Szene stand deutlich lesbar: *Le mie vane speranze* (meine vergeblichen Hoffnungen) – totgeborene Kinder!

Neben dem Schlafzimmer der Königin befand sich ein sogenanntes Lesezimmer, aber es war so winzig, daß es unmöglich schien, dort Bücher unterzubringen; und keine Spur von einem Badezimmer oder einer Toilette.

Unter dem zeltförmigen Dach lag ein riesiger Raum, an den sich zwei große Terrassen anschlossen. Die schmalen Leisten anstelle von Stufen auf den Wendeltreppen erinnerten an die

Feuerleitern an der Außenseite von New Yorker Häusern. Aber die Aussicht rechtfertigte durchaus die Mühe, die man auf sich genommen hatte. Die eine Terrasse, die nach Palermo hin gelegen war, bot ungefähr denselben Blick wie die Villa Niscemi. Von da oben ließ sich unser Haus zwischen den Ästen der Bäume in weniger als dreihundert Metern Luftlinie erraten. Aber von der anderen Terrasse reichte der Blick sehr viel weiter. In der Ferne sah man die Buchten von Mondello und Sferacavallo, zwischen ihnen den Monte Gallo, der sich kahl und rauh wie eine heilige Klippe über das grüne Meer der Orangenhaine erhob.

Hinter dem pseudo-chinesischen Lustschloß und halb verdeckt durch Hecken erstreckten sich lange, schmale Gebäude, die man gut und gern für Kasernen hätte halten können. Dort hausten auf der einen Seite der Hofstaat, auf der anderen die Dienerschaft, und beide gleichermaßen in unerträglicher Unbequemlichkeit.

Und um das Maß voll zu machen, sollten wir nicht unerwähnt lassen, daß es im Park noch andere wunderliche Dinge gab: die runde, weiße Moschee, die im Schein des Sonnenuntergangs rötlich schimmerte und die, höchst wunderlich bei einem streng katholischen König, in Wirklichkeit die Schloßkapelle war. Hier ging meine Schwester Maria Felice zur ersten heiligen Kommunion.

Damals, ich meine zu der Zeit, als La Favorita mein Lieblingsbereich war, gehörte alles noch der Krone. Die Portale waren in lebhaften Farben gestrichen, und die kleinen chinesischen Glöckchen, sorgfältig vergoldet, auf den Gittern läuteten leise im Wind. Die Alleen waren sauber geharkt, die Beete gepflegt und ohne Unkraut, und in den Brunnen sprudelte Wasser. Heute ist Herkules in seinem verwahrlosten Becken verstümmelt, die geköpfte Diana ist ganz verschwunden, und die Brunnen sind voller Schlamm. Früher trugen die Angestellten, ob sie nun Aufseher oder Gärtner waren, an der Mütze die Krone und das Kreuz von Savoyen. Sie gehörten zwei oder drei Familien an, die im Park wohnten und deren Stellung sich vom Vater auf den Sohn vererbte. Sie gingen pfleglich mit dem Eigentum des Königs um, waren stolz, würdevoll und sich der Verantwortung bewußt, die sie trugen. Ich kannte sie alle, und ihre Kinder waren unsere Spielgefährten. Heute leidet La Favorita unter der allgemeinen Vernachlässigung. Zweifellos ist das ihr Schicksal. Aber sprechen wir nicht von heute... Früher konnte ich von den Überraschungen des königlichen Parks und seiner zauberhaften Atmosphäre nie genug bekommen.

Ab Mitte Juni wurde die Hitze unerträglich. Schluß mit den Spaziergängen. Unsere Gouvernanten baten um Schonung. Es kam die Badesaison. Jeden Nachmittag fuhren wir gegen vier Uhr im Landauer, der durch eine Persenning Schatten erhielt, zum Strand, einem breiten und langen Sandstreifen zwischen dem Meer und der Lagune. In den Jahren, ehe das Automobil seinen Siegeszug antrat, war Mondello, nur einige Kilometer von der Villa entfernt, eine fast verlassene Gegend. Jeden Sommer wurde zu einem bestimmten Zeitpunkt am Strand eine Badeanstalt errichtet, die im Herbst wieder abgebaut wurde. Hier tummelte sich eine elegante, geschlossene Gesellschaft. Die Badeanstalt bestand aus einer Reihe Pfahlbauhütten, die auf der Seite zum Meer eine als Terrasse dienende Plattform hatten. Im Holzfußboden der Kabinen befand sich eine Falltür, die Zugang zu einer Leiter gewährte; über diese Leiter konnten die Damen ins Wasser gelangen und wieder herauskommen, ohne im Badeanzug gesehen zu werden. Mama, die uns oft begleitete, benutzte die geheime Leiter nicht. Im Gegensatz zu anderen Badenixen scheute sie sich nicht, sich in Strümpfen und Badeanzug aus schwarzer Wolle zu zeigen.

Der Besitzer der Badeanstalt, der dicke Signor Badalamonti, hatte ein gutes Dutzend Söhne jeglichen Alters, deren Element das Wasser war. Sie schwammen wie die Fische und fungierten als Schwimmlehrer. Es hätte mit dem Teufel zugehen müssen, wenn man nicht einen fand, der gleichaltrig mit seinem Schüler war, und meiner war genau wie ich sieben Jahre alt. Kaum waren wir im Wasser, tobten wir herum und machten einen Höllenlärm, während unsere Miss, die mit den Hunden unter einem Sonnenschirm saß, uns unaufhörlich aufforderte, uns vor der tödlichen Wirkung der Sonne zu schützen. Ebensowenig wie die Automobile hatte die Mode des sich in der Sonne Bratens Mondello erreicht. Einer unserer palermitanischen Freunde, der uns manchmal nach Mondello begleitete, war der älteste Gebbiarossa-Sohn, und er hatte als Schwimmlehrer den ältesten Badalamonti-Sohn. Der etwa Vierzehnjährige wollte sich wichtig machen und sprach mehr von dem Reichtum seiner Familie, als daß er schwamm. Da kam die bürgerliche Spottlust zum Durchbruch, wie sie es nur in Sizilien vermag. Und der Sohn Badalamontis, der den Hochmut des Adelssprößlings lächerlich fand, wies ihn in sizilianischer Mundart auf die nachweisbare

Wirklichkeit des Wassers hin: *»Nisciannuru, si cá pi natari.«* (Herr Alexander, du bist zum Schwimmen hier.)

Im Lauf der Zeit hat sich Mondello verändert. Häßliche *villini,* geschmückt mit Säulchen und Türmchen, die ebenso angeberhaft wie überflüssig sind, schossen wie Pilze aus dem Boden. Die Lagune wurde trockengelegt und in Bauparzellen verwandelt. Die Stadtverwaltung schrieb geradlinige Straßen vor, die mit traurigen Palmen bepflanzt wurden. Schließlich wurde auf Betonpfeilern, in die See hinausragend, ein Gebäude von so gewaltigen Proportionen und in einem der Landschaft so widersprechenden Stil errichtet, daß der Betrachter es nicht fassen kann. Heute wirkt der Zementklotz mit seiner Tanzdiele, seinen Restaurants und Terrassen im Vergleich mit den ihn umgebenden Gebäuden und Nachtlokalen fast ehrwürdig. Wir leben in einer Zeit, in der nicht mehr die wieder zur Wildnis gewordene Natur verlassene Bauwerke überwuchert, sondern der Beton die Landschaft überwuchert und verschlingt.

Doch zurück zu diesen Sommernachmittagen. Allzu bald ertönten die Rufe: *»Fulco, adesso basta«* (Jetzt ist es genug), *»Fulco, prenderai freddo«* (Du wirst dich erkälten). Wenn diese wiederholten Ermahnungen erfolglos blieben und der *figlio di Mamma* sich immer noch taub stellte, kam messerscharf der endgültige Ordnungsruf in englischer Sprache: *»Fulco, come out at once!«* Ungern gehorchte ich. Wenn ich dann aus dem Wasser kam, wurde ich in ein riesiges Badetuch eingewickelt, kräftig gerubbelt und – unter dem entrüsteten Blick der Signorina-Miss – mit einem halben Glas Marsala und einem Keks bedacht, der Keks war immer von derselben Sorte, *il biscotto Regina.*

Der Ausflug nach Mondello näherte sich seinem Ende. Gegen halb sieben schlug der Landauer die Richtung *I Colli* ein. Ich setzte mich neben den Kutscher mit dem Rücken zur Straße und den Pferden und ließ die Beine in die Kutsche hängen. Auf diesem Hochsitz und zweifellos noch unter der Wirkung des Bades wurde ich von einer Art deklamatorischer Euphorie befallen. Ich schwang Reden an den Himmel, die Wolken, den Staub der Straße. Ich hielt mich für einen Prediger, der sich von der Kanzel herab an seine Pfarrkinder wendet. Meine Predigten waren nicht unbedingt religiöser Art. Allerdings gab es die Ermahnung, deren erste Worte lauteten: »Die Welt ist nur eine große Wüste.« In der besten Tradition der sizilianischen Phantasie und unserer *cantastorie,* die in den öffentlichen Parks das Leben und Lieben des schönen Roland de Roncevaux besingen, forderte ich sie auf, über das Beispiel imaginärer Einsiedler und ihrer zahmen Löwen nachzudenken. Aber manchmal improvisierte ich auch weltliche Erzählungen. Eine solche Inspiration war das Epos mit dem Titel: »Ein nackter Jäger reitet auf der Straße nach Cefalù.«

Ich deklamierte in der bedrückenden Stille der Straße. Meine Zuhörer, gefangen im Landauer, ermattet durch die Hitze, ertrugen meine Eloquenz in einem Zustand offensichtlicher Verärgerung. Manchmal gelang es Maria Felice, mich zum Schweigen zu bringen, indem sie mich an den Füßen nach unten zog, aber das geschah selten. Mit meiner jugendlichen Selbstsicherheit wurde man nicht so leicht fertig.

Wieder zu Hause, berichtete ich Großmama beim Abendessen auf der Terrasse von unserem Tun und Treiben und bauschte meine Leistungen gewaltig auf. Sie erfuhr von meinen glänzenden Sprüngen und daß es mir, als ich völlig unsichtbar unter Wasser schwamm, gelungen war, Signorina Soundso ins Bein zu beißen ... Und meine Sandburgen waren immer die größten der Welt.

5

»Ich sage Casa *Verdura . . .«*

Zwar waren die Villa Niscemi und La Favorita für uns der Nabel der Welt und das Reich, in dem wir unumstritten herrschten, doch gab es in unserer Jugend noch andere Häuser und Gärten, die uns gleichermaßen gehörten. Nicht, daß diese Häuser und Gärten auch nur im mindesten mit unseren beiden Paradiesen vergleichbar gewesen wären, aber dennoch waren sie ein integraler Bestandteil unserer Kindheit.

Eines davon war unser Stadthaus. Als kleines Kind ging ich selten und ungern dort hin; später, als ich das Gymnasium in Palermo besuchte, war ich mehrmals in der Woche im Palazzo Verdura.

In einem der ältesten Viertel der berühmten Stadt, im Herzen Palermos, nicht weit von der Kathedrale aus dem 12. Jahrhundert, in der Kaiser und Könige bestattet sind, gibt es eine schmale, abschüssige Straße ohne Bürgersteig, die, wenn es regnet, gefährlich glatt wird: die Via Montevergine. Wenn man diese Straße entlanggeht, kommt man zuerst zu einem kleinen Platz, auf dem eine Kirche steht. Danach wird die Straße noch schmaler, noch abschüssiger, noch glatter. Dort erhob sich – und erhebt sich noch heute, wenn auch stark mitgenommen – der Palazzo Verdura, ein ehrwürdiges Bauwerk voller Winkel und Ecken, eine unzusammenhängende Anhäufung von Gebäuden aller Art. Die erstaunliche Schmalheit der Straße sowie die Höhe der dort stehenden Häuser bewirkten, daß man leicht an dem Palais vorbeigehen konnte, ohne es zu sehen und ohne die riesige Toreinfahrt zu bemerken. Denn unser *portone* hatte nicht die geringste Ähnlichkeit mit den Portalen der großen Barockpaläste, die mit ihrem Stuck und den ausgebauchten, *»a petto d'oca«*[26] genannten Balkonen sonst unweigerlich Aufmerksamkeit erregen. Der Palazzo, der aus einer viel älteren Zeit stammt, hatte im Lauf der Jahrhunderte mehrere Verwandlungen erfahren. Die Grundmauer, auf der er ruht, ist von einer

Reihe Rundbogengewölbe durchbrochen, die angeblich aus der Zeit stammen, als Sizilien islamisch war. Die Bögen waren später zugemauert worden, aber hier und da sind Spuren davon erhalten geblieben.

Das Ganze ähnelte mehr einer Karawanserei als einem Palast. Es waren drei getrennte Häuser – ein Mittelbau und zu beiden Seiten je ein kleineres Gebäude –, die an der dunklen Via Montevergine lagen, aber untereinander durch Korridore verbunden waren. Die elegante Dreikönigskirche mit figürlichen Gipsdekorationen von Serpotta schmiegte sich an den Gebäudekomplex an, der ein Labyrinth war, in dem man sich verirren konnte. Es gab nicht weniger als drei Haupthöfe und mehrere kleinere, die in Sizilien *pozzi di luna* (Mondbrunnen) heißen, außerdem eine große Terrasse und einen Garten. Eine zweite Toreinfahrt, allerdings in bescheideneren Ausmaßen, führte zur Via del Celso, und jenseits des Gartens stand noch ein kleines rosa Haus ganz für sich. Nicht, daß die Casa Verdura architektonisch bemerkenswert gewesen wäre, aber gerade durch den Wirrwarr und die unglaubliche Vielzahl von hinzugefügten Elementen wirkte sie faszinierend. Diese neuen Elemente vertrugen sich untereinander, sie fügten sich ein wie einstmals Änderungen, die im Lauf von Jahrhunderten an einem alten Ballkleid vorgenommen wurden. Das war so eindrucksvoll: dieses verrückte Anstückeln und unwahrscheinliche Zusammenflicken, und so unglaublich es klingen mag, muß ich gestehen, daß es Winkel in der Casa Verdura gab, in die ich nie den Fuß gesetzt habe, obwohl ich jahrelang dort wohnte. So habe ich nie das kleine rosa Haus auf der anderen Seite des Gartens betreten, das ich vom Fenster meines Schlafzimmers tagtäglich sah.

Ich sage *Casa* Verdura, weil es ein Zeichen von schlechtem Geschmack wäre, würde man sein eigenes Haus als *palazzo* bezeichnen. Dienstboten und Lieferanten drückten sich so aus. Die Angehörigen der Generation meiner Mutter erwarteten dagegen, das Wort *palazzo* auf jedem Briefumschlag zu lesen, und hätten es grauenhaft gefunden, wenn da bloß Casa Verdura gestanden hätte, oder schlimmer noch, tausendmal schlimmer, wenn womöglich die Hausnummer der Straße angegeben worden wäre. Ich erinnere mich an eine Postkarte, die folgendermaßen an meine Mutter adressiert war: Ihre Exzellenz die Herzogin di Verdura, *palazzo proprio* (in ihrem Palais), Palermo. Andere Zeiten, andere Sitten …

Nachdem man die Schwelle überschritten hatte, befand man sich unter dem Tonnengewölbe einer Durchfahrt, die breit und lang genug war für eine große Kutsche und ihr Gespann. Die feuchten Wände waren mit verwitterten Wappen geschmückt, teils aus Stein, teils aus Marmor, darunter standen einige kümmerliche Topfpflanzen und ein paar Palmen. Man fragte sich, warum die imposante Durchfahrt nur auf einen schmalen Hof führte, in dem ein Wagen kaum wenden konnte, um wieder herauszufahren. Allerdings wurde an Ballabenden oder bei Empfängen eine zweite Torhalle hinten im Hof geöffnet, die zu einem anderen Hof und einem anderen Ausgang führte.

Der Torhüter war ein alter Mann, der zum Personal der Casa Verdura gehört hatte. Wir hatten ihn mit den Titeln, den Nippes und allem übrigen geerbt. Piddu hieß er. Ein Portier aus einem anderen Zeitalter. Wie archaisch er war, zeigte sich in seiner Ausdrucksweise. Statt vor dem Eintreten, wenn er an einer Tür geklopft hatte, wie üblich *»Permesso?«* oder *»Disturbo?«* (Darf ich? oder Störe ich?) zu fragen, rief er: *»Deo gratias!«* Und im Mai oder an einem der Tage, an dem eines der zahlreichen Marienfeste gefeiert wurde, stieß er lauthals ein schmetterndes *»Viva Maria!«* aus.

Sobald ein Besucher erschien, trottete Piddu, so schnell ihn seine Füße trugen, aus seiner Loge zur Tür an der Treppe und läutete mit soviel Eifer und Kraft eine Glocke, daß der Lärm Tote hätte erwecken können. Aber Piddu war sehr taub und hörte nichts oder fast nichts von diesem Glockenkonzert. Dennoch hielt er das ihm eingeschärfte Protokoll für die Anmeldung von Besuchern streng ein: ein Glockenschlag für einen Herrn allein; zwei für ein Ehepaar und für Damen; drei Glockenschläge für Familienmitglieder; vier für den Herrn oder die Dame des Hauses. Für die Geistlichen war ein Kompromiß ausgehandelt worden. Ein Priester erhielt einen kräftigen Glokkenschlag in Anbetracht seines männlichen Geschlechts und ein sanftes Nachklingen der Glocke als Ehrenbezeigung für seine Soutane, die ja etwas weiblich wirkte.

Zu Piddus Eigenarten gehörte, daß er häufig von Niesanfällen heimgesucht wurde. Er nieste so laut und anhaltend, daß man es auch in den entferntesten Wohnräumen hörte. Deshalb war Piddu angewiesen worden, seine Loge und den Palast zu verlassen, sobald das Niesen begann, sich auf die benachbarte Piazzetta zu begeben und erst auf seinen Posten zurückzukehren, wenn er sich ausgeniest hatte. Solange seine Anfälle dauerten – und sie waren sehr anhaltend –, war die Pförtnerloge unbesetzt, und man konnte die Casa Verdura nach Belieben betreten oder verlassen. Manche wußten es sich zunutze zu machen, wenn der Portier auf der Piazza nieste.

Hier muß ich eine Erinnerung einschieben, die nichts mit meiner Kindheit zu tun hat (ich war damals schon ein junger Mann), die aber bezeichnend ist für Piddus Persönlichkeit. Als mein Vater starb, war ich in Venedig und kam gerade rechtzeitig zu seiner Beerdigung nach Palermo zurück. Im Haus herrschte großes Durcheinander. Nahe und ferne Verwandte, die von überallher gekommen waren, Freunde und Bekannte irrten von einem Zimmer zum anderen. Auf der Treppe war ein ständiges Kommen und Gehen. Aber es war Brauch, daß die Glocke an der Eingangstür nicht geläutet wurde, solange die Leiche des Hausherrn noch im Palast war.

Ich war müde, benommen, erschüttert und wurde mir gar nicht richtig klar über das, was dieses Durcheinander nach sich ziehen sollte. Erst als ich nach dem Trauergottesdienst aus der Kapelle zurückkam und die Treppe hinaufstieg und Piddu, um mich anzukündigen, die Glocke viermal anschlug, begriff ich es: mein Vater war tot, und die Glocke läutete für mich.

Die Haupttreppe der Casa Verdura war recht ansehnlich. Aber trotz ihrer siebzehn niedrigen und breiten Marmorstufen, trotz des bemalten und lasierten Stucks ihrer Gewölbebogen, trotz der riesigen Spiegel von unbestreitbarer Pracht herrschte hier eine düstere Atmosphäre, die den Eindruck erweckte, man betrete eher ein Mausoleum als eine von einer Familie bewohnte Behausung.

Die Mitte des oberen Treppenpodests nahm eine lebensgroße Statue ein, eine halbnackte, sitzende Frau mit Schmetterlingsflügeln, die eine Urne auf dem Schoß hielt und einen kummervollen Blick ins Leere richtete. Auf beiden Seiten der Stufen dienten vier vergoldete Löwenköpfe mit Ringen durch die Nase als Stütze für zwei lange Kordeln aus rotem Samt mit goldenen Quasten an den Enden. Sie ersetzten das Geländer.

Als Kind hatte ich zwei verschiedene Methoden, diese Treppe hinaufzugehen: entweder rannte ich, um oben zu sein, ehe der letzte Glockenschlag von Piddu ertönte, mit dem er meine Ankunft ankündigte, oder ich ging ganz besonders langsam, klammerte mich an die Samtkordeln und hielt mehrmals inne, um Luft zu holen, weil ich so tat, als besteige ich die Jungfrau. Dieser Hokuspokus war die Folge einer meiner ersten Reisen auf den Kontinent. Bei einem Aufenthalt in Grindelwald hatte ich die Schweiz entdeckt. Man kann sich die Verwunderung eines jungen Sizilianers angesichts so vieler verschneiter Gipfel vorstellen. Sie hatten mir einen unauslöschlichen Eindruck gemacht.

Die Räume meines Vaters befanden sich in einem entlegenen Teil des Hauses. Er hatte einen eigenen Eingang und eine besondere Treppe, so daß die Haupttreppe der Casa Verdura ziemlich selten benutzt wurde. Kaum hatte sich die große Nußbaumtür zum Vestibül geöffnet, wurde man von einem muffigen, etwas modrigen Geruch empfangen, den Mama den Staub von Jahrhunderten nannte. Das Vestibül unterschied sich in nichts von der große Treppe, deren düstere Fortsetzung es war: Marmorfußboden, lasierter Stuck an den Gewölben, Stuck an den Türrahmen, marmorartige Wände und gewaltige Reste eines geschnitzten Chorgestühls aus irgendeinem Kloster, das im 18. Jahrhundert reich geworden war und aus dem Garibaldi die Mönche 1861 vertrieben hatte; zu dieser Zeit muß meine Familie das fromme Werk des Denkmalschutzes vollbracht haben.

Der nächste Raum, das Vorzimmer, quadratisch und sehr groß, war genauso höhlenartig. Mit seiner Kassettendecke, den Ahnenbildern von ungewöhnlicher Häßlichkeit – es lief einem kalt über den Rücken, wenn man diese Gesichter betrachtete –, mit den riesigen Truhen, zwischen denen man im Halbdunkel hindurchlavierte, so gut man konnte, den Renaissance-Sesseln von offenkundiger Unbequemlichkeit und den hohen Kirchenkandelabern war es wirklich nicht sehr einladend.

Von dort gelangte man in den Grauen Salon, der von Nippsachen überquoll. Die Vitrinen waren hochbeinig und bauchiger als Sänften.

Nach der klassischen Vitrine mit Porzellan von Capodimonte[27], brechend voll mit heroischen Gruppen – ein Achill mit hübschen Locken bei der Totenklage am Grab seines Freundes Patroklos –, und *figurine vezzose* (»tändelnde Gruppen«) – gut gekleidete Jünglinge schäkern mit Schäferinnen und tun, als ob sie sich nur für deren kleinen Hund interessierten –, kam die nicht weniger klassische Vitrine mit Biskuit-Porzellan, dessen weiße Schönheit durch eine dicke Staubschicht ein wenig beeinträchtigt war. Die Artemis von Ephesos war schamhaft mit dem Bauch zur Wand gedreht (wegen ihrer acht Paar Brüste), während die unverfänglichen Personen deutlich zur Schau gestellt wurden. Den Satyr Marsyas, der dem kleinen Olympos eine Flötenstunde gibt, betrachtete ich immer sehr freundlich. Mit seinen kleinen Hörnern auf der Stirn und seinem jungen Schüler zwischen den Knien erschien mir Marsyas im Vergleich zu unseren gebieterischen Engländerinnen immer als der ideale Lehrer.

Und dann kam schließlich, über das ganze Zimmer verstreut, die unvermeidliche Menge pittoresker Gestalten, wie man sie in der Krippe von San Martino in Neapel sieht: Madonna, Kind, Heilige Drei Könige, Ritter, Kaufleute, Bauern und ihre Reittiere aus Holz geschnitzt, Pferde, Esel oder Kamele, alle von ganz außerordentlichem Realismus. Diese Statuetten standen auf Tischen, Kommoden und Beistelltischchen herum, und da ihr Spiegelbild von alten, blinden Spiegeln mit ihren rauchigen, schummerigen Oberflächen zurückgeworfen wurde, verwandelte und vervielfältigte sich auf fast beunruhigende Weise dieses ganze Durcheinander.

In den sich anschließenden Salons konnte man gegebenenfalls die bemalten Decken bewundern und die erlesene Täfelung in reinem Louis XVI-Stil. »Gegebenenfalls«, nämlich wenn man die anmutige Dekoration wirklich bewundern konnte. Meist ließ sie sich nur erraten, weil die Fensterläden dieser Räume stets geschlossen waren. Deshalb ging man rasch hindurch voller Ungeduld, endlich die »Hauptsache« zu entdekken, einen riesigen Saal, der *la galleria* genannt wurde und das Reservat von Nicola war.

Nicola, das Faktotum meines Vaters, sowohl Kammerdiener als auch Koch, zeichnete sich durch große Koteletten und ständig schlechte Laune aus. Mit einem gewaltigen Getöse von Schlüsseln und Eisenstangen brachte er die Entriegelung von mehr oder weniger verrosteten Schlössern zustande und befreite drei große Fenstertüren, die auf die Terrasse hinausgingen, von den innen befindlichen Läden. Dann durchdrangen die Sonne und das strahlende sizilianische Licht den Staubschleier und enthüllten eine verblüffende Szenerie: an den blutrot gestrichenen Wänden der *galleria* hingen vom Fußboden bis zur Decke große Gemälde in abgenutzten Goldrahmen. Die Bilder stellten ausnahmslos makabre Szenen dar. Man sah nichts als Märtyrer, die dem Beschauer die Folterwerkzeuge zeigten, nichts als Maria Magdalenen, bloß mit ihren Haaren bekleidet und in die Betrachtung eines Schädel vertieft, nichts als heilige Hieronymusse mit ihrem Löwen, heilige Antoniusse mit ihrem Schwein und noch andere Asketen, immer bluttriefend, immer in Lumpen oder ganz nackt und von beklagenswerter Magerkeit, alle hatten den Blick gen Himmel gerichtet und büßten ihre Sünden, indem sie sich geißelten oder mit großen Steinen auf die Brust schlugen.

Wir besaßen auch ein Seestück, das eine angenehme Ablenkung hätte bieten können, wäre es nicht von ebenso dramatischer Art gewesen: ein vom Sturm aufgewühltes Meer hatte einen Dreimaster auf Felsen buchstäblich in Stücke geschlagen. Dann gab es einen heiligen Petrus, mit dem Kopf nach unten gekreuzigt, und einen heiligen Andreas, der in dem Augenblick zu sehen ist, in dem die galoppierenden Pferde, die ihn vierteilen sollen, ihm Arme und Beine ausreißen.

Aber von den beiden Gemälden, die mir das größte Entsetzen einflößten und die zweifellos die unerträglichsten waren, zeigte das eine auf sehr realistische Weise, wie einem Heiligen die Eingeweide herausgerissen werden, während eine Gruppe römischer Legionäre hämisch zuschaut, und das andere den Kopf Johannes des Täufers auf einer silbernen Schüssel. Die halb geschlossenen Augen des Johannes waren so gemalt, daß ihr Blick dem Betrachter zu folgen und auch dessen kleinste Bewegung wahrzunehmen schienen. Dieses malerische Wunderwerk wurde ohne den geringsten Beweis Caravaggio zugeschrieben. Fälschlich? Auf eine falsche Zuschreibung mehr oder weniger in unserer *galleria*, wo die »besten Stücke« längst verkauft waren, kam es uns nicht mehr an.

Fahren wir fort mit der Inventur einer Galerie, die gleichsam eine gewaltige Wiederholung der geheimen Obsessionen und Wahnvorstellungen ist, an denen jeder gute Sizilianer Gefallen findet. Nach Leiden und Tod kommt nun der Triumph der Mütterlichkeit gegenüber dem Tierischen und Wollüstigen: zuerst eine Reihe eindrucksvoller Madonnen, die ihr Wickelkind zärtlich anblicken, dann auf beiden Seiten einer Tür zwei monumentale Gemälde auf Holz: auf dem einen bezaubert Orpheus die ihm lauschenden Tiere – die ausladende Kruppe eines gescheckten Percheronpferds schien den Rahmen zu sprengen und durch ihre Maßlosigkeit sozusagen eine kathartische Rolle in diesem Saal zu spielen. Auf dem anderen verfolgen ungewöhnlich lüsterne Satyrn eine Schar erschreckter Maiden durch einen Wust von Reben, Trauben und aufgeplatzten Wassermelonen.

Diese ganze Gesellschaft von Christen, Heiden und Tieren

blickte aus ihren Rahmen, in die sie eingeschlossen war, hinunter auf ein Tohuwabohu nicht zusammenpassender Möbel, Wandtischchen Louis XV. gepolsterte Diwane, Tische voller Bücher, unzählige Schemel, einen riesigen Ofen und eine Garnitur unbequemer, mit schwarzem Roßhaar bezogener Stühle.

Von dieser Unmenge Möbel hob sich ein Gegenstand deutlich ab: der kolossale Konzertflügel Marke Erard aus dem Jahre 1840. Auf diesem nie gestimmten Instrument übte meine Schwester ihre Tonleitern, während eine Etage höher ein Priester mich mit dem Lateinischen aussöhnen und gemeinsam mit mir die Geheimnisse der Arithmetik ergründen sollte.

Denn wie man weiter unten noch sehen wird, hatte ich in der ersten Zeit auf dem Gymnasium in Palermo einen Mißerfolg nach dem anderen – abgesehen von einem Fach: ich sprach erheblich besser Französisch als der Lehrer. Aber wegen der anderen Fächer wurde ich einem intensiven Nachhilfeunterricht unterworfen. Eine ganze Reihe Geistlicher, von denen manche unsäglich schmutzig waren, wechselten sich bei dieser Aufgabe ab, während ich mich bemühte und es auch erreichte, sie zur Verzweiflung zu bringen, um sie möglichst schnell loszuwerden.

Es ist noch nicht an der Zeit, über meine Studien zu berichten, und ich will hier nur nebenbei zwei Vorfälle erwähnen, die sich in der Casa Verdura abspielten und die sofortige Entlassung meiner unglücklichen Lehrer zur Folge hatten. Der erste Prälat, den ich als Nachhilfelehrer hatte, stank nach Nikotin, und seine Finger waren so tabakverfleckt, daß ich mich hartnäckig weigerte, ihn mit dem üblichen Handkuß zu beehren. Aber dennoch standen wir so freundschaftlich miteinander, daß ich ihn überzeugen konnte, wir sollten, statt uns mit Handschlag zu begrüßen, uns lieber den Fuß entgegenstrecken. Die Sache wurde entdeckt und als inakzeptabel beurteilt, nicht von ihm, sondern von meiner Familie. Ein Priester, der das Bein hob und den Fuß ausstreckte wie eine Tänzerin, konnte kein guter Lehrer sein. Er verschwand.

In einem anderen Fall war ich nicht schuld; meine Mutter, deren mütterlicher Stolz verletzt war, schickte ihn weg. Ein *padre*, dessen Name mir entfallen ist, beklagte sich, daß ich mich so hartnäckig dem Lateinunterricht widersetzte. Daraufhin Mama: »Aber Padre, Sie wollen mir doch nicht weismachen, daß Fulco nicht intelligent ist?« Und der Padre antwortete unvorsichtigerweise: »Genau das wollte ich sagen, Signora

Duchessa: Fulco ist lebhaft, er ist nicht intelligent.« Mit der niederschmetternden Aufrichtigkeit dieses Geistlichen konfrontiert und völlig verblüfft, entließ ihn meine Mutter sofort.

In diesem Zusammenhang ist zu erwähnen, daß mein Vater niemals auch nur das geringste Interesse an meiner Schulausbildung bekundete. Auch von den Schwierigkeiten, die ich hatte, schien er keine Notiz zu nehmen. Das war nicht seine Angelegenheit: ein Sohn gehörte in erster Linie seiner Mutter.

Ehe wir dort wohnten, flößte mir die Via Montevergine mit ihren schwärzlichen Häusern, ihrer Stille, ihrem düsteren Halbdunkel Neugier und Respekt, vermischt mit Furcht, ein. Alles war so anders als das fröhliche Treiben in der Villa Niscemi und ihre strahlende Helligkeit. Zwischen einer Nachhilfestunde und der anderen nahm ich meinen ganzen Mut zusammen und machte mich auf, die unbekannten Bereiche des Palazzo zu entdecken.

Man wird sich gewiß wundern, daß in einem so großen Gebäude mit so vielen Räumen von ansehnlichen Proportionen der Podest einer Treppe, die zum Vorzimmer der Bibliothek führte, ausgerechnet der Ort war, der als Schulzimmer für meine Nachhilfestunden ausgewählt wurde. Und doch wurden für meine Lehrer und mich dort ein Tisch und zwei Stühle hingestellt.

Die Bibliothek wäre geeigneter gewesen, aber niemand kam auf den Gedanken. Es waren vier oder fünf ineinandergehende Räume, wo sich alte, in Pergament gebundene und verstaubte Bücher häuften, wappengeschmückte Mappen voller Radierungen, Zeichnungen, Plakate und politischer Proklamationen (der alte Herzog war zu wiederholten Malen Bürgermeister der Stadt gewesen), Berge von Zeitungen, Pyramiden von Zeitschriften, einige aus dem späten 18. Jahrhundert, die keiner jemals aufschlug. In der Mitte des größten Raums standen Vitrinen, in denen Fossilien, Stücke prähistorischer Knochen und ausgestopfte Vögel aufbewahrt wurden. Auf einem Tisch lagen mehrere in Leder gebundene Alben mit schweren Beschlägen, die Photographien und Daguerreotypen von Damen in Krinolinen und streng blickenden Herren mit Zylindern enthielten. An den Wänden standen Unmengen Bücher aller Dimensionen und aller Arten. Auf den überladenen Regalen fanden sich ganze Jahrgänge der *Illustrated London News* und, noch erstaunlicher, sämtliche Ausgaben von *La Vie Parisienne,* die ältesten noch aus dem Zweiten Kaiserreich.

Die Erforschung der Speicher, die bei uns *tetti morti* heißen, tote Dächer, erforderte besondere Kühnheit. Ich drang in immense Räume ein, die von schweren Balken versperrt waren. Eine unerhörte Rumpelkammer, ein Stapelplatz für ausrangierte Gebrauchsgegenstände. Warum wurden sie aufbewahrt? Da waren alte, auseinandergenommene Betten, angeschlagene Nachttöpfe, aus dem Leim gegangene Sessel, Spieltische, denen ein Bein fehlte, Bruchstücke von Schachbrettern, beschädigte Damebretter und Gott weiß was noch. In eine dieser Bodenkammern, wo das Durcheinander nicht völlig unentwirrbar war, konnte ich eindringen und entdeckte eine Holzkiste, die man leicht für einen Sarg hätte halten können. Sie enthielt ein männliches Kleidungsstück mit sehr schmaler Taille. Es war ein mottenzerfressener, dunkler Pelzmantel. Er war sorgfältig gefaltet und von verschiedenen Blumensträußen umgeben, die, kaum berührt, zu Staub zerfielen. Später wurde mir gesagt, das seien die Erinnerungsstücke an meinen Onkel Alessio, der Alessino (kleiner Alessio) genannt wurde und wohl sein Leben lang so genannt worden wäre, der schwindsüchtige Onkel, der lange vor meiner Geburt gestorben war. Diese makabre Entdeckung nahm mir die Lust an weiteren Streifzügen auf dem Speicher.

Die Familienarchive waren in verschiedenen Räumen der Casa Verdura untergebracht. Sie faßten die Unterlagen über unsere und die angeheirateten Familien zusammen. Im Erdgeschoß, im Schutz der alten arabischen Gewölbe, die im Lauf der Jahrhunderte zugemauert worden waren, wurden die Archive der Casa della Cerda unter Verschluß gehalten. Was hatten wir zu verbergen? Die Verdura-Archive dagegen waren zugänglich und in drei hellen Zimmerchen hoch oben in einer Art Turm untergebracht. Dort gab es weder Schlösser noch Geheimnisse. Ich konnte unbeaufsichtigt und aufs Geratewohl durchblättern, was mir in die Hände fiel.

Ich machte seltsame Funde. Wir waren verwandt mit der Familie Leofante, die, auf ihren Namen anspielend, einen fröhlichen, rosigen und tolpatschigen Elefanten in ihrem Wappen hatte, der mit aufgestellten Ohren dahingaloppierte. Er besaß gewiß nicht die starrköpfige Kraft des Elefanten auf den goldenen Hügeln, der im Wappen der Grafen von Helfenstein in Deutschland dargestellt ist, auch nicht die heitere Ruhe des Elefanten, der den die Krone der englischen Corbetts überragenden Turm trägt, und nicht einmal die liebenswürdige Stattlichkeit des Elefanten der Ledenickys in Böhmen. Nein, dem ulkigen Elefanten der Leofantes mangelte es im höchsten Grade an der Würde, die man mit Fug und Recht bei einem Wappentier erwarten kann. Es war ein Elefant von zweifelhafter Herkunft, eins dieser undefinierbaren Symbole, deren es in Sizilien so viele gibt. Andere Verwandte von uns behaupteten, von Julius Cäsar abzustammen, wobei sie einfach unterstellten, daß es bei einem Namen wie dem ihren gar nicht anders sein könne. Sie hießen Imperatore.

Und meine Entdeckungen beschränkten sich nicht auf die Archive. Als ich im ersten Stock, in einem der Salons, die mit ihrer Holztäfelung Louis XVI. in Weiß und Gold, ihrer Wandbespannung aus gelbem Damast, ihren Kronleuchtern aus Muranoglas, den gemalten Decken und den Aubusson-Teppichen recht reizvoll waren – nur daß man, wie gesagt, wegen der ständig geschlossenen Fensterläden ihre Schönheit nie richtig würdigen konnte –, eine Flügeltür öffnete, stand ich plötzlich vor einem Altar, der von einem riesigen Kruzifix überragt wurde. Die Wand dahinter war übersät mit Reliquien. Gekreuzte Schienbeine, ausgetrocknete Knochen, unbestimmbare Hautfetzen, kunstvoll eingerahmt, winzig kleine Leichenreste, nicht größer als eine Fliege oder eine Ameise, in nur wenige Zentimeter messende Medaillons, Stofflappen mit einem Stück Kiefer oder drei Zähnen, abgesprengt durch Geißelhiebe, Stücke von blutbefleckten Büßerhemden ... Wieder der Tod. Überall war der Tod gegenwärtig, immer glorifiziert, sogar in diesem Salon-Betraum.

Einem Kind meines Alters erschien die Casa Verdura nicht wie eine Wohnstätte, sondern eher wie eine zu erforschende, zu ergründende Welt, eine fremde und etwas erschreckende Welt, die zu ertragen war durch die Gewißheit, daß ich allabendlich in die geliebte Villa Niscemi zurückkehrte, wo ich in Sicherheit war.

Aber vielleicht mache ich mir doch ein falsches Bild von der Casa Verdura. Denn nicht alles in unserem alten Haus war düster oder pathetisch. Die Balkons waren groß, es gab zahlreiche Terrassen in verschiedenen Stockwerken. Die schönste und ausgedehnteste wurde vor der Sonne durch ein Spalier geschützt, das sich unter dem Gewicht einer wuchernden Kletterpflanze bog, ein tropisches Gewächs, dessen Namen ich nie herausgefunden habe. Es war wie ein grüner Brückenbogen. Diese Masse glänzender Blätter und grünlicher, weißgefleckter

Blüten werde ich nie vergessen und auch nicht die absonderlichen Luftwurzeln, die unter diesem Gewölbe herabhingen wie Mäuseschwänze. Einen verzweifelten Kampf gegen diese zudringliche Pflanze mußte eine ehrwürdige Glyzinie führen, der es mit unerhörten Anstrengungen und seit unendlich langer Zeit gelungen war, sich dort hinaufzuarbeiten. In jedem Frühjahr schien mir, daß die lila Blütentrauben immer weniger Platz fanden. Und auch die zierliche, schmiedeeiserne Wendeltreppe, die vom Garten heraufführte, war von Überwucherung bedroht. Sie war in einem solchen Luftwurzelgewirr gefangen, daß sich kaum unterscheiden ließ, was an ihr mineralisch und was pflanzlich war.

Der Garten selbst, verwildert zwischen hohen Mauern, hatte das zugleich jubelnde und verzweifelte Aussehen eines Miniaturdschungels angenommen. Im Schatten einer großen Pinie und einer hohen Palme strebten die des Lichts beraubten Pflanzen auf der Suche nach Sonne gen Himmel wie ein Schrei aus der Tiefe einer unsäglichen Angst. Sie hatten schließlich üppige Gruppen von Granatapfelbäume, Hibiskus, japanischen Mispeln, Bananenstauden und Bambus gebildet. Die ungepflegten Gartenwege verloren sich im Unkraut, und die Mauern verschwanden unter einem so dichten Bewuchs von Efeu, Jasmin, Geißblatt und Pittosporum, daß man das Vorhandensein einer Einfriedung direkt vergessen konnte.

Zur Zeit meiner ersten Zwischenlandungen in der Casa Verdura ließ mich die Üppigkeit dieser Oase mitten in der Altstadt, die, wie es heißt, auf den Überresten eines muselmanischen Friedhofs liegt, ziemlich gleichgültig. Ich wagte mich nie hinein und verhehlte die Verachtung nicht, die ich für sie empfand, denn mir stand der Sinn nur nach der lichterfüllten Landschaft der Colli und dem großen Garten der Villa Niscemi. Erst sehr viel später, als mir das Leben nicht mehr lebenswert erschien, weil wir die Villa aufgeben und in der Stadt wohnen mußten, begann ich den Garten der Casa Verdura zu schätzen. Ich wurde in einem kleinen, winkligen Zimmer untergebracht, das ich haßte. Aber aus einem unerfindlichen Grund hatte dieser Raum von der Größe einer Mönchszelle ein hohes, bis zum Boden reichendes Fenster, das auf den Garten hinausging und an das die höchsten Zweige eines Stechapfels stießen; wenn ich an Sommerabenden nach Tagen bleierner Hitze das Fenster öffnete, kam ein Zweig mit großen, trompetenförmigen Blüten direkt in mein Zimmer, blinzelte mir durch die Falten des

Vorhangs zu, und ich schlief ein, fast getröstet bei dem Gedanken, daß ich durch die Übersiedlung nach Palermo zwar viel verloren, sie mir aber den Vorteil gebracht hatte, daß ich den süßen Duft der Stechapfelblüten jetzt genießen konnte, ohne daß meine Nase durch den bestialischen Gestank des Paviankäfigs beleidigt wurde.

Nach allem, was ich erzählt habe, ist es begreiflich, daß es für einen Jungen meines Alters schwierig war, sich dem Heim seiner Vorfahren verbunden zu fühlen und es zu schätzen. Abgesehen davon, daß ich mich an das städtische Leben gewöhnen und alles aufgeben mußte, was ich liebte, verlangte es alle möglichen Opfer von mir: Unterricht, Routine, das Leben in geschlossenen Räumen, ein Gefühl der Bedrücktheit und vor allem dieser ekelhaft muffige Geruch in fast allen Räumen, die ich betrat.

Die arme Casa Verdura hat im Zweiten Weltkrieg zwei Treffer erhalten und ist nicht wiederzuerkennen. Eine der Bomben fiel genau auf den Teil des Gebäudes, in dem mein Zimmer lag. Bei diesen verheerenden Luftangriffen auf Palermo brach unsere riesige Pinie zusammen und zerschmetterte bei ihrem Sturz das, was von der Terrasse noch geblieben war. Aber seltsamerweise entging der Stechapfel der Vernichtung. Er ist immer noch da mit seinen trompetenförmigen Blüten und verströmt seinen Duft in den vergrößerten Garten, auf den die zerbombten Mauern keinen Schatten mehr werfen.

Bagheria und die väterlichen Streiche

Aber es gab nicht nur die Casa Verdura in der Stadt und die Villa Niscemi. Am anderen Ende des Golfes von Palermo, in einem anderen Sommerfrischengebiet, in Bagheria, besaßen wir ein weiteres Landhaus, die Villa Serradifalco, die unser Vater von einem Herzog aus seiner Verwandtschaft geerbt hatte.

Im 17. Jahrhundert war Bagheria für Palermo das gewesen, was Frascati für Rom und Versailles für Paris war, ein Städtchen mit prächtigen Villen, die sich adlige Familien gebaut hatten, auch wenn es ihren finanziellen Ruin bedeutete.

Einige dieser Villen, die bescheidensten, waren langgestreckte, einstöckige Landhäuser. Andere, die Villen Buttera, Cattolica, Valguarnera, Cutto, San Marco, ganz zu schweigen von der Villa Palagonia, die theatralisch inmitten eines Gartens steht, der von dem phantastischen Kreis eines Heers von Zwergen und Buckligen beschützt wird, und die so oft beschrieben worden ist, unter anderen von Brydone und Goethe, daß es unnötig ist, sie hier zu erwähnen – diese anderen waren dermaßen imposant, daß man sie kaum Villen nennen konnte, sie waren in Wirklichkeit richtige Schlösser auf dem Lande.

Unsere Villa war weder bescheiden noch prächtig und genau in der Mitte zwischen den großen und kleinen. Mit ihren fünf Balkonen an der Vorderseite über der Haustür, zu der man über eine Steintreppe mit zwei Läufen gelangte, war sie schlicht und wunderbar harmonisch. Auf der Rückseite keine Treppe: die Tür war ebenerdig, denn die Villa war auf einem abschüssigen Gelände erbaut, dessen Gefälle nach weniger als hundert Metern stark zunahm und in einer steilen Felswand endete: Montagnola. Ich weiß nicht, wie hoch dieser Berg ist, aber als ich klein war, erschien er mir ebenso eindrucksvoll wie das Matterhorn, und außerdem besaß er den unschätzbaren Vorteil, daß er uns gehörte. Ich war unendlich stolz auf die Montagnola. Wir konnten mit ihr Ehre einlegen, denn sie war mit einem Obelisken gekrönt und entschieden höher als der benachbarte Berg im Park unserer Verwandten Valguarnera.

Und die Montagnola war der Hauptanziehungspunkt bei unseren Sommeraufenthalten in der Villa Serradifalco. Ich machte Freudensprünge, wenn ich sie wiedersah. Es machte solchen Spaß, zwischen den Felsen herumzuklettern. Ich erklomm den Gipfel und verbreitete Angst und Schrecken unter den Scharen von verspielten Eidechsen, harmlosen Schlangen und Geckos, deren Schlaf ich störte.

Vom Gipfel dieses Bergs, der wie ein Turm zwischen zwei gleich weit entfernten, ebenso rauhen und bedrohlichen Felswänden aufragte, hatte man einen unbeschreiblich schönen Blick. Auf der einen Seite reichte er bis zu den Vorgebirgen des Kap Zafferano, auf der anderen bis zum Monte Griffone. Dazwischen erstreckte sich die riesige Bucht, und im Hintergrund erkannte ich meinen geliebten Monte Pellegrino und zu seinen Füßen wie eine Gefangene die Silhouette des goldenen Palermo im aufsteigenden Sommerdunst. Auf der anderen Seite bot die tyrrhenische Küste eine andere Aussicht und ein Vergnügen anderer Art, denn sie war von einem Kap zum anderen getüpfelt mit Schlössern und Türmen, die Solanto, San Nicola, Trabia und Torri di Termini heißen, gleichsam dort hingesetzt, um die Landschaft in ihrer unwandelbaren Beständigkeit zu erhalten und ihr zu ermöglichen, sich über den Fluten hübsch zur Schau gestellt über Termini Imerese hinaus bis Cefalù zu erstrecken. Drei Farbstriche sah man in der gleißenden Sonne: die rötliche und ausgetrocknete Linie der Berge und die teils grünliche, teils gelbliche der Erde, die sich von der grellblauen Linie des Meeres abhoben, in der Hitze der Hundstage verschwammen und gemeinsam am Horizont verschwanden.

Der Hauptteil des Hauses bestand aus großen, quadratischen Räumen mit gewölbten Decken; alle waren hell, hatten mehr oder weniger dieselben Dimensionen und bildeten eine Zimmerflucht. Wieder einmal wurde man von finster dreinblickenden Ahnen der Familie Serradifalco empfangen, deren Porträts an den Wänden einiger Vorzimmer hingen. Von dort gelangte man zu dem einzigen Wohnraum, der zugleich Bibliothek und mit einem Kronleuchter, einer Eichentäfelung, einem Kamin, roßhaarbezogenen Sofas und einem Teppich ausgestattet war. Alle anderen Räume waren Schlafzimmer, die gekalkt und von klösterlichem Weiß waren. Ihr Mobiliar bestand lediglich aus einem Bett, einem Nachttisch, in dem der Nachttopf untergebracht war, einem Schrank mit Spiegel, einem Stuhl, einem Bettvorleger und manchmal, in den luxuriösesten, einem Sessel. Die Badezimmer glänzten durch Abwesenheit. Aber waschen konnte man sich: die Dienstboten schöpften Wasser aus dem Brunnen und füllten es in Holzbottiche. Um die Toiletten stand es dagegen schlecht. Es gab nur zwei dunkle sogenannte WCs, die aus der Steinzeit zu stammen schienen.

Natürlich keine Elektrizität. Alle Zimmer – mit Ausnahme des Wohnraums, dessen Kronleuchter mit Petroleum brannte – wurden durch Acetylenlampen beleuchtet, die in der Mitte des Zimmers an der Decke hingen. Das so verbreitete Licht war außerordentlich hell und grell, ließ alles leichenblaß erscheinen und zog sämtliche geflügelten Wesen der Nachbarschaft an (Moskitos allerdings nicht, denn die hätten sich nie an einen so hochgelegenen, trockenen Ort gewagt). Außerdem gaben die Lampen ein diskretes, aber anhaltendes Zischen von sich. Auf einer Seite des Hauses lag ein Wirtschaftshof, umgeben von verschiedenen Gebäuden mit niedrigen Dächern, die je nach der Jahreszeit unsere Ernten aufnahmen – Oliven, Mandeln, Feigen und zur Zeit der Weinlese Trauben –, aber auch die Landarbeiter und das Vieh beherbergten. *Braccianti* (Landarbeiter) und Tiere wurden zusammengepfercht.

In diesem rustikalen Ambiente verwandelte sich mein Vater

in einen Landedelmann. Im weißen Leinenanzug, mit rehbraunen Stiefeln und einem mexikanischen Stroh-Sombrero machte er sich mit viel Selbstvertrauen, wenn nicht gar Sachverstand zu schaffen und überwachte mit gleichgroßer Anteilnahme das Einbringen der Ernte, das Kalben der Kühe, das Pressen der Oliven und den Strich der Wachteln. Die Jagd beschäftigte ihn sehr. Fast ebenso wie seine Pferde. Jedes Jahr wurden Gallipoli, Menton, Pylsener und Bolero nach Serradifalco geschickt, um die Sommermonate dort zu verbringen.

Mein Vater empfing seine Sprößlinge im Juli für etwa zwei oder drei Wochen und im November für einige Wochen. Heutzutage fährt man mit dem Auto von Palermo nach Bagheria in einer Viertelstunde, aber damals war es eine regelrechte Reise. Wir wurden zum Hauptbahnhof von Palermo gebracht, begleitet von unseren Hunden, unseren höchst mißbilligenden Gouvernanten und unseren Bedienten, die die Pakete, die Fahrkarten, die Körbe, die Koffer, die Hunde und die Kinder zählten. Wir fuhren mit einem Bummelzug, der auf allen möglichen Dörfern hielt, deren Namen – Ficarazzi, Ficarazelli – mit ihren aufregenden sexuellen Anklängen die Erwachsenen zu geflüsterten Wortspielen anregten, und dann erreichten wir Bagheria. Dort erwartete uns ein altertümliches Fahrzeug auf vier Rädern, mit einem Maulesel bespannt, eine Art Kremser mit Namen *la papone,* denn es hatte ein mit großen Troddeln befranstes Verdeck. Auch mein Vater, zu Pferde, erwartete uns, eingerahmt von zwei ebenfalls berittenen Typen mit Galgenvogelgesichtern und umgehängten Gewehren. Das waren unsere *campieri*[28]. Sie begleiteten uns, wohin wir auch immer gingen, und es kam nicht in Frage, das Grundstück ohne sie zu verlassen. Warum? Waren sie uns wirklich nützlich? Schützten sie uns vor der Mafia? Auch wenn die Mafia schon damals äußerst grausam war, so war sie doch keineswegs das, was sie seitdem geworden ist. Sie war mehr damit beschäftigt, die Bauern einzuschüchtern und zu erpressen, als die Gutsbesitzer und Städter anzugreifen. Ich glaube, von *campieri* begleitet zu werden war vor allem eine Sache des Prestiges und der Autorität. Sie sollten einfach unsere Zugehörigkeit zur Kaste der *galantuomini* bestätigen.

Die Fahrt hinauf zur Villa auf einem kurvenreichen Weg erforderte ungefähr eine halbe Stunde. Unsere Gouvernanten waren dann mehr tot als lebendig, denn infolge des schlechten Straßenzustands und der Tatsache, daß *la papone* weder Federung noch Stoßdämpfer besaß, erduldeten wir stoisch ein wahres Martyrium. Um so größer die Freude, in Serradifalco zwar keinen modernen Komfort, aber immerhin eine berauschende Freiheit vorzufinden. Serradifalco fiel völlig aus dem Rahmen: kein Unterricht, kein Stundenplan, keine Schicklichkeitsvorschriften, kein »Was werden die Leute sagen?«. Nichts war verboten, und man konnte sich den Bauch mit Feigen vollschlagen. Kaum angekommen, bestürmten wir Agostino, den Verwalter, mit Fragen. Wieviel Fohlen, Kälber und Zicklein waren geboren worden? Gab es junge Hunde? Und machte Spot, der Terrier, immer noch Jagd auf Ratten? Und war die fremde Katze, bei deren Auftauchen man das Horn gezeigt hatte, wieder in der Gegend gesehen worden? Und dann machte ich mich schnurstracks zum Gipfel der Montagnola auf, um mich zu vergewissern, daß sich nichts geändert hatte.

Unvergeßlich ist die Überraschung, die uns einmal in Serradifalco erwartete, als wir dort einen jungen Somali vorfanden. Er war groß, schlank, dunkelhäutig und besaß die angeborene Höflichkeit und Anmut seines Volkes. Sein Vater war der Häuptling einer der damals von Italien annektierten Landesteile. Warum war der junge Somali eingeladen worden, und wie war er bis nach Serradifalco gekommen? Nichts von alledem wurde mir erklärt. Ich mußte es einfach für *normal* halten, daß wir in jenem Sommer den Sohn eines Somali-Häuptlings an unserem Tisch hatten und er und kein anderer mir als Spielgefährte zugedacht war. Er hieß Abu-ba-Ker und mußte etwa gleich alt wie ich sein. Seine makellose weiße Tunika, die blaue Schärpe, die er sich um die Taille wand, sein hoher Tarbusch, den er nie absetzte, unterstrichen seine Schönheit und die aristokratische Feinheit seiner Züge.

Eine meiner täglichen Aufgaben bestand darin, ihm beim Anlegen seiner Schärpe zu helfen, denn das konnte er nicht allein. Er ging so weit weg von mir, wie die Schärpe lang war, und legte sich das eine Ende auf den Bauch, während ich das andere festhielt; dann kam er, sich außerordentlich rasch und graziös um sich selbst drehend, auf mich zu, und die Schärpe war angelegt, tadellos drapiert und völlig faltenlos. Abu-ba-Ker versuchte vergeblich mir beizubringen, es ihm nachzumachen, aber ich schaffte es nie.

Wir wurden die besten Freunde der Welt, Abu-ba-Ker und ich. Wir waren unzertrennlich, und ich mochte den jungen Fremdling, der von so weit her an die Gestade des alten Siziliens gekommen war, wirklich gern. Aber ich muß gestehen, daß ich mit der Zeit etwas eifersüchtig auf ihn wurde. Er war groß und schlank, ich war klein. Er war unglaublich gewandt und kletterte viel schneller auf die Bäume als ich. Und wenn wir die Montagnola erklommen, hätte man meinen können, Abu-ba-Ker habe Flügel an den Füßen. Er sprang von einem Felsen zum anderen, er flog buchstäblich über das Unterholz, ohne den mindesten Kratzer davonzutragen, während ich, wenn ich es ihm gleich tun wollte, verdrossen und mit blutigen Schienbeinen in die Villa zurückkam, dem er im übrigen keine Aufmerksamkeit schenkte.

Wie nicht anders zu erwarten, mißbilligte Miss Aileen unsere Freundschaft aufs heftigste und tat so, als sähe sie Abu-ba-Ker nicht, was ich unglaublich taktlos fand. Sie behandelte meinen Freund wie einen Dienstboten im Gegensatz zu meinen Familienangehörigen, die ihn immer ganz und gar als Gast ansahen. Unsere Engländerin verachtete ihn, den ich für einen Königssohn hielt.

Als besonders kennzeichnend für unsere Freundschaft könnte man erwähnen, daß unsere Spiele, bewußt oder unbewußt, als Verständigungsmittel zwischen uns dienten, denn Abu-ba-Ker sprach kaum italienisch. Die wenigen Wörter unserer Sprache, die er kannte, gebrauchte er auf seine Art, das heißt annäherungsweise und schematisch. Man hätte meinen können, daß er in Hieroglyphen sprach. So fragte er mich eines Tages, wer die *ascari-gallina* seien, die sich in einem Feld versteckt hätten. Das Rätsel war wirklich nicht leicht zu lösen, und ich brauchte einige Zeit, bis ich begriff, was diese »Hühnersoldaten« waren, deren geheimnisvolles Kommen und Gehen mein Freund beobachtet hatte. Sie erwiesen sich als *bersaglieri*[29] im Manöver. Und die von Abu-ba-Ker erdachte Terminologie hatte Hand und Fuß: *ascari* bedeutet auf Somali bewaffneter Mann oder Kämpfer; *gallina,* Huhn, gehörte zu den italienischen Wörtern, die Abu-ba-Ker im Wirtschaftshof aufgeschnappt hatte, und es war das einzige, über das er verfügte, um den theatralischen Helmbusch aus Hahnenfedern zu beschreiben, den Stolz der *bersaglieri* und Schmuck ihrer Kopfbedeckung.

Abu-ba-Ker verrichtete jeden Tag seine Gebete nach Mekka gewandt. Seine ruhige Gewißheit, wenn er der heiligen Stadt eher diese als jene Richtung zuschrieb, war für mich ein Gegenstand ständiger Verwunderung. Ich fragte mich, auf welche Weise ich ihn zu einem Irrtum verführen könnte und was dabei herauskäme. Würde Allahs Zorn offenbar werden? Würden wir den Gott der Muselmanen von Angesicht zu Angesicht sehen? Oder würde er in Gestalt eines bedrohlichen Ungeheuers oder einer Feuergarbe erscheinen wie in den Rittergeschichten, die das Marionettentheater in Palermo mit soviel Nachdruck wieder zum Leben erweckte? Ich sah mich schon als den schönen Tancredi den Gefahren trotzen, um meinen Freund zu verteidigen und zu retten.

Ich war auf dem besten Wege, mein Ziel zu erreichen und Abu-ba-Ker zu überzeugen, daß er sich in der Richtung irre, eine Kehrtwendung machen und seinen Gebeten ein neues Ziel geben müsse – den Schweinestall. Die ungeheure Blasphemie war keineswegs eine Spielerei. Sie war nötig, damit der Gott kam. Ich zweifelte nicht daran: er würde bestimmt erscheinen.

Statt dessen kam mein Vater vorbei. Er war empört und sprach von einer Lästerung; ich wurde heftig gescholten und gezwungen, Abu-ba-Ker um Verzeihung zu bitten, eine ganz überflüssige Demütigung, denn mein Freund hatte gar nicht begriffen, was vorgegangen war.

Es gab noch einen Sommer mit ihm in Serradifalco, und dann nichts mehr. Der Sohn des Somali-Häuptlings verschwand aus unserem Leben, und wir hörten nie wieder von ihm. Oft fragte ich mich, was aus ihm geworden sei. Aber zu uns kamen Leute ohne erkennbaren Grund und verließen uns auf dieselbe Weise.

Am Ende eines Feldes lag in einem Talgrund eine Hütte, in der ein Schotte wohnte. Auch von ihm wußte man nicht, woher er gekommen war und warum er dort lebte. Ich entsinne mich nicht mehr seines Namens, aber ich weiß noch, daß die Hütte »Hundehospiz« genannt wurde, weil mein Vater streunende Hunde aus Palermo, die er eingesammelt und gerettet hatte, dort unterbrachte. Es war eine bejammernswerte Meute verkrüppelter, räudiger, lahmender und kümmerlicher Köter. Manche waren blind, anderen fehlte eine Pfote oder die Ohren, und wieder andere hatten gräßlich anzusehende Wunden. Und der Schotte war beauftragt, sie zu pflegen, zu füttern und sie dem Leben wiederzuschenken. Er spielte den Tierarzt bis zu dem Tag, an dem er mit dem mageren Inhalt der Kasse verschwand.

An Hand dieser Beschreibung wird man verstehen, daß wir bei Gästen aus Somaliland, Stegreif-Tierärzten aus Schottland und aufzupäppelnden streunenden Hunden kaum Zeit fanden, uns im Landhaus unseres Vaters zu langweilen.

Im Erdgeschoß der Villa hatte er ein Eßzimmer für den Sommer eingerichtet, das vor der brennenden Sonne geschützt und sehr kühl war. Um es »gemütlicher« zu machen, hatte er es mit einigen großen Opernplakaten verziert. Auf der einen Seite Tosca, die gerade ein Kruzifix auf Scarpias Leiche legte, auf der anderen Madame Butterfly im Begriff, Harakiri zu begehen, und so weiter. Die meisten Szenen konnten einem den Atem und den Appetit verschlagen, sofern man nicht ein Opernnarr war, wie es auf mich (seit der denkwürdigen Nachmittagsvorstellung, in der ich zum erstenmal *Aida* hörte) und auf meinen Vater zutraf.

Die Streiche, die wir unserer Umgebung spielten – weder alberner noch geistreicher als die klassischen Streiche, die überall in Europa gespielt werden, wenn man sonst keine Sorgen hat: Bürste unter dem Bettlaken, Ärmel vom Nachthemd zugenäht und dergleichen mehr –, nahmen in Serradifalco grausame und realistische Züge an, die in anderen europäischen Landstrichen unpassend gewesen wären. Eines Morgens hörten wir, eine große schwarze Schlange sei getötet worden, deren recht eindrucksvolle sterbliche Überreste uns gezeigt wurden. Gegen Abend gingen meine Schwester und ich hinaus und holten den Kadaver ins Haus. Während die Dienstboten zu Abend aßen, schlichen wir uns in das Zimmer des Zimmermädchens Angelina im zweiten Stock. Wir rollten die toten Schlange kunstvoll um ihren Nachttopf und schlossen die Tür des Nachttischs wieder sorgfältig. Jetzt brauchten wir nur darauf zu warten, daß sie in ihr Zimmer ging. Als der verhängnisvolle Augenblick kam, standen Maria Felice und ich im Nachthemd auf dem Flur. Wir lauschten an der Tür, hinter der sich alles abspielte: Angelina zog sich aus; Angelina hängte ihre Sachen in den Schrank; wir hörten, daß sie sich die Schuhe auszog und Wasser in ihre Waschschüssel goß; dann schüttete sie das Wasser in den Eimer, sie holte ihr Nachthemd heraus ... Würde sie, oder würde sie nicht? Schließlich entschloß sie sich. Wir hörten das typische Quietschen der Nachttischtür, dann einen entsetzlichen Schrei, einen Sturz und dann nichts mehr. Angelina war ohnmächtig. Als die übrigen Hausbewohner, Herrschaft und Dienerschaft gleichermaßen, herbeistürzten, waren wir schon wieder in unseren Zimmern.

Auch in Bagheria pochte Maria Felice in ungebührlicher

Weise auf ihr Erstgeborenenrecht. Sie verstand es sehr viel besser als ich, dem väterlichen Stolz zu schmeicheln, und was sich mit unserer Großmutter in der Villa Niscemi abspielte, wiederholte sich mit unserem Vater in der Villa Serradifalco: sie nahm alles in Beschlag. Wurden wir fotografiert, baute sich Maria Felice im Vordergrund auf, und immer war sie es, die Ältere, die man am besten sah, sei es, daß sie ein Kälbchen zärtlich umarmte oder sich mütterlich über Diana und ihren Wurf von neun Welpen beugte, während ich mich verzweifelt bemühte, überhaupt aufs Bild zu kommen. Wenn wir ausritten, war es wieder Maria Felice, die auf Pylsener die Kavalkade anführte, während ich mich mit dem alten Bolero begnügen oder womöglich zu Fuß gehen mußte.

Es gibt ein altes, vergilbtes Photo, das sehr aufschlußreich ist für das Prestige, das der Rolle der Erstgeborenen in den sizilianischen Familien beigemessen wurde. Der Vordergrund wird ausschließlich von Maria Felice zu Pferde eingenommen, ihr offenes Haar fällt ihr bis zur Taille, der Panamahut sitzt keck und schräg, die Krempe an einer Seite hochgeschlagen, ein lächelndes junges Mädchen voll Glanz und Gloria, während man im Hintergrund das beflissene Gesicht eines Jungen erkennt, der immer noch »Fulchetto« genannt wird, um ihn durch diese Verkleinerungsform über jede Vernunft hinaus als Kleinkind zu behandeln, der sich, um größer zu wirken, auf eine Trockenmauer geschwungen hatte, damit er als der geliebte Sohn seiner Mama überhaupt auf dem hübschen Familienfoto erschien.

Aber es kam der Tag, an dem ich Rache nehmen sollte auf einem Reittier, das viel erstaunlicher, viel ansehnlicher war als Pylsener.

Mein Vater hatte eine Afrikareise gemacht – in welcher Gegend er gewesen war, weiß ich gar nicht –, und wir waren in Bagheria, als er uns erzählte, er habe ein Kamel für uns gekauft und es müsse demnächst ankommen. Er werde dafür sorgen, daß es eine Unterkunft neben dem Pferdestall erhalte. Ich persönlich glaubte das überhaupt nicht. Ich kannte die lebhafte Phantasie meines Vaters und wußte, daß er nie aufhörte, von seinen Streichen zu erzählen, aber Maria Felice hielt es für ausgemacht. Was immer der Vater äußerte, waren für sie goldene Worte. Doch vergingen Wochen und Monate, ohne daß wieder von dem Kamel die Rede war. Inzwischen waren wir in die Villa Niscemi zurückgekehrt.

Eines Morgens, als wir in der *stanza del telefono* waren, läutete der Apparat, dessen Primitivität ich schon beschrieben habe. Es war ein Anruf unseres Vaters, der nur für uns bestimmt war. Maria Felice (von vornherein einverstanden) war am Apparat, ich (voller Zweifel) hatte den Mithörer, und wir waren um so aufmerksamer, als wir selten Gelegenheit hatten, dieses Gerät zu benutzen, das wir außerordentlich faszinierend fanden, das aber »nicht für Kinder bestimmt war«.

Erst fragte die väterliche Stimme: »Seid ihr allein?« Dann in einer Art Staccato, zweifellos vor Aufregung: »Könnt ihr ein Geheimnis bewahren?« Daraufhin verkündete er uns, das Kamel sei aus Afrika eingetroffen, begleitet von einem Araber, und die Kaianlagen vom Hafen in Palermo seien schon überlaufen: »Schwarz von Menschen«, sagte er. Seine weiteren Worte wurden mehrmals von wütendem »Hallo! Hallo! Hört ihr mich?« unterbrochen. Wir hörten ihn ... Das Tier werde, wie vorgesehen, in die Villa Serradifalco in Bagheria gebracht, aber aus Gründen, die er uns nicht erklärte, könne das erst morgen geschehen. Nun müsse unbedingt ein Nachtquartier für das Kamel gefunden werden. Die Casa Verdura komme nicht in Frage. Die Ställe seien nicht geeignet. Aber selbst wenn sie geeignet wären, müsse man darauf verzichten, weil zu befürchten sei, daß in der Altstadt die Hölle los sei, wenn das Kamel dort durchgeführt würde. Ob wir das Kamel in der Villa Niscemi unterbringen könnten? »Hallo, hört ihr mich?« Es müsse alles heimlich geschehen. Das sagte die väterliche Stimme. Sie fügte hinzu, es gebe ja genug Stallungen in der Villa Niscemi, und das Kamel werde etwa um fünf oder sechs Uhr kommen, wenn »die Damen« ihre Besorgungen in Palermo machten, und die Villa im Morgengrauen wieder verlassen, ohne daß »die Damen« Zeit hätten, sich zu ärgern. Vielleicht würden sie es überhaupt gar nicht merken.

Der Plan, wenngleich sehr riskant, wurde begeistert angenommen. Aber er konnte nur in vollem Einverständnis mit Gnu Antonio durchgeführt werden, der die Aufsicht über die gesamten Stallungen führte. Sollten wir uns ihm anvertrauen? Würde er uns verraten? Zu guter Letzt beschlossen wir, ihn in das Geheimnis einzuweihen. Zu unserer großen Erleichterung machte er keinerlei Schwierigkeiten und hielt sich den dicken Bauch vor Lachen.

Die folgenden Stunden waren eine schwere Prüfung. Wir mußten gegen alle möglichen Versuchungen ankämpfen. Sollten wir darauf verzichten, uns die wohlwollende Neutralität von Miss Aileen zu sichern? Ich hatte immer ein blindes Vertrauen zu ihr gehabt, aber an dem Tag kamen mir zum ersten Mal Zweifel. Hätten wir mit ihr gesprochen, hätte sie uns bestimmt verraten. Auch der Dienerschaft gegenüber mußte Schweigen bewahrt werden. Auch das war schrecklich. Wie hübsch wäre es gewesen, ganz beiläufig zu sagen: »Übrigens erwarten wir gegen fünf Uhr ein Kamel. Ja, Sie haben richtig gehört, ein Kamel. Und der Kameltreiber ist ein Araber...« und dann zu sehen, wie sich Verblüffung auf den Gesichtern ausbreiten würde. Ein wahrer Knalleffekt. Aber auch das kam nicht in Frage.

Es war im April, wenn ich mich recht erinnere, und das Wetter war strahlend. Gerade erschienen die ersten weißen Blüten auf den Bäumen, und die Luft war mit dem Duft von Orangen- und Jasminblüten geschwängert. Der Tag nahm seinen normalen Verlauf, nur an unseren Herzen nagte die Ungeduld. Durch die Fenster hörte man die gewohnten Geräusche, doch beunruhigte es mich, daß man im Hof weder die Pferde noch den Landauer sah, der Großmama und unsere Mutter in die Stadt bringen sollte. Schon wurde der Tee serviert, eine englische Sitte, an der Großmama hartnäckig festhielt, worüber sich allein die Gouvernanten freuten; und immer noch keine Spur des Landauers im Hof und keine Spur von Aufbruchsstimmung im Salon. Schließlich erkundigte sich Maria Felice zaghaft: »Nehmt ihr denn heute nicht den Wagen?« Antwort: »Nein.« Maria Felice, immer noch hoffnungsvoll: »Aber das Wetter ist doch so schön...« Und Großmama: »Eben deshalb fahren wir nicht weg.« Darauf Mama: »Wirklich ein Wetter zum Hierbleiben.« Schließlich ein letzter Versuch von Maria Felice: »Habt ihr die Anprobe bei Madame Durand vergessen?« Antwort: »Das hat Zeit.« Und meine Mutter: »Ist wirklich nicht eilig. Wir fahren morgen hin.« Neuerliches Schweigen, das nur von Miss Aileens *»disgusting«* unterbrochen wurde, *mezza voce* ausgesprochen, um mich wieder einmal darauf hinzuweisen, daß es unerträglich sei, wie ich meine Erdbeeren mit Schlagsahne aß. Als ob ich einen Gedanken an Erdbeeren verschwendete! Die »Damen« fuhren nicht weg! Wie würde sich das jetzt abspielen?

In diesem Augenblick war ein schwaches Geräusch zu vernehmen. Zuerst war es kaum der Rede wert, und sicherlich waren Maria Felice und ich die einzigen, die es hörten. Aber sehr bald verstärkte es sich wie ein aufkommendes Gewitter, und es bestand kein Zweifel mehr an der Art des Geräuschs: eine lärmende Volksmenge näherte sich unseren Portalen. Großmama wollte, glaube ich, das Maß an Ruhe bewahren, das einer »wirklichen Dame« zukommt, welche Gefahren auch immer drohen, und ohne sich von ihrem Platz zu rühren und mit berechneter Langsamkeit betätigte sie ihre kleine Glocke. Sofort erschien Angelo, die Verkörperung des perfekten Butlers, wie er im Buche steht, der nie eine Miene verzieht.

»Was bedeutet das Geschrei?« fragte Großmama in eisigem Ton.

»Ich weiß es nicht, Exzellenz. Offenbar schart sich eine Volksmenge zusammen.«

»Gehen Sie sofort hinaus und sehen Sie nach, was los ist. Fragen Sie diese Leute, was sie wollen und wer sie sind.«

»Sehr wohl, Exzellenz«: Angelo macht kehrt und begibt sich zur Terrasse, um einen ersten Erkundungsvorstoß zu unternehmen. Als sich die Fenstertür öffnet, damit der Musterdiener zur Durchführung seiner gefährlichen Aufgabe hinausgehen kann, wird das Geschrei lauter. Die Menge wird aufgeregter, unruhiger. Man hört leichtes Händeklatschen. Sollte das Beifall sein? Ich stelle mir eine Opernszene vor, voller Leben. Trotz ihrer Selbstbeherrschung gehen Großmama ein bißchen die Nerven durch, und sie läßt Anzeichen von Verdruß erkennen. Mama trägt die Gelassenheit einer christlichen Mutter und Märtyrerin zur Schau, die gerade den wilden Tieren überantwortet wird, sofern sie nicht schon die Monarchie und das Gottesgnadentum des Königs erschüttert sieht und verfolgt wird vom Gespenst der Guillotine. Unsere Miss steht auf, sehr straff, sehr britisch, während Maria Felice und ich uns an unsere Sessel klammern und einen Augenblick fiebriger Ungeduld, vermengt mit Angst, durchleben. Denn es ist nicht mehr zu ändern: die ganze Oper wird sich nun abspielen.

Angelo kommt zurück und sagt in seinem üblichen Tonfall (wie er Gäste und die Mahlzeiten ankündigt): »Exzellenz, ein Kamel.«

Großmama richtet sich auf wie eine gekränkte Königin.

»Ein Kamel? Wie können Sie es wagen? Hören Sie bitte mit diesen Unverschämtheiten auf.«

In diesem Augenblick, der ganz genau der richtige war, um Angelos Aussage zu bestätigen, stieß das Kamel einen seltsamen Schrei aus, der wie das Kollern eines riesigen Truthahns klang. Und bei der Wiederholung dieses Geräuschs in einem alarmierenden Crescendo ist es um die Zurückhaltung der Damen geschehen, sie gehen ihrerseits auf die Terrasse und überzeugen sich von den Tatsachen: dem edlen Anblick des Vierfüßers und seines Kameltreibers, leider in Zivil.

Unser Erscheinen auf der Terrasse rief die Begeisterung der Menge hervor: sie begann zu klatschen. Für uns war es ein ärgerlicher Zwischenfall, für sie ein tolles Fest. Das Fest des Unvorhersehbaren. Aber der Lärm verstärkte sich, als sich die beglückte Dienerschaft der Villa an die Fenster begab. Kein Platz war frei. Es sah ganz so aus, als wären diese Fenster genau für diesen Zweck vorgesehen worden, denn das Haus schien verwandelt: angesichts der wogenden Menschenmenge und ihrer unbezähmbaren Erregung, angesichts des Hundegebells und Kindergeschreis wurde die Villa ein weit offenes Theater, ein hoher Wall von Augen und verblüfften Gesichtern.

Die Stunde der Wahrheit war gekommen. Maria Felice mußte gestehen, daß unser Vater, dieser Spaßvogel, der Urheber dieser Vorgänge und wir Mitwisser waren. Flammender Zorn der Großmutter, die zwar die Widersetzlichkeit verurteilte, sich aber dennoch mit dem Unvermeidlichen abfinden mußte und wie eine Herrscherin, die ihrem Volk eine Verfassung zugesteht, Befehl gab, das Portal zu öffnen. Einzug des Kamels. Es war sehr schwierig, der Menge zu verbieten, ihm zu folgen. Ein wütendes Gedrängel. Es bedurfte des gesamten Aufgebots an Kutschern, Stallburschen und Gärtnern, um das Tor endlich wieder zu schließen.

Mittlerweile waren der Kameltreiber, ein Mann von beunruhigender Stummheit, der wie ein Ziegenbock stank, sowie Ciccio, einer der Reitknechte meines Vaters, der den Triumphmarsch des Dromedars von den Kaianlagen des Hafens von Palermo bis zu den Colli dirigiert hatte, auf dem Hof angelangt. Ich weiß nicht, ob die Tatsache, daß unser unglücklicher Besucher sich von neuem unter einer Palme befand, ihn heimwehkrank machte oder ob es bloß ein Augenblick der Verwirrung nach einer so langen Reise war, jedenfalls begann das Kamel wieder so durchdringend zu blöken, daß es ein sofortiges Echo unter den Hunden, Eseln, Mauleseln und Pferden hervorrief, und die Kakophonie von Gebell, Eselsgeschrei und Gewieher war ohrenbetäubend und herzzerreißend.

Uns wurde erlaubt, in den Hof hinunterzugehen. Ich bemühte mich, den verängstigten, unglücklichen Moffo zu beruhigen

– so hatten wir das Kamel wegen seiner Ähnlichkeit mit einem Freund unseres Vaters genannt. Moffo schien für meine Freundlichkeit aufgeschlossener als der Kameltreiber. Was immer man auch sagte, er blieb stumm. »Orientalische Gefühllosigkeit«, sagte Miss Aileen und fügte mit einer Spur Verachtung hinzu, »der typische Arabergeruch.« Mit Gewalt entriß sie mich meinen Träumen. Da war der Orient, direkt vor unserer Tür, aber sie zuckte nur die Schultern, diesen Trubel fand sie offensichtlich unerträglich. Als Maria Felice versuchte, sich unversehens auf Moffos Rücken zu schwingen, befahl ihr unsere Miss entrüstet, es bleiben zu lassen.

Schließlich wurde das Kamel in eine Wagenremise gebracht, wo es für die Nacht gut aufgehoben war. Aber in der Villa Niscemi kam man kaum zum Schlafen.

Die Pferde, beunruhigt durch die Nachbarschaft von Moffo, stampften und wieherten ununterbrochen, und jenseits der Portale hatte die Zuschauermenge beschlossen, überhaupt nicht ins Bett zu gehen. Schließlich kam nicht jeden Tag ein Kamel ... Es wurde ein Lagerfeuer entfacht, die Leute sangen und waren fröhlich, und Gitarren und Mandolinen erklangen bis zum Morgengrauen. Sogar Zelte wurden der größeren Gemütlichkeit halber auf die schnelle aufgebaut.

Der Lärm trug, glaube ich, dazu bei, daß das Telefongespräch, das meine Eltern miteinander führten, nicht sehr freundlich war. Es ging dabei nicht nur um den unerwarteten Besuch von Moffo, sondern auch um die Dauer seines Aufenthalts, denn ich wurde ganz früh geweckt und darauf hingewiesen, wenn ich Moffo vor seinem Abmarsch nach Bagheria noch sehen wolle, dann müsse ich rasch aufstehen. Ich ließ es mir nicht zweimal sagen.

So kam es dann zu dem glorreichen Augenblick meiner Rache an Maria Felice für ihr Vorrecht auf Pylsener, als ich lässig auf Moffos Höcker sitzend, gestützt von dem gleichmütigen Kameltreiber, im strahlenden Morgenlicht erschien, hoch über einer Menge, die mir eine Ovation darbrachte. Ein kurzer Triumph, denn kaum hatte ich die Aufmerksamkeit auf mich gezogen, da wurde ich grob behandelt. Ohne ein Wort setzte mich der Afrikaner auf den Boden, wie er ein Paket abgeladen hätte, und überließ mich einer aufgebrachten Miss Aileen. Zorngerötet brachte sie mich in die Villa zurück und äußerte in einem zänkischen Ton, den ich bei ihr gar nicht kannte, und mit viel Nachdruck allgemeine Urteile über Sizilien, herzogliche Familien und die abscheuliche Erziehung, die deren Kindern zuteil wurde.

Gewiß gab Moffos kurzer Aufenthalt den Phantasien der Palermitaner lange Zeit Nahrung. Wie legte er die letzten fünfundzwanzig Kilometer bis zur Villa meines Vaters zurück? Welche Kundgebungen rief sein Erscheinen hervor? Erregte er Verblüffung und Staunen? Ich weiß es nicht. Aber es besteht kein Zweifel, daß Moffo das Ziel seiner Reise in ausgezeichneter körperlicher Verfassung erreichte, und nachdem der Kameltreiber wieder in seine Heimat zurückgekehrt war, hätte er den Rest seines Lebens friedlich in dem großen Stall in Bagheria verbringen können, hätte nicht ein Zirkus im Politeama von Palermo ein Gastspiel gegeben und hätte die Zirkusdirektorin – Reiterin der Hohen Schule und überdies Französin, die wie eine dunkle Porzellanpuppe auf ihrem Pferd saß – nicht einen unauslöschlichen Eindruck auf meinen Vater gemacht. Diese beiden Geschehnisse, die scheinbar keine Beziehung zum Dasein eines Kamels auf den Hügeln von Bagheria hatten, änderten dennoch das Leben dieses Tiers grundlegend. Statt weiterhin als Landedelmann zu vegetieren, wurde es plötzlich ein berühmter Star.

Schwarz gekleidet, um den Zylinder elegant einen Schleier drapiert, die Reitpeitsche in der schwarz behandschuhten Faust, kam die Reiterin auf einem Schimmel in die Manege. Der Anblick dieser kleinen, kohlschwarzen und lichtumflossenen Gestalt traf meinen Vater mitten ins Herz, als sie ihr Roß den *pas espagnol* ausführen und dann nach einer Melodie von Strauß einen Walzer tanzen ließ. Schon bei der ersten Volte konnte man den Kopf verlieren. Mein Vater verlor ihn wirklich und ließ nichts unversucht, die Gunst der Dame zu erringen. Ihr zu Ehren und in Gegenwart seiner Schönen veranstaltete er im Politeama eine Wohltätigkeitsvorstellung, bei der ausschließlich Amateure auftraten. Die gute Gesellschaft von Palermo gab sich diesem Spiel mit Begeisterung hin, und ein Publikum von seltener Eleganz, die Damen juwelenbehängt, die Herren im Frack, strömte ins Theater. Die Reiterin stellte den Laienschauspielern ihre Reitknechte in roten Fräcken, ihre sämtlichen Pferde, die dressierten Hunde ihrer Menagerie – die von vornehmen Damen vorgeführt wurden –, ihre Zauberfahrräder, ihre zwei buntscheckigen Clowns und ihre Musikkapelle zur Verfügung.

Ein junger Dandy, der einer der ersten Familien der Insel

angehörte und eine gute Figur hatte, trat verwirrender Weise in einem flitterbesetzten Abendkleid seiner Mutter auf, eine Federboa um die Schultern, und lenkte mit einer kundigen Hand ein Sulky.

Ich sehe Maria Felice noch, als wäre es gestern gewesen; auf einem Pony, das der Tochter der Reiterin gehörte, galoppierte sie mit verhängten Zügeln und hob dabei Taschentücher vom Boden auf, wofür sie viel Beifall erhielt.

Aber der Clou des Programms war der spektakuläre Auftritt meines Vaters als Wüstenscheich mit weißem Turban, bewaffnet und auf Moffo reitend. Er hatte seine Rolle sehr gut einstudiert, und da er schlank und sehr dunkel war und scharfe Gesichtszüge hatte, wirkte das orientalische Gewand bei ihm gar nicht wie eine Verkleidung: er war *wirklich* der große, weiße Scheich, der König der Wüste in Person. Das war kein Zirkus mehr. Es war glaubwürdig.

Nach einer Umrundung der Manege in flottem Trab gab es einen langen Trommelwirbel, dann nichts mehr. Mein Vater hielt einen Augenblick völlig reglos in der erleuchteten Mitte der Arena an, und die Zuschauer warteten. Unmerklich dann und während ein zweiter Trommelwirbel den großen Augenblick ankündigte, brachte er sein Reittier dazu, ein Knie auf den Boden zu legen und sich vor der Loge der schönen Fremden zu verneigen, sich wieder aufzurichten, sich von neuem hinzuknien, diesmal mit beiden Knien auf dem Boden, und mit der Biegsamkeit eines Schwanenhalses den Kopf zu neigen und nochmal zu grüßen und sich dann aufzurichten, woraufhin sich mein Vater unter donnerndem Applaus zurückzog.

Die Vorstellung im Politeama war so erfolgreich, daß sie am nächsten Sonntag als Nachmittagsvorstellung wiederholt werden mußte. Da durfte ich dann dabeisein, mit klopfendem Herzen, begierig, blaß vor Neid, von krankhafter Eifersucht erfüllt und mein Alter verfluchend. Ich muß damals sieben gewesen sein.

Als der Zirkus wieder auf Tournee ging, verließ Moffo mit ihm Sizilien. In dankbarer Anerkennung ihrer Schönheit war er der Verführerin verehrt worden. Ein Abschiedsgeschenk, das dem ungeheuren Eindruck entsprach, den sie bei dem Schenker hinterlassen hatte. Die Karawane verließ Palermo mit ihren Pferden, ihren Käfigen, ihren Akrobaten, dem guten Geruch von Pferdeäpfeln, den Reitknechten in roten Fräcken, den Clowns im Flitter und unserem Kamel. In Staubwolken verschwand Moffo aus unserem Leben, und es war nicht mehr die Rede von ihm.

Jahre vergingen. Wieviele? Ich könnte es nicht sagen, denn mein Gedächtnis hat kein Zeitgefühl mehr. Ganz nach Belieben holt es gewisse Dinge heran, wie es ein Fernrohr tun würde, und manchmal wirkt es in umgekehrter Richtung. Jedenfalls beherrschte Moffo nicht mehr täglich unsere Gedanken, als wir an einem regnerischen Oktobertag in Paris in der Rue du Faubourg-Saint-Honoré am Nouveau Cirque vorbeikamen und unser Blick auf die großen Plakate fiel, die die Vorstellung ankündigten. Da lasen wir in farbigen Buchstaben: »Moffus, das einzige musikalische Kamel«. Moffus? War das unser Moffo? Die Namen waren sich so ähnlich. Als wir das Programm studierten, waren wir davon überzeugt, denn »die berühmte Reiterin mit ihrem Pferd Sultan und ihren zwölf Ponies« hieß genauso wie diejenige, der unser Vater bei der Vorstellung im Politeama von Palermo auf so glanzvolle Weise seine amourösen Gefühle bekundet hatte.

Am nächsten Donnerstag gingen wir in Begleitung von Sandrina, der Zofe meiner Mutter, zur Nachmittagsvorstellung in den Zirkus. Es war tatsächlich Moffo, unser Moffaccio! Er war es, festlich aufgeputzt mit einem riesigen Federbusch wie ein Radscha, dem die Manege völlig vertraut war, der sich hierhin und dorthin wandte, sehr beherrscht und offenbar sehr überzeugt von der Bewunderung, die er erregte, sehr würdig und zurückhaltend, der sein berühmtes Niederknien vorführte, die Hinterbeine auf eine Trommel stellte und sie sanft im Takt mit den Hufen schlug, der schließlich eine Trompete blies, die mit einer Art Kandare an seinem Maul befestigt war, und dem es gelang, einige knallende und zweideutige Geräusche daraus hervorzulocken. Die als Odaliske gekleidete junge Dame, die ihn vorführte, war die Tochter der Reiterin. Kein Zweifel war mehr möglich. Nach der Vorstellung eilten wir hinter die Bühne, wo uns »Madame« in Anwesenheit ihrer beiden Kinder herzlich und fast familiär begrüßte. Sie erkundigte sich nach demjenigen, den sie mal »den Papa«, mal »Ihren lieben Papa« nannte; sie stellte uns den schönen Footit mit den nackten Waden im Geflimmer seines flitterbesetzten Höschens vor und den armen Chocolat im Frack mit seidener Kniehose, die berühmtesten Clowns jener Zeit; sie bot uns halb aufgeweichte Pralinen und leicht ranzige Karamelbonbons an, die aneinander klebten; dann ließ sie uns ihre Menagerie besichtigen, und da standen wir dann endlich Moffo gegenüber, der, abwesenden Blicks und sehr von sich eingenommen, uns schwer beleidigte, denn er erkannte uns nicht.

Als wir uns in Richtung Ausgang aufmachten, immer noch begleitet von der getreuen Sandrina und immer noch in Gesellschaft von »Madame«, fragte ich mich in dem staubigen Chaos der Vorbereitungen für die Abendvorstellung, zwischen den Kokosmatten, die zusammengerollt, und den Trapezen, die entrollt wurden, ob Moffo erraten hatte, daß ich es war.

Beim Abschied von unserer Gastgeberin fragten wir sie dann, warum der Name Moffo zu Moffus latinisiert worden sei. Die Antwort kam ohne das geringste Zögern: »Weil das eleganter klingt!«

6

Der Karneval der Davongekommenen

Am 28. Dezember 1908 um fünf Uhr morgens hatte ein überaus schweres Erdbeben Messina völlig und jenseits der Meerenge auch zwei Städte auf dem Kontinent fast völlig zerstört, Reggio und Villa San Giovanni. Wir in der Region der Colli hatten davon allerdings nichts gespürt, und dieser 28. Dezember schien ein Tag wie jeder andere zu sein, obwohl noch etwas Weihnachtsstimmung in der Luft lag. Der Weihnachtsbaum (unter Aufwendung hoher Kosten importiert) stand noch in der *stanza del telefono,* und darunter lagen Geschenke, die darauf warteten, von den Beschenkten abgeholt zu werden. Aber unsere Damen schienen in Gedanken zu sein. Großmama hatte eine strenge Miene aufgesetzt, und Mama war schweigsamer als sonst. Sie wußten nur, daß es ein Erdbeben gegeben hatte, aber keine Einzelheiten. Die Verbindungen mit Messina waren unterbrochen: kein Telephon, keine Telegramme, und obwohl Eisenbahnzüge Palermo in Richtung der Unglücksstadt verlassen hatten, schien von dort keiner gekommen zu sein.

Niemand konnte sich bisher das Ausmaß der Katastrophe vorstellen. Wir wurden ununterbrochen aus Palermo angerufen, aber die Nachrichten waren widersprüchlich. Die einzige Gewißheit (wir hatten sie von ihm selbst) war, daß unser Vater mit dem Roten Kreuz Palermo verlassen hatte.

Es lag etwas Dramatisches in der Luft, und dieser Dezembertag verwandelte sich langsam in einen Winterabend, der düsterer und trauriger war als üblich.

Schließlich sind wir Sizilianer uns immer dessen bewußt, daß es jederzeit ein Erdbeben oder einen Vulkanausbruch geben kann. Die Tatsache, daß Palermo in der Luftlinie 150 Kilometer vom Ätna und 200 Kilometer von Messina entfernt liegt, ist keine Garantie, daß die Stadt ungeschoren bleibt, zumal sie auf felsigem Grund erbaut ist und man immer damit rechnen muß, durch ein Erdbeben unsanft geweckt zu werden.

Gerade in jenem Sommer war eine Reihe kleiner Erschütterungen registriert worden. »Mehr als hundert«, behauptete Papa, der uns aus Bagheria geschrieben hatte, als wir uns noch auf unserer Reise befanden. Vorsichtshalber habe er mehrere Nächte im Freien geschlafen, in einem Zelt aus alten Teppichen. Er hatte uns ein Foto davon geschickt. Aber da er ein regelrechter Wichtigtuer und Schwadroneur war, hatten wir darüber nur gelacht. Und es war tatsächlich komisch, sich unseren verführerischen Erzeuger unter alten Teppichen in seinem Garten schlafend vorzustellen.

Jedenfalls dachten wir an jenem Dezembertag 1908 nicht an die väterlichen Possen. Wir alle, Großmama, Mama, unsere Miss, Maria Felice und ich, saßen um ein großes Puzzle herum, auf dem das letzte Treffen von Dante und Beatrice dargestellt war (fünfzehnhundert Einzelteile für neun Jahre der Liebe). Die Hunde schliefen, und durch die offenen Türen hörte man aus der Halle die bengalischen Finken in ihrem Käfig fröhlich zwitschern. Regen schlug gegen die Scheiben. Alles war friedlich. Plötzlich hörten die Vögel auf zu singen, Mama stand auf, merkwürdig bleich, wir sahen uns alle bestürzt an, wortlos, erfüllt von einer schrecklichen Vorahnung. Dann begannen die drei Hunde wie wild zu jaulen. Aber ein entsetzliches Geräusch übertönte sie: ein unterirdisches Dröhnen, als ob schwere Wagen im Galopp an unseren Fenstern vorbeiführen und plötzlich in unser Haus einbrächen. In weniger als einer Sekunde begann alles zu wackeln. Der aus der Tiefe kommende, unterirdische Wirbel erfaßte alles. Kein Gegenstand, der nicht schaukelte. Die Puzzleteile wurden auf den Boden geschleudert, und ein endgültiges Schicksal trennte die *gentilissima* von ihrem Dichter. Der Weihnachtsbaum schwankte dermaßen, daß die Girlanden sich von den Zweigen lösten und die Glaskugeln aneinander stießen und zu unseren Füßen zerschellten. Die Bücher rutschten von den Tischen, der Kronleuchter schaukelte und schien im Gefunkel seines zusammenprallenden Kristallbehangs im Begriff zu sein, von der Decke herabzustürzen. »Kinder«, rief Mama, »schnell! Unter einen Fenstersturz!«, ein Befehl, der nicht befolgt wurde: wir waren vor Schreck wie gelähmt; Großmama, anscheinend unerschütterlich, versuchte die Ruhe zu bewahren, während die arme Miss Aileen zur Salzsäule erstarrt war.

Die Erschütterung hatte kaum einige Sekunden gedauert, aber noch heute, nach so vielen Jahren, erinnere ich mich an das seltsame Gefühl, als wäre die Zeit stehen geblieben, damit wir die unendliche Gewalt eines beispiellosen Schreckens besser ermessen können, die Angst, wie sie sich in den frühen Zeitaltern der Welt geäußert haben mußte, als man in der Antike an boshafte Götter glaubte, die den Boden erbeben ließen. Es war der zweite Erdstoß an diesem Tag und zweifellos der für Sizilien verheerendere; er war in Messina viel stärker als bei uns und zerstörte dort endgültig, was der erste verschont hatte.

Kaum hatte das unterirdische Hämmern aufgehört, begann in der Villa Niscemi wieder das Leben. Es gab einen Augenblick allgemeiner Aufregung, und alle möglichen Befehle wurden erteilt: »Fenster öffnen!« (warum?), »Licht ausmachen!« (warum?), dann ein Wettlauf zur Treppe. Schließlich fanden wir uns, alle lebendig, auf dem Hof wieder, wo ein höllisches Durcheinander herrschte: Kutscher und Stallknechte holten die vor Angst rasend gewordenen Pferde aus den Ställen, während der Rest des häuslichen Generalstabs, Monsú an der Spitze seiner Schwadron von Küchenjungen und Tellerwäschern, Angelo und die Diener sowie die Zofen und Zimmermädchen, die in einem annähernd hysterischen Zustand waren, ihre Eindrücke schreiend austauschten, als ob die anderen taub wären. Als wieder etwas Ruhe eingekehrt war, wirkte ein neuer, leichter Erdstoß wie eine letzte Warnung, daß noch nicht alles vorbei sei. Und auf dem Hof herrschte von neuem Chaos. Dann erteilte Großmama allen Anwesenden den Befehl, im Freien zu schlafen, ob es ihnen gefalle oder nicht. Ich erinnere mich nicht, was weiter geschah, ob es Abendessen gab oder nicht oder wo und wann, aber nie werde ich vergessen, wie begeisternd es war, in Decken eingehüllt in unserem großen Landauer zu schlafen, den Gnu Antonio mitten im Garten abgestellt und dann ausgespannt hatte.

Am nächsten Morgen begann die grausame Wahrheit bekannt zu werden. Die Zahl der Toten und Verletzten erhöhte sich ständig, und die Berichte wurden von Stunde zu Stunde schrecklicher. Die kaiserlich-russische Flotte, die in den Gewässern von Malta kreuzte, erreichte als erste den Ort der Katastrophe, und durch sie wurde die Welt vom Ausmaß des Unglücks unterrichtet: allein in Messina 80000 Tote, die Strandpromenade mit ihrer ununterbrochenen Kette von Palästen, die berühmte, herrliche Palazatta, zerstört, die Brände, die Schreie von Überlebenden, die unter den Trümmern lagen, die Verzweiflung der Bevölkerung, das Plündern, Kinder, die halbnackt durch die Straßen irrten, die Seuchengefahr, die ungeheure Wucht des Seebebens, das große und kleine Schiffe in Stücke schlug und auf die andere Seite der Meerenge spülte, und schließlich das, was mir damals ebenso grausam erschien wie alles übrige: daß die streunenden Hunde an Ort und Stelle erschossen wurden, ob sie verletzt waren oder nicht.

Palermo erwies sich als den Umständen gewachsen und bereitete sich darauf vor, Tausende von Flüchtlingen und Verletzten aufzunehmen. Unsere Damen verbrachten die Tage im Krankenhaus und kehrten erst abends erschöpft und mit erschreckenden Berichten zurück. Darin war nur von verhungerten Waisen, auseinandergerissenen Familien und vermißten Personen die Rede. Papa brachte ein kleines Waisenmädchen mit Namen Lia mit nach Palermo, ein jammerndes und fast durchsichtiges Kind, so zart war es. Lia wurde schließlich in die Obhut von Nonnen gegeben, die sie uns dann ab und zu auf Besuch schickten. Ich erinnere mich, wie erstaunt ich war, als ich mich viel später einmal nach ihrem Leben im Kloster erkundigte und sie sich über »den Mangel an Beerdigungen« beklagte. »Ein schlechtes Jahr«, sagte sie. Denn um den Preis einer Spende an die Klöster, die sie aufgenommen hatten, dienten die Waisenmädchen bei vornehmen Beerdigungen sozusagen als Trauerschmuck. Der finanzielle und religiöse Rang des Verstorbenen wurde nach der Pracht seines Begräbnisses und nach der Zahl der Waisenknaben und Waisenmädchen beurteilt, die, schwarz gekleidet, mit einer Kerze in der Hand und von den Nonnen eingerahmt, am Leichenzug teilnahmen. Und für die Waisen war das die einzige Gelegenheit auszugehen!

Aber so verwunderlich es klingt, auch unsere »Damen« kamen eines Tages mit einem Waisenmädchen in die Villa Niscemi zurück. Wie der Schützling meines Vaters hieß sie Lia. Diese kleine Lia hatte ein pockennarbiges Gesicht, ihr war ein Arm amputiert worden, sie war ungewöhnlich häßlich, war sich ihres traurigen Geschicks indes überhaupt nicht bewußt, sondern bereit, sich über alles zu amüsieren: sie war der Gleichmut in Person. Ihre ganze Haltung war gleichsam eine Verleugnung des Unglücks. Und es war schließlich ein freundlicher Wink des Schicksals, als nach langer Suche unter den Überlebenden einige Familienangehörige von ihr gefunden wurden. Unsere Lia kehrte also zu diesen Verwandten nach Messina zurück, in diese Stadt, wo die Mädchen aus recht seltsamen Gründen Lia heißen.

Lia ist eine Verkleinerungsform des Wortes *litteria* oder *littra,* seinerseits eine sizilianische Mißbildung des italienischen Wortes *lettera,* das Brief bedeutet. Nun soll nach einer alten Überlieferung die Jungfrau Maria aus Liebe zu den Messinesen deren Abgesandten im Jahre 42 unserer Zeitrechnung einen eigenhändig geschriebenen Brief übergeben und die Stadt ihres Schutzes versichert haben.[30] Man zittert bei dem Gedanken, welches Schicksal die Stadt erlitten hätte, wäre ihr nicht dieses Zeichen besonderer Aufmerksamkeit zuteil geworden. Immerhin muß man feststellen, daß sich die Madonna trotz des ihr von den Messinesen entgegengebrachten Vertrauens manchmal als zerstreut erwies, denn die Stadt ist im Lauf der Jahrhunderte mehrfach zerstört worden durch verschiedene Erd- und Seebeben, Sturmfluten, Kriege, Landungen und einige Bombardements; eine der schlimmsten Beschießungen war diejenige von 1848 durch die neapolitanische Flotte. Diese kriegerische Handlung trug dem König, der den Schießbefehl erteilt hatte, den wenig beneidenswerten Spitznamen »Re Bomba« ein.[31]

Aber die erstaunlichste Tatsache in diesem unheilvollen Winter 1908 war, daß die Überlebenden dieser apokalyptischen Katastrophe, die Ärmsten unter ihnen, die Flüchtlinge, die ihre Familien und ihr Hab und Gut verloren hatten, nur von einem Gedanken beseelt waren: wieder nach Messina zurückzukehren. Was sie im übrigen auch taten, sobald es ihnen möglich war. Auf Karren, zu Pferde oder zu Fuß machten sie sich auf den Weg, denn sie wollten auf ihrem Grund und Boden und in ihrer Heimat leben, und wäre es auch auf Jahre hinaus in Zelten oder Baracken. Die Fähigkeit des Menschen, zu vergessen, ist erstaunlich... Am Fastnachtsdienstag jenes Jahres wurde in dem Krankenhaus, in dem sich unsere Damen der Krankenpflege widmeten, ein Fest für die Messinesen gegeben, die entweder noch zu schwach oder zu alt waren, um die Reise auf sich zu nehmen, niemanden mehr hatten, der sie beherbergen konnte, oder auch nicht mehr imstande waren, ein Zelt aufzuschlagen. Maria Felice und ich hatten von Großmama Befehl erhalten, sie zu begleiten, und ihren Befehlen konnte man sich nicht widersetzen. Wir hatten uns vorgestellt, wir würden eine den Umständen entsprechend ernste Miene aufsetzen müssen und Großmama dann durch die Reihen der niedergeschlagenen Kranken und Verletzten folgen. Statt dessen waren die Messinesen zwar sehr mitgenommen, aber durchaus heiter. Sie erwarteten uns, teils auf Krücken, teils im Bett oder auf Sesseln sitzend, die einen maskiert, die anderen mit ulkigen Papierhüten in lebhaften Farben, zogen an Knallbonbons, warfen sich gegenseitig Konfetti ins Gesicht oder bliesen auf kleinen Trompeten. Der Karneval der Davongekommenen …

Zur Schilderung einer Anekdote aus jener Zeit bedürfte es der Feder eines Maupassant, um ihr Gerechtigkeit widerfahren zu lassen. Ich wage es dennoch, weil sie vielleicht zum Verständnis der damaligen gesellschaftlichen Verhältnisse beiträgt. Ein heutiger Leser, der Sizilien nicht kennt, kann sie sich überhaupt nicht vorstellen.

In den Kreis unserer Familie kamen fast täglich reiche oder arme Verwandte, Verwandte von Verwandten, gute oder weniger gute Freunde, sogenannte Freunde, einige Nassauer, und manchmal war auch das finstere Gesicht eines Geistlichen zu sehen, dessen Namen ich verschweige, denn er stand in dem unseligen Ruf, den bösen Blick zu haben. Mit anderen Worten, unser Gast war ein ausgemachter *iettatore.* Außerdem hatte er noch das Mißgeschick, daß sein Äußeres sehr nachteilig wirkte, denn tatsächlich konnte niemand typischer aussehen als er – damit meine ich, man konnte sich nicht irren: er war ein *iettatore.*

Ich kann der Versuchung nicht widerstehen, seine Erscheinung zu beschreiben. Stellen Sie sich eine ungesunde Malaria-Blässe vor. Eine Soutane mit ständig staubigem Saum, deren Schwärze stellenweise ins Grünliche spielt, an der Knöpfe fehlen und die überdies voller Flecken ist. Aus diesem Gewand, das eigentlich glatt herabfallen sollte, aber um ihn herumschlotterte, weil er so mager war und fast unwirklich, fast abstrakt wirkte, ragte *grosso modo* in Richtung Norden ein knochiges Gesicht mit einem Pferdegebiß empor, eine Hakennase, wässerig blickende Augen und darüber zwei kleine Büschel roter Haare. Nach Westen und Osten nicht etwa Hände, sondern knochige Krallen mit Nägeln, die schwarz umrandet waren wie die Traueranzeigen, die in sizilianischen Dörfern an den Mauern von Sterbehäusern angeschlagen werden. Schließlich im Süden zwei alte, rissige, verbeulte und stets staubige Gondeln: die Schuhe. Was unerfreulich für das Auge war, war für die Nase nicht lieblicher. Und was den Fall vor allem verschlimmerte: sein Name, den ich nur nennen würde, wenn ich wüßte, daß der Mann tot ist, ähnelte so sehr dem eines unserer berühmtesten Käse, daß man ihn eigentlich nicht führen konnte.

Ich habe nie erfahren, wer diesen geistlichen Unglücksboten bei uns eingeführt hat oder warum er in unserem Haus ein- und ausging, da er doch offensichtlich nur ungern empfangen wurde. Kaum hatte er die Schwelle des Salons überschritten, da ergriffen die Anwesenden, sobald sie ihn auch nur von fern sahen, das erste beste Stück Eisen, es sei denn, sie hätten die passenden Amulette zur Hand gehabt, andernfalls machten sie mit der gebotenen Diskretion mit den Fingern das Zeichen des Horns, was bei uns *fare la corna* heißt.

Der *iettatore* hatte eine Schwester, sehr viel jünger als er, deren wenig entzückte Patin unsere Mutter war. Das arme Kind war auch nicht mit Schönheit geschlagen, aber sonst recht liebenswert. Mit Gottes und der Jungfrau Maria Hilfe gelang es ihr, einen Ehemann zu finden, einen Winkeladvokaten, dessen starke Kurzsichtigkeit eine Erklärung für seine Wahl war. Mama sah sich also genötigt, ihrem Patenkind ein Hochzeitsgeschenk zu machen, und da Großzügigkeit nicht ihre Stärke war, beschränkte sie sich darauf, ihre Schubladen zu durchstöbern. Schließlich fand sie ein Schmuckstück von unsagbarer Scheußlichkeit. Es war ein mit einer großen vergoldeten Broschennadel versehenes Medaillon aus Mosaik, auf »antik« gemacht, und stellte ein Vogelbecken dar, in dem zwei Tauben badeten. In einem irreführenden Etui mit dem Namen eines großen Pariser Juweliers wurde es der jungen Braut geschenkt, die sich vor Freude nicht zu lassen wußte.

In den letzten Dezembertagen pflegte sie mit ihrem Advokaten bei uns Besuch zu machen, um ihre Neujahrswünsche auszusprechen, und immer trug sie an auffallender Stelle die häßliche Brosche, als sollte meine Mutter ständig an ihre so wenig großzügige Geste erinnert werden.

Im Lauf der Jahre vergrößerte sich die Klientel des Anwalts, mit den Klienten kam das Geld, und mit dem Geld verfeinerte sich die Kleidung seiner besseren Hälfte. Bei jedem Dezemberbesuch konnte man etwas Neues bei ihr feststellen: Spitzenrüschen, Handtäschchen, vergoldete Ketten, Pelzkragen, Falbeln am Rock und schließlich den großen, federgeschmückten Hut, das unbestreitbare Emblem bürgerlicher Würde. Aber trotz all der neuen Pracht prangten inmitten des üppiger werdenden Busens immer die zwei Tauben in ihrem Becken.

Der stumme Vorwurf, den dieses anstößige Schmuckstück gegen meine arme Mutter erhob, wurde mit der Zeit Anlaß zu

Verbitterung, und ich erinnere mich, daß sie, wenn der alljährliche Besuch angekündigt wurde, in einen Zustand heftiger Erregung geriet, so gräßlich war ihr der Gedanke, die häßliche Brosche wiedersehen zu müssen.

Dann erhielten wir die Nachricht, daß der Rechtsanwalt seine Kanzlei nach Messina verlegte, wo er sich eine noch größere Klientel als in Palermo versprach. Mama stieß einen Seufzer der Erleichterung aus und zweifelte keinen Augenblick daran, daß sie ein für allemal von ihrem Patenkind erlöst sein werde. Kaum war das Ehepaar abgereist, da war es vergessen.

Aber nicht für lange, denn um ihrer Wohltäterin das Ausmaß ihrer Anhänglichkeit zu bekunden, schrieb das musterhafte Patenkind aus Messina, trotz der großen Entfernung werde sie zwischen Weihnachten und Neujahr mit ihrem Mann nach Palermo kommen, um wie üblich ihre Glückwünsche persönlich auszusprechen.

Aber sie kam nicht.

Denn es war das Weihnachten des Jahres 1908, und die Schwester des *iettatore* sowie ihr Mann und ihre beiden Kinder verschwanden auf immer. Sie gehörten zu jenen, deren Leichen nicht einmal gefunden wurden.

Wir dachten zunächst nur daran, wie entsetzlich diese Tragödie war, aber nach einiger Zeit machte meine Mutter eine seltsame Bemerkung: »Euch kann ich es ja gestehen«, sagte sie, »bei diesem fürchterlichen Unheil mit all seinen Schrecken bleibt mir doch ein winziger Trost: ich werde die Brosche mit den beiden Tauben niemals wiedersehen.« Ein überaus grausamer Gedanke, aber schließlich verständlich.

Der Winter verging. Es kam der Mai mit seinen Rosen und Erdbeeren, und die Sonne begann zu brennen. Wir saßen im Garten, wo Großmama uns versammelt hatte, um uns photographieren zu lassen. Das war eine ihrer großen Leidenschaften, diese Gruppenbilder. Sie ließ mehr oder weniger sachkundige Berufsphotographen mit komplizierter Ausrüstung mit dem Wagen aus Palermo kommen, um unser Dasein zu beglaubigen. Und da saßen wir nun im Kreis, dem Apparat zugewandt, und versuchten nach Kräften, kein Photographiergesicht aufzusetzen.

Wichtige Entscheidungen mußten noch getroffen werden. Mamas Sonnenschirm war malvenfarben und wirkte, wenn er geöffnet war, »modisch«, was offenbar nicht gewünscht wurde. Großmamas Sonnenschirm war schwarz und hatte andere

Nachteile: er sah nach »Trauer« aus. Während ich geduldig auf die Lösung dieser lebenswichtigen Probleme wartete und den Blick auf den Kameramann gerichtet hatte, hörte ich, daß sich die Straßenbahn aus Palermo La Favorita näherte. Es gab das typische Quietschen der Bremsen, das einen Besuch ankündigte, denn die Straßenbahn hielt dort nur für uns. Wir saßen weiterhin Modell für unseren Künstler, und es gab die üblichen Schwierigkeiten: Maria Felice hatte die Füße einwärtsgerichtet und saß nicht da, wie es sich für eine junge Dame schickte, und es war einfach unmöglich, die Hunde ruhig zu halten. Dann hörte man wieder ein Quietschen, diesmal des Portals. Herein kam ein schwarzer, ausgemergelter Schatten und schritt auf der mit Pfefferbäumen gesäumten Allee auf uns zu. Mit Ausnahme von Miss Aileen, die wie üblich geistesabwesend war und von grünen Rasenflächen und dem irischen Himmel träumte, wurden wir alle uns über die peinliche Wirklichkeit klar: der Besucher, der sich mit großen Schritten näherte, war unser magerer *iettatore.* Und da es uns die Sprache verschlug, hörte man in der Stille nur das Knirschen von Kies unter den schwarzen Gondeln.

Mama war verwundert aufgestanden und hatte ihren malvenfarbenen Sonnenschirm fallen lassen. Stehend und mit sehr beklommener Miene erwartete sie dieses Skelett von Priester, der unerbittlich auf sie zukam und sie mit seinen wässrigen Augen anstarrte, die durch den Widerschein der roten Augenbrauen aussahen, als weinten sie blutige Tränen.

Während er sich verbeugte, um uns zu begrüßen, stöberte seine Hand in den Tiefen seiner Soutane. Aus einer Tasche zog er ein in zerknittertes Papier eingewickeltes Päckchen, drückte es meiner Mutter in die Hand und sagte mit Grabesstimme: »Gottes Wege sind unergründlich. Vier Monate nach der Zerstörung von Messina sind die sterblichen Überreste meiner armen Schwester endlich identifiziert worden, und das dank Ihrer Brosche, an der sie so hing, daß sie sie sogar auf dem Nachthemd trug. Hier ist die Brosche. Ich gebe sie Ihnen zurück und bitte Sie, sie zur Erinnerung an meine Schwester zu behalten.«

7

Familienmythologie

Berichte aus alter Zeit, die wie Sagen und Legenden klangen, wurden uns immer wieder erzählt, und wir kannten sie so gut, daß es uns schien, als hätten wir sie selbst erlebt.

Da gab es zum Beispiel die Geschichte von dem Herzog, der in einem Wutanfall auf eine Nonne geschossen hatte. Damals – im 17. Jahrhundert – war die Casa Verdura von Kirchen und Klöstern umgeben, die alle sehr rührig waren. Mindestens dreimal am Tag wurden sämtliche Glocken zugleich geläutet.

Das am nächsten gelegene Kloster war das »Cancelliere«; es stammte aus dem 13. Jahrhundert und verdankte seinen Namen dem Großkanzler des Kaisers Friedrich II. von Hohenstaufen, der es gegründet hatte. Das bewundernswerte Bauwerk, bei dem sich die Feinheiten der arabischen Kunst so harmonisch mit den monumentalen Konzeptionen der Zisterzienser verbanden, das aber leider dem Bombardement im Zweiten Weltkrieg zum Opfer gefallen ist, besaß einen wuchtigen Turm, der in unsere Umfassungsmauer hineingebaut war. Muß es erwähnt werden, daß die Glocken von der Terrasse aus zu hören waren? Der Kampanile, die Glocken und die Glöcknerin waren vom Garten aus zu sehen.

Offenbar ärgerte sich mein reizbarer Vorfahr besonders über die Cancelliere-Glocken, so daß er die läutende Nonne mehrmals bedrohte. Eines Sommerabends saß er auf der Terrasse und wartete in aller Friedlichkeit auf den genußreichen Augenblick, da sich die Hitze des Tages verflüchtigte, als ein unerhörter Lärm einsetzte und ihn aus seinen Träumen riß: das Cancelliere-Geläute. Er kniff die Augen gegen die untergehende Sonne zusammen. Sein Herz klopfte wie wild. Ein Angelus von unerträglicher Lautstärke, eine wahre Herausforderung. Im Kampanile gab sich die Glöcknerin ihrer Aufgabe nach Herzenslust hin. Und nochmal! Und nochmal! Man hätte meinen können, sie schlüge mit einer Kreuzhacke auf die Glocken ein.

Der Ahn machte die üblichen Vorhaltungen, die Hände als Schalltrichter an den Mund gelegt. Er schrie, er drohte, er brüllte: »Wenn der Höllenlärm nicht sofort aufhört, schieße ich.« Er war blind vor Zorn. Festen Schritts ging er, um sein Gewehr zu holen. Noch einmal rief er: »Wenn ...« Aber statt aufzuhören, hängte sich die Glöcknerin nur um so energischer an das Glokkenseil. Da legte der Herzog an, zielte auf die Nonne und schoß. Im Kampanile erklang ein Durcheinander undefinierbarer Töne, und die Nonne stürzte zu Boden.

Mußte man diese Geschichte glauben? Ich konnte mich einiger Zweifel nicht erwehren. Wie war die Geschichte ausgegangen? War der Herzog freigesprochen worden, und konnte man in Palermo auf Nonnen schießen wie auf Tauben oder einen Zug Krammetsvögel? Aber mein Vater schwor bei allen Heiligen, daß die Anekdote authentisch sei. Nach seiner Darstellung kam der Ahn für einige Monate ins Gefängnis, und zwar in die Festung Messina, und da hätte er zweifellos den Rest seines Lebens verbracht, wäre die Glöckner-Nonne nicht wie durch ein Wunder am Leben geblieben. Der Herzog wurde freigelassen und besänftigte das Kloster mit einer überaus freigebigen Spende.

Eine andere Person, die in unserer Folklore einen wichtigen Platz einnahm, lebte in einer sehr viel späteren Zeit, und mein Vater hatte sie noch gekannt, es war seine Ururgroßmutter, die über hundert Jahre alt wurde. Gegen Ende ihres Lebens war die alte Dame nicht mehr klar im Kopf. Gedächtnis, logisches Denken, all das versagte bei ihr. Aber ihre Höflichkeit und eine Urbanität des 18. Jahrhunderts waren so fest in ihr verwurzelt, daß das Alter ihnen nichts anhaben konnte. Ihre Urenkel stellten ihre Umgangsformen immer wieder auf eine harte Probe, indem sie bald eine Katze, bald einen Hund in ihr Zimmer brachten und das Tier folgendermaßen vorstellten:

»Nonna, hier ist ein alter Freund von dir, der dir seine Aufwartung machen möchte.«

Und die alte Dame wandte sich sehr höflich an den Hund und sagte: »Aber bitte sehr, nehmen Sie doch Platz ...«

Ein andermal war mein Vater dabei, als sein Onkel Alessio ihr einen Hahn brachte:

»Nonna, diesen Freund brauchen wir dir nicht vorzustellen, du erkennst ihn sicherlich.«

Die Ururgroßmutter, höflich wie immer und nach Kräften bemüht, ihre Überraschung zu verbergen, sagte: »Gewiß,

gewiß, sein Gesicht kommt mir bekannt vor, aber der Name fällt mir nicht ein.«

Sie hatte immer einen Kanarienvogel in ihrem Zimmer, doch konnte sie kaum noch sehen und erkannte den Vogel in seinem Käfig nur an seinem Gesang. Stundenlang pfiff sie ihm alte Melodien vor und wartete darauf, daß er ihr antwortete. Dann verlor sie das Gehör. Aber weil ihr die Gewohnheit in Fleisch und Blut übergegangen war, das zu verheimlichen, was Stendhal »die rauhe Wirklichkeit des Lebens«[32] genannt hat, gab sie immer noch vor, die Triller des Kanarienvogels seien ihre ganze Freude. Eines Tages starb der Kanarienvogel. Die alte Dame erfuhr es gar nicht. Aus Geiz oder um es sich zu ersparen, den Käfig saubermachen zu lassen, ersetzte die Familie den Vogel durch eine Zitrone. Wenn die Zitrone schimmelte und ihre schöne gelbe Farbe verlor, wurde eine neue auf die Stange geklemmt. Und die Ururgroßmutter, die nichts von diesem Ersatz ahnte, pfiff weiterhin ihre alten Melodien und hatte ihre Freude am imaginären Gesang der Zitrone.

Ehrlich gesagt, anderswo als in Sizilien würde es einem schwer fallen, einen Kreis von Personen zu finden, der denen vergleichbar wäre, die unsere Familienmythologie bevölkerten. Zu ihnen gehört auch eine gewisse Marchesa San Giorgio, geborene della Cerda, die für ihre Absonderlichkeit bekannt war. Sie hatte eine sehr gute Figur, aber ein grundhäßliches Gesicht. Das war nicht verwunderlich, denn die Angehörigen der Casa Cerda zeichneten sich nicht durch Schönheit aus, wie ich schon erwähnt habe, und der Mangel an körperlichen Reizen der Marchesa wurde wettgemacht durch ihre geistigen Gaben, ihre Schlagfertigkeit und ihren Witz. Es war nicht leicht, sie mundtot zu machen. Sie gehörte zu den Frauen, von denen man anderswo sagen würde, sie haben Haare auf den Zähnen, während man in Sizilien sagt, sie haben kein Haar auf der Zunge.

Ihre Tugend stand außer Zweifel. Als ihr Mann 1861 starb, trug sie nicht nur Trauer, sondern folgte auch der Mode nicht mehr, so daß sie bis an ihr Lebensende der Krinoline treu blieb, also bis zu den frühen 1890er Jahren. Eine einmalig lange Karriere der Krinoline! Das war übrigens eine sehr lobenswerte Eigenschaft von ihr, denn ihr Ehemann war ein Tunichtgut gewesen, ein wahrer Salonlöwe, immer bereit, seinen heftigen Leidenschaften mit der erstbesten Frau zu frönen, und außerdem hatte er einen starken Hang zum Küchenpersonal.

Der Zufall verschaffte der Marchesa einmal Gelegenheit, sich zu rächen. Als sie heiratete, durfte sich eine Dame von Stand nicht allein in den Straßen von Palermo sehen lassen. Sie mußte von einer Zofe begleitet werden, die drei Schritte hinter ihr ging, oder besser noch von einem Diener, der ihre Pakete und ihren Sonnenschirm trug. Die Marchesa setzte sich über diese Anstandsregeln hinweg. Mutterseelenallein machte sie lange Spaziergänge in der Stadt und schockierte die Gesellschaft zutiefst, indem sie sich sogar »über die Stadttore hinauswagte«, wie man damals sagte, was als sehr unschicklich galt.

Eines Vormittags, als sie noch unternehmungslustiger war als gewöhnlich, weil sie eine ganz neue Promenadentoilette einweihte, Hut, Kleid, Stiefeletten, hatte sie plötzlich das Gefühl, ihr folge jemand. Sie ging etwas schneller, vergewisserte sich, daß ihr Schleier richtig saß, um ihre Anonymität zu wahren, dann wandte sie den Kopf ein wenig, weil sie sehen wollte, wer ihr auf Schritt und Tritt nachging. Es war ihr Mann. Seine Aufmachung bei dieser Gelegenheit war die eines Stutzers, was sie an ihm gar nicht kannte: Zylinder schräg auf einem Ohr, Zigarre im Mund, die Hände in den Taschen seines *paletot chemise,* einer Art Joppe, kurz und graugelb, die damals Furore machte.

Nachdem sie sich von ihrer Überraschung erholt hatte, beschloß die Signora Marchesa, sich die Lage zunutze zu machen. Sie setzte also ihren Spaziergang fort, bald beschleunigte sie den Schritt, bald verlangsamte sie ihn, bald blieb sie stehen, um ein Schaufenster zu betrachten oder so zu tun, als müßte sie den Schnürsenkel ihrer Stiefelette richten, womit sie bezweckte, sich nicht einholen zu lassen, ohne aber dem Verfolger die Hoffnung zu rauben, daß er sein Ziel erreichen würde. Sie schleppte ihn auf diese Weise bis aufs platte Land, was ihr nicht die geringste Mühe machte, doch keineswegs auf ihn zutraf. Es war allgemein bekannt, daß der Marquis schlecht zu Fuß war und seine sogenannten Ausflüge darin bestanden, sich in einen Sessel im Adelsklub fallen zu lassen und sich den ganzen Tag nicht mehr wegzurühren.

Sie wußte genau, was für einer unerträglichen Anstrengung sie ihn unterzog, aber sie ging immer weiter, durch Obstgärten, Orangenhaine, an Meiereien und Bauerngehöften vorbei. Sie hätte ihn zu Tode gehetzt, wäre sie nicht aus Versehen auf einen Weg geraten, der zwischen hohen Mauern zu einem fest verschlossenen Tor führte. Der Marquis holte Atem, so gut es ging, und glaubte, in dieser von ihr gewählten Sackgasse werde die Unbekannte leicht zu erobern sein. Ein kurzer Wahn. Die Dame drehte sich um, kam auf ihn zu, und als sie sich gegenüberstanden, hob sie ihren Schleier und enthüllte ein Gesicht, das unkenntlich zu machen ihr gelang, indem sie eine gräßliche Grimasse zog. Er stand mit offenem Mund da, zur Salzsäule erstarrt. Diese Gestalt, die mit dämonischer Entschlossenheit vor seinen Augen dahingewandert war, war das seine Frau? Oder war er verhext worden?

Von dieser Überraschung, heißt es, habe sich der Marchese wochenlang nicht erholt.

Ich kann mir das Vergnügen nicht versagen zu erzählen, wie dieselbe Dame, die in der Kunst, andere zu überraschen, zweifellos alle anderen übertraf, bei den Bauern in schlechten Ruf geriet, weil sie den Einfall gehabt hatte, einen von ihnen, der in der Nähe ihres Gartens vorbeikam, etwas zu fragen.

Die Marchesa saß an einem Brunnenbecken und fütterte die Goldfische mit Brot. Ein Schnitter »mit dieser Maske orientalischer Gleichgültigkeit, die die Würde des sizilianischen Bauern ist«[33] kam mit seinem Esel und seinem Hund vom Feld zurück. Sie rief ihn, sprach mit ihm Dialekt und fragte mit liebenswürdigem Lächeln:

»Sagen Sie mal, als Landbewohner müssen Sie doch manches wissen, was ich nicht weiß.«

»Zu Diensten, Voscenza (Exzellenz)«

»Nun ja, da ist eine Frage, die ich mir immer gestellt habe, ohne die Antwort zu finden. Woran erkennen Sie das Geschlecht der Fische?«

»Bei Eseln und Hunden, da kann ich es und will es Exzellenz sagen, wenn sie es wünscht«, sagte der Mann verwundert, »aber was die Fische betrifft...«[34]

»Ich bin nicht blind«, erwiderte sie, »das Geschlecht von Eseln und Hunden ist leicht zu erkennen, dazu brauche ich niemanden. Nur das Geschlecht der Fische interessiert mich.«[35]

Der Mann setzte seinen Weg fort, zweifellos aufs höchste bestürzt, denn nichts kann einen sizilianischen Bauern mehr verwirren als eine Dame, die das Wort Geschlecht erwähnt, und und sei es auch das von Fischen.

Sie hatte eine bildhafte Redeweise, und einige ihrer Lieblingsausdrücke machten Schule. Als Beispiel dafür will ich von dem Besuch einer redseligen Verwandten berichten. Die

Schwätzerin hörte nicht auf, die Vorzüge ihrer Sprößlinge zu rühmen. Sie erzählte, ihre Tochter – die dabeisaß und züchtig den Blick senkte – werde einen Heiratsantrag von einem Fürsten erhalten ... Ja, von einem Fürsten. »Die Sache« sei auf der ganzen Insel bekannt, aber sie könne nicht mehr darüber sagen und auch den Namen des glücklichen Auserkorenen nicht preisgeben, da »die Sache« noch nicht offiziell sei. Sie sprach auch von ihrem älteren Sohn, der eine reiche Erbin heiraten werde, die allerdings leider nicht von Adel sei:

»Aber bei soviel irdischen Gütern muß man wohl ein Auge zudrücken, nicht wahr?«

Dann kam die Rede auf ihren jüngeren Sohn, der gerade in den diplomatischen Dienst eingetreten sei und sich so gut mache, daß es sie nicht wundern würde, wenn er außer der Reihe gleich zum Botschafter ernannt würde ...

Wie macht man einer solchen Prahlerei ein Ende? Die Marchesa verfiel auf einen unerwarteten Ausweg.

»Du mein idiotisches Gesicht!« rief sie und versetzte sich eine kräftige Ohrfeige.

»Aber was machen Sie denn?« fragte die Besucherin.

»Ich züchtige mein Gesicht«, erwiderte die Marchesa, und klatsch! auf die linke Wange, dann klatsch! auf die rechte. »Idiot, ich werde dich bestrafen!«

»Aber für welches Vergehen?« fragte die verdutzte Besucherin.

»Für das Vergehen, Ihnen zuzuhören. Mein Gesicht verdient die Ohrfeigen, die ich ihm gebe, denn es ist bestimmt ein albernes Gesicht, wenn es so tut, als glaubte es Ihre schwachsinnige Prahlerei, während ich kein Wort davon glaube.«

Daher stammt die sizilianische Redewendung *»Minchiona sta faccia mia!«* (Mein idiotisches Gesicht), die besagen soll: »Wie dumm ich bin!«

Die Marchesa San Giorgio starb, wie sie gelebt hatte: wie niemand sonst.

Ich weiß nicht mehr, welche Krankheit sie ans Bett gefesselt hatte. Es ging ihr sehr schlecht, sie konnte sich kaum noch rühren und gar nicht mehr sprechen. Ihr schlechter körperlicher Zustand warf für die Familie eine ernste Gewissensfrage auf. Niemand wagte ihr begreiflich zu machen, daß der Augenblick gekommen sei, die Letzte Ölung zu empfangen. Die Hauptschwierigkeit lag darin, daß die Marchesa, wieviel Frömmigkeit sie im Lauf ihres Lebens auch bekundet haben mochte, von ihrem Aberglauben nie abgelassen hatte. Immer auf der Hut vor dem bösen Blick und bereit, ihn zu bannen, machte sie alle Augenblicke das Zeichen des Horns und insbesondere, wenn Priester vorbeikamen. In der Kirche waren sie unabkömmlich und folglich durchaus zu dulden; traf man sie außerhalb des Ortes, wo sie ihres Amtes walteten, in einem Haus oder auf der Straße, wurden dieselben Geistlichen zu Unglücksboten, die mit dem bösen Blick behaftet waren; daher mußte man ihnen aus dem Weg gehen und sich gegen eventuelle Behexung schützen, indem man seine Waffe zückte: die Hand zur Faust geballt, aber Zeige- und kleiner Finger heraus-stehend wie zwei Hörner, die in Richtung des schwarzen Verhängnisses deuten.

Mein Vater, damals noch ein sehr junger Mann, war kühn genug, seine guten Dienste anzubieten und die gefürchtete alte Dame aufzusuchen. Das Angebot wurde vom Familienrat sofort angenommen. Man geleitete ihn in ihr Schlafzimmer. Auf einem riesigen weißen Bett ruhte die Marchesa inmitten weißer Bettwäsche und in Schleiern verhüllt wie eine gespenstische, elfenbeinfarbene Mumie. Das einzige Lebenszeichen, das der steife und starre Körper der Kranken, reglos wie eine Statue, von sich gab, war ihr Blick: zwei boshafte, kohlschwarze Augen, die sich blitzschnell bewegten.

Etwas eingeschüchtert nahm er an ihrem Bett Platz und saß da wie auf glühenden Kohlen. Nun begann ein unheimlicher Monolog.

ER: »Liebe Zia, nicht wahr, du weißt doch, daß du sehr krank bist?«

SIE: (*Kaum wahrnehmbare Zeichen des Ärgers, als wollte sie sagen:* »Natürlich weiß ich das, du Trottel«.)

ER: »Doch dein Arzt sagt, es gehe dir etwas besser.«

SIE: (*Neuerliches Zucken der Gesichtsmuskeln, was besagte:* »Er ist also noch blöder als du«.)

ER: »Wir haben gedacht, um Gott für diese Besserung zu danken, könnten wir alle gemeinsam die heilige Kommunion empfangen.«

SIE: (*Rasches Zucken der Lider als Zeichen der Zustimmung.*)

ER: »Das macht uns alle sehr glücklich. Ich werde gleich den Priester holen.«

Bei der Erwähnung dieses fatalen Worts begann der Körper der Kranken zu zittern, ihr Gesicht nahm einen Ausdruck des Schreckens an, aus ihrem verzerrten Mund drang ein gequältes

Stöhnen, sie rollte wütend die Augen, und mit einer übermenschlichen Anstrengung brachte sie aus den weißen Laken eine abgezehrte Hand heraus, die die Hörner zeigte.

ER *(sehr verwirrt):* »Aber die Kommunion, Zia, willst du empfangen, oder nicht?«

SIE: *(Zeichen der Zustimmung mit den Lidern, und die Hörner verschwanden sofort wieder in der Hand.)*

ER: *»Ma come si fa?* Du willst die Kommunion empfangen, Zia, aber du willst den ...« *(Im letzten Augenblick vermied mein Vater das fatale Wort und erfand eine Umschreibung.)* » ... Aber du willst denjenigen nicht sehen, der dir die heilige Hostie ins Haus bringt?«

SIE: *(Sanfterer Ausdruck, als wollte sie damit sagen:* »Du hast das Wort nicht ausgesprochen, es aber gemeint ...« *Und dann kamen für alle Fälle wieder die Hörner der rechten Hand heraus.)*

ER: »Zia, du willst es mit keiner Seite verderben, nicht wahr? Du willst die Kommunion empfangen und dabei vermeiden, eine bestimmte Person zu sehen?«

SIE: *(Liderbewegung zum Zeichen der Zustimmung.)*

ER: »Zia, du bist unmöglich. Wir können dich ja nicht zwingen, den ... nun ja, eine gewisse Person zu empfangen. Was sollen wir bloß tun?«

SIE: *(Andeutung eines rätselhaften Lächelns auf dem verzerrten Mund, als wollte sie damit sagen:* »Seht zu, wie ihr das deichselt, das ist nicht mehr meine Angelegenheit«.)

Nach stundenlangen Diskussionen mit Vorschlägen und Gegenvorschlägen wurde die Klippe geschickt umschifft. Die vom Familienrat angenommene Lösung berücksichtigte mit Scharfsinn und Ironie die Erfordernisse der Religion wie die des Aberglaubens.

Ein Wandschirm wurde ins Schlafzimmer der Sterbenden gebracht und in kritischem Winkel vor ihr Bett gestellt. Ein unsichtbarer Priester verschanzte sich dahinter. Die Kommunion wurde der störrischen Marchesa auf einer langen Stange erteilt, während die Anwesenden zwischen ihren Gebeten dem Priester Anweisungen zukommen ließen: »Zu hoch« ... »Zu tief« ... »Mehr nach rechts« ... »Mehr nach links« ... »Gott sei gelobt« ... »Amen.«

An Hand von Geschichten dieser Art über Persönlichkeiten wie den reizbaren Herzog, der sich an der Glöckner-Nonne vergriff, oder die Marchesa San Giorgio in ihrer Todesstunde, oder auch über meine Verhaltensweise als kleiner Junge, als ich dem Geistlichen, der mir Nachhilfeunterricht gab, zur Begrüßung den Fuß entgegenstreckte und von ihm dasselbe erwartete, läßt sich ermessen, wie gespannt und respektlos unsere Beziehungen zu den Vertretern der Kirche gelegentlich waren.

Ich füge hinzu, daß man sich heute überhaupt nicht mehr vorstellen kann, wie sich adlige Christen damals mit der Kirche *arrangierten.* Der Fall, den ich jetzt erzähle, wird es verständlich machen.

Die Fürstin di Giardinelli war eine sehr schöne Frau und galt als sehr fromm. Jede Woche ging sie zur Beichte, doch fiel auf, wie kurz ihr Aufenthalt im Beichtstuhl war. Kaum hatte sie sich hingekniet, da sah man sie schon wieder herauskommen. Man hielt sie für sündenlos. In Wirklichkeit hatte sie mit ihrem Beichtvater ein Abkommen getroffen. Da sie immer dieselbe oder dieselben Sünden beging, hielt sie es für überflüssig, bei jeder Beichte Einzelheiten anzugeben. So wurde die Sache auf die schnelle erledigt. Die Fürstin zog sich mit drei Wörtern aus der Affäre:

»Wie gewöhnlich, Padre . . .«

Und die *nobilissima* ging von dannen, reingewaschen von ihren Sünden.

Familienporträts

Mein Urgroßvater Fulco – »Fulcone« (dicker Fulco) genannt, weil er im Unterschied zu mir, seinem Nachkommen und Namensvetter, korpulent, kräftig und hochgewachsen war – hatte einen abscheulichen Charakter und ließ sich zu Wutanfällen hinreißen, die seine winzigkleine Ehefrau in Angst und Schrecken versetzten. Er war das, was man *un omaccione* (ein großes Stück Mensch) nennt. Seine angeborene Heftigkeit war nicht überraschend, ich würde sogar sagen, sie gehörte zur Tradition der La Cerdas, deren Übellaunigkeit sprichwörtlich war, so daß in der Familie das Verbum *cerdiare* für Aufbrausen geprägt worden war. Aber die Veranlagung des Vorfahren zur Ungeduld überstieg alles, was die Familie bisher erlebt hatte.

Eines Tages erging er sich in Mailand in der Galleria[36], die gerade eingeweiht war, spielte voll Männlichkeit seine Rolle als Spaziergänger und Familienoberhaupt, er schlenderte, gefolgt von den Seinen, und betrachtete, was die Geschäfte, Cafés und

Restaurants unter dem riesigen Glasdach zu bieten hatten. Es war Sommer, und Fulcone trug einen Leinenanzug von makellosem Weiß und recht insularem Stil. Plötzlich sah er einen rußbedeckten Jungen, der von einem etwa gleichaltrigen und ebenso schmutzigen Bürschlein verfolgt wurde, auf sich zurennen. Der Zusammenstoß erschien unvermeidlich. Einer der Jungen stolperte und streckte die Hände vor, die auf Fulcones Beinen landeten, so daß dessen schöne weiße Hose mit den Abdrücken schwarzer Hände verunziert waren. Rot vor Zorn packte der sagenhafte Edelmann den Übeltäter am Kragen, hob eine mächtige Faust, und man war auf eine fürchterliche Vergeltung gefaßt. Vergessen die schönen Lehren der Zivilisation. Vergessen auch an diesem vielbegangenen Ort, in dieser Basilika des Handels, die klugen Regeln der Zurückhaltung, auf die die Mailänder so stolz waren. Die Hauptstadt des Nordens konnte gar nicht verstehen, was da in aller Fülle aus der Tiefe der sizilianischen Vergangenheit hervorbrach: die Wildheit der Sinne. Verblüffte Spaziergänger blieben stehen, scharten sich zusammen, stumm vor Staunen, als die gellende Stimme der Ehefrau plötzlich eine Wende herbeiführte. Im reinsten Sizilianisch schrie sie: *»Muriu u piccirridu!«* (Das Kind ist tot!), und wie der letzte Aufschrei – »Turridu ist erschlagen worden!«, ehe der Vorhang in dem berühmten Drama von Verga fällt, machte dieser von Herzen kommende Schrei der Spannung ein Ende. Der dicke Urgroßvater kam wieder zur Besinnung. Sein unangemessener Zorn legte sich. Er ließ den kleinen Schornsteinfeger los und sah ihm nach, als er sich schleunigst aus dem Staub machte.

Und jetzt kommen wir zu Tutu, deren Abenteuer, als sie unter die Haube gebracht werden sollte, einen wichtigen Platz in unserer Familienmythologie einnahmen.

Donna Geltruda, die nur Zia Tutu genannt wurde, schlug alle Rekorde an Häßlichkeit in einer Familie, von der ich schon gesagt habe, daß Schönheit nicht ihre Stärke war. Sie war Fulcones Tochter und hatte zwei haarige Muttermale im Gesicht, das größere auf der Nase – atavistische Merkmale der La Cerdas. Entsetzlich dicht zusammenstehende Augen, als wären sie auf beiden Seiten an der Nase angeklebt, und spärliches rotes Haar verliehen ihrer Physiognomie eine Plumpheit, die an einen *mastino*[37] erinnerte, diese neapolitanischen Bulldoggen, gefürchtete Wachhunde von sehr alter Rasse, die die Bourbonen den Hofnarren als Spielgefährten gaben.

Die arme Tutu war von der Natur so stiefmütterlich behandelt worden, daß niemand auf den Gedanken kam, einen Ehemann für sie zu suchen. Die Zeiten waren vorbei, in denen die unverheirateten Töchter mehr oder weniger freiwillig ins Kloster gingen. Tutu war daher eine Art Ober-Haushälterin geworden, Schlüsselverwalterin und Ratgeberin in allen häuslichen Angelegenheiten. Aber es geschehen doch Wunder, oder fast.

In Tutus Fall erschien das Wunder in Gestalt einer entfernten messinesischen Kusine, die extra nach Palermo gekommen war, um »ihren lieben Verwandten« anzukündigen, daß sie für die »liebe Tutu« den Richtigen gefunden habe. Allgemeine Verblüffung, dann totale Ungläubigkeit. Die zukünftige Braut erhielt Befehl, den Salon zu verlassen, und die Botschafterin wurde um nähere Einzelheiten ersucht.

»Er heißt Senzales«, sagte sie. »Er ist *prefetto* von Messina.«

»Und überdies blind«, unterbrach sie der liebevolle Vater mit bitterer Ironie.

Und die Ehestifterin, die den faulen Witz nicht verstanden hatte, erwiderte:

»Das glaube ich nicht. Er trägt ein Pincenez. Und es ist sowieso nicht wichtig, da er Tutu nie gesehen hat.«

»Aber wie kommen Sie darauf, daß er sie heiraten will?«

»Das kann ich Ihnen erklären: er stammt aus Apulien, und jetzt, da er *prefetto*[38] geworden ist, möchte er in den Adel einheiraten.«

»Was das betrifft, so könnte er es nicht besser treffen«, rief die Familie im Chor.

»Er ist nicht mehr jung und nicht gerade ein schöner Mann«, fuhr die Ehestifterin fort, »aber unsere *cara* ist auch kein junges Blut mehr, nicht wahr? Als er mich um Rat fragte, fiel mir Tutus Name sofort ein. Sie hat weder Mitgift noch Charme, aber abgesehen davon hat sie alles, was sie braucht, um eine vollkommene *prefettessa* abzugeben. Es wird gewiß keine Liebesheirat sein, sagen wir eher eine komfortable Heirat. Dieser Senzales hat ein anständiges Gehalt und eine Dienstwohnung im Palais der Präfektur. Natürlich, ehe er sich entscheidet, möchte er seine Zukünftige gern sehen, das ist selbstverständlich. Ich habe mir gedacht, für unsere *cara* ist es vorteilhaft, von weitem gesehen zu werden. Das erspart ihnen beiden die Peinlichkeit einer Zusammenkunft. Daher habe ich dem Präfekten vorgeschlagen, am nächsten Donnerstag nach Palermo zu kommen, sich ins Bellini[39] zu begeben, seinen Blick auf die Loge Nummer 9 zu richten – das ist, wenn ich mich recht erinnere, die Ihre – und mir dann, wenn er wieder in Messina ist, seine Eindrücke mitzuteilen.«

Entzückt und überwältigt vom Scharfsinn und der Umsicht der machiavellistischen Kusine aus Messina hielt die Familie den Augenblick für gekommen, Tutu zu verständigen

»Carissima, bist du nicht glücklich? Wie gut, daß du so lange gewartet hast. In Messina wohnen... So nahe dem Kontinent... Von deinen Fenstern wirst du die Küste gegenüber sehen.«

All das stieg der alten Jungfer natürlich zu Kopf, und die Vorbereitungen in den folgenden Tagen brachten sie dann ganz durcheinander.

Zum erstenmal in ihrem Leben war man damit beschäftigt, sie herauszuputzen. Eine Schneiderin aus der Nachbarschaft versah ein schon viel getragenes Abendkleid mit kirschroten Samtbändern und alten Spitzen. Am Morgen des großen Tages ließ man den besten Friseur von Palermo rufen, *il signor* Petini. Er stellte sich vormittags im Palazzo Cerda ein, einem anmutigen Gebäude im neoklassizistischen Stil, »außerhalb der Mauern« erbaut an einem Platz, der Quattro Canti di Campagna genannt wurde – im Gegensatz zu der glorreichen barocken Kreuzung der Via Maqueda mit dem Corso Vittorio Emmanuele mit den vier verzierten Fassaden, den vier Balkonen, den vier Nischen, den vier spanischen Königen[40], den vier Schutzheiligen[41], die der Nabel Palermos im Zentrum der Altstadt ist und gemeinhin Quattro Canti genannt wird, die »Vier Ecken«.

Der erste Besuch von Signor Petini hatte nur den Zweck, eine *occhiatina* (einen flüchtigen Blick) auf sie zu werfen. Als er wegging, war er im Bilde; erschüttert über das warzige Gesicht seiner Kundin, war er sich bewußt, daß man Wunder von ihm erwartete. Gegen Abend kam er wieder, bewaffnet mit Brennscheren aller Größen. Tutu wurde frisiert wie ein Opferlamm. Ihr Gesicht, von störenden Haaren befreit, wurde ausgiebig mit einer *poudre de riz*-Schicht versehen, und der *signor* Friseur war recht zufrieden mit sich, als er den *palazzo* verließ: Tutu war fast ansehbar geworden. Ihre ältere Schwester lieh ihr die unvermeidliche und geschmacklose Brillantbrosche sowie einen Fächer aus Spitze, den sie ihr mit Gebrauchsanweisung übergab (»Mach ihn nicht zu weit auf, er ist alt und brüchig«). Ein Paar weiße Handschuhe, frisch gereinigt und noch nach Benzin stinkend, sowie ein Perlmutt-Opernglas vervollständigten ihre festliche Aufmachung.

Was wurde an jenem Abend im Bellini gegeben? *Ione* (nach *Die letzten Tage von Pompeji* von Bulwer-Lytton) von Maestro Petrella? Ich kann das keineswegs mit Sicherheit behaupten, aber es ist wahrscheinlich, denn diese heute vergessene Oper erfreute sich in jenen Tagen außerordentlicher Beliebtheit, mehr wegen ihres Librettos als wegen der Musik.

Ganz Italien beneidete Palermo um seine höllische, den Erfordernissen einer Szenenfolge angepaßte Pyrotechnik, die es möglich machte, den Ausbruch des Vesuvs in einer solchen Fülle von rotem Widerschein, von Blitzen und Explosionen zu erleben, daß man sich einbilden konnte, man habe den verheerenden Vulkan wirklich auf der Bühne ausbrechen sehen. Das donnernde Finale – ein besonders herzergreifender Trauermarsch – machte das Maß der Katastrophenstimmung voll, die das Publikum ergriff und dem morbiden Hang der Sizilianer zu Leiden und Tod im höchsten Grade entgegenkam.

Der Einzug der Familie in die Loge Nummer 9 vollzog sich nicht unbemerkt, und mehr als ein Blick wurde heimlich auf die arme Tutu gerichtet, die wie ein Pfingstochse geschmückt war. Ihre Tortur begann. Ihr war empfohlen worden, sich ganz zwanglos zu geben, wenn nicht gar gleichgültig, und ja nicht das Opernglas auf das Publikum zu richten. Ihre Mutter und Schwester stießen sich verstohlen jedesmal heftig mit dem Ellbogen an, wenn sie glaubten, *den* Senzales zu erkennen, aber die Vorstellung ging zu Ende, und der Vorhang senkte sich über Pompeji, die tote Stadt, ohne daß die Damen sicher sein konnten, den Präfekten von Messina erblickt zu haben.

Zugleich mit dem letzten Applaus kam das männliche Kontingent der La Cerdas, das der Aufführung in der *Barkasse* des Klubs beigewohnt hatte, und bereitete der peinlichen Situation endlich ein Ende, und man kehrte hoffnungsvoll in den Familien-Palazzo zurück.

Zwei oder drei Tage später kam ein Telegramm der Kusine aus Messina: »Präfekt Senzales wird Donnerstagnachmittag in Palermo sein. Weitere Nachrichten folgen.« Obwohl diese Information ja noch von recht spekulativer Art war, hielt die Familie das Spiel für gewonnen und erlegte sich das Opfer eines Empfangs auf, wie es in solchen Fällen üblich war.

Man scheute weder Mühe noch Kosten: roter Teppich auf der Haupttreppe, reicher Schmuck an Zwergpalmen und Topfpflanzen, eindrucksvolles Buffet, zahlreiche Lohndiener zur Unterstützung des Hauspersonals mit weißgepudertem Haar und in Livree, Einladungen an eine Menge Freunde und alle Familienmitglieder einschließlich des vierten und fünften Grades.

Als die Vorbereitungen in vollem Gange waren, bestätigte ein zweites Telegramm das erste: »Senzales heute abend bei Ihnen.«

Zur angegebenen Stunde drängte sich eine Menschenmenge in den Salons. Gäste aller Altersgruppen, Damen von träger Beleibtheit, etwas welk, aber schmuckbehängt, junge und charmante Damen, Herren, den Zylinder in der Hand, die ihre Gattinnen begleiteten, Kinder in kleiner Zahl, aber sehr lärmend, all das ballte sich zusammen in der Erwartung des großen Augenblicks, denn daß der Präfekt von Messina kommen würde und aus welchem Grund, war für niemanden ein Geheimnis. Alle Damen hielten sich für verpflichtet, die strahlende Tutu zu küssen.

»Wie aufgeregt du sein mußt!« sagten sie ganz leise.

Und das war noch untertrieben. Die alte Jungfer in einem Kleid aus champagnerfarbenem Taft, die sich nie hätte träumen lassen, daß ihr zu Ehren ein solches Fest gegeben würde, war in einem Zustand, der an Hysterie grenzte. Eine halbe Stunde verging, dann eine weitere: Hangen und Bangen. Es wurde immer heißer, so heiß, daß die Gäste nicht mehr die Kraft aufbrachten, das Haus und die schöne Empire-Ausstattung der Salons zu rühmen. Die Diener boten Sorbett, Tee, Eiskaffee und Kekse an. Der Champagner war natürlich *für nachher* vorgesehen. Völlig erschöpft ließ Tutu sich einen Sessel bringen, und ihr der Situation angepaßtes Lächeln verwandelte sich in ein pathetisches Grinsen.

Um sieben Uhr immer noch kein Präfekt. In der Gruppe der Verwandten macht sich eine nervöse Spannung bemerkbar. Die Angehörigen des alten Adels stellten immer bitterer werdende Betrachtungen an: »Was für eine schlechte Erziehung!« – »Ein solcher Flegel!« – »Wenn das die Repräsentanten des geeinten Italiens sind, dann danke schön!« – »Unter den Bourbonen war das zumindest anders. Die Vertreter der Obrigkeit wußten sich zu benehmen. Aber jetzt, was für ein Gesindel ist das!«

Um nicht vor seinen Gästen aus der Haut zu fahren, hatte sich der Patriarch Fulcone in sein Zimmer zurückgezogen und beruhigte sich bei einer Zigarre.

Um halb acht war derjenige, der nur noch *der* Senzales genannt wurde, immer noch nicht erschienen. Plötzlich trat Stille ein unter der Gästeschar. Ein Diener bahnte sich den Weg zwischen ihnen. Er sah wie ein Unglücksbote aus mit seinem silbernen Tablett, auf dem etwas lag, das ein Telegramm zu sein schien. Die Herrin des Hauses öffnete es mit zitternden Händen. Es war eine Mitteilung des Telegraphenamts: »Eure Exzellenzen wollen uns bitte entschuldigen, die Übermittlung der Nachricht, die Ihnen heute morgen zugestellt wurde, enthielt einen Fehler. Sie mußte lauten: ›Senzales heute abend nicht bei Ihnen.‹ «

Italien war geeint, aber der Postdienst ließ noch viel zu wünschen übrig.[42] In dieser Zeit der entstehenden Nation war Sizilien erfüllt von der hartnäckigen Sehnsucht nach seiner Vergangenheit.

Die einzige Gelegenheit, die die unglückliche Tutu jemals gehabt hat, sich zu verehelichen, war damit verpaßt. Viele Jahre, die hoffnungslos für sie waren, vergingen und beschränkten sie immer mehr auf die häuslichen Pflichten und die Beengtheit des Hauses. Es schien, als sollte sie die Freuden der Liebe nie kennenlernen. Hinzu kam, daß sie mit zunehmendem Alter beileibe nicht schöner wurde. Und man ist wirklich verblüfft, daß sie, als sie weit über fünfzig war, in der Person des Meisters des Wassers der Casa Cerda das fand, was sie zum Glücklichsein brauchte.

Jedes Haus von einiger Bedeutung beschäftigte einen solchen *maestro d'acqua*. Sein Titel, der eine geheime Macht über das Rauschen von Fontänen, das Sprudeln von Quellen oder die Stille von Brunnen vermuten oder sogar als gewiß erscheinen ließ, entsprach der Wirklichkeit leider gar nicht. Mit diesem jahrhundertealten Titel wurde vielmehr ein Mann bezeichnet, der alle möglichen Funktionen hatte und sich als Klempner, Schreiner, Schlosser und sogar als Weißbinder nützlich machte. Man fand ihn in der *amministrazione*, wo ihm die Aufträge erteilt wurden. Auch diese Einrichtung muß erklärt werden: in jedem als aristokratisch geltenden Haus, ob dessen finanzielle Lage gesichert, sehr kritisch oder verzweifelt war, gab es zwei oder drei Zimmer voll von uraltem und kaum noch lesbarem Papierkram in Aktendeckeln, wie die Notare sie benutzen, und imposanten Kontobüchern, an denen die Angestellten der Familienverwaltung arbeiteten. Sie kamen etwa zweimal in der Woche, und ich erinnere mich noch an das sonderbare Äußere der beiden alten Schreiberlinge, die in meiner Familie mit dieser Beschäftigung betraut waren: die Brüder Cinque, die ihrer Gelehrsamkeit halber feierlich mit »Don« angeredet wurden.

Ihr Name gab Anlaß zu albernen Späßen, zu tausendmal wiederholtem Geschwätz, das in der geschlossenen Welt des Familienkreises weitgehend eine Monotone von Foppereien erreichte. Aber wenn es sich nur darum handelte, würde ich es nicht erwähnen. Doch als nicht unbedeutende Bekundung des Clan-Geistes waren diese Foppereien wertvoll als Erkennungszeichen. Wer das Ulkige daran ermessen konnte, gehörte zum Clan: aber diejenigen nicht, die es nicht begriffen.

Es war das Schicksal der Brüder Cinque, daß man über sie lachte. Bei jeder sich bietenden Gelegenheit sagte man: »Die Brüder Cinque (Fünf) sind zwei«, lachte lauthals oder erinnerte an den Tag, als einer der Brüder mehrmals versucht hatte, den Kardinal-Erzbischof von Monreale, Mgr. Lancia di Brolo, auf sich aufmerksam zu machen und sich mit einem gemurmelten »Cinque, Eminenz«, vorstellte. Verärgert, weil er glaubte, der Mann wolle ihn an die Zeit erinnern, erwiderte Seine Eminenz kurz angebunden: »Sie irren sich, es ist erst fünf Minuten vor fünf.«

Der weniger hinfällige der beiden Greise, Don Giovannino, hatte wie manche Mandarine des chinesischen Kaiserreichs am kleinen Finger der rechten Hand einen unglaublich langen Nagel. Dieser Appendix von zweifelhafter Sauberkeit, aber sorgfältig gefeilt und in acht genommen, hatte allein den Zweck, deutlich zu machen, daß Don Giovannino ein Mann der Feder und kein Bauer war.

Doch zurück zu Tutu und ihrem Meister des Wassers, der immer Toto genannt worden war. Als ihn meine ungewöhnliche Großtante *bemerkt* hatte, erschien dieser Name verständlicherweise zu vertraut, dem ihren zu ähnlich (Toto/Tutu), und wurde unwiderruflich abgelehnt. Sie nannte ihn Don Salvaturi, was besser klang.

Die alte Jungfer versäumte keine Gelegenheit, sich in die *amministrazione* zu begeben, um den Gegenstand ihrer Neigung zu sehen. Jeder Vorwand war ihr recht.

Ehrlich gesagt, ich weiß nicht, wie weit die Leidenschaft meiner Großtante ging. Aber wenn man den Berichten meines Vaters glauben will, dann traf sie sich mit dem Meister des Wassers so häufig und wurde die Dienstbotentreppe hinauf und hinunter so oft benutzt, daß in diesem Haus, wo nichts geheim bleiben konnte, das Personal zu klatschen begann. Da es andererseits überhaupt nicht in Frage kam, daß der Meister des Wassers die Haupttreppe benutzte, und sei es noch so selten, ermöglichte ihm Tutu den Zugang zu ihrem Zimmer, indem sie für ihn persönlich *außerhalb des Hauses* eine Treppe bauen ließ, die von einer kleinen Nebenstraße aus als Wendeltreppe zu ihren Gemächern führte. So war der Schein gewahrt: was sich *außerhalb* des Hauses abspielte, ging den Familien-Clan nichts an.

Mein Vater und sein Bruder konnten die Leidenschaft ihrer Tante Geltruda zu Don Salvaturi nur allzu gut verstehen: Langeweile, das Bedürfnis, sich selbst ihr Dasein zu bestätigen, all das rechtfertigte sie. Schwieriger zu verstehen war, was Don Salvaturi bei seinen Zusammenkünften mit einer so alten und so häßlichen Frau zu Leidenschaftsausbrüchen veranlaßte. Eines Tages fragte ihn mein Vater unverblümt danach: »Wie können Sie nur?« Und errötend gestand der Mann: »Ich denke dabei an ihre Vorfahren.«

Der Tod meiner Großtante war absurd und im höchsten Grade »auf italienisch«. Sie war ans Bett gefesselt und auf eine strenge Diät gesetzt. Die Kranke verübelte die Änderung ihres Speisezettels: auf ihre Spaghetti verzichten zu müssen, war eine wahre Qual für sie. Just damals kam Graf Mazzarino mit seiner jungen Frau, Luisa Ruffo di Bagnara, aus Neapel zurück. Es war Usus, daß eine junge Ehefrau, die vom Kontinent stammte, den Familien des palermitanischen Adels vorgestellt wurde, und so machte sie auch bei meinem Urgroßvater Besuch. Nichts wurde ihr erspart, nicht einmal eine Begegnung mit der bettlägerigen Donna Geltruda. Zweifellos war die junge Frau besonders gutherzig. Sie erwies der armen Tutu alle möglichen Aufmerksamkeiten, und mit jener Herzlichkeit, die ein neapolitanischer Charakterzug ist, besuchte sie sie von Zeit zu Zeit. So entstand eine Atmosphäre des Vertrauens zwischen beiden. Eines Tages setzte die Kranke eine verschwörerische Miene auf und sagte zur Gräfin Mazzarino: »Ich möchte ein Geheimnis mit dir teilen. Mein Arzt ist zwar ein Spezialist, aber dennoch ein infamer Einfaltspinsel und hat mir eine unmenschliche Diät vorgeschrieben. Er begreift meine Krankheit überhaupt nicht, denn ich weiß, daß die fürchterlichen Schmerzen, die ich habe, auf Hunger zurückzuführen sind und eine Näscherei mir sehr gut tun würde. Nun hast du, wie ich höre, deinen Monsú aus Neapel mitgebracht. Könntest du diesen Neapolitaner bitten, mir mein Lieblingsgericht zu kochen und es mir über meine Geheimtreppe zu bringen? Meine Zofe ist eingeweiht und wird ihm die Tür öffnen. So könntest du, die du jung, schön und glücklich bist, eine arme griesgrämige und kranke Alte glücklich machen.«

Der Vorschlag wurde mit der allerbesten Absicht angenommen und das Komplott ausgeführt.

Das so sehr begehrte Gericht, *la pasta con le sarde* (überbackene Nudeln mit Sardinen) nach einem alten bourbonischen Rezept, enthielt nicht weniger als zwölf Zutaten: *zite* (eine bestimmte Sorte Makkaroni), einige *finocchietti di montagna* (wilder Fenchel), rohe Sardinen, Pinienkerne, Anchovis, Sultaninen, ein oder zwei Soldo[43] Safran usw.

Über die geheime Treppe, die für einen viel romantischeren Zweck erbaut worden war, gelangte das Gericht, noch warm und von der getreuen Zofe gebracht, in das Zimmer der Kranken. Die gute Tutu überlebte die fatale Mahlzeit nur wenige Stunden.

Unsere Familiensage weist eine ganze Galaxie »heiliger Ungeheuer« auf.

Nirgends sonst ist mir aufgefallen, daß mangelnder Anmut soviel Aufmerksamkeit geschenkt wurde wie in Sizilien. Die Offenherzigkeit, mit der wir über die körperlichen Mängel dieses oder jenes Verwandten sprachen, wäre in jedem anderen Land als höchst anstößig beurteilt worden, während es bei uns nur ein kaltblütiger Spott war.

Man sprach unverblümt von der Verunstaltung der Großtante Giovannina – der Schwester von Tutu, des Opfers der *pasta con le sarde* –, die einen Grafen Trigona geheiratet hatte, und beschrieb ohne weiteres mit höchst grausamen Worten die tatsächlich peinliche Verunstaltung: sie hatte einen kolossalen Busen. Ich wurde vor Verlegenheit immer rot bis zu den Haarwurzeln, wenn ich meine Eltern über Brüste spotten hörte, die nach ihren Aussagen den Umfang von zwei Hälften eines riesigen Globus hatten. Um sich aufrecht zu halten, ohne durch das Gewicht ihrer Anhängsel nach vorn und nach unten gezogen zu werden, mußte unsere Großtante ihre massigen Auswüchse einschnüren, ein sehr anstrengendes Unterfangen, das einer halben Stunde Gymnastik gleichkam, dann preßte sie das Paket stark zusammen und stopfte das Ganze in ihr Korsett.

Eines Nachts wurde die Gräfin Trigona durch einen Brandgeruch geweckt und entdeckte, daß die Gardinen ihres Himmelbetts Feuer gefangen hatten. Alle möglichen Einzelheiten wurden darüber berichtet, wie es ihr gelang, sich aus ihrer Lagerstatt herauszuwälzen, ohne daß ihre üppige Gestalt Brandwunden davontrug, und kaltblütig die Glocke zu läuten. Man lobte die Schnelligkeit, mit der sie erkannte, daß sie nicht Zeit haben würde, die tägliche Operation des Einpackens zu vollenden, und daß sie es fertig brachte, wenn auch stark schwankend, ohne Korsett bis ans andere Ende des Zimmer zu gelangen, wo sie auf die großartige Idee kam, die Masse der beiden Globushälften auf dem Kaminsims abzustützen.

Von der Tante Giovanna an ihrem Kamin sprach die Familie wie von einem Heldendenkmal.

Dergestalt im Gleichgewicht, erwies sie sich als Herrin der Lage und erteilte Befehle: »Weckt die Kinder... Ruft die Feuerwehr... Bringt Eimer mit Wasser... Keine Panik«, und so rettete sie ihre Familie vor dem sicheren Tod. Nach einigen Photos zu urteilen ist zu bezweifeln, ob ihr Mann, Cicero Trigona, ihr unter diesen Umständen irgendwelche Hilfe hätte gewähren können. Ein wahrhaft absonderlicher Typ. Ich erinnere mich an ein Bild, auf dem Graf Trigona in Jackett und Zylinder auf dem Nachttopf saß.

Noch andere Gespenster bevölkerten die Welt unserer Kindheit. Darunter war insbesondere eines, das durchaus am Leben und uns vertraut war: »die liebe alte Monte«, wie sie von der Familie immer genannt wurde, oder auch »dear old Monte«.

Sie war eine verehrungswürdige Dame, mit der wir sowohl väterlicher- als auch mütterlicherseits verwandt waren, und hieß Herzogin di Montalbo. Aber dieser glanzvolle Name entsprach ihrem eher bäuerlichen als aristokratischen Aussehen kaum. Aus einem traurigen, einspännigen Wagen – einer von der Firma Pescemorto (toter Fisch) gemieteten klapprigen Droschke – stieg eine tiefschwarz gekleidete Gestalt aus, die wegen ihrer freundlichen Alltäglichkeit sehr schwer zu beschreiben ist. Ich stellte immer eine frappierende Ähnlichkeit mit einem liebenswürdigen, in schwarzen Taft gehüllten Frosch fest.

Sie konnte praktisch kein Italienisch und sprach nur Palermitanisch, und noch dazu eine Version des Idioms, die im volkreichen Viertel Capo üblich war. Ihre Redeweise hatte etwas Intimes, Heimliches an sich, als ob das, was sie uns zu sagen hatte, niemals der Allgemeinheit bekannt, sondern wegen seiner Wichtigkeit nur von uns gehört werden dürfe. Warum sie diesen vertraulichen Ton anschlug, war unerfindlich. Ihr Gespräch drehte sich einzig und allein um das Tun und Lassen ihrer zahlreichen Nachkommen, um ihre Tochter, ihre elf Enkel und etwa zwanzig Urenkel, verheißungsvolle Kleinkinder, die im Lauf der Jahre immer zahlreicher wurden. Sie war außerordentlich gesprächig und ersparte uns keinen der Wechselfälle ihres Lebens: Erkältungen, Schnupfen, Taufen, Hochzeiten, Schwangerschaften, Entwicklungsschwierigkeiten wurden uns ausführlich berichtet.

Aber nichts von alledem machte die seltsame Frau interessant. Was mich an ihr faszinierte, war eine besondere Verbindung zwischen ihr und der Französischen Revolution, die sie in meinen Augen einzigartig und allen anderen Freundinnen meiner Großmutter überlegen machte.

Als Kind, zur Zeit der Bourbonen, hatte die Herzogin di Montalbo zu den *nobile donzelle* (Edelfräulein) gehört, die im Reale Educatorio Carolino[44] erzogen wurden, wo die jungen Mädchen in zwei Sprachen unterrichtet wurden, in der toskanischen Sprache – die Zeit muß für die weibliche Bildung nicht sehr günstig gewesen sein, nach den kümmerlichen Ergebnissen bei »dear old Monte« zu urteilen – und in der französischen Sprache. Ohne daß der Grund dafür bekannt ist, gab es Englisch, ebenso wie Tanzunterricht, erst in der obersten Klasse. Nun war die Französischlehrerin – die, nebenbei bemerkt, offenbar ebensowenig erfolgreich war wie ihre toskanische Kollegin – aus Frankreich und vor der Revolution geflohen und hatte in Palermo Unterschlupf gefunden. Sie war noch in Paris, als Marie-Antoinette zum Tode verurteilt wurde, und hatte die Königin auf dem Karren gesehen, der sie zum Schafott brachte. Und das war es, was mich an der Herzogin di Montalbo faszinierte: daß ich eine Frau kannte, deren Lehrerin als junges Mädchen die Königin der Franzosen auf das Schafott hatte steigen sehen.

Nun war das nicht das einzige lebende Verbindungsglied zwischen Palermo und der Französischen Revolution. Eine andere alte Dame konnte sich einer noch direkteren Verbindung rühmen. Sie wirkte düster, war einst gefeiert und abgöttisch verehrt, bewohnte ein düsteres Palais in einer düsteren Straße, der Via Butera, nicht weit von der Marina, und war die Fürstin Torremuzza, geborene La Trémoille, worauf sie außerordentlich stolz war.

Meine Großmutter mochte sie gern und nahm uns oft mit,

wenn sie sie besuchte. In unserer Familie, die die Kunst, Spitznamen zu geben, meisterhaft beherrschte, hieß die Fürstin Torremuzza nur »die liebe Toré«. Obwohl sie wie ein bösartiger, sich mausernder Papagei aussah, war sie in ihrer altmodischen Aufmachung sehr *grande dame* und durchaus liebenswürdig.

Während die beiden Freundinnen ihren Kaffee tranken, konnte ich mich nach Belieben im Palast umschauen und irrte unter den gewölbten Decken von Zimmer zu Zimmer, die, wie es sich gehörte, in Dunkelheit dalagen. Ein monumentales Möbelstück stürzte mich immer wieder in abgrundtiefe Verwunderung. Man stelle sich vier große Sofas vor wie vier Äste in T-Form, die an ihrem unteren Ende durch eine große, zentrale und von einer hohen Palme überragte Begrenzung vereinigt sind. Dieses ganze närrische Ding war gepolstert und mit gelbem Damast bezogen.

Die vier Ts hatten einen symbolischen Wert und versinnbildlichten die illustre Herkunft der Dame. Jedes Sofa hatte eine eigene Bedeutung: das eine stand für Trémoille, das zweite für Tarent, das dritte für Thouars, das vierte für Talmont – die vier Titel der La Trémoilles.

Wenn ich diesen seltsamen Salon betrachtete, der in seiner Räumlichkeit etwas beschränkt war, weil die vier Sofas in seiner Mitte so viel Platz einnahmen, kamen mir höchst ungereimte Gedanken. Andere Namen, die mit anderen Buchstaben beginnen und noch viel kompliziertere Sofaformen erfordern würden, gingen mir durch den Kopf. Was hätte sich die Dame einfallen lassen müssen, wenn sie ihre Gäste darauf hinweisen wollte, daß sie von den Familien Walpole, Wellington, Wallenstein oder Washington abstammte? Was wäre dann aus ihrem Salon geworden? Ich sah die bedeutsamen Zweige der Ws allmählich die angrenzenden Räume und das Treppenhaus überwuchern, bis in die oberen Etagen klettern und dann die Außenmauern des Palastes zurückdrängen, die schließlich über der Schloßherrin zusammenbrachen.

Nach diesen Träumereien mußte ich mich von der lieben Toré verabschieden und ihr versprechen, daß wir auf unserer nächsten Reise auf den Kontinent nicht versäumen würden, wie jedesmal eine Prise französische Erde für sie zu stehlen, und zwar im Park der Tuilerien. Kein Geschenk konnte sie mehr rühren. In einer Pralinenschachtel wurde es ihr nach unserer Rückreise feierlich überreicht. Und wir warteten, ehe wir uns verabschiedeten, bis sie einige Tränen vergossen hatte.

Das Bindeglied zwischen der Fürstin und der Französischen Revolution war nicht alltäglich. Ihr Vater wurde, wie das damals üblich war, mit vierzehn oder fünfzehn Jahren verheiratet, und seine Frau war etwa gleichaltrig. 1794 waren die beiden etwa achtzehn Jahre alt. Die junge Ehefrau starb auf dem Schafott, während Graf de La Trémoille im letzten Augenblick durch die Tage des Thermidor und den Sturz Robespierres gerettet wurde.

Der Witwer heiratete erst wieder, als er schon über sechzig war. Er hatte zwei Töchter, von denen die ältere unsere liebe Toré war. So kam es, daß ich als kleiner Junge einer alten Dame die Hand küßte, die wie eine Romanfigur auf ihrem Sessel saß und deren Stiefmutter im Jahr II guillotiniert wurde und die eine Zeitgenossin von Saint-Just und Robespierre gewesen war. Als ich mich viele Jahre später ihrer erinnerte, erschien sie mir wie eine Art sizilianische Pique Dame.

Doch kommen wir nun zu unserem Helden. Heute ist Garibaldi zu einer halb mythischen Gestalt geworden, aber in meiner Kindheit war mir der Name um so vertrauter, als meine Großmutter, meine Mutter und alle Angehörigen der Casa Verdura ihn persönlich gekannt hatten. Was über ihn gesagt wurde, war nicht immer sehr freundlich, denn man warf ihm seine notorische Gottlosigkeit und seine antiklerikale Haltung vor. Aber das änderte nichts daran, daß der Agitator, der Revolutionär Garibaldi, der Verschwörer, der freiwillig aus Südamerika zurückgekehrte Kämpfer, unerwartete Anhänger und sogar Beschützer unter den Angehörigen der sizilianischen Aristokratie fand. Da ist vor allem mein Großvater mütterlicherseits zu nennen, Corrado Niscemi, der sich den Garibaldinern angeschlossen und das rote Hemd angezogen hatte und für seine politische Gesinnung mit Haft in der Vicaria, dem Gefängnis der bourbonischen Regierung, bestraft worden war. Väterlicherseits gehörte mein Urgroßvater dazu, der immer nur kurz »Il Duca« genannt wurde.

Ich habe »Il Duca« gekannt, oder zumindest kommt es mir so vor, als hätte ich ihn gekannt, obwohl ich erst vier Jahre alt war, als er starb. Lange nach seinem Tod machte sich sein Einfluß in der Casa Verdura und der Via Montevergine immer noch stark geltend. Er war ein großer Patriot und ein großer Liberaler gewesen und zuerst nach Malta, dann nach Florenz verbannt worden, wo die Großherzöge der Toskana verständnisvoller und toleranter waren als das Regime in Neapel.

Il Ducas Vater hingegen war jahrelang Gouverneur der Basilicata und dann Prätor der Stadt Palermo gewesen. Er war den bourbonischen Lilien und der Verfassung des Königreichs beider Sizilien immer treu geblieben. Als er 1859 starb, wurde sein Sohn nicht nur begnadigt, sondern sollte sein Nachfolger auf dem Posten werden, den er am längsten innegehabt hatte: Bürgermeister von Palermo. Und von Franz II. persönlich ernannt! Eine unerwartete neue Entwicklung, die aber in jeder Hinsicht der manchmal närrischen Gutmütigkeit der Bourbonen im allgemeinen und des unglücklichen Franceschiello, wie ihn die Neapolitaner nannten, insbesondere entsprach.

Der Prätor von Palermo (so lautete sein offizieller Titel) war eine Art Bürgermeister, aber mit außerordentlich weitreichenden Vollmachten. Kaum ein Jahr, nachdem mein Urgroßvater seine neuen Funktionen übernommen hatte, kam es zur Landung der Tausend bei Marsala, zum Sieg von Calatafimi und dem Einzug der Garibaldiner in Palermo. Der Prätor, der während des größten Teils seines Lebens zugunsten der italienischen Einheit konspiriert hatte, war nur allzu glücklich, dem tapferen Befreier Siziliens die Schlüssel der Stadt zu übergeben. Alexandre Dumas[45] wohnte der Szene bei. Die Beschreibung, die er davon in *I Mille* gibt, einem höchst unseriösen Werk, ist von schlecht verhülltem Spott geprägt.

Il Duca war ein vielseitiger Mann. Er war mehrmals Bürgermeister von Palermo, dann Senator des Königreichs. Er soll ein Liebhaber von Raritäten gewesen sein und seiner Sammlerleidenschaft gefrönt haben, indem er Fossilien, Muscheln und Murano-Gläser kaufte, aber auch gute Weine und Briefmarken. Er war Kunstkritiker, wenn es ihm paßte, und man hielt ihn für eine Autorität auf dem Gebiet. Bilder wurden ihm vorgelegt, und man verließ sich auf sein Urteil, wenn über unsichere Zuschreibungen diskutiert wurde.

Ich muß indes gestehen, daß ich an diese angebliche Kompetenz nicht so recht glaube. Denn was ich im Palais meiner Vorfahren fand, als die Reihe an mir war, es zu bewohnen, dieses Sammelsurium von Dingen und mittelmäßigen Gemälden, sprach nicht für die Kennerschaft des Duca. Ich sehe nur eine Erklärung: daß er gegen Ende seines Lebens genötigt war, sich von den besten Stücken seiner Sammlung zu trennen, ganz zu schweigen von dem, was mein Vater sicherlich verscherbelt hat, als er der Herr des Hauses war.

Aber ob Il Duca nun Rückschläge erlitten hatte oder nicht,

die Verehrung, die ihm gezollt wurde, war ungeschmälert. In der Familie sprach man von ihm wie von einem bärtigen Propheten, ohne daß jemals eine Meinung von ihm über was auch immer berichtet wurde. Das war der Geist eines Propheten, ein Schattenprophet, von dem kein einziges Wort überliefert war. Seine Tochter, Baronin Pajno, zu der ich oft auf Besuch mitgenommen wurde, erwähnte zwar häufig den lieben *»babbo«* (sie war in Poggio Imperiale in der Toskana erzogen worden, wo dieser Ausdruck üblich war), sagte aber nie etwas, das Aufschluß über die Persönlichkeit ihres Vaters gegeben hätte. Vielleicht war der Urgroßvater letztlich humorlos und ein Phrasendrescher gewesen, kurzum ein großer Liberaler und ein großartiger Langweiler.

Es war Garibaldi, der ihm gewissermaßen als Bürge diente. Ich besitze noch eine Photographie des »Helden beider Welten« in grauer Hose und rotem Hemd, das scharlachrote Tuch um den Hals geknotet, auf einen Kavalleriesäbel wie auf einen hohen Stock gestützt, die auf Karton aufgezogen lange Zeit zwischen Familienphotos auf einem Tisch in der Casa Verdura gestanden hatte. Der unbekannte Photograf hatte sich bemüht, das Wesen dieses Mannes der Tat durch seine entschlossene Miene, ein halbes Lächeln und eine mannhafte Physiognomie, unterstrichen durch einen üppigen Bart, wiederzugeben. Aber zweifellos hatte er nicht vorausgesehen, welche widersprüchliche Bedeutung einem runden Hut mit bortenbesetzter Krempe zukommen würde, den der Held in der rechten Hand hielt, eine Kopfbedeckung, wie sie die Bäuerinnen in Bolivien tragen, wenn sie zum Markt gehen. Nichts wäre komischer gewesen, als den Konquistador zu bitten, diesen Hut aufzusetzen.

Das Photo trägt eine Widmung: »Der Herzogin della Verdura, die sich um das italienische Vaterland sehr verdient gemacht hat. Mit Dankbarkeit und Zuneigung G. Garibaldi.« Aber diese *Zuneigung* war nicht ohne Dornen, denn die glühendsten Verfechter der italienischen Einheit waren dennoch nicht weniger katholisch und ihrer Religion nicht weniger treu. In den Augen des Heiligen Stuhls war der bloße Name Garibaldi ein Synonym für Anathema. Vergessen wir nicht, daß der Befreier exkommuniziert war; er hatte gegen die päpstlichen Truppen gekämpft, und es wurde behauptet, ein ehemaliger Geistlicher sei ständig an seiner Seite gewesen.[46]

1882 – einige Monate vor seinem Tod – kam Garibaldi nach Palermo anläßlich des sechshundertsten Jahrestages der Sizilianischen Vesper, um dieses ersten Ausbruchs des sizilianischen Patriotismus und des Massakers an den angevinischen Truppen zu gedenken. Bei einer Feier, die mein Großvater Niscemi organisiert hatte, sollte meine Mutter, damals zwölf Jahre alt, als Tochter eines Garibaldiners dem Helden einen Blumenstrauß überreichen. Die weiblichen Familienangehörigen waren buchstäblich entsetzt. Bei dem Gedanken, ein kleines Mädchen, das erst vor kurzem zur ersten Kommunion gegangen war, einem wenn auch kurzen Kontakt mit einem Atheisten und *mangiapreti* (Pfaffenfresser) auszusetzen, gerieten sie außer sich.

Um die satanischen Ausstrahlungen, die diese Begegnung hervorrufen könnte, zu neutralisieren, steckte man dem armen Unschuldslamm einen Rosenkranz in die Tasche, und da einer unserer Kammerfrauen diese Vorsichtsmaßnahme unzureichend erschien, fügte sie noch ein Korallenhorn hinzu, bekanntlich ein phallisches Symbol.

8

Feste und Tote

Die Tage meiner Kindheit verliefen in einem sehr ungleichmäßigen Rhythmus: manche Tage schienen überhaupt nicht enden zu wollen, wenn ich nämlich in Palermo Unterricht hatte; andere verhießen nur Freuden, es waren die Tage vor Festen – liturgische Feste, an denen im sizilianischen Kalender kein Mangel herrschte, und die Feste der Schutzheiligen (das des obskuren heiligen Fulco, von dem ich nicht viel weiß, wurde am 26. Oktober gefeiert).

Für die breite Masse der Sizilianer fanden die größten Feste des Jahres um den 2. November herum statt, Allerseelen. Einem kleinen Jungen wie mir erschien Weihnachten sehr viel reizvoller, aber wie konnte ich das gestehen, und wer hätte es gewagt, das sakrosankte Fest der Verstorbenen in Frage zu stellen?

In jener weit zurückliegenden Zeit war ein Weihnachtsbaum eine Seltenheit in Sizilien. Nur die »fortschrittlichen« Familien, zu denen wir gehörten, die ausländische Gouvernanten engagiert hatten, englische oder deutsche, und auch die Vertreter der britischen Kolonie, die damals sehr zahlreich waren, feierten Weihnachten unter dem Weihnachtsbaum. Außer bei den Whitakers, den Gardeners oder Smiths wäre ein Tannenbaum überraschender gewesen als der Besuch eines Engels, denn die Sizilianer feierten Weihnachten, wie überall sonst in Italien, mit einer Krippe.

Es muß hinzugefügt werden, daß auf den sizilianischen Bergen keine Tannen wachsen außer auf einigen wenigen und unzugänglichen Gipfeln; es wäre schwierig und kostspielig gewesen, eine Expedition hinauf auf die Madonie zu schicken, bloß um möglicherweise eine Tanne zu entdecken, sie zu fällen und mit dieser Beute beladen in die Stadt zurückzukommen. Wir waren deshalb auf einen Ausweg verfallen: wir ließen vom Gärtner mit Pinienzweigen, die umgekehrt an irgendeinen Baumstamm genagelt wurden, eine Scheintanne herstellen. Der

Baumschmuck, die roten Kerzen, die Glaskugeln, die silbernen Girlanden, all das war in Paris gekauft und sorgfältig in Seidenpapier aufgehoben worden, und jedes Jahr wurde der Bestand durch neue Einkäufe vermehrt.

Am 24. Dezember war es Tradition, daß wir zur Mitternachtsmesse zu unseren Nachbarn, den Gebbiarossas, fuhren, die eine Privatkapelle hatten. Es war eine der seltenen Gelegenheiten, bei denen meine Schwester und ich schon in jungen Jahren als Erwachsene behandelt wurden; wir waren mächtig stolz darauf und kämpften tapfer gegen die Müdigkeit an. Der Austausch der Geschenke mit unseren Gastgebern fand vor der Messe statt und war immer etwas verspätet, weil man erst seine Begeisterung über die Schönheit des Weihnachtsbaums so ausgiebig äußern mußte, dann über die Schönheit der Krippe, und dabei zu verschweigen, daß wir unsere viel schöner fanden, und erst morgens am Frühstückstisch zogen wir dann darüber her: »Hast du diese Hirten gesehen? Jämmerlich ... Und der Joseph im gelben Mantel, hast du den gesehen? Unmöglich! Und die Pferde der Heiligen Drei Könige! Die hatten nicht einmal Schabracken.«

Kaum war das »ite missa« gesprochen, da standen wir wie zwei Schlafwandler auf und bekamen die rituelle Tasse Bouillon und einen Fingerhut voll Marsala.

Am nächsten Morgen hörten wir noch zwei Messen hintereinander in der runden Kapelle im königlichen Park der Favorita. Dann kam endlich die sehnsüchtig erwartete Weihnachtsmahlzeit in sizilianisch-britischem Stil. Sie begann mit Spaghetti und endete mit *mincepie*, dem Meisterstück unseres Monsú, der, immer zwischen zwei Kulturen schwankend, an seiner Gewohnheit festhielt, diesem Gericht den verwirrenden Namen *mezzosposo* (halber Ehemann) zu geben.

Der Höhepunkt des Abendessens war das Erscheinen des Plumpuddings im blauen Flammenschein. Aber auch da vermochten wir den britischen Sitten nicht genau zu folgen. Wie konnte man den Pudding mit dem traditionellen Stechpalmenzweig schmücken, wenn auf dieser Insel keine Stechpalmen wachsen? Unser Koch zog sich mit einem Buchsbaumzweig aus der Affäre.

Das Weihnachtsfest erstreckte sich über mindestens fünf Tage, die nach einem unwandelbaren Protokoll mit dem Austausch von Geschenken bei befreundeten Familien ausgefüllt waren. Die Lanza di Trabias eröffneten die Runde; dann waren jeweils die Mazzarinos, die Florios und die Whitakers an der Reihe. Das Fest in der Villa Niscemi beschloß den Reigen.

Auch die meisten Geschenke stammten aus dem Ausland, zumindest diejenigen, die ich bekam. Dazu gehörte gewöhnlich das, was man in Frankreich eine *panoplie* nennt, große Pappschilde, an denen verschiedene Ausrüstungsteile zum Verkleiden befestigt waren. Meine *panoplie* war aber nicht im besten Spielzeuggeschäft von Palermo gekauft worden, »L'ami des enfants«, das der Franzose Cardon dort eröffnet hatte, sondern stammte vom »Nain bleu«, dem berühmten Pariser Geschäft vom Faubourg Saint-Honoré, was den Wert dieser Kostüme erheblich steigerte – eine Uniform der Fremdenlegion oder eines Zuavenregiments, Cowboy-Anzug und dergleichen.

Am meisten Spaß machte mir eine komplette Indianer-Ausstattung mit allem, was dazugehört, vielfarbiger Federkopfschmuck, Halskette, Knöchelspangen und passende Lendenschurze, Kriegsbeil, in den Gürtel zu stecken, Bogen und Köcher, Schild aus gespanntem Fell, leopardenartig, und eine Keule aus Pappe, wunderschön knorrig. Vielleicht gefiel mir das Kostüm so gut, weil es ein wahres Phantasieprodukt war. Der Indianer vom »Nain bleu« hatte mehr Ähnlichkeit mit Mozarts Papageno als mit einer amerikanischen Rothaut.

Aus Paris stammten auch die Bilderbücher, die ich bekam, *Buster Brown, Happy Hooligan* und *Little Nemo,* die meine Familie schon in den letzten Sommertagen bei Galignani bestellte.

Zu Weihnachten ebenso wie zu Ostern schickten uns die Nonnen der benachbarten Klöster, deren Zahl damals Legion war, alle möglichen Kuchen und Süßigkeiten. Zuerst kam die *fastucata,* eine bleischwere Torte aus Pistazien; dann die *crocchiole,* Muscheln aus grünem Marzipan, zierlich geschweift und mit Früchten gefüllt; dann kamen die *cannoli*[47], Hörnchen in schwimmendem Fett gebacken, mit einer Prise gemahlenem Kaffee und einem Tropfen Marsala gewürzt, gefüllt mit weißem Käse, Maraschino, gemahlenen Pistazien, Stückchen von *zuccata* (Kürbismarmelade), Pralinen und einer kleinen Vanillenschote. Wir bekamen auch Schalen mit *zuppa papale* (päpstliche Suppe), einer Eiercrème mit Zimt- und Mandarinenaroma; knusprige, goldgelbe Brötchen, die nach Nelken dufteten und *sussameli* hießen; *cassate* aus Biskuitteig und Schlagsahne, verziert mit einem Arrangement aus Früchten und bunten Schnörkeln, die eine kandierte Rose umgaben.[48]

Aber der Glanzpunkt war die Ankunft der in Gebäckform gekleideten Glückwünsche des Klosters der Jungfrauen, das aus mir nicht mehr erinnerlichen Gründen dem Herzen der La Cerdas besonders teuer war. Es waren die berühmten *minne di vergine* (Brüste von Jungfrauen), schamlose Kuchen in eben dieser Form und natürlicher Größe und sehr anschaulich ausgeführt, zumal sie mit einer fleischfarbenen und im Backofen zart gebräunten Brustwarze gekrönt waren. Schließlich wurde zu außergewöhnlichen Anlässen bei einem Kloster, dessen Name mir entfallen ist, ein üppiges Dessert bestellt; sein Name, *trionfo di gola* (Triumph der Kehle), spricht für sich selbst und bietet jedem Erklärungsversuch Trotz.

Diese Unmengen von Süßigkeiten wurde auf großen Platten gebracht, die mit flitterbesetztem, buntem Seidenpapier bedeckt und mit goldenen und silbernen Zuckerperlen übersät waren.

Es war auch die Jahreszeit, in der die Bergbewohner ins Flachland kamen. Wir lauerten auf die Ankunft der *ciarameddari,* wie sie nach dem Instrument, auf dem sie spielten, genannt wurden – *ciaramedda,* der Dudelsack der sizilianischen Hirten. In ungeduldiger Erwartung des ersten piepsigen Tons, des ersten klagenden Lauts, der uns unfehlbar ankündigte, daß sie da waren, machten wir uns auf die Suche in den schmalen Straßen der Altstadt, auf dunklen Höfen, in Sackgassen und auf kleinen Plätzen, wo sie sich womöglich aufhielten. Welcher geheimnisvolle Forschungsdrang trieb uns an, ihnen entgegenzulaufen? Und woher kamen diese Musiker? Von welchem Gipfel der Madonie? Alles, was sie anhatten, war in ihrem fernen Dorf gewebt, gegerbt und genäht worden. Aus Leder waren die weiten Hosen, die Gamaschen, die sie zusammenhielten, und oft auch die länglichen Mützen, die ihr struppiges Haar bedeckten; aus grobem schwarzem Tuch das Cape, das sie über der Schulter trugen, aus Schaffell die kurze Weste. Ach, man mußte sie gesehen haben, wie sie langsam dahinzogen, ohne sich um die Horden von Kindern zu kümmern, die ihnen nachliefen, gleichmütig und völlig in Anspruch genommen von den melancholischen Klängen ihrer Instrumente. Ihr Gefolge von *picciotelli*[49] versuchte, sie aus der Fassung zu bringen. Hörten sie die Spottlieder überhaupt, mit denen sie empfangen wurden?

Miuu, Miuu, lu ciarameddaru
Tri pirocchi l'assicutaru,
L'assicutaru in menzu a la via

Ci pigghiaru zoccu avia
Miuu, Miuu, lu Puddicinedda.[50]

Die Musiker zu sehen und zu hören, war für uns eine wirkliche Freude. Weder die scharfen Kommentare unserer Miss noch die Vergleiche mit den Dudelsackpfeifern in Irland oder Schottland – immer zum Nachteil der *ciarameddari* – konnten sie uns vergällen.

Diese Bergbewohner riefen in mir alle möglichen Vorstellungen wach, die mir die Bilder der Weihnachtsgeschichten und die Glückwunschkarten, die gerade erst in Mode kamen, eingegeben hatten. Die *ciarameddari* verkörperten für mich den Winter, den Schnee, Rodelschlitten, steile Hänge, Eis und die unzähligen Reize der schönen nordischen Weihnachtsfeste, kurzum alles, was das Gegenteil der wirklichen Welt und harten Einsamkeit dieser Hirten war. Aber ich träumte... Das Träumen war meine Schwäche. Und ich träumte von Schnee und wie es wäre, wenn ich eines Morgens plötzlich in der Stille und dem Frieden einer weißen Landschaft aufwachen würde. Das wollte ich so gern einmal erleben. Es war eine Sehnsucht nach dem Unbekannten, dem nie Gesehenen. Schnee... Natürlich wußte ich, was das war. Ich hatte schon welchen gesehen, zuerst in der Schweiz auf hohen Gipfeln und sogar in Sizilien, wo die Berge, die Palermo im Halbkreis umgeben, im Winter manchmal weiß bepudert sind. Aber niemals hatte ich Schnee fallen sehen und ihn nie angefaßt. Warum gab es bei uns keinen Schnee? Ein typisch sizilianisches Gefühl der Frustration hatte ich auch in bezug auf die Schwalben. Natürlich wußte ich, wie eine Schwalbe aussieht. Ich hatte sie zu Tausenden Sizilien überfliegen sehen. Zu Beginn des Frühjahrs kamen sie aus Afrika und flogen nach Norden. Und eben das war es, was mich kränkte. Warum hielten sie sich hier so kurz auf? Kaum zwei Tage, und manchmal noch weniger. Warum mußten sie sich so schnell nach Rom aufmachen, wo das Klima auch nicht viel anders war? Ja, warum die Ewige Stadt und nicht wir?

Einige Jahre später wurden mir diese Kindheitswünsche erfüllt. Es gab in Sizilien einen ungewöhnlich strengen Winter, und in Palermo schneite es. Nicht etwa in Mengen, beileibe nicht. Aber genug, um ein paar Schneebälle zu machen und unsere Miss damit zu bombardieren. Die Überraschung war beachtlich: an den Bäumen hingen beschneite Orangen. So etwas hatte es seit Jahrhunderten nicht gegeben. Wir wurden vor einer Reihe weiß bereifter Palmen photographiert, während das Volk in der Stadt das Ereignis höchst erregt mit großen Festen feierte.

Man versuchte, sich darüber klar zu werden, ob das Naturereignis Gutes oder Schlechtes verheiße. Die Reaktionen waren unterschiedlich, aber im großen und ganzen günstig. Man hielt den Schneefall also für ein gutes Vorzeichen, und als festgestellt wurde, daß er an der Wallfahrtsstätte der heiligen Rosalia länger liegen geblieben war – ungefähr vierundzwanzig Stunden –, machte sich eine Prozession über die Scala Vecchia auf den anderthalbstündigen Aufstieg im Zickzack, bloß um dem Himmel an eben dem Ort zu danken, an dem, in einen goldenen Mantel gekleidet, das »verehrte Abbild« der Schutzheiligen von Palermo in seinem Glassarg liegt.

Es war also dem glücklichen Zufall eines beispiellosen Wetterwechsels zu verdanken, daß ich Schnee aus der Nähe gesehen habe. Nicht so glücklich verlief es mit den Schwalben. Meine Neugier wurde auf sehr traurige Weise an dem Tag gestillt, an dem eine aus Afrika zurückkehrende Schwalbe vor Erschöpfung auf meinem Fenstersims starb. Sie lag da, reglos an den Fensterrahmen gelehnt, ein kleiner Körper mit langen Flügeln, und das schwarze Auge schien mich anzusehen. Ich glaubte, sie lebte, und nahm sie in die Hand, wagte aber nicht, sie zu streicheln. Doch der Körper wurde immer kälter, immer steifer, und ich weinte.

In den meisten zivilisierten Ländern sind es liebenswürdige Gestalten, die den Kindern zu Weihnachten Geschenke bringen, Santa Claus oder der Weihnachtsmann. In Italien gibt es dagegen die Geschenke am Dreikönigstag, und es ist nicht ein freundlicher alter Mann in einem roten Mantel, der sie verteilt, sondern die Befana, eine Hexe, die auf einem Besen reitet. Die braven Kinder belohnt sie, die bösen bekommen nur Staub und Asche. In Sizilien, wo nichts so ist wie anderswo, gab es zu meiner Zeit weder Weihnachtsmann noch Befana. Hier legten »I Morti« (die Toten) die Geschenke ans Fußende der Kinderbetten, und ihr Besuch fand in der Nacht vom 1. zum 2. November statt.

Die Kirche versuchte vergeblich, diesem alten Brauch ein Ende zu machen, den sie für ein Überbleibsel aus heidnischer Zeit hielt. Aber die Insel ließ sich durch die Stimmen vom Kontinent nicht von ihren Sitten abbringen, und noch heute sind die Toten Siziliens die Stellvertreter des Weihnachtsmannes bei den kleinen Kindern. Warum sollte es anders sein? Was mich betrifft, der ich so sizilianisch bin, wie man nur sein kann, und überdies spanischer Abstammung, so fand ich dieses Eindringen der Toten in das tägliche Leben der Kinder niemals schockierend und gewiß nicht makaber. Mir schien, daß die Geschenke, die ich bekam, ein Beweis dafür waren, daß meine Großeltern mir wohlgesonnen waren und mein so früh verstorbener älterer Bruder im Jenseits über mich wachte. Gewiß hatte diese Aktivität der Toten etwas Schwermütiges an sich, aber auch etwas *Natürliches.* Sizilien war ein Land der Kontraste. Hier gab es keine Halbtöne. In dieser Welt kahler Berge, schroffer Felsen, grundloser Schluchten, der Mondlandschaften, die trockener waren als in der Sonne bleichende Knochen, aber auch einer Welt fruchtbarer Täler, duftender Orangenhaine, goldener Strände und silbern schimmernder Ölbäume schien es mir angemessen, daß zwischen diesen beiden Extremen, dem Reich der Finsternis und dem des Lichts, der Tod seinen Platz hatte, denn er war allgegenwärtig. Deshalb war es auch nicht verwunderlich, daß wir Weihnachten zwar auf ausländische Weise feierten, aber dennoch nicht darauf verzichteten, »I Morti« nach sizilianischem Brauch zu feiern.

An Allerseelen bestiegen Männer, Frauen, Greise und Kinder in den Städten wie auf dem Lande Karren, auf die Stühle, Kerzen, Proviant, Zeitungen und vergrößerte Photographien der jüngst Verstorbenen aufgeladen wurden. So begaben sich die Familien auf den Friedhof, um den Tag mit ihren Toten zu verbringen. Das Porträt, zwischen zwei Kerzen wie auf einen tragbaren Altar gestellt, nahm den Ehrenplatz bei dem Liebesmahl ein. Die Tageszeitung wurde aufgeschlagen auf das Grab gelegt, damit der Verblichene von den neuesten Nachrichten Kenntnis nehmen konnte. Der Proviant wurde ausgepackt, die Stühle im Halbkreis um das Grab aufgestellt. Die Gesellschaft nahm Platz, langte kräftig zu und genoß den Ausflug in vollen Zügen.

Wenn die Familie nicht die Mittel hatte, eine Messe lesen zu lassen, nahm sie die Dienste eines fahrenden Musikanten in Anspruch, eines jener Fiedler, deren es damals viele gab und die an dem Tag auf der Suche nach Kunden die Runde auf dem Friedhof machten. Der Künstler stimmte dann zu Ehren des Toten ein mehr oder weniger frommes Liedchen an. Beim letzten Ton bekreuzigte sich die ganze Gesellschaft.

Palermo war eine Stadt der Begräbnisstätten, Kapellen und Friedhöfe, denen jeweils ein bestimmter sozialer Rang zukam.

Die Friedhöfe von Sant'Orsola und Santa Maria di Gesù waren bei weitem die vornehmsten. Unsere Familiengruft war auf dem Friedhof von Sant'Orsola, und die angrenzende Kirche sah ich als Kind als »meine Kirche« an. Es war ein schönes Bauwerk, 1178 von Walter of the Mill gegründet, einem Erzbischof, den Heinrich II. von England nach Palermo geschickt hatte als Begleiter seiner Tochter Johanna, die Wilhelm II. den Guten aus der normannischen Dynastie Hauteville heiraten sollte, König von Sizilien, der aber sehr orientalische Sitten hatte und davon träumte, den Thron von Konstantinopel zu besteigen. Der Erzbischof wurde ein »Vertrauter« des Königs und blieb bis an sein Lebensende in Sizilien. Die Bevölkerung akzeptierte ihn und hat, seinen Namen sofort sizilianisiert. Walter of the Mill, der beträchtliche Machtvollkommenheiten besaß, wurde zuerst Gautier Ophamil, dann Gualtiero Offamilio genannt und ging unter diesem Namen in die Geschichte ein.

Wunderbare Baudenkmäler bezeugen seinen Geschmack. Ihm ist vor allem Palermos Dom zu verdanken, der auf prunkvoll umgestalteten Resten einer alten Moschee errichtet wurde. Dort ist Offamilio begraben.

Die Kirche del Santo Spirito neben dem Friedhof von Sant' Orsola weist nichts von den vergoldeten Herrlichkeiten auf, die für die Bauwerke der normannischen Periode charakteristisch sind, ob es sich nun um den »Duomo« von Monreale oder die Capella Palatina handelt. In *meiner* Kirche keine Spur von Mosaik, nichts Orientalisches. Das strenge Kirchenschiff aus nacktem Stein, fast nordisch in seiner Nüchternheit, steht in krassem Gegensatz zu der üppigen Vegetation des benachbarten Friedhofs.

Unsere Grabkapelle war ein neo-gotisches Phantasieprodukt, in dem nur noch ein Platz vorgesehen war, der meine. Ich nahm etwas Anstoß daran, daß meine letzte Ruhestätte nicht respektiert worden war, denn in einer Ecke der für mich bestimmten Nische stand der kleine Sarg meines Bruders, des geheimnisvollen »Garibaldi«.

»Warum steht er nicht bei meinem Vater?« fragte ich meine Mutter eines Tages. »Schließlich bin ich der letzte des Geschlechts.«

»Du wärst es fast nicht geworden«, erwiderte sie. »Denn wäre er am Leben geblieben, wärst du gar nicht geboren worden, und dein Bruder wäre dort bestattet worden, wo er sich jetzt befindet.«

Eine Antwort von echt sizilianischer Logik.

Unsere Begräbnisstätte, umgeben von Bäumen, Blumen und Vögeln, erschreckte mich nicht. Ich war sicher, daß ich mich eines Tages dort wie zu Hause fühlen würde. Aber diese Bilder von Heiterkeit und Stille konnten nicht darüber hinwegtäuschen, daß unsere Kirche einst der Schauplatz einer der blutigsten Episoden in der Geschichte nicht nur Siziliens, sondern des ganzen Mittelalters gewesen war: der Sizilianischen Vesper.

Nach den heftigen Kämpfen zwischen den Truppen des Heiligen Stuhls und denen des Kaisers Friedrich II. von Hohenstaufen, des Erben der Hautevilles durch seine Mutter, und nach dem Tod dieses ungläubigen Monarchen, der Palermo zu seiner Hauptstadt gemacht und Sizilien dem Reich einverleibt hatte, stand es dem Papst frei, nach Belieben zu verfahren. Er wollte einem Fürsten, der ihm ganz ergeben war, den Thron Siziliens anbieten. Seine Wahl fiel auf Karl von Anjou, Graf der Provence und Bruder Ludwigs des Heiligen. Die Sizilianer, berauscht von ihrer glorreichen Vergangenheit, empfanden einen ununterdrückbaren Haß auf die Angeviner, die sie als Usurpatoren ansahen. Palermo wartete nur auf eine Gelegenheit, sich zu erheben. Sie bot sich am Ostermontag 1282.

Da während der Fastenzeit keine Trauungen stattfanden, warteten an diesem Tag viele junge Paare vor der Kirche del Santo Spirito darauf, daß sie an der Reihe wären für die kirchliche Zeremonie. Als das letzte Paar die Kirche verließ, wagte es ein Franzose, sich einer Jungverheirateten zu nähern und ihr die Wange zu streicheln. Der frischgebackene Ehemann zog sofort die Waffe und erdolchte ihn. Das war der Auftakt. In diesem Augenblick begannen die Vesperglocken zu läuten, und das Massaker der Franzosen hob an. Von allen Kirchtürmen wurde Sturm geläutet, und nach Dantes Worten machten sich die Bürger Palermos mit dem Schrei *»Mora, mora«* daran, die »männliche Signorie« umzubringen.

Das Gemetzel dauerte die ganze Nacht. Als der Morgen graute, gab es in der Stadt keinen einzigen lebenden Franzosen mehr.

So jedenfalls wurde mir die Geschichte erzählt. Um sie mir glaubhafter zu machen, zeigte man mir auf dem Platz des Vesper-Kreuzes das große steinerne Kruzifix, das den Ort bezeichnet, wo die Opfer des Massakers verscharrt wurden.

Aber war die Revolte der Sizilianer so »spontan«, wie meine

Familie mir weismachen wollte? Die Ränke von Herrschern, die erbost waren über die Ausbreitung der angevinischen Macht im Mittelmeerraum und über Karls I. Unternehmungen im Orient, sollten nicht bagatellisiert werden. Sie gewährten dem hartnäckigen Anstifter des Aufstandes, Giovanni da Procida, einem Verbannten und Lehnsmann des Königs von Aragon, aktive Unterstützung. Der König von Aragon, dessen Frau eine Hauteville war, wollte seine Rechte geltend machen. Und während das Volk von Palermo diese tragische Vesper erlebte, wartete der König in Tunis auf den Augenblick zum Eingreifen. Im August desselben Jahres landete er in Trapani und ließ sich zum König von Sizilien ausrufen.

Die ersten aragonesischen Herrscher billigten Sizilien eine autonome Regierung zu. Das Glück hielt nicht lange an. Nach weniger als einem Jahrhundert wurde Sizilien den spanischen Interessen geopfert und ganz und gar von Spanien abhängig.

Mir wurde auch erzählt, daß in der verhängnisvollen Nacht, als die Bevölkerung auf Franzosen Jagd machte, die Verdächtigen einer seltsamen Identitätsüberprüfung unterzogen wurden. Um sicherzugehen, daß derjenige, der sich als Sizilianer ausgab, nicht log, mußte er das Wort *ciceri* (Kichererbse) laut lesen. Sprach er das c sizilianisch aus (tschitscheri), hatte er das Leben gerettet. Die französische Aussprache des Wortes (sisseri) kam einem Todesurteil gleich: der Unglückliche wurde auf der Stelle niedergemacht.

Palermos Friedhöfe waren ein beliebtes Ziel von Spaziergängen, und ich wurde oft mitgenommen am Teufelsturm vorbei zum Friedhof Santa Maria di Gesú, einem bezaubernden Ort am Abhang eines Hügels. In diesem in Terrassen angelegten Garten, der ebenfalls der palermitanischen Aristokratie vorbehalten war, befanden sich die Grabkapellen meiner Familie mütterlicherseits. Die nahegelegene Kirche, ein schöner, schlichter Bau aus dem 15. Jahrhundert, gehörte zu einem auf den ersten Ausläufern des Monte Grifone liegenden Franziskanerkloster. Sie bietet eine der schönsten Aussichten auf die Bucht der Conca d'Oro, die Stadt und das Meer. Das Kircheninnere hatte nichts Trauriges an sich, und die ganze Poesie der Welt war hier eingeschlossen. Das Sonnenlicht flutete durch große Fenster über den Gewölbebogen herein, und vor jedem hing ein großer Käfig voller Kanarienvögel, die bei den Totenmessen nach Herzenslust sangen. Das in einer Kirche gewiß unerwartete Vogelgezwitscher wurde von Bigotten mißbilligt.

Ich höre meine Mutter noch, die (vergeblich) eine dieser frommen und unduldsamen Damen davon überzeugen wollte, daß der Gesang der Kanarienvögel durchaus im Einklang sei mit dem franziskanischen Geist. Sie erinnerte an den heiligen Franz von Assisi, der den Vögeln predigte. Aber das nahm ihr die Dame nicht ab.

Palermos größter Friedhof, unterhalb des Monte Pellegrino am Meer gelegen, hieß merkwürdigerweise Cimitero dei Rotoli (Friedhof der Walzen). Er diente dem einfachen Volk als letzte Ruhestätte und war nicht das Ziel von Spaziergängen der Angehörigen der guten Gesellschaft, die weder lebendig noch tot dort gesehen werden wollten. Wenn es von einer Familie hieß, sie habe ihre Grabstätte auf den Rotoli, dann bedeutete das, man könne mit diesen Leuten nicht verkehren.

Obwohl ich in meiner Kindheit unzählige Male an diesem Friedhof vorübergegangen bin, habe ich ihn nie betreten. Aber mein Vater, der eine komische Vorstellung von den Vergnügungen hatte, die man Kindern bieten sollte, verfehlte nicht, mir einen Besuch im Kapuzinerkloster zuzumuten, nicht etwa, um mir den zwischen Ölbäumen und Zypressen gebetteten Garten zu zeigen, der den Mönchen als Friedhof diente, sondern um mich in die Katakomben zu schleppen.

Auf einer nicht enden wollenden Treppenflucht gelangten wir in eine lange Galerie, die fast völlig dunkel war. Als meine Augen sich an das Licht der Laternen gewöhnt hatten, die hier und da den Gang erhellten, sah ich zu meinem Schrecken, daß die Wände mit mumifizierten Leichen gepflastert waren, die an einem unter den Achselhöhlen durchgezogenen Strick von der Decke herabhingen. Es waren Hunderte von Mönchen in ihren groben Kutten. Ein Stück weiter kamen reihenweise Äbte, dann Bischöfe, die mit unbedecktem Gesicht in ihren Särgen lagen, schließlich Priester in Soutanen und zuletzt Nonnen. Und wir folgten unserem Führer in andere Galerien und andere Korridore, und mir schien, daß wir hier viele unterirdische Kilometer zurücklegten.

In den für Laien vorgesehenen Katakomben sah man Herren im Frack mit weißem Binder, Soldaten in Uniform, Richter in der Robe, Notare mit ihrer runden Kappe. Und dann die Frauen, die schrecklichen Witwen mit ihrem Kopfputz à la Maria Stuart und die eleganten Damen im Ballkleid mit langen, vergilbten weißen Lederhandschuhen, Blumen im Haar, einige mit einem Fächer, andere mit einem Spitzentaschentuch, und das

Allerschlimmste waren die Kinder in weißen Satinkleidern, deren wie Email aussehende Augen in den schwärzlich-pergamentfarbenen Gesichtern einen irren Blick hatten.

Die Sitte, die Toten einbalsamieren zu lassen, wurde vor weniger als hundert Jahren aufgegeben. Der beste Beweis dafür ist, daß damals, als mein Vater mir zu diesem entsetzlichen Erlebnis verhalf, am Leib vieler Mumien eine Photographie befestigt war, die zu ihren Lebzeiten aufgenommen war und sie darstellte.

In dem gespenstischen Licht der hin- und herschwankenden Laternen hatte man den Eindruck, die Mumien wären lebendig. Man hätte meinen können, ihre Brust hebe sich und sie atmeten. Man muß das gesehen haben, um dieses Angstgefühl zu begreifen, wenn man sich wie ein Gefangener in einem Reich vorkam, in dem sich durch die Menge der zur Schau gestellten Körper, junger und alter, männlicher und weiblicher, in der Mönchskutte oder im Sonntagsstaat, der Tod als Herrscher erwies; und auch, um die Freude zu ermessen, die man empfand, sobald man das Tageslicht wieder erblickte. Welche Wohltat, die Sonne wiederzusehen! Am Leben zu sein! Ich empfand da unten in den Katakomben einen solchen Ekel, daß ich mir schwor, sie nie wieder zu betreten. Und diesen Schwur habe ich bis heute gehalten.

Am 2. November sammelte sich eine riesige Volksmenge unterhalb des Parks des königlichen Schlosses gegenüber der Villa Orléans.[51] Dort fand der Jahrmarkt der Toten statt. Es war üblich, daß sich die Familien dort nach dem Besuch der Friedhöfe einfanden, und wir machten keine Ausnahme. Es war Tradition, auf diesem Markt alle möglichen Spielsachen für Kinder zu kaufen. Wir bekamen also innerhalb von weniger als vierundzwanzig Stunden eine zweite Bescherung, und wiederum seitens der Toten.

Man hatte die Wahl zwischen erstaunlichen Figürchen, den *pupaccene,* die Schmuckstück und Zuckerwerk zugleich und schön bunt waren. Es gab sie in verschiedenen Ausführungen, teils historisch inspiriert – Ritter, Paladine und Edelfräulein aus Zucker –, teils moderner, Matrosen, Cowboys, Ehepaare (der Mann im Frack, die Frau im weißen Hochzeitskleid). Aber diese eßbaren Figürchen waren nicht die einzige Attraktion auf dem Jahrmarkt der Toten. Es gab eine unglaubliche Vielzahl von Geschenkartikeln des örtlichen Kunsthandwerks: Karren als Nippsachen, die in allen Einzelheiten unseren großen bemalten Karren nachgebildet waren, kleine Spielzeug-Karren aus Kistenholz und mächtig bunt, wenige Zentimeter große Pferde aus Pappe, notdürftig angeschirrt und mit Rollen versehen, Tonpfeifen in Form menschlicher Gesichter; Kasperlefiguren auf Rädern, grob geschnitzt, die durch wiederholte Hin- und Herbewegung eines einfachen Hebels aus Holz mit aller Kraft auf Becken schlugen (gewöhnlich die ausgeschnittenen Böden von Konservendosen). Und von allen Ständen erklang der rituelle Ruf der Verkäufer: *»Chi ti portaru i morti?«* (Was haben dir die Toten gebracht?), worauf die Kinder antworteten: *»Un puppu cu l'anchi torti«* (Eine hinkende Puppe).

Sogar hier auf dem Jahrmarkt war der Tod zu Hause. Die Sizilianer sind an seine Gegenwart so gewöhnt. Das ewige Trauern, die ständige Erwähnung der Toten und daß man von ihnen sprach, als lebten sie noch, all das hatte mich von klein auf mit dem Tod vertraut gemacht. Das Sterben erschien mir ebenso natürlich, wie daß die Nacht auf den Tag folgt. Und nicht anders war es mit den Begleiterscheinungen des Todes, auch daran war ich gewöhnt. Ich fand es ganz selbstverständlich, daß die Tore der Paläste ein Jahr lang geschlossen blieben, wenn das Familienoberhaupt gestorben war, und daß während eines weiteren Jahres zum Zeichen der Halbtrauer nur ein Flügel geöffnet wurde.

Durch diese äußerliche Bekundung von Sittenstrenge, verstärkt durch die Schlichtheit der Kleidung, die Familien in Schwarz, sogar kleine Kinder in tiefer Trauer, wurde ich mir meiner Existenz als Sizilianer bewußt. Nichts, wirklich nichts an derlei Auffassungen verwunderte mich mehr. Die Aussage einer alten Dame, die auf meine diesbezügliche Frage antwortete: »Jedenfalls gibt es in Palermo mehr Tote als Lebende«, spiegelte zweifellos die Wahrheit wider: die Toten und der Tod hatten hier ihren festen Platz. Sogar von den Malern wurde verlangt, daß sie sich damit auseinandersetzten.

Der Beweis dafür ist ein Familienporträt, das »nach der Leiche« gemalt wurde. Es hing in der Casa Verdura und stellte eine unserer Vorfahren in Nonnenkleidung dar. Nach dem Tod ihres Mannes war sie ins Kloster gegangen. Aber sie wollte ihren Erben eine greifbare Erinnerung hinterlassen. Mein Vater erzählte mir, sie wurde, nachdem ihr Testament eröffnet worden war, auf einen Sessel gesetzt und gemalt.

Diese makabren Geschichten machte man mit Vorliebe zum Gegenstand von Scherzen. Das war der Fall bei einem Erlebnis meiner Mutter, das sie zuerst unerfreulich fand, aber dadurch, daß sie es immer wieder erzählte und dabei ausschmückte, sah sie zu guter Letzt nur noch das Komische daran.

Sie übte Wohltätigkeit auf mancherlei Weise und setzte sich insbesondere für die Unbeschuhten Karmeliterinnen ein, den strengsten und ärmsten Nonnenorden. Diese Klosterfrauen waren ganz und gar auf die Mildtätigkeit der Öffentlichkeit angewiesen. Sie besaßen nichts. Ihr ganzer Stolz und der einzige Gegenstand, der ihnen wirklich gehörte, war ein Jesuskind aus Wachs mit verschiedenen Gewändern, je nach der Gelegenheit: Mönchskutte am Festtag des heiligen Franziskus, ein grünes Gewand zu Ehren der heiligen Lucia und ein schwarzes während der Karwoche, denn das Christuskind trug, wie meine Mutter bemerkte, »um sich selbst Trauer«.

Nachdem sie schon jahrelang und regelmäßig Lebensmittel und Geschenke dort abgeliefert hatte, wurde meine Mutter eines Tages aufgefordert, das Kloster zu besichtigen. Da die Einladung von der Äbtissin ergangen war, wurde sie gleich angenommen.

Das Kloster bestand aus einer Reihe sehr armseliger, sehr sauberer und einheitlich weißgekalkter Räume und großen, halbleeren, aber lichterfüllten Zimmern. In einem dieser Zimmer saßen auf Stühlen an den Wänden die Mumien von etwa einem Dutzend Karmeliterinnen. Jede von ihnen hatte ein Schildchen in der Hand. Wie erstaunt oder vielmehr bestürzt war meine Mutter, als sie auf dem ersten dieser kleinen Plakate, das sie zu entziffern versuchte, ihren eigenen Namen las. *La Duchessa della Verdura!* Schwarz auf weiß stand da ihr Name auf dem Schoß einer Mumie. Ich glaube, dergleichen kann man nur in Sizilien erleben.

Die Karwoche

Während der ganzen Fastenzeit und insbesondere in der Karwoche waren die Gemüter beherrscht von dem Gedanken an den Tod. Weltliche Lektüre war uns verboten. Nur die Lebensgeschichten der Heiligen, Auszüge aus der Bibel und ein Werk mit dem Titel *Der Jesus der kleinen Kinder* waren statthaft. Als wir älter wurden, verlängerte sich die Liste der erlaubten Lektüre um den Roman *Quo vadis?* und eine entsetzlich langweilige Novelle, *Fabiola.* Musik war ebenfalls verboten. Keine Schallplatten, kein Klavier. Abends wurde im Familienkreis der Rosenkranz gebetet.

Der Gründonnerstag war ausschließlich den *sepolcri* vorbehalten. Wagen und Pferde blieben auf der Piazza Politeama zurück, und zu Fuß begaben wir uns über die Via Maqueda ins Zentrum, denn es galt als höchst unschicklich, in einem Fahrzeug in der Stadt gesehen zu werden, ehe Christus nicht auferstanden war.

An diesem Tag mußte man sieben Kirchen aufsuchen und siebenmal vor sieben Ruhealtären vom Heiligen Grab, wie sie genannt wurden, niederknien. Die Kirchen überboten sich dabei gegenseitig an Phantasie. Sie waren überreich geschmückt mit Kandelabern, Schalen, silbernen Vasen, Wandbehängen, Blumen und einfachen Schüsseln – Opfergaben der Frauen des Viertels – mit Weizen und Gemüse, das speziell für diese Gelegenheit und sehr dicht stehend gepflanzt worden war und die Eigentümlichkeit hatte, weiß wie Schnee zu sein, weil es im Keller gewachsen war.

In den reicheren Gemeinden sah das Pflaster auf den ersten Blick so aus, als wäre es mit einem luxuriösen Teppich bedeckt, der sich dann als ein vielfarbiges Mosaik aus Blumen, wilden Beeren und feinem Sand herausstellte.

Trotz der Feierlichkeit des Anlasses war der Tag der *sepolcri* durchaus fröhlich. Die halbe Stadt war auf den Straßen, und ununterbrochen traf man Bekannte. »Hast du Santa Caterina schon gesehen? Das ist die schönste Kirche, nicht wahr?« – »Ja, aber die Catena[52] ist noch eleganter.« – »Wie, ihr wart schon in der Gancia[53]?« – »Und San Giuseppe? Wie steht's damit?«

Das fromme Gewühl ermöglichte allzu große Vertraulichkeiten. Völlig ungeniert kniffen die jungen Leute in weibliche Hinterteile, denn sie wußten, daß die jungen Damen zu gut erzogen waren, um in einer Kirche Aufsehen zu erregen.

Zu Ende des 18. Jahrhunderts gab es allein in der Stadt Palermo mehr als achtzig Klöster, von denen die meisten ihre eigene Kirche hatten. Und alle diese Kirchen hatten ihren Ruhealtar und waren prachtvoll geschmückt. Nach einem jahrhundertealten und noch heute bestehenden Brauch wurde der Schlüssel eines *sepulcro* einem kleinen Jungen anvertraut, der ihn bis zum Ostersamstag in Verwahrung hatte. Einmal wurde mir diese Aufgabe übertragen. Große Ehre: die Wahl der Äbtissin des Klosters Santa Caterina fiel auf mich.

Im Gegensatz zur strengen Fassade von Santa Caterina ist das

Kircheninnere von überwältigender Pracht. An der Decke sagen Heilige und Engel Gott so überschwenglich Dank, daß sie infolge ihrer *furia* den ihnen zugewiesenen Rahmen sprengen. Hier und dort ragt ein himmlisches Bein über das Gesims hinaus. An den Wänden wechseln sich imposante vergoldete Gitter und das vollkommene Oval anmutiger *comunichini* (kleiner Verbindungen) mit vielfarbigem Marmor und einer Überfülle von Stuck ab. Hinter den vergoldeten Kunstschmiedegittern ahnte man die stille Anwesenheit der betenden Dominikanerinnen kaum.

In dem Jahr, in dem ich »Hüter des Schlüssels« war, mußte ich mich, weiß gekleidet, ganz früh am Morgen auf dem Vorhof von Santa Caterina einfinden, ehe die Kirchentür geöffnet wurde. Es war am Gründonnerstag. Ich hielt einen Beutel aus weißer Seide in der Hand, der dreißig Silbermünzen enthielt – der Preis des Verrats von Judas. Diese Summe sollte ich auf einen Teller legen, den mir der Küster feierlich präsentierte. Dann kniete ich vor dem Hochaltar nieder und wurde von einem Monsignore gesegnet, der mir ein Moireeband um den Hals legte, an dem der silberne Schlüssel hing.

Zwei Tage mußte ich diesen Schlüssel bewachen. Ich behielt ihn ständig bei mir. Nachts lag er auf einem Samtkissen vor dem Kruzifix in meinem Zimmer. Kaum war ich eingeschlafen, weckten mich entsetzliche Albträume: der Schlüssel des *sepolcro* war gestohlen worden. Ich stürzte hin. Der Schlüssel war noch da... Zwei mehr oder weniger schlaflose Nächte.

Tagsüber durfte ich nicht spielen und das Haus nicht verlassen, Nachteile, die weitgehend wettgemacht wurden durch die Zuvorkommenheit, mit der ich behandelt, und die Aufmerksamkeit, die mir zuteil wurde, wenn ich mit dem Band um den Hals und dem daran hängenden Schlüssel durch das Haus wanderte.

Übrigens war es bei dieser Gelegenheit, daß mir die Äbtissin das wie ein süßes Lämmlein aussehende und zu dem wilden Widder heranwachsende Tier schenkte, dessen Anwesenheit in den Ställen der Villa Niscemi ich schon erwähnt habe.

Immer noch zu Fuß und immer noch begleitet von der ganzen Familie, begab ich mich zur Karfreitagsmesse in die Santa Caterina. Wir überquerten die Piazza Pretoria, in deren Mitte sich der erstaunliche Brunnen befindet, der das Schamgefühl frommer Bürger so tief verletzte. Er wurde meistens »der Brunnen der Schamhaften«[54] genannt. Auf zwei Ebenen übereinander stehen und sitzen Nackedeis im Kreis, Marmorstatuen von Gottheiten beiderlei Geschlechts, bärtige Flußgötter, Meeres- oder Erdgöttinnen, Nixe, Tritonen und Sirenen von offenkundiger Bestialität, und in allen möglichen Nischen in Form von Grotten wohnen seltsame Tiere, die Wasser speien. Zu meiner Zeit wuchsen da auch dichte Papyrusstauden, die die Fremdartigkeit der Anlage und ihren verwirrenden Charakter unterstrichen.

Mir fiel auf, daß fast alle dieser Gottheiten neue Nasen hatten, die weißer waren als der übrige Körper. Als ich wissen wollte, was mit den alten Nasen geschehen war, wurde mir folgende Geschichte erzählt. Vor langer Zeit habe sich in Messina ein Vandale an einer Statue des Neptun vergriffen, einem Werk des genialen Montorsoli, das der Stolz der messinesischen Bevölkerung war. Der Gott war entmannt worden. Man hatte den Urheber dieser Schändung ausfindig gemacht: es war ein Palermitaner.

Kurze Zeit später wurden eines Nachts allen Gottheiten des »Brunnens der Schamhaften« die Nasen abgeschlagen. Mit dieser Tat, für die eine Gruppe Messinesen die Verantwortung übernahm, sollte Neptun gerächt werden. Stimmte das? In meiner Familie zog niemand die geschichtliche Wahrheit der »Nasenaffäre« in Zweifel.

Unsere Plätze in der Kirche befanden sich unter einer Empore neben einem Hochrelief in leuchtenden Farben, das Jonas in seinem Boot im Kampf mit dem Walfisch darstellt. Das stürmische Meer war aus grünem Porphyr, die vom Wind geblähten Segel aus weißem Marmor und das Takelwerk aus Bronze. Diese Darstellung von Heldenmut reizte mich maßlos. Ich hatte nichts im Sinn, als auf meinen Stuhl zu klettern (in sizilianischen Kirchen gab es keine Bänke) und mit der Hand das Maul des Walfischs zu erforschen. Aber ich erreichte mein Ziel nie, denn bei der ersten Andeutung des Versuchs hörte ich unsere Miss hörbar flüstern: *»Stop it this minute«*, und ich mußte es aufgeben.

Der Karfreitagsgottesdienst begann mit den Weissagungen, die nicht enden wollten, und dann kam der etwa drei Stunden währende Todeskampf. Ich ertrug das nur mit Mühe.

Das Halbdunkel, das in der Kirche herrschte, und die lila Tücher, mit denen die Heiligenbilder verhängt waren, bedrückten mich. Kein Bild, keine Statue war sichtbar. Alles verschwand unter Trauerschleiern.

Zum Glück blieben wir nie bis zum Schluß des Gottesdienstes. Denn vor zwölf Uhr wurden wir bei der Marchesa Ugo erwartet, um von ihrem Palazzo aus die Prozession mitanzusehen, oder vielmehr die Begegnung von zwei konkurrierenden Prozessionen. Sie trafen sich auf der Piazza Bologna, direkt unter den Fenstern des Palazzo Ugo, einem der schönsten von Palermo. Die Marchesa, eine immer zum Lachen aufgelegte und sehr feine Dame mit bräunlicher Haut, war eine nahe Verwandte meiner Mutter. Sie lebte dort inmitten einer Schar von Kindern und Enkeln, und die Gewohnheit, uns bei ihr einzufinden, war alles andere als eine Qual. Nicht um die Welt hätte ich das Schauspiel versäumen mögen, das uns geboten wurde.

Die barocken Fassaden der benachbarten Palazzi – die Bombardements des letzten Krieges haben sie fast alle zerstört – dienten als Hintergrund für einen riesigen Volksauflauf. Aus der Ferne hörte man die rivalisierenden Musikkapellen herankommen. Ein Menschenmeer, eine Unmenge fliegender Händler.

In der Mitte des Platzes schien die Statue von Kaiser Karl V. mit dem ausgestreckten Arm, die von der Menge umringt war, einen Eid zu leisten. Dieser Bronzearm war schon oft gebraucht worden. Zur Zeit der spanischen Herrschaft schrieb jeder Bürger seine Beschwerde, die er an den Vizekönig richten wollte, auf ein Kärtchen, das er an die ausgestreckte Hand des Kaisers hängte, der damit zu seinem Fürsprecher wurde.

Aus einzig und allein sizilianischen und daher unerklärlichen Gründen wurde der Karfreitag, ein Tag der Trauer und frommer Andacht, zum Anlaß, die Kinder zu verkleiden. Allerdings waren die meisten Kostüme religiös inspiriert. Aber es ließ sich nicht vermeiden, daß sich zwischen die kleinen heiligen Rosalias in ihren mit roten Troddeln verzierten Kattunkleidern und mit einem symbolischen Schädel aus Pappmaché in der Hand, zwischen die heiligen Lucias, grün gekleidet, die einen Teller mit zwei kleinen Augen aus Zucker trugen, zwischen die heiligen Agatas, deren Brüste rosa auf die Kleidchen mit dem keuschen Ausschnitt aufgemalt waren, zwischen die heiligen Georgs in Rüstungen und sogar zwischen die sieben- oder achtjährigen Christusse mit den Dornenkronen und dem Kreuz auf der Schulter, deren Wunden mit roter Tinte vorgetäuscht waren, daß sich zwischen sie alle nicht auch Musketiere, einige Piraten und sogar Garibaldis in rotem Hemd einschlichen.

Sich mühsam einen Weg durch dieses Gewühl bahnend,

gelang es der ersten Kapelle, den Platz zu überqueren. Dicht hinter ihr kam eine Statue der Jungfrau Maria, von robusten jungen Leuten getragen. Der Körper der Statue war unter einem schweren Bischofsmantel aus schwarzem Samt kaum zu erraten. Dieses reich bestickte Trauergewand war ein Geschenk der Königin Margherita[55], die auch das *stellario* gestiftet hatte (unzählige silberne Sterne in Form eines Heiligenscheins). Dieser Schmuck schimmerte hinten über der Kapuze der *»Schmerzensreichen«*, von der man nur das tränenüberströmte Gesicht sah. Ebenso bleich wirkten das Spitzentaschentuch, das sie in der Hand hielt, und das silberne Herz mit den sieben Dolchen, die ihre Brust zu durchbohren schienen. Auf dem Sockel der Statue waren pyramidenförmig brennende Kerzen angeordnet.

Kaum war die Jungfrau Maria in Sicht, da beeilten sich die heiligen Rosalias, die kleinen Christusse, die Garibaldis und alle Piraten, ihr Gefolge zu verstärken. Direkt unter dem Balkon, auf dem wir standen, schlossen sie sich der Prozession an.

Die Ankunft der zweiten Prozession wurde durch die Klänge eines Trauermarsches angekündigt. Dann sah man den Glassarg, in dem die Christusstatue lag. Zehn Männer in Rüstungen, ihres hohen Wuchses wegen ausgewählt, gingen wie eine Ehrenwache zu beiden Seiten des Sargs. Unter ihren Panzern trugen sie eine kurze Tunika mit goldenen Fransen und auf dem Kopf einen Helm mit einem gewaltigen Federbusch. Sie sollten römische Zenturionen darstellen. Aber aus obskuren Gründen – wohl als Folge der allgemeinen Verwirrung – wurden sie von der Menge als Juden bezeichnet, als verantwortlich für den Tod Christi angesehen, ausgiebig beschimpft und manchmal tätlich angegriffen. Vor allem die Frauen ereiferten sich.

Diese zweite Prozession zu organisieren war das Privileg der Zunft der Kutscher, die jedes Jahr eine Abordnung zu den Oberhäuptern der aristokratischen Familien in Palermo entsandte. Sie versäumten nie, ihre Bitte auch meinem Vater zu unterbreiten, die darin bestand, man möge ihnen die Dienerlivreen leihen. Von den Kutschern getragen, machten sich diese Livreen in Christi Gefolge sehr gut.

Die ganze Schwierigkeit bestand darin, genügend Platz zu schaffen zwischen den Statuen der Madonna und des Heilands, damit die Träger freie Bahn hatten für ihre seltsame Auseinandersetzung. Kaum waren die Zuschauer beiseite gedrängt, nicht ohne Diskussionen und ausgetauschte Hiebe, trat für einen kurzen Augenblick Stille ein, und wir knieten auf unseren Balkonen nieder. Dann begann, weil die Glocken bis zum Tag der Auferstehung stumm waren, begleitet vom scharrenden, kratzenden, rasselnden Klang irgendwelcher behelfsmäßiger Instrumente aller Art, der Angriff. Madonna und Heiland, von Dutzenden von Trägern beweglich gemacht, berannten einander wie Sturmböcke. Sie verfehlten sich knapp, zogen sich ebenso geschwind zurück und griffen von neuem an. Diese Darbietung wurde zweimal wiederholt unter dem frenetischen Beifall des Publikums. Dann schlug jede der beiden Prozessionen wieder ihren Weg durch die Stadt ein, um sich zur Stunde der Vesper auf einem anderen Platz zu treffen. Dort wurde die Vorführung wiederholt und der Angriff von neuem begonnen.

Nachdem wieder Ruhe eingetreten war, bekamen wir Kinder von Tante Ugo eine Tasse Schokolade, mit Wasser und ohne Zucker gekocht (ein frommes Rezept für die Fastenzeit), die wir tranken, während wir meinem Vater zuhörten, der sich über die den Kutschern überlassenen Livreen unserer Diener Sorgen machte. Sie hielten nicht viel vom Fasten und würden wohl wie gewohnt den Tag in den Tavernen beenden. Alljährlich wurden die Livreen in einem jämmerlichen Zustand zurückgegeben. Wachsflecken, das ging ja noch ... aber Sauce! Und Wein!

Der Karfreitag war ein strenger Fastentag: keine Butter, keine Milch, keine Eier. Nichts als magere Kost, in Wasser gekocht. Die Kinder waren grundsätzlich von diesen Kasteiungen befreit.

Wieder einmal versuchte mein Vater, Verwirrung zu stiften, indem er behauptete, dieser Freitag und der Aschermittwoch seien die beiden einzigen Tage des Jahres, an denen seine Familienmitglieder zum Fasten verpflichtet sind. Denn die anderen von der Kirche vorgeschriebenen Fastentage seien uns erlassen, weil unsere Vorfahren unter der Regierung von Isabella der Katholischen in Spanien gegen die Mauren gekämpft hätten. Der Dispens berechtigte uns gleichzeitig, einen goldenen Kessel in unserem Wappen zu führen.

Sei es aus Widerspruchsgeist, sei es aus Gleichgültigkeit – meine Mutter bekundete keinerlei Interesse für das, was sich 1492 vor den Toren Granadas abgespielt hatte –, sei es aus religiöser Überzeugung, jedenfalls lehnte sie es ab, derart alte Vorrechte in Anspruch zu nehmen. Sie hielt die Anregung, sich darauf zu berufen, für höchst geschmacklos, und so wurden bei uns alle Fastentage eingehalten wie in jeder anderen sizilianischen Familie.

Endlich kam der Ostersamstag. Am frühen Vormittag begaben wir uns wieder zu Fuß zur Santa Caterina. In der Kirche waren die Statuen, die Bilder und Fenster immer noch mit lila Tüchern verhängt. Aber auch mit diesen Trauerschleiern behielt die Kirche ihren barocken Charme. Wir setzten uns schweigend hin und blickten zum Hochaltar; er war hinter einem dünnen, schwarzen Flor verborgen, auf den mit feinen Strichen in verschiedenen grauen und dunklen Tönen die Kreuzigung aufgemalt war. Der Flor reichte von der Höhe der Apsis bis zum Fußboden und wirkte wie ein riesiger, prachtvoller Prunkschleier. Schon zu Beginn der Fastenzeit dort angebracht, wurde er jetzt der Mittelpunkt des allgemeinen Interesses. In Palermo hatte dieser Vorhang einen besonderen Namen: er wurde schlichtweg *la tela* (das Tuch) genannt.

Für die Dauer der Finstermette hielt eine geschickte Inszenierung die Gläubigen in Spannung. Während im Kirchenschiff die Kerzen eine nach der anderen erloschen, verhielt es sich hinter der *tela* genau umgekehrt, und undeutlich sah man die Leuchter, an denen die Lichter nacheinander angingen. Verschleiert durch die *tela* ließen sie an das langsame Aufgehen von Sternen am Himmelszelt denken.

Die Messe begann gegen halb zwölf, und meine Ungeduld wuchs von Minute zu Minute. Die Priester wurden und wurden nicht fertig. Sie erfüllten alles bis auf den letzten Buchstaben, und nicht eine Kniebeugung wurde uns erspart. Die ganze Gemeinde ließ Zeichen der Aufregung erkennen. Als man sich dem Gloria näherte, war die Spannung kaum noch erträglich. Endlich wurden die Worte *Gloria in excelsis Deo* gesungen. In diesem Augenblick fand der Chor seine Stimme wieder, die Orgel begann zu brausen, die *tela* löste sich in einer Staubwolke vom Gewölbebogen und enthüllte den Hochaltar zwischen zwei silbernen Engeln, die riesige Leuchter hielten, an denen alle Kerzen brannten. Der Theatercoup dieser *calata della tela* (Fallen des Tuches) war so aufregend, daß man kaum der Versuchung widerstehen konnte, aufzustehen und zu klatschen.

Einige Jahre später, als ich älter und selbständiger war, legte ich mit einigen Freunden im Laufschritt die Strecke zurück, die uns von einer Kirche zur anderen führte. Wir rechneten auf die sprichwörtliche Unpünktlichkeit der Sizilianer und hofften, auf diese Weise mehr als eine *calata della tela* mitzuerleben.

Ich muß noch kurz auf die Musik zu sprechen kommen. Der Klang der Orgel war nicht der einzige, der die Stille während der langen Zeremonien durchbrach. Auf der Empore, unter der wir unsere Plätze hatten, saß ein kleines Orchester von fünf Musikern, die nicht nur kirchliche Musik, sondern ohne die geringsten Skrupel auch ganze Passagen aus *La Traviata* und *Norma* spielten.

Daß die Musiker ihr Repertoire selbst bestimmen konnten und dabei weltliche und geistliche Musik vermischten, hatte manchmal verblüffende Folgen. Ich weiß nicht mehr, in welcher Kirche mein Vater bei einer Messe für Streichorchester eingerichtete Arien aus *Lucrezia Borgia* von Donizetti hörte. Der Einführungschor *Bella Venezia* kam vor dem Credo. Das war verwunderlich, aber noch akzeptabel. Dann machten sich die Musiker an das berühmte Vergiftungstrio. Es war der Augenblick der Konsekration, und der Priester hob gerade den Kelch an die Lippen, als in der Kirche die entsetzliche Melodie erklang: *Infelice, il veleno bevesti* (Unglücklicher, du hast das Gift getrunken). Überrascht oder besorgt legte der Priester eine lange Pause ein, ehe er mit der Darbringung des Opfers fortfuhr.

Doch kehren wir zu den Osterfeierlichkeiten zurück. Kaum war Christus auferstanden, durften wir unsere Wagen wieder benutzen. Am Ostersonntag erwarteten uns Pferde und Landauer an der Kirchentür, und auf dem Rückweg hielten wir an der Piazza Politeama an, um einen Jahrmarkt zu besuchen. Wir beendeten diese Woche der Enthaltsamkeit, der Messen und Prozessionen also in Fröhlichkeit. Der große Osterjahrmarkt! Hier kam das Leben wieder zu seinem Recht, und mit seinen Achterbahnen, Karussells, Verkaufsbuden und Schießständen bot der Jahrmarkt den Vorwand für alle möglichen Einkäufe und den Familienvätern eine weitere Gelegenheit, ihre Kinder mit Geschenken zu überschütten.

Aber trotz diesen Verlockungen hielt es uns nicht lange auf dem Osterjahrmarkt. Wir wollten schleunigst in die Villa Niscemi zurückkehren, denn wir freuten uns auf die Mahlzeit, die uns erwartete. Vor allem der Nachtisch: das traditionelle Lamm aus *pastareale* (eine besondere Art Marzipan). Auch das war ein Geschenk von Nonnen, die diese Kunstwerke herstellten. Das lebensgroße liegende Osterlamm, dessen Lippen ein Lächeln umspielte, hielt zwischen den gefalteten Pfoten das Banner der Kreuzzüge.

Außer diesem Marzipanlamm der Nonnen gab es zum Nachtisch noch eine unendliche Vielzahl sizilianischer Früchte – Orangen und Granatäpfel, Pfirsiche und Birnen, Mispeln, Aprikosen, Kaki- und Kaktusfeigen, alle in Farbe und Form täuschend ähnlich und aus Marzipan –, angerichtet in zierlichen Körbchen, die wie Strohspitze aussahen. Diese nachgemachten Früchte hießen *frutti di martorana.*[56]

Es gibt kaum eine Stadt, die so viele Konditoreien aufweist wie Palermo. Alle Konditoreien verkauften solche Marzipanfrüchte, die womöglich noch naturgetreuer aussahen, und stellten in ihren Schaufenstern ein eindrucksvolles Sortiment von Osterlämmern aus. Aber der für unsere Familie bezeichnende Snobismus ließ uns alle Marzipanlämmer und -früchte verachten, die nicht in einem Kloster hergestellt waren. Und selbst wenn die Süßigkeiten der Nonnen etwas Archaisches an sich hatten im Vergleich mit den Köstlichkeiten, die »Caflisch di G. B.«[57], die beliebteste Schweizer Konditorei, zur Osterzeit anbot. Wenn irgendein Freund oder ein schlecht beratener Verwandter auf die Idee kam, uns mit einem Osterlamm zu beglücken, das nicht aus einem Kloster stammte, schenkten wir es sofort an irgendeine arme Familie in der Nachbarschaft weiter.

Rivalitäten im Paradies

Es gab noch eine Menge andere Kirchenfeste im Lauf des Jahres. Jedes hatte einen einmaligen Charakter, sein eigenes Kolorit und seine rituellen Gerichte und Süßigkeiten. Am 19. März feierten wir den heiligen Joseph mit Mandelzwiebäcken, gewürzt mit Nelken, die wir nur an diesem Tag aßen. Sie gaben mir sozusagen einen Vorgeschmack von Geschenken und Überraschungen: am nächsten Tag hatte ich Geburtstag, so daß mir alles, was zu Ehren des heiligen Joseph geschah, als eine Vorbereitung auf mein Fest erschien. Und was wurde früher nicht alles für den heiligen Joseph getan! Am Vortag bereiteten die Palermitaner eifrig die *vampe* (Flammen) vor, denn bei Einbruch der Nacht wurden in jedem Stadtviertel Freudenfeuer angezündet. Atemlose Kinder liefen von Haus zu Haus, um alles einzusammeln, was das Jahr über für diesen großen Tag aufbewahrt worden war. Das Haus wurde vom Keller bis zum Dachboden geleert. Es war ein allgemeines Großreinemachen. Alte Kisten, wackelige Tische, zerbrochene Stühle, all das kam auf die Scheiterhaufen, manchmal sogar ohne daß die Kinder die Hand dabei im Spiel hatten. Der Sperrmüll wurde einfach durchs Fenster hinuntergeworfen, sehr zum Schaden der Passanten. Eine Raserei! Was für einen Sinn hatte das alles? Die Scheiterhaufen erreichten unerhörte Ausmaße. Jedes Jahr mußte die Feuerwehr gerufen werden, sonst wäre die Stadt abgebrannt. Und da die einzelnen Stadtteile entsetzlich miteinander wetteiferten und jeder den höchsten und größten Scheiterhaufen haben wollte, begann man sich gegenseitig zu bestehlen. Daraufhin bauten sich die Kinder eine Art Hütte im Inneren der Scheiterhaufen. Da hockten sie als Wächter, bereit, sich auf die Diebe zu stürzen, bis in die tiefe Nacht, wenn die Feuer angezündet wurden.

Der 13. Dezember war der Tag der heiligen Lucia, der Schutzheiligen der Blinden, die wegen eines Wunders den Syrakusern besonders lieb und teuer war.

Es war vor langer, langer Zeit gewesen, als in der Stadt eine schlimme Hungersnot herrschte. Ein mit Getreide beladenes Schiff warf genau an dem Festtag der Jungfrau und Märtyrerin im Hafen Anker. Die Bevölkerung stürzte sich auf das Schiff, und da niemand, nachdem das Getreide verteilt war, mehr die Kraft hatte, es zu mahlen, und auch nicht die Geduld, abzuwarten, wurde es, kaum in Wasser eingeweicht, kaum gekocht, einfach mit etwas Öl und Salz verschlungen.

Dieses Wunder, das die Hungersnot beendete und die junge Syrakuserin zu einer der populärsten Heiligen von Sizilien machte, wurde inbrünstig gefeiert. Doch gab es an diesem Festtag weder Brot noch *pasta.* Dieser Verzicht war indes nicht schmerzlich, denn er hatte nur einen symbolischen Charakter: das Brot wurde durch *panelle* ersetzt, Maispfannenkuchen, und die Teigwaren durch einen dicken Brei, der im Gedenken an die erste Mahlzeit der ausgehungerten Syrakuser gegessen wurde. Der Weizenbrei, dunkelfarbig und wenig einladend aussehend, hieß *la cuccia,* ein rätselhaftes Wort, das sich aber auf Lucia reimte. Daß wir uns durch die leckere Abwandlung dieses Breies, eine durch Milch, Zucker und *ricotta* verfeinerte *cuccia* in Versuchung führen lassen würden, war einfach undenkbar. Bei uns gab es den traditionellen Brei.

Aber das glanzvollste aller palermitanischen Feste, *il festino,* wurde am 13. Juli zu Ehren der heiligen Rosalia gefeiert. Die Lustbarkeiten erstreckten sich über drei Tage, in denen das obligate Gericht *la sarduza du festinu* war, gebratene Sardinen von der köstlichsten Art, in der Seemannsprache *a beccafico* (Feigenfresser).

Rosalias Name ist vom französischen Rose-Lilie abgeleitet, und ihre Lebensgeschichte nahm in unseren Schulbüchern fast mehr Platz ein als das Leben Christi. Die Familie unserer »Santuzza« hatte die Küste Apuliens im Jahr 1043 erreicht auf Schiffen eines Junkers aus dem Cotentin. Der Sohn dieses Ritters Tankred de Hauteville, Roger, vermochte das Emirat Sizilien von der muselmanischen Abhängigkeit zu befreien, und dessen Sohn wiederum, Graf Roger II., ließ sich von Anaklet II. zum König salben, dem Gegenpapst, den die Christenheit für verdächtig (und außerdem ein bißchen jüdisch) hielt und dem sie seinen Rivalen Innozenz II. vorzog.

Rosalias Vorfahren, die, als sie aus der Normandie aufbrachen, den Namen Sinibald führten, hatten in die Herrscherfamilie Hauteville eingeheiratet, Güter und Machtstellungen in Sizilien erlangt und allmählich ihren Namen sizilianisiert. So kam es, daß ungefähr ein Jahrhundert nach der Gründung des normannischen Königreichs und unter der Regierung Wilhelms des Guten Rosalia als Tochter des mächtigen Sinibaldo dei Sinibaldi, Suzerän der Quisquina und des Lehens der Rosen, geboren wurde.

Palermo war die Hauptstadt eines unabhängigen Staates, der im Westen eine ausschlaggebende Rolle spielte, aber Muselmanen, Griechen und Juden besaßen hier Stadtrecht. Der König war zwar getauft, doch führte er das Leben eines orientalischen Fürsten. Er hatte einen Harem, eine Leibwache aus Schwarzen und ließ sich in der Umgebung von Palermo Landschlösser bauen, die so prächtig wie Moscheen waren. Die an seinem Hof gefeierten Feste schlossen die Feste der arabischen Welt und die der ritterlichen Welt ein.

Mit vierzehn Jahren trat Rosalia als Hofdame in den Dienst der Königinmutter Margarita, Prinzessin von Navarra. Und an dem Abend, an dem in Anwesenheit zahlreicher Gäste ihre Verlobung mit dem Ritter Beltram von Agrigent gefeiert wurde, beschloß die Braut, die Flucht zu ergreifen und für immer auf das Leben bei Hofe zu verzichten. In der Nacht verließ sie den Palast und versteckte sich in einer Höhle an einem Abhang der Serra Quisquina, einer unwirtlichen Gegend, deren Suzerän ihr Vater war und deren sarazenischer Name *coschin* (Dunkelheit) im Lauf der Zeit in *coschina* und schließlich in Quisquina geändert wurde. Eine lateinische Inschrift (nach der Legende von Rosalia selbst verfaßt) bestätigt stolz ihre Anwesenheit in dieser verlassenen Gegend: »Ich, Rosalia, Tochter von Sinibaldo

Sinibaldi, Suzerän von Quisquina und den Rosen, habe aus Liebe zu meinem Herrn Jesus Christus beschlossen, mich in dieser Höhle niederzulassen.«

Weil angeblich Versuche unternommen wurden, »sie bei ihren frommen Meditationen zu belästigen«, verließ Rosalia nach mehreren Jahren des Fastens und der Buße Quisquina und die ferne Gegend von Agrigent. Sie wollte Palermo näher sein. Offenbar waren es Engel, die ihr halfen, sich in eine Höhle auf dem Gipfel des Monte Pellegrino zu begeben. Hier lebte sie neun Jahre gottgefällig bis zu ihrem Tod im Jahr 1166.

Man hätte erwarten können, daß eine so abgrundtiefe Verachtung des eitlen Tandes und das Opfer, das sie ihrem Glauben mit ihrem Rang, ihrem Vermögen und ihrer Jugend gebracht hatte, der Heiligen die glühende Verehrung der palermitanischen Bevölkerung gleich eingetragen hätten. Dem war keineswegs so. Man hielt ihr Andenken teilnahmslos in Ehren, und ihre Mitbürger suchten nur selten Zuflucht bei ihr. Von allen Heiligen in einem entschieden übervölkerten Paradies war Rosalia die am meisten vergessene.

Allerdings gab es dann und wann ein oder zwei Wunder, die gebührend verzeichnet wurden. So erschien die Einsiedlerin im Jahr 1623, viereinhalb Jahrhunderte nach ihrem Tod, einer Dame Gattu oder La Gattu (Katze) in einem Krankenhaussaal, wo die Ärmste an Quartanfieber dahinsiechte. Rosalia verhieß ihr, sie werde mit dem Leben davonkommen, sofern sie gelobe, eine Wallfahrt auf den Monte Pellegrino zu machen. Und kaum hatte die Dame Gattu das Gelübde erfüllt, da war sie gesund. Nachbarn und Freundinnen der durch das Wunder Geheilten folgten ihrem Beispiel und stiegen ebenfalls zum Heiligtum hinauf. Zweifellos, um sie nicht zu enttäuschen, beschloß die Heilige, ein zweites Mal zu erscheinen. Sie erteilte den unmißverständlichen Befehl, an einer bestimmten Stelle den Boden aufzugraben. Dort, sagte sie, befänden sich ihre Überreste. Büßer und Büßerinnen, unter denen sich aber auch Leute befunden haben sollen, die von Grabplünderungen lebten, machten am 14. Juli 1624 zuerst zwei männliche Skelette ausfindig, dann einen Schädel und schließlich noch ein Skelett, das weiblich war. Was hatte man da gefunden? Mönche, die in der benachbarten Kirche den Gottesdienst abhielten, wurden verständigt. Ihr Superior, Fra Francesco di Fiume, verspürte einen Duft, den er *»soavissimo«* nannte und bei dem Rose und Lilie vorherrschten. War das nicht ein deutlicher Hinweis? Die Luft erschien ihm plötzlich *verzaubert.* Er stellte auch fest, was er später unter Eid bekräftigte, daß der weibliche Schädel den Glanz von Astralstoffen habe. Waren es die Gebeine von Sinibaldis Tochter? Man zögerte. Die kirchlichen Behörden äußerten sich nicht, warfen die Ausgräber ins Gefängnis und ließen die Gebeine im erzbischöflichen Palais einschließen, ohne sich mit ihrer Entscheidung zu übereilen. Und Rosalia war immer noch auf das kleine Heiligtum beschränkt, das am angeblichen Ort ihres Einsiedlerdaseins errichtet worden war, und auf das benachbarte Kloster, wo einige Mönche ihr Dasein fristeten.

Aber im Mai desselben Jahres 1624 hatte im Hafen von Palermo eine Galeone festgemacht; wie es hieß, hatten Christen sie gemietet, die von muselmanischen Galeeren geflohen waren, und aus ihr wurden nun verdorbene Lebensmittel, wertlose Waren und die von der Berberküste Geretteten ausgeschifft, aber mit ihnen auch der Krankheitskeim der Pest. Das ganze Unheil kam also von diesem elenden Schiff mit der gefälschten Bescheinigung über den Gesundheitszustand an Bord, von dem die Chronisten jener Zeit sagten, es sei das Fahrzeug »der Erlösung der Bösen«, das heißt des Todes, gewesen. Man versuchte des schändlichen Türken habhaft zu werden, des Schiffseigners. Vergeblich: er hatte sich aus dem Staub gemacht. Nun wurde das Schiff verbrannt, dann die Waren und die Häuser, in denen sie eingelagert waren, man tötete alle Hühner, Hunde und Katzen, die mit den Reisenden in Berührung gekommen waren, die ihrerseits schleunigst in die Quarantäneanstalt gebracht wurden. Zu spät. Die Epidemie war ausgebrochen und sollte verheerend wüten.

Die Zahl der Todesopfer verdoppelte sich von Monat zu Monat. Im August erlag auch der Vizekönig, der sechsunddreißigjährige Emmanuel Philibert von Savoyen, der Neffe Philipps IV. von Spanien, der Seuche. Man hätte meinen können, die Pest wolle allein regieren.

Der Verstorbene erhielt ein grandioses Begräbnis. Die Zeremonie im Dom spielte sich unter starker Beteiligung der Bevölkerung ab. Sie begann zur Stunde des Angelus und endete um zwei Uhr morgens. Trotz der Ansteckungsgefahr und dem Wunsch, jeden Kontakt zu vermeiden, drängte sich die Menge auf dem Weg, den der Trauerzug einschlug. Es war eine Ablenkung. Das Lieblingspferd des Prinzen mit schwarz verhängten Zügeln rief ein »allgemeines Weinen« hervor. Denn die Gemüter waren zutiefst verwirrt. Man wußte wirklich nicht mehr,

»welcher Heiligen man sich verschreiben soll«.[58] Hätte an diesem Tag eine Wunderheilung stattgefunden, man hätte diesem Pferd sofort einen Platz im Paradies zuerkannt. Ein heiliges Pferd? Es hat in der Rangliste der sizilianischen Heiligen schon einen heiligen Satan gegeben...

Der damalige Primas entstammte einer berühmten Genueser Familie. Kardinal Gianettino Doria machte eine Badekur in Termini Imerese, als er von dem entsetzlichen Ausmaß der Epidemie verständigt wurde. Seine Eminenz kehrte sofort zurück und bewies Mut. Stoisch erduldete er die inständigen Bitten, dann die Drohungen des Senats, der ihn aufforderte, Sühnezeremonien mit Messen und Prozessionen zu veranstalten, obwohl solche Menschenversammlungen immer die Ursache für eine Verschlimmerung des Übels waren.

Der Senat hatte sich kaum durchgesetzt, und bei einer Prozession durch ganz Palermo wurden – leider ohne Erfolg – die Überreste der heiligen Ninfa mitgeführt, einer der vier anerkannten Schutzheiligen, als die fromme Büßerin vom Monte Pellegrino, die vergessene Santa Rosalia, unsere *donna soletta,* wie Dante sie genannt haben könnte, sich im genau richtigen Augenblick bei ihren Mitbürgern in Erinnerung brachte.

Die Epidemie wütete seit acht Monaten, als Rosalia einem Jäger erschien. Der Mann, von dem die Chronisten alles aufgezeichnet haben, seine Vergangenheit, Familie und sogar die Adresse – Via Panneria 12 in Palermo – hieß Vincenzo Bonelli. Er war Seifensieder und stellte die von ihm erfundene Seife in Heimarbeit her. Seine Frau, fünfzehn Jahre alt, war gerade gestorben, ebenso seine Tochter, beide von der Beulenpest dahingerafft. Daraufhin hatte Bonelli zweimal gegen die zur Zeit von Epidemien geltenden Gesetze verstoßen: um sich der grausamen Bestimmung zu entziehen, wonach jedes Mitglied einer verseuchten Familie unter den Kranken und Sterbenden isoliert bleiben muß, hatte er weder die Krankheit noch den Tod der Seinen gemeldet, und um zu gewährleisten, daß seine Frau ein Grab in christlicher Erde erhalte, hatte er sie heimlich auf den Friedhof gebracht. Der Betrug wurde entdeckt, die Tote ausgegraben und auf den Leichenacker geworfen, um verbrannt zu werden, und dem Witwer wurde angedroht, er werde auf die Galeeren geschickt, falls er sich aus seinen vier Wänden herauswagen sollte.

In seinem Kummer und Schrecken verstand es der Seifensieder, sich der Aufmerksamkeit des Wachpostens seines Stadtviertels zu entziehen, der jeden Morgen kam und fragte, ob es Kranke und neue Todesfälle gebe. Eines Nachts floh Vincenzo Bonelli in Richtung Monte Pellegrino in Jägeraufmachung mit Gewehr, Hund und passendem Hut. Er erreichte den Berggipfel in dem Augenblick, in dem sich ein Gewitter entlud. Und in diesem Augenblick machte Santa Rosalia die Zahl der Wunder voll, die ihr ermöglichten, mit einem Schlag vier Heilige abzusetzen und an deren Stelle Schutzheilige von Palermo zu werden.

Soweit die Überlieferung. Man weiß nicht, ob die Heilige dem Jäger in der Tracht einer Wallfahrerin erschien oder ob er sich unter einem Felsvorsprung ins Trockene gerettet hatte und dort eingeschlafen und von einer Vision geweckt worden war. Beide Versionen haben ihre Verfechter. Aber unzweifelhaft steht fest, daß die Tochter Sinibaldis kein Blatt vor den Mund nahm. Warum die Priester denn so lange zögerten, ihre Gebeine anzuerkennen? Vor bald sieben Monaten seien sie ausgegraben worden. Ja, bestätigte sie, die Höhle sei ihre Behausung gewesen, ihr Grab, und der schon so lange unter Verschluß gehaltene Schädel sei der ihre. Bonelli hörte den Befehl, sich sofort wieder hinunter in die Stadt zu begeben. Es sei wichtig, daß er möglichst schnell zur Beichte gehe, denn er werde ein Opfer der Pest sein. Das erklärte ihm die Heilige schonungslos: vier Tage krank, dann tot. Also sei keine Zeit zu verlieren, um Kardinal Doria die Bestätigung aus dem Mund der Betroffenen selbst zu übermitteln, daß die Überreste echt seien. Und sie fügte hinzu: wenn die Kirche sich bereit erkläre, ihre Überreste anzuerkennen, würde es genügen, sie durch die Stadt zu führen, um der Pest ein Ende zu bereiten.

Am 7. Juni 1625, als der Epidemie schon fast Einhalt geboten war, wurde den Gebeinen der heiligen Rosalia ein prächtiges Fest bereitet. Sie zogen feierlich durch Palermo, unter den Triumphbögen hindurch, gestiftet vom katalanischen Volk, vom Genueser Volk, vom neapolitanischen Volk, das das Kunststück vollbrachte, genau in dem Augenblick, als die Urne vorbeikam, listig das Trugbild eines Engels auftauchen zu lassen. Man zählte die brennenden Fackeln. Es waren fünfundzwanzigtausend, ganz zu schweigen von den Wasserspielen, dem Feuerwerk, den Kanonenschüssen, den hundert Gruppen von Pappfiguren in natürlicher Größe, die religiöse Großtaten schilderten, den siebzehnhundert Priestern, die der Prozession mit einer brennenden Kerze in der Hand folgten, dem horrenden Kostenaufwand, dem nächtlichen Reiteraufzug, an dem der Kardinal-Erzbischof persönlich teilnahm. In einer Atmosphäre unbeschreiblichen Jubels hatte er drei Stunden gedauert. Und die Zahl der Pesterkrankungen nahm ab.

Allerdings gab es fünf Monate später einen Wiederausbruch, zweifellos infolge der Menschenansammlungen und Ausschweifungen, die die Prozession mit sich gebracht hatte. Neue Panik, aber diesmal von kurzer Dauer. Die Wirkungskraft von Santa Rosalia konnte nicht mehr in Zweifel gezogen werden.

Und so wurden die heilige Olivia, die heilige Cristina, die heilige Agata und die heilige Ninfa abgesetzt, die jahrhundertelang als Schutzheilige der Stadt verehrt worden waren. Rosalia wurde zur »Hauptschutzheiligen« erklärt, und ihr wurden alljährlich im Juli fünf Feiertage hintereinander zuerkannt.[59] Unsere entthronten Heiligen erhielten dennoch in diesem Jahr 1624 eine letzte Huldigung: durch einen berühmten Maler. Alle vier sind auf dem Gemälde zu sehen, das bei van Dyck für das Oratorio del Rosario di San Domenico bestellt worden war. Van Dyck stellte die Madonna auf einer Wolke sitzend dar und im Begriff, einen Rosenkranz in die ausgestreckten Hände von San Domenico gleiten zu lassen. Die vier Schutzheiligen von Palermo wohnen dem Geschehnis in mehr oder weniger ekstatischen Haltungen und mit verliebten Blicken bei. Überraschend ist ein im Vordergrund abgebildeter ganz nackter Junge, der wegrennt und sich dabei die Nase zuhält. Es wird erklärlich, wenn man weiß, daß van Dyck sich in Palermo aufhielt, als er dieses Bild malte. Der Vizekönig hatte ihn kommen lassen und so ehrenvoll empfangen wie keinen anderen Maler vor ihm. Zahlreiche Aufträge kündigten sich an, und die Protektion des Prinzen von Savoyen erwies sich als wirkungsvoll; van Dyck hätte sich gern in Palermo niedergelassen, wäre die Pest nicht ausgebrochen. Sein Gönr gehörte bekanntlich zu den ersten Opfern. Daraufhin verließ der Maler Hals über Kopf Sizilien, ohne auf die Bezahlung zu warten und ohne das Gemälde für das Oratorio zu beenden. Er landete in Genua, wo er sich einige Zeit aufhielt. Und in dieser Stadt fügte er 1628, als er die Madonna del Rosario fertigstellte, den nackten Jungen hinzu, um an die Gründe für seine plötzliche Flucht zu erinnern. Denn damals wurde zu Pestzeiten empfohlen, möglichst nicht zu atmen. Man glaubte, die Ansteckung erfolge durch die Nase.

Heute kann man sich kaum mehr vorstellen, wie sich *il*

festino in meiner Kindheit abspielte. Drei Nächte hintereinander war die Stadt taghell erleuchtet. Die beiden Hauptverkehrsadern, die sich rechtwinklig kreuzen und die Stadt von einem Ende zum anderen durchziehen, die Via Maqueda und jene andere Straße, die den Namen Corso Vittorio Emmanuele erhalten hatte, aber von den Palermitanern immer noch Il Cassaro genannt wird, eine Entstellung des arabischen Wortes *el Kasr* (das Schloß), wurden für den Verkehr gesperrt und mit Lichtbögen überdacht, die sie wie lange strahlende Ballsäle aussehen ließen. Die Fenster und alle Balkone waren mit Teppichen behängt, deren Qualität unterschiedlich war je nach dem Vermögen der Besitzer. Man sah die wertvollsten Gobelins und auch ganz schlichte Bettvorleger. An den Straßenkreuzungen waren Podien aufgestellt für die Kapellen, die ununterbrochen alle möglichen fröhlichen Melodien spielten. Die Straßenhändler machten sich jeden freien Platz zunutze, um ihre riesigen Stände aufzubauen. Sie waren ausgelegt mit buntem Papier, darüber Zickzacklinien aus Silberpapier, und sahen mit den kleinen Fähnchen und künstlichen Blumen wie Ruhealtäre von unterschiedlicher Höhe aus. Was dort feilgeboten wurde, war höchst frugal: *calia e semenza.* Pyramiden von in der Sonne getrockneten, dann gesalzenen und gerösteten Körnern, Kürbiskernen, Melonenkernen, Kichererbsen, kurzum, lauter Vogelfutter, und runde Brötchen, die *guastedde,* die in der Mitte aufgeschnitten wurden, um alle möglichen Füllungen aufzunehmen, die die Händler auf mitgebrachten Öfen warmhielten.

Ringsum platzten Knallfrösche und wurden *masculiate* oder *maschi* abgefeuert – mit diesen männlich klingenden Namen werden bei uns Feuerwerkskörper bezeichnet. Der Lärm war ohrenbetäubend.

Der Höhepunkt des Festes kam am dritten Tag mit der Prozession aller Heiligen. Jeder hatte einen eigenen von Menschen gezogenen Karren, der sich je nach dem Charakter des Heiligen fortbewegte. Der heilige Georg auf seinem Schlachtroß wurde mit einer wippenden Bewegung gezogen, die einen siegreichen kleinen Galopp andeuten sollte, während der für die Heiligen Kosmas und Damian angeschlagene langsame Schritt ihrer Würde als Schirmherren der Ärzte entsprach und der heilige Rochus wegen seines kranken Beins ruckweise getragen wurde, um sein Hinken besser zu veranschaulichen.

Keine weiblichen Heiligen. Sie blieben in der Stille ihrer

Kirche zurück. Auf diese Weise ersparte man der Santuzza jede Konkurrenz von Geschlechtsgenossinnen.

Endlich, endlich erschien hinter einer Militärkapelle und gezogen von acht weißen Ochsen der große Wagen. Er trug ein riesiges Kirchenschiff aus Pappe, behängt mit allen möglichen Drapierungen, Girlanden, rosa Wolken und Engelchen. Wie in einer Art Tabernakel stand in der Mitte die schimmernde silberne Urne mit dem Gebein.

Der Tag endete mit einem ohrenbetäubenden Feuerwerk – man sagt bei uns *i'jochi' i focu* (Feuerspiel) – auf der Marina. Wir gingen immer zu unseren Freunden Trabia, um es anzusehen. Von der riesigen Terrasse des Palazzo Butera aus, die durch andere, weniger friedliche Bombardements vierzig Jahre später entsetzlich verstümmelt werden sollte, hätte man wirklich glauben können, daß Palermo in Flammen stand. Und das war es, was das Volk verlangte: Blitze am Himmel, vielfarbige Feuergarben, Kometen, Sternschnuppen, Kaskaden von Leuchtraketen und auf der Erde ein Höllenlärm. Wenn die »Feuerspiele« unglücklicherweise die Erde nicht zum Beben gebracht hatten, gab man am nächsten Tag den Feuerwerkern die Schuld.

Aber wir sind mit den dem Fräulein Sinibaldi zukommenden Huldigungen noch keineswegs fertig. Denn dieses Fest, dessen Einzigartigkeit man nicht genug betonen kann, spielt sich in zwei Etappen ab, zwischen denen mehrere Wochen liegen. Im Juli Jubel, Trubel, Heiterkeit; im September ein stiller nächtlicher Aufstieg zum Heiligtum auf dem Monte Pellegrino. Zu dieser Jahreszeit waren wir immer auf Reisen, so daß ich erst als Erwachsener einmal an dieser Wallfahrt teilgenommen habe, die noch heute von vielen Gläubigen unternommen wird. Doch bin ich als Kind in der Grotte der Heiligen gewesen.

Heutzutage gelangt man mit dem Wagen in weniger als einer Viertelstunde hinauf, aber damals war es eine Expedition, die einen ganzen Tag dauerte. Es gab keine Straße, und man konnte nur zu Fuß oder mit Eseln hinaufkommen. Unsere Eseltreiber und Reittiere erwarteten uns unten am Berg auf dem Piazzale delle Falde. Hintereinander, meine Schwester und ich, dann unsere Gouvernante und als Schlußlicht der Diener Pasquale, begannen wir den Aufstieg auf der Scala Vecchia, dem alten, mit Geröll befestigten Pfad, unverändert, seit er im 17. Jahrhundert angelegt worden war, und sehr steil. Er wand sich mühsam zwischen den Felsen hindurch. Wenig Vegetation, abgesehen von duftenden, blühenden Ginstersträuchern.

Nach zweistündigem Aufstieg in der feuchten Schwüle war man lahm vom langen Sitzen, dann sah man oberhalb einer Treppe eine an den Felsen geklebte Fassade. Es war das Heiligtum, das in den Berg hineingebaut zu sein schien.

Rechts war eine hohe Tür, dann kam ein Gitter, das Zugang zur Höhle gewährte. Sie ist dunkel und tief. Wasser, das wundertätig sein soll, tröpfelt von der Höhlenwölbung bis auf den Boden. Es wird zuerst von einem Gewirr von Rinnen aufgefangen, die an den Wänden hängen wie lange Futterkrippen aus Zink, und gelangt von dort in einen Brunnen. Das unaufhörliche Geräusch dieses monotonen Tröpfelns ist das Quälendste, was man sich vorstellen kann.

Kaum war ich eingetreten, kam ich mir schon ganz verloren vor. Als ich mich vorsichtig umschaute, erblickte ich hinten in der Grotte in einem Glassarg eine Frau liegen. Die Schmuckstücke rings um sie, die Armbänder an ihren Handgelenken, eine Schale, ein Buch, ein Schädel neben ihr, ihre Ringe, ihr Kruzifix, ihr Zingulum, ihre Sandalen, die Rosen ihrer Krone und sogar ihr langer Stock, wie der Stab eines Tambourmajors, alles war aus Gold. Und sie schlief, den Kopf auf eine Hand gelegt, den Ellbogen angewinkelt. Man erwartete wirklich nicht, sie dort zu finden, in einer so natürlichen Haltung. In der Kapelle waren nur wir und ein paar alte Frauen, die man nicht sah, aber Gebete murmeln hörte. Wie damals in Palermo in den Katakomben des Kapuzinerklosters wurde ich von ununterdrückbarer Angst gepackt. Ich war ja noch sehr jung und für Eindrücke empfänglich. In dem schwankenden Licht der Öllampen bildete ich mir ein, die Statue atme, mir schien, ihre Brust hebe sich, ihre Nasenflügel bebten. Ich begann zu husten in der Hoffnung, Aufmerksamkeit zu erregen. Ich zog Miss Aileen am Rock. Aber niemand achtete auf mich, und ich sah die Statue an wie eine Sphinx. Die Heilige, dessen war ich sicher, würde sich erheben, um mir ein entsetzliches Rätsel aufzugeben, und diese Höhle würde mein Gefängnis. Als ich auf halber Höhe der Wand ein Loch entdeckte, das die Form eines offenen Mundes hatte, an dessen Rand die Büste einer winzigen Frau wie ein Nachtvogel hockte, dachte ich nur noch an Flucht. Draußen führte mich einer unserer Eseltreiber zu Fuß an den Rand eines Felsvorsprungs, der hoch über dem Park La Favorita lag. Tief unten, inmitten eines grünen Flecks, war ein wunderbares Gebäude zu erkennen, winzig wie ein Puppenhaus: unsere geliebte, schöne Villa Niscemi.

9
Palermo

Selbst wenn keine Feste gefeiert wurden, selbst an gewöhnlichen Tagen war es außerordentlich reizvoll, auf Palermos Straßen spazierenzugehen, sofern man die neuen Stadtviertel mit ihren schnurgeraden Straßen, die keine Überraschungen boten, vermied und innerhalb der Altstadt blieb.

Manchmal wurden wir Kinder mitgenommen, um irgendwelche Verwandte zu besuchen. Dann gingen wir an der Cala mit ihren Booten vorbei in einen Palast, der an einer dieser schmalen Straßen lag, oder in den Palazzo Trigona an der Piazza Fieravecchia mit ihrem Markt, der im Kreis um den Brunnen des Genius der Stadt aufgebaut war. Durch seinen Namen Panormus erinnert der Genius daran, daß die Stadt so hieß, als sie nur eine kleine phönikische Handelsniederlassung war. Seine Statue, bärtig und gekrönt, schien uns mit einer Schlange bedrohen zu wollen, aber ohne die geringste Bosheit. Unsere Götter besaßen eine Schlichtheit und Liebenswürdigkeit, die unseren Heiligen abging. Man war ihnen dankbar, daß sie einem keinen Grund gaben, sie zu fürchten, und dieser Panormus, der da auf seinem Steinhaufen saß, war wirklich ein kreuzbraver alter Knabe. Er überragte eine pittoreske Gesellschaft: Muschelhändler, Verkäufer von Fächern, Stände voller Kaktusfeigen, feilgeboten von einem Mann, der diese stacheligen Früchte mit drei Messerschnitten öffnen konnte, ohne sich jemals zu verletzen; Drehorgeln und dahinter ein Mann, der eine Tarantella nach der anderen herunterleierte, und Straßensänger (ich erinnere mich an ein Paar, das sich als Coco und Teresina ausgab), und dann auch die Geschichtenerzähler, die jeden Tag zur bestimmten Stunde von den Heldentaten Karls des Großen und der Paladine Frankreichs berichteten. Bewaffnet mit einem langen Stab, zeigten sie den Schaulustigen Einzelheiten auf Gemälden, die als Illustration dienten und sich über die Steine der alten Mauern wie »Comics« hinzogen.

Das Marionettentheater war mir aus Gründen der Hygiene und der Schicklichkeit ausdrücklich verboten, weil die Bänke in diesem Theater voll Ungeziefer seien und das Repertoire von derben Ausdrücken wimmele. Aber ich brannte darauf, die Kämpfe der *pupi* zu sehen, die in vierhundertfünfzig Episoden die Eroberungen der »Reali di Francia«, der Befreier Jerusalems, schilderten.

Bei einer Kindergesellschaft erhielt ich schließlich Gelegenheit, sie zu sehen. Eine sizilianische Marionettenvorstellung sollte die Hauptattraktion sein, aber in einer gereinigten, geschönten Fassung. Eingedenk der Weisungen, die sie erhalten hatten, taten die Puppenspieler ihr Bestes, und in dem großartigen Rahmen des Salons, in dem sie an diesem Tag ihre Bühne aufgeschlagen hatten, vermieden sie, die gewöhnlich brüllten, ihren Text herunterleierten, pathetisch schluchzten, sich beschimpften und wie die Heiden fluchten, jede Übertreibung. Ist das der Grund, warum mir die Rolands, Rinaldos, Clorindas und Armidas so glanzlos und geradezu langweilig erschienen? Unsere Paladine nahmen sich in acht. Wie konnten sie in dieser aseptischen und gemäßigten Atmosphäre, die ihnen vorgeschrieben war, zeigen, was sie konnten? Nur kämpfen durften sie.

Im letzten Akt bei der Schlacht gegen die Sarazenen, wenn Schwerter Rüstungen durchhauen, geköpfte Kämpfer zu Boden gehen, Leiber zerfetzt werden müssen, waren die Puppenspieler, ihrem Daseinszweck zurückgegeben, überwältigend. Die Szene, im Galopp durchgespielt, war atemberaubend. Doch bewirkte sie allgemeine Betrübnis. Die kleinen Zuschauer, vom Kriegslärm erschreckt, begannen zu heulen, während die älteren nichts Eiligeres zu tun hatten, als handgreiflich zu werden. Die Misses und strengen Fräuleins und alle Ammen mußten schleunigst eingreifen, um wieder für ein wenig Anstand zu sorgen. Die Aufführung wurde nicht wiederholt.

Eine vertraute Gestalt auf unseren Straßen in meiner Jugendzeit war der Wasserverkäufer. In seiner langen blauen Schürze stand er hinter einem niedrigen Tisch, der bunt angemalt und mit Blumen und Troddeln geschmückt sowie mit Ausziehbrettern und einem kleinen Metallgeländer versehen war, um die Gläser zu schützen. Das Wasser war in einer schweren Amphora. Mit erstaunlicher Geschicklichkeit balancierte sie der Mann auf einem Bein. Eine einfache Drehung des Knies genügte dann, um das Glas seines Kunden zu füllen, ohne auch nur einen Tropfen zu verschütten. Dazu zwei oder drei Spritzer *zambu* – ein Anisschnaps ähnlich dem griechischen Ouzo – und das Getränk war fertig.

Die Palermitaner sind mäßige Weintrinker, und selten sah man einen Betrunkenen auf unseren Straßen. Dagegen konsumierten meine Mitbürger vor allem im Sommer große Mengen erfrischender Getränke, Limonade, Orangeade, Mandelmilch oder einfach dieses Aniswasser von den fliegenden Händlern.

Aber die wahre Leidenschaft der Sizilianer – muß das überhaupt erwähnt werden? – war Eis und wird es immer sein. Die Vielzahl der Farben, Formen, Geschmacksrichtungen und Bezeichnungen war unerhört. Es gab die ausgefallensten Spezialitäten, *pezzi duri, spumoni, sorbetti, granite, croccanti con panna* und natürlich *moka, giardinetto, tuttifrutti, cassata,* das klassische Fruchteis, Pistazieneis und wie sie alle hießen. Sie waren von unvergleichlicher Köstlichkeit und wurden mit einer Raffinesse dargeboten, die man sonst nirgends findet.

Es gab mindestens drei renommierte *gelaterie* an der Marina, von denen die beliebteste an jener Esplanade lag, auf der Witwen und Junggesellinnen promenierten und die »Drachenfels« heißt; andere waren in der Nähe des Teatro Massimo, aber wir zogen Mommo vor, »Mommo ai Leoni« (der Mommo am Löwenplatz) – die fraglichen Löwen waren zwei Sphinxe rechts und links vom Eingang zum Park La Favorita.

Wie oft haben wir auf dem Rückweg von Palermo da angehalten, wieviel Portionen Erdbeerschaum, eingehüllt in Schlagsahne, wieviele Portionen Eis haben wir dort verzehrt, ehe wir nach Hause fuhren? Wir brauchten nicht einmal auszusteigen. Der Kellner brachte alles auf einem Tablett und reichte es uns in den Wagen, wo wir es uns in aller Ruhe schmecken ließen, während der Kutscher auf dem Bock es uns gleichtat. Aus dem Wagen auszusteigen und an einem Tisch auf dem Trottoir Platz zu nehmen, galt damals als ungehörig, bei Mommo am Löwenplatz ebenso wie an der Marina. Es sei denn, man wäre in einer *carrozella,* einer Droschke, unterwegs. Dann mußte man unbedingt aussteigen und sich an einen Tisch setzen. Sich Eis in einer Droschke servieren zu lassen, kam nicht in Frage. Das taten nur Prostituierte.

Diese komplizierten Bräuche mußten bei fast allem, was man tat, berücksichtigt werden. Eine Dame der guten Gesellschaft betrat ein Geschäft nur, wenn sie etwas anprobieren mußte. Waren, die ihr vielleicht gefallen würden, brachte man ihr an den Wagen, wie hinderlich das auch für den Verkehr war. Allerdings kam es nicht oft vor, denn die meisten Geschäfte schickten ihren Kundinnen die Sachen ins Haus, damit sie ihre Wahl in Ruhe treffen konnten.

Wer sich kein Eis leisten konnte, nahm mit Wassermelonen vorlieb. Die *cocomeri*-Händler saßen beschattet von bunten Markisen neben eindrucksvollen Melonen-Pyramiden. Um Kunden anzulocken, waren einige schon in Scheiben geschnitten und gut sichtbar hingelegt, und ihr rotes Fruchtfleisch war mit schwarzen Kernen punktiert, die wie eine Perlenkette aufgereiht waren. (Es ging das Gerücht, wenn eine aufgeschnittene Frucht sich als zu hell erwies, wurde ihre Farbe mit einer Tomate aufgefrischt!) Und der Händler unter seiner Markise schrie sich die Lunge aus dem Leib: *»C'un soldo, mangi, bevi e ti lavi a faccia.«* (Iß, trink und wasch dir das Gesicht für einen Soldo.)

Noch ein Kleingewerbe wurde damals auf unseren Straßen betrieben: der *caramellaro,* dessen Kunden die zerlumpten *picciotelli* waren. Er stand auf einem Hocker, hielt in der rechten Hand eine Schnur von einem Meter Länge, an deren Ende ein Lutschbonbon befestigt war, und in der linken Hand eine Stoppuhr. Für eine geringe Gebühr konnten die Lausbuben genau eine Minute lang an dem Karamelbonbon lutschen, dann klingelte die Stoppuhr, ein Ruck an der Schnur entriß ihnen den von Zucker und Speichel glänzenden Lutschbonbon, der sofort in den nächsten Mund geschoben wurde. Es versteht sich von selbst, daß sich der *caramellaro* nicht scheute, einen Jungen mit Ohrfeigen zu bedenken, wenn er nicht rechtzeitig losließ. Der Werbespruch dieses Gewerbes von fragwürdiger Hygiene lautete: »Einmal lutschen, ein Soldo.«

An fliegenden Händlern gab es damals auf Palermos Straßen keinen Mangel, und sie waren immer für eine Überraschung gut. Ihre Warenanpreisungen stellten einen Sprechchor dar, wie ich ihn seitdem nie wieder gehört habe. Einer der Rufe, der mich vor allem faszinierte, war der eines jungen Mannes, der eine große viereckige Platte auf dem Kopf trug. Ich konnte einfach keine Beziehung herstellen zwischen dem, was er rief: *»Quaglie, quaglie!«* (Wachteln, Wachteln!), und dem, was er verkaufen wollte. Denn auf der Platte lagen mit der Haut gebratene Auberginen. War bei dieser absichtlichen Verwechslung vielleicht etwas Ähnlichkeit im Spiel? Schließlich, wenn man es nicht so genau nahm...

Nicht ohne Grund betone ich diesen futuristischen Aspekt der Rufe der Marktschreier, denn in diesen vagen Angaben und diesem scheinbaren Spott, in dieser großartigen Verachtung der Verpflichtung zur Genauigkeit, die das Leben denjenigen vorschreibt, die arbeiten, ist der Charakter des sizilianischen Volkes enthalten. Niemals werde ich dieses wunderbare Schauspiel vergessen. Das schrille Pfeifen des Dampfwagens, das ankündigt, daß die *nuccidi americani* – Erdnüsse, der letzte Schrei des Fortschritts aus der Neuen Welt – fertig geröstet seien, und die Ausrufe der Frauen, die vor einer Kochplatte saßen, auf der *babaluci a picchi pacchiu* (kleine Schnecken in Tomatensoße) schmorten, all das klingt mir noch in den Ohren. Und die Schmatzlaute... Denn wenn man diese Schnecken mit ihrer ganzen Sauce essen wollte, mußte man sie geräuschvoll schlürfen, was die Verkäuferin begeistert verkünden ließ: *»Ma chi sunnu? Baci!«* (Sind das nicht wirklich Küsse?)

Im Mai und Juni, wenn Männer und Jungen morgens von den Märkten auf der Piazza Caracciolo und dem Garaffello kamen, hatten sie manchmal eine rote Nelke hinter das linke Ohr gesteckt. Das bedeutete, daß Thunfisch eingetroffen und der Preis billig sei und man sich durch die verstopften Straßen zur Vucciria, dem Fischmarkt, aufmachen könne, um die Gelegenheit auszunutzen. Und tatsächlich waren die Fische da, schwarze, glänzende Ungeheuer mit roten Nelken im Maul, eine liebenswerte Art, sich kenntlich zu machen.

Was müßte man alles erwähnen, um jene Zeit wieder aufleben zu lassen. Vor allem die Gerüche. Man würde niemals damit fertig, wollte man von den warmen Gerüchen sprechen, von Öl, von Brot, von geschmolzenem Karamel, von geröstetem Kaffee, von den frischen Düften von Obst und Kräutern, die gleichsam die notwendige Begleitung zu den Anpreisungen auf der Straße waren. Denn die Straße diente nicht nur dem Verkehr. Sie war die Fortsetzung des Hauses, des Geschäfts, sie war auch Arbeitsstätte und der Schauplatz von Handel und Wandel. Im April trug der Wind den Duft der blühenden Orangenhaine heran, der im Juni von dem des Jasmin abgelöst wurde, und das Land schien ganz nahe zu sein. In der Abenddämmerung wurde Palermo von einer lärmenden Schar von Jungen belagert, die durch die Straßen liefen und Sträuße verkaufen wollten, die ausschließlich aus Jasminblüten bestanden; sie waren kreisförmig auf lange Stöcke gesteckt, sahen wie Schneebälle aus und dufteten lieblich. Diese Stegreifhändler waren überaus zielstrebig. Sie drängelten sich überall hinein. Eine halb offene Tür oder ein Fenster, die herabgelassene Scheibe eines Wagens genügten, daß sie einem ihre Sträuße aufdringlich feilboten. In der Hoffnung, einen Kunden zu angeln, nahmen sie es in Kauf, hart angefahren zu werden. Manchmal war der Wagen, der Großmama und meine Mutter abends aus der Stadt zurückbrachte, so voll von diesen Sträußen, daß ihnen der Jasminduft auf der Treppe vorauseilte.

Im Garten erfreute uns vor allem die Magnolia grandiflora, deren große, wachsartige Blüten indes nicht gepflückt werden durften, weil sie in dem Ruf standen, Kopfschmerzen zu verursachen, was ein reines Märchen war. Vielmehr werden geschnittene Magnolienblüten rasch faulig und riechen dann ziemlich ekelhaft. Übrigens fürchtete man zu Kopf steigende Düfte in der Villa Niscemi wirklich nicht. Noch heute, nach über sechzig Jahren, erinnere ich mich an den starken Duft von Großmamas Lieblingsblumen, die das Haus erfüllten. Überall standen Vasen mit Tuberosen, Gardenien und Stefanotis. In den oberen Stockwerken verschwammen die Gerüche und wurden subtiler. In der Nähe von Mamas Zimmer herrschte eine Mischung vor, die zu gleichen Teilen aus Nelken von Roger et Gallet und *papier-poudre* bestand. Auf Großmamas Seite duftete der Korridor ausschließlich nach Eau de Cologne von Johann Maria Farina.

Nichts war in meiner Kindheit lebensvoller als die Palazzi von Palermo. Was sie von anderen italienischen Palästen unterschied, war, daß mindestens noch zwanzig aristokratische Familien darin wohnten, und zwar ebenso an der Marina wie in der Via Maqueda und den angrenzenden Straßen. Einige konnten sich keinerlei Aufwand mehr leisten und klammerten sich in der schwindelerregenden Leere ihrer riesigen Salons an die Reste einer vergangenen Großartigkeit. Aber andere Familien lebten noch auf großem Fuß, und in der Nachbarschaft dieser Häuser hatte Palermo nach wie vor das Aussehen einer barokken Hauptstadt.

Ich habe den Palazzo Butera am Meer schon erwähnt, den größten von allen, wo Fürst und Fürstin Trabia in einer Reihe von Salons, die mir unendlich erschien, einen Empfang zu Ehren der Santa Rosalia gaben. Ich habe auch den Palazzo Ugo erwähnt, der mitten in der Stadt lag und von dessen Terrasse aus wir am Karfreitag den Zusammenstoß der rivalisierenden Prozessionen mitansahen. Aber ich habe nichts von den anderen Barockpalästen in der Nähe der Casa Ugo gesagt, den Palazzi Villafranca und Belmonte-Riso, die von Marvuglias Genie zeugten, zwei gleichermaßen prächtige Gebäude, und beide von ihren Eigentümern bewohnt. Und um die Liste zu vervollständigen, müßten noch viele Namen hinzugefügt werden wie Scalea, Baucina, Mirto und auch Niscemi, denn außer der Villa, in der wir bei Großmama wohnten, gab es einen Palazzo dieses Namens, ein altes Gebäude, das Ende des 18. Jahrhunderts völlig umgebaut worden war und in dem ihr Sohn und Erbe wohnte, unser Onkel Peppino Niscemi.

Anderswo lag der Palazzo Gangi, in dem Luchino Visconti die Ballszenen von *Der Leopard* aufgenommen hat und dessen Spiegelgalerie unglaublich eindrucksvoll ist; wiederum anderswo der Palazzo Valdina in einer mindestens ebenso schmalen und düsteren Straße wie unsere Via Montevergine, so daß man keinen Gesamteindruck von der schönen Louis XV-Gestaltung seiner Fassade gewinnen kann. Man vermutet nicht, daß es hinter diesen dunklen Mauern einen Ballsaal gab, der ein wahres Wunder war. Die Majolikafliesen des Fußbodens waren wie eine Widerspiegelung der Decke, deren Muster sie bis auf die kleinsten Details wiederholten. Fußboden oder See? Die Wirkung war unerhört. Man hatte das Gefühl, auf dem Wasser zu laufen, wenn man den Ballsaal betrat.

Im Palazzo Mazzarino gab es andere Überraschungen. Auf einer Terrasse im ersten Stock, einer Art hängendem Garten, wuchs ein riesiger, jahrhundertealter Baum. Wie hatte er eine solche Höhe erreichen können, und wo waren seine Wurzeln? Ein geheimnisvoller Baum, eine Art *ficus,* der einen Schauer scharlachroter Beeren auf den Kopf von Besuchern regnen ließ. Alles war monumental im Palazzo Mazzarino. Im großen Saal thronte die riesige Statue einer Minerva mit Helm und Schild, als wollte sie sagen: »Seht nur, wieviel Platz ich einnehme.« Aber ihre weibliche Schönheit beeindruckte uns kaum. Sie zu erklimmen machte uns glücklich. Sie war unser Lieblingsspielplatz.

In einem Palazetto in nächster Nähe der Casa Verdura, bei den Fürsten Sciara, gab es ein Geheimnis anderer Art: im Ballsaal spukte ein »Türke.« So wurde jeder Mann bezeichnet, der einen Turban trug, aber im Palais Sciara handelte es sich in Wirklichkeit um einen Mauren. Er soll das Gespenst eines Emirs gewesen sein, cer im benachbarten Garten des Palazzo de Cordoba begraben war. Von dieser ausgestorbenen Familie gab es nur noch ein Wappen, das auf dem verlassenen Gemäuer übrig geblieben war. Darauf war in der Mitte eine drohende Gestalt mit Turban und gefesselt zu sehen: zweifellos der Emir.

Es gab bei uns auch Paläste, die mit tragischen Geschehnissen verknüpft waren. In einem der schönsten Häuser von Palermo, dem Palazzo Trigona, lebten zwei junge Mädchen, deren Mutter, Gräfin Giulia Trigona, einem Liebesmord zum Opfer gefallen war. Sie war Hofdame der Königin Elena und hielt sich in Rom auf, um ihren Dienst im Quirinal wahrzunehmen, als sie eines Tages zu einem letzten Rendezvous in ein schäbiges Hotel in der Nähe des Bahnhofs Termini ging. Dort wurde sie von ihrem Geliebten, einem sizilianischen Adligen, umgebracht. Die Affäre Trigona empörte Italien im allgemeinen und die palermitanische Aristokratie im besonderen. Aber der Name des Mörders, über den alle, die ihn kannten, Schweigen bewahrten, wurde nie ausgesprochen.

Erst ein halbes Jahrhundert später erfuhr ich die Wahrheit. So wurde mir die Affäre erzählt: Die Gräfin Trigona war an Typhus erkrankt und längere Zeit ans Bett gefesselt. Während ihrer Krankheit brachte sich ihr Mann durch ein Verhältnis mit einer Schauspielerin von der Compagnia Scarpetta ins Gerede. Als die vernachlässigte Gattin wieder gesund war, versuchte sie, die Eifersucht ihres Mannes zu erregen. Sie ließ sich von einem feurigen und gutaussehenden jungen Mann den Hof machen, der sich bei der palermitanischen Gesellschaft aber unbeliebt gemacht hatte durch sein Verhalten als Reiter, das als schändlich angesehen wurde: man hatte gesehen, daß er seinem Pferd mit der Reitpeitsche auf den Kopf schlug. Der Vorfall hatte die Aufmerksamkeit auf ihn gelenkt. Man hielt ihn für unmoralisch und grausam.

Als er merkte, daß sich die Gräfin Trigona nur zum Schein von ihm den Hof machen ließ, ihn nicht liebte und mit ihm brechen wollte, machte er ihr fürchterliche Szenen, drohte ihr tausenderlei Racheakte an und wollte sie sogar damit erpressen, daß er ihre Töchter und ihren Mann über ihr Verhalten aufklären würde. Die Unglückliche war mutig genug zu wiederholen, daß sie mit ihm brechen und ihn nie wiedersehen wolle. Daraufhin tötete er sie und schoß sich eine Kugel in den Kopf. Er blieb am Leben trotz einer entstellenden Verletzung und wurde zu lebenslanger Haft verurteilt.

Als die Leiche der Ermordeten nach Palermo überführt wurde, kam es zu einer Demonstration ungewöhnlicher Art. Tausende von Frauen folgten dem Leichenzug, denn sie sahen in der Gräfin ein Opfer männlicher Tyrannei und Gewalttätigkeit.

Fünfzehn Jahre vergingen, und der Missetäter vegetierte vergessen in seinem Gefängnis, als Mussolini ihn ohne erkennbaren Grund begnadigte. Der Mörder der Gräfin Trigona kehrte also nach Palermo zurück, wo es niemandem schwer fiel, so zu tun, als kenne man ihn nicht, denn durch die entsetzliche Verwundung war er tatsächlich nicht zu erkennen. Er suchte eine Beschäftigung. Es wurde dafür gesorgt, daß er keine fand. Er verschwand von neuem. Es gab in der ganzen Stadt keinen verhaßteren Menschen.

Viele Jahre später stellte sich heraus, daß er Palermo gar nicht verlassen hatte. Er war als Gärtner im Irrenhaus untergekommen. Er hatte sogar eine Frau gefunden – eine frühere Zofe seiner Mutter.

Er war ein Paterno d'Alcugnio, und das war eine der vornehmsten Familien im Königreich Neapel gewesen.

10

Erstaunliche Fremde

Im August brachen wir zu unserer Reise auf den Kontinent auf, von der wir erst Ende Oktober zurückkehrten. Monatelang war Großmama damit beschäftigt gewesen, die Reiseagentur Cooks' Tours zu konsultieren, die Baedekers und Prospekte zu studieren, ehe sie entschied, welche Richtung unsere Karawane einschlagen sollte. Sie schwankte zwischen Wien und dem Semmering, Bayern mit den Königsschlössern, München zum Oktoberfest oder Budapest und dem Plattensee. Auf einer Sommerreise hatten wir die Loireschlösser besucht, in einem tollen Tempo mit einem vom Hotel Métropole in Tours gemieteten Automobil. Aber für welches Land auch immer unsere Großmutter sich entschied, niemals umgingen wir die Schweiz, die gute, liebe, alte Schweiz, die so vertrauenswürdig und gediegen war mit ihren Seen und Drahtseilbahnen, ihren Gärten mit den runden Blumenbeeten, in denen bescheidene Begonien so angepflanzt waren, daß sie Zifferblätter von primitiven Uhren darstellten. Jedes Jahr kamen wir wieder in die Schweiz. Chillon, Jungfrau und Pilatus, die Hotels Beaurivage und National waren uns vertraut.

Die Reisevorbereitungen waren nicht einfach und gingen nicht leicht vonstatten. Wochenlang herrschte Unordnung im Haus. Offene Koffer, kleine und große, Hutschachteln, Mantelsäcke und Reisetaschen standen in allen Zimmern herum, während Stöße von Wäsche, Pullovern und warmen Mänteln auf den Möbelstücken lagen – ein Zeichen der Besorgnis, die jeder Sizilianer in bezug auf Kälte hegt: »Woher soll man wissen, wie das Wetter im September in Chamonix ist und wie feucht es im Oktober in Paris sein wird?« Ich machte mir das allgemeine Durcheinander zunutze, um einige verbotene Spielsachen zwischen Wäsche und Wollsachen zu schmuggeln.

Je näher der große Tag rückte, um so aufgeregter wurde ich. Ich fieberte geradezu. Die Aussicht, in See zu stechen, mich im wahrsten Sinne des Worts von der Welt, in der ich lebte, zu trennen, die schroffen Bergketten Siziliens in der Dämmerung verschwinden und die ersten Sterne am Himmel aufgehen zu sehen, neue Städte kennenzulernen, unbekannte Sprachen zu hören, allerlei mögliche Unfälle zu bestehen, Zugentgleisungen oder Schiffbruch, düstere Vorahnungen, die mir mein angeborener Pessimismus eingab, all das brachte mich so durcheinander, daß ich schon eine Woche zu früh aufbruchbereit war, meine abscheulich häßliche Reisetasche aus Leder (imitiert) über die Schulter gehängt, meinen Teddybär unter den Arm geklemmt. Meine Schwester Maria Felice, die sehr viel beherrschter war als ich, betrachtete die Reise unter einem ganz anderen Gesichtspunkt. Ihr mißfiel es nur, so lange Monate von ihren Hunden und ihrem Vater getrennt zu sein (genau in dieser Reihenfolge).

Außer uns vieren nahmen an der Reise zwei Zofen und der Diener Pasquale teil, plötzlich zum Reisemarschall befördert. Da er nur sizilianisch sprach, war er für dieses Amt keineswegs geeignet. Wenn wir von einer Stadt in eine andere, von einem Land in ein anderes weiterreisten, wurde er einen Tag zuvor losgeschickt, um Quartier für uns zu machen oder sich zu vergewissern, daß das bestellte reserviert war. Das immer verheerende Ergebnis seiner Missionen erboste Großmama und stürzte den unglücklichen Pasquale in Verzweiflung.

Ein einigermaßen sauberer Dampfer, genannt *il postale* (das Postschiff) legte gegen sieben Uhr abends vom Hafen ab. Wir quetschten uns viel zu früh in unsere Wagen, und wenn wir zum Pier kamen, hatte die Einschiffung noch nicht begonnen. Wir warteten dann in Gesellschaft von Freunden und Verwandten, die gekommen waren, um uns zu verabschieden. Die Hafenkais boten damals ein packendes Schauspiel, denn jeder Passagier, der auf den Kontinent reiste, wurde von einem guten Dutzend Familienangehöriger begleitet. Mein Vater war immer da, vermutlich insgeheim erleichtert, uns für einige Monate los zu sein. Jetzt konnte er ohne irgendwelche Verpflichtungen oder lästige Fesseln tun und lassen, was ihm beliebte. Als Großmamas ältester Sohn und Namenserbe war auch unser Onkel Peppino mit seiner Frau und einigen seiner Kinder da. Außerdem »dear old Monte« – wie hätte man ohne sie nach Frankreich fahren können? – und die Vertreter der Familienverwaltung, die beiden Brüder Cinque.

Wir waren keine überschwengliche Familie und vermieden

bei Abreisen übertriebene Küssereien, die uns geschmacklos vorgekommen wären. Aber das entsprach nicht den Landesbräuchen, und was um uns herum vorging, ist einfach unbeschreiblich. Wäre das Ziel unserer Reisegenossen Cayenne oder Sibirien gewesen, der Abschied hätte nicht herzzerreißender sein können. Selbst Hochzeitsreisen gaben Anlaß zu Tränen, Schluchzen, Wehklagen und Küssen.

Wer nicht den Abschied einer jungverheirateten Sizilianerin von ihrer Familie miterlebt hat, kann sich nicht vorstellen, was für heftig aufprallende Küsse es gibt, tränenfeuchte, Dauerbrenner mit klebriger Wirkung, so daß sofort ein Taschentuch gezückt werden muß, das aber gleich wieder verschwindet, um den nächsten Kuß zu ermöglichen, alles begleitet von Anrufungen der Jungfrau Maria und der heiligen Rosalia, von Schmerzensschreien und Ohnmachten. Dann kam das, was wir »Fritüre« nannten. Die Ehre, damit anzufangen, kam dem ältesten Familienmitglied zu. Er bemächtigte sich des Opfers und bedeckte dessen ganzes Gesicht, wie aus der Pistole geschossen, mit schmatzenden Küssen, deren Geräusch an das Bruzzeln von Öl in einer Friteuse erinnerte. Aber dann wurde dem Ältesten seine Beute gewaltsam vom zweiten in der Altersrangordnung entrissen, der das Schmatzen genauso heftig fortsetzte wie sein Vorgänger, und so ging es weiter, bis die Kleinsten an der Reihe waren, die hochgehoben wurden, damit sie das, was vom Gesicht der Braut noch übrig war, mit Spucke bedecken konnten.

Doch in dem Augenblick, da die Sirene zum letztenmal ertönte, wenn die Passagiere alle an Bord waren, änderte sich die Stimmung plötzlich, und ohne Übergang verwandelte sich die tiefste Verzweiflung in ausgelassene Fröhlichkeit. Die Taschentücher dienten jetzt einem anderen Zweck: mit ihnen wurde den Reisenden zugewinkt. Scherze (oft schlüpfrige) und Ratschläge wurden den Jungverheirateten zugerufen, Blumen wurden geworfen, begleitet von einem Gitarren- und Akkordeonkonzert, und dann begann die Litanei der Vornamen als Abschiedsgruß: »Toto-o-o«, »Sariddara-a-a«, »Peppino-o-o«, »Santona-a-a«, »Turiddu-u-u«. Dann holte die »Città di Catania« die Ankertrosse ein und legte vom Kai ab, während ihre Schrauben das Wasser aufwühlten. Die Menge rannte indessen zum Ende der Mole, um dem majestätisch zum Hafenausgang dampfenden Schiff einen letzten Taschentuchgruß zu entbieten.

Am nächsten Morgen kamen wir bei brütender Hitze in Neapel an; Purzelbäume schlagende *scugnizzi* (Gassenjungen), Peitschengeknall von Droschkenkutschern, um Kunden anzulocken, der Geruch von getrocknetem Fisch und der Rauch aus unseren Schornsteinen – das waren meine Eindrücke von dieser Stadt.

Ein kleiner alter Mann in einer zerfetzten Uniform, den wir aus unerfindlichen Gründen den »Kapitän« nannten, erwartete uns auf dem Kai. Seine Aufgabe beschränkte sich darauf, uns einen Weg durch die Menge zu bahnen und uns voranzugehen bis zu dem Zug, der auf die Schiffspassagiere wartete, um sie zum Hauptbahnhof zu bringen. Dort stiegen wir in den D-Zug nach Rom.

Wir vier fuhren erster Klasse, und trotz unseres vielen Gepäcks gelang es uns nicht, das Abteil ganz zu besetzen. Vor der Abfahrt und solange Pasquale und die beiden Zofen so taten, als seien sie für uns beschäftigt, »schuf das Fülle« und wir hatten nichts zu fürchten. »Fülle schaffen« war die Taktik, die Großmama sich ausgedacht hatte. Aber sobald der Zug abgefahren war und unsere Bedienten ihre Plätze in der zweiten Klasse eingenommen hatten, wurde die Gefahr auf jeder Station größer. Die leeren Plätze könnten Liebhaber finden, und dann müßten wir mit Fremden reisen, eine nur schwer zu ertragende Zumutung. Der Leser wird der Meinung sein, wir hätten das vermeiden können, wenn unser Personal bei uns geblieben wäre. Das ist richtig, aber damals hielt man es für undenkbar, daß es keinen Klassenunterschied zwischen Herrschaft und Dienerschaft geben sollte. In verschiedenen Abteilen zu reisen war einfach selbstverständlich. Also mußte man vor dem nächsten Bahnhof Maßnahmen ergreifen, um Eindringlinge abzuschrecken, und da erwies sich meine Mutter als listenreich:

»Benimm dich flegelhaft«, sagte sie. »Spiel verrückt.«

Bis dahin war mir immer das Gegenteil befohlen worden. Verboten ... Und nun bewirkte der Zug seltsamerweise, daß dieses Wort seinen Sinn verlor. Wie ein gut aufgezogener Automat befolgte ich an jedem Bahnhof die Anweisungen meiner Mutter mit der erforderlichen Energie.

Eine weitere Quelle des Vergnügens waren die Schlafwagen. Die Schaffner in ihren dunkelbraunen Uniformen, der dicke Teppichboden, die Betten übereinander, all das entzückte uns, vor allem aber die Inschrift über dem Waschbecken: *»Sous le* *lavabo se trouve un vase.«* (Unter dem Waschbecken befindet sich eine Schüssel – gemeint war ein Nachttopf.) Nach unserer Rückkehr nach Sizilien pflegten wir bei Tisch (zur Empörung unserer Gouvernanten) diesen Satz in dem Augenblick auszusprechen, in dem einem Gast die Saucière gereicht wurde, und je nach dem, ob er sofort verstanden wurde, oder nicht, beurteilten wir die Weltläufigkeit des Gastes. Gereist zu haben und französisch zu sprechen war in unseren Augen die höchste Empfehlung.

Wieviele Städte haben wir auf diesen Reisen kennengelernt, und was haben wir nicht alles gesehen – heute kommt es einem vor, als wäre das in einem anderen Zeitalter gewesen, und das war es auch, und jenes Zeitalter ging seinem Ende entgegen. In Wien, damals die Hauptstadt eines großen Reiches, stiegen wir im Hotel Imperial am Ring ab, sehr eindrucksvoll mit seiner Marmortreppe und dem nicht enden wollenden roten Teppich. Wenn wir nicht damit beschäftigt waren, die Konditoreien aufzusuchen – unsere Damen sprachen von Demel wie von einem Heiligtum –, machten wir uns auf, den alten Kaiser aus der Hofburg kommen zu sehen. Täglich erschien er gegen vier Uhr in einem offenen Wagen, leicht gebeugt, und grüßte mit einer kaum angedeuteten Geste erst nach rechts, dann nach links, ohne daß sich sein unbeweglicher Gesichtsausdruck änderte. Wir zweifelten fast daran, daß er am Leben war. Seine Hände – hatten sie sich bewegt, oder hatten wir es uns nur eingebildet? In Sizilien wurden im 17. Jahrhundert vornehme Tote wie Lebende in Sänften[60] auf den Friedhof getragen. Der Verstorbene erreichte seine letzte Ruhestätte sitzend, wenn auch diskret auf seinem Sitz festgeschnallt, und den Vorübergehenden fiel nur auf, daß seine Miene etwas trauriger als gewöhnlich und die Sänfte schwarz war.

In Wien schienen die Leute an die täglichen Ausfahrten von Franz Josef gewöhnt zu sein. Kaum daß einige Herren ruhig und würdig den Hut abnahmen und einige Damen einen sehr diskreten Knicks andeuteten. Es gab weder Beifall noch Zurufe, wenn der zu einer Legende gewordene Kaiser vorbeifuhr. Man sah weder Polizei noch Leibwachen auf der Straße. Alles ging vor sich, als ob gar nichts wäre.

Bei der Messe in der Hofburg, für die man Eintrittskarten bekommen konnte, was sich unsere Damen nicht entgehen ließen (meine Mutter aus Frömmigkeit, meine Großmutter aus Neugier), erschien mir die Haltung der Soldaten, die bei der

Erhebung der Hostie das Gewehr präsentierten und dabei ein Knie auf dem Boden hatten, besonders feierlich und der Messe eines Kaisers wahrlich würdig.

Einen zweiten feierlichen Augenblick während unseres Aufenthalts in Wien erlebte ich in der Oper. Wir hörten Enrico Caruso in *Rigoletto.* Er war der einzige, der an dem Abend italienisch sang, alle anderen Rollen wurden deutsch gesungen. Das minderte die Begeisterung der vielen anwesenden Italiener nicht. Sie brachten Caruso eine nicht enden wollende Ovation dar und überreichten ihm auf offener Szene einen Lorbeerkranz mit einer Schleife in den italienischen Farben. Nach dem entsetzlichen Andante *Cortigiani, vil razza dannata,* nach Gildas Liebe und ihrem grausamen Tod und dem Schmerz des Hofnarren dann die Rufe der italienischen *comitiva* und jetzt der Lorbeerkranz für Caruso – das war zuviel für mich. Ich brach in Schluchzen aus. Ich sehe mich noch, wie ich kummervoll heiße Tränen vergoß, ohne mich weder um die Verwunderung unserer Nachbarn zu kümmern, die sich fragten, was das arme Kind so traurig gemacht haben könnte, noch um den Spott meiner Schwester oder die offensichtliche Mißbilligung meiner Großmutter. Die starken Frauen der Familie sahen in meiner Empfindsamkeit etwas anormal Kindliches.

Von Wien fuhren wir mit dem Schiff nach Budapest, denn wenn man die Donau in ihrer ganzen Schönheit sehen wollte, mußte man sich in die ungarische Hauptstadt begeben. Kaum waren wir am Duna Palota angekommen, beschlossen wir, am Ufer der Donau spazierenzugehen, aber es blieb bei dem Vorsatz, denn wir wurden von dem Schaufenster von Gerbault gefesselt, das mit Fug und Recht als die berühmteste Konditorei in Europa galt. Das Schaufenster bot wirklich einen herrlichen Anblick.

Um das Renommee zu begreifen, dessen sich Gerbault erfreute, muß man wissen, daß es nicht eine Konditorei war, sondern eine Institution, in der die Kuchen zu einem moralischen Gebot erhoben waren. Die Marmortische, an denen man Platz nahm, waren Ausdruck eines sozialen Prestiges. Man traf bei Gerbault nur distinguierte Leckermäuler, die schweigend und hingebungsvoll die Köstlichkeiten verzehrten. Auch die Servierfräulein waren sehr vornehm. Sie nannten ihre Kundinnen »gnädige Frau«, trugen knappe, schwarze Kleider, weiße Häubchen und spitzenbesetzte Schürzen, bedienten sich silberner Kuchenzangen und gingen auf Zehenspitzen. Sie waren außerordentlich hübsch, man traute ihnen reiche Freunde zu. Die Kellnerinnen von Gerbault fühlten sich der ersten Sängerin der Kaiserlichen Oper ebenbürtig.

Trotz der Schönheit des Landes hielt es uns in Ungarn nur wenige Tage. Die Reise in die Schweiz wurde als eine unstreitige Notwendigkeit hingestellt, als eine Wohltat für Leib und Seele. Nach Österreich und Ungarn besuchten wir wieder das Land, das vorbildlich war mit seiner Ordnung, seiner Sauberkeit, seiner Pünktlichkeit und maßvollen Romantik, lauter Eigenschaften, die zu rühmen Großmama nicht müde wurde. Wir fuhren also in die Schweiz. Ich begann mich allerdings schrecklich zu langweilen und fand unser gemächliches Herumziehen von einem Hotelpalast zum anderen, wo ich keine Spielgefährten fand, und von einem See zum anderen nicht gerade begeisternd, abgesehen von zwei Erlebnissen, die wir entweder 1911 oder 1912 hatten.

Vor dem Ersten Weltkrieg war der Autoverkehr in einigen Alpenkantonen noch verboten. Um ihre Schönheit kennenzulernen, mußte man eine Kutsche mieten. Unsere kühne Großmutter, die nicht nur unternehmungslustig war, sondern auch Sinn für die Romantik des Reisens hatte, beschloß, über den Sankt Gotthard-Paß zu fahren, eine Expedition, zu der man in Göschenen aufbrach, um nach drei Tagen in Airolo zu sein. Mit dem Zug durch den Gotthard-Tunnel hätten wir die Strecke in einer halben Stunde zurückgelegt, aber nichts von den Bergen gesehen.

Wir zählten insgesamt acht Personen, unsere beiden Damen, Maria Felice und Maria Giulia, die unzertrennlichen Kusinen, ich, der Benjamin der Gesellschaft, die beiden Zofen und der unglückliche Pasquale, der immer verwirrter wurde. Wenn ich mich recht erinnere, war die Kutsche ein imposantes Gefährt, von vier Pferden gezogen, ein Mittelding zwischen einem Landauer und einer Postkutsche, so daß wir alle Platz fanden. Das Wetter war prächtig, und in den ganzen drei Tagen konnten wir das Verdeck unten lassen. Die verlockendsten Plätze der Kutsche, die auf einer höheren Ebene und daher außer Sichtweite von Mutter und Großmutter lagen, befanden sich hinten und vorn hinter dem Kutschbock. Ich durfte dort wegen meiner bekannten Unbeherrschtheit nicht sitzen, sondern mußte in der Mitte und unter ständiger Überwachung Platz nehmen. Von dort aus sah ich zwei der mächtigsten Flüsse Europas in ihrem Quellgebiet, den Rhein, der noch ein Wildbach war, und die Rhone, ein durchsichtiges Rinnsal, das über Kiesel plätscherte. Ich vermochte mir nicht zu erklären, wie aus diesem schmalen Wasserlauf der majestätische Strom werden konnte, den ich an den Mauern von Avignon hatte vorbeifließen sehen. Das war für mich der erstaunlichste Anblick.

Sehr erfreulich waren die Übernachtungen in blitzsauberen kleinen Gasthäusern. Aber am meisten Spaß machte es uns, auf steilen Strecken, wenn die Pferde nur langsam vorankamen, auszusteigen und ein Stück zu Fuß zu gehen. Wir ließen keine Gelegenheit aus, uns die Beine zu vertreten und Enzian zu pflücken, der in Mengen im Straßengraben wuchs, auch wenn wir dann rennen mußten, um die Kutsche vor der nächsten Kehre einzuholen. Im 19. Jahrhundert war jeder, der nach Italien reiste, mit der Postkutsche oder anderen Pferdewagen über die Pässe gefahren, und wir machten es genauso. Damals war ich mir dessen nicht bewußt, aber später ist mir der Gedanke oft durch den Kopf gegangen.

Nach dieser Fahrt über den Sankt Gotthard erschienen mir die anderen Unternehmungen, die meine Großmutter organisierte, vergleichsweise unbedeutend. Der Malojapaß machte mir wenig Eindruck. Wir waren von Sankt Moritz aufgebrochen, also schon in ziemlicher Höhe, so daß für meinen Geschmack nicht mehr genug Steigungen kamen. Im Vergleich zum Sankt Gotthard erschien mir die Straße eben und eintönig. Uns war versprochen worden, daß auf dem Paß Schnee liegen würde, weiß wie der Gipfel der Jungfrau. Statt dessen fanden wir an der Gastwirtschaft, wo wir zu Mittag aßen, nur schmutzig-graue und verkrustete Reste. Die Tatsache, daß wir da einen Orgelspieler mit seinem zahmen Murmeltier trafen, war ein unzulänglicher Trost. Es kam uns alles banal vor. Von dort führte die Straße gemächlich und langweilig hinunter in die Lombardei. Dort erwartete uns das trübsinnige 20. Jahrhundert in Gestalt einer seiner bemerkenswertesten Errungenschaften: eines Zuges. Von Chiavenna brachte uns ein rüttelnder und pfeifender Eisenbahnzug nach Mailand. Für diese Stadt habe ich mein Leben lang nur begrenzte Sympathie empfunden, und zwar wegen zwei mißlichen Erfahrungen im Kindesalter: weil ich bei einem Spaziergang im öffentlichen Park ins Wasser gefallen bin, als ich eine Rasse asiatischer Gänse aus allzu großer Nähe betrachten wollte; und weil mir ein andermal dort der Anzug ruiniert wurde. Er war sehr schön, eine schwarze Samthose, die ich nach vielen Diskussionen – meine Mutter fand, »September ist zu früh für Samt« – angezogen hatte, und ein weißseidenes Hemd, das ein kleiner Italiener korsischer Abstammung, Mathieu Pozzo di Borgo, ein wirklich widerlicher Bengel, sofort mit roter Farbe beschmierte.

Wenn sich das Verhältnis zwischen dem Korsen und dem Sikuler mit der Zeit auch besserte – zu guter Letzt wurden wir sogar gute Freunde –, und ich diesem achtjährigen Eifersüchtigen, diesem Mathieu verzieh, der mir ein grinsendes Gesicht mit Hörnern auf den Rücken gemalt hatte, weil ich mich von einer Traumbambina hatte fesseln lassen, so besserte sich das Verhältnis zwischen der industriellen Hauptstadt des neuen Italien und mir niemals. Nein, ich liebte Mailand wirklich nicht.

Paris fand ich dagegen bezaubernd. Jedes Jahr fuhren wir dorthin. Wenn wir von Mailand nach Paris fuhren, kehrten wir aus der Fremde in ein bekanntes und geliebtes Land zurück.

Zeit meines Lebens bin ich ein begeisterter Paris-Pilger gewesen und habe mich dort oft und lange aufgehalten. Aber das Paris von damals... Ich muß mich sehr anstrengen, um es wieder einzufangen. Seine Gerüche, seine Farben, seine Geräusche... Ich höre noch das Rollen von Pferdewagen und das Hufgeklapper auf dem Holzpflaster in der lila Dämmerung von Oktoberabenden, das seltene Erschallen von Autohupen, die wie unanständige Auswüchse an den Windschutzscheiben der ersten Taxis saßen, die Rufe von Zeitungsverkäufern, die *»Paris-Sport!«* schrien, und die boshaften Behauptungen von Maria Felice, diesem reizenden Geschöpf, die uns weismachen wollte, sie riefen »L'Aristo«, und das bedeute »Aristokraten aufhängen« und sei also ein untrügliches Zeichen, daß eine neue Revolution bevorstehe! Und ich sehe es wieder vor mir, wie auf der Place Vendôme die Gaslaternen eine nach der anderen angezündet wurden und der Herbstregen einen Lichthof um sie herum schuf, wie ein dichter grauer Dunstschleier alles einhüllte und sogar die Säule verschwinden ließ, auf der wie ein Olympier (und daher für uns auf eine heimatliche Weise) ein Mann in einem antiken Gewand thronte.

Durch die Fenster des Ritz jener Zeit, so sehr à la Proust wie nur möglich, atmeten wir Paris ein. Niemals habe ich mich mehr in Sicherheit gefühlt und war nie glücklicher als in diesen behaglichen Räumen, umgeben von Menschen, die ich liebte.

Nachmittags besuchten wir manchmal die in Paris lebenden Sizilianer. Vor allen den Herzog di Camastra, der in Passy wohnte. Seine Frau, geborene Rose Ney d'Elchingen, war eine Freundin meiner Mutter. Der Herzog schickte uns mit seinen Nichten, Paule und Caroline Murat, in den Garten, was die einen wie die anderen erbitterte, denn wir hatten uns nichts zu sagen. Doch erinnere ich mich noch, daß meine Mutter versuchte, uns auf diese Besuche vorzubereiten, indem sie darauf hinwies, daß wir uns unter allen Umständen mit den Bräuchen abfinden müßten: »Denkt daran, daß Murat König beider Sizilien gewesen ist, und überdies war er untadelig«, was Maria Felice eiskalt ließ. Ihre Meinung war unumstößlich. Ein Reiterbild des unglücklichen Souveräns, in seiner Glanzzeit und in doppelter Lebensgröße gemalt, das im Pariser Vorzimmer der Camastras hing, hatte sie ein für allemal davon überzeugt, daß dieser König nichts tauge. Der Grund für dieses vernichtende Urteil war, daß auf diesem Gemälde sein Sitz erbärmlich war und er die Ellbogen nicht angelegt hatte.

Dann kam der obligatorische Besuch in der Rue de Ranelagh bei einem Ehren-Sizilianer, dem Baron Rousseau. Er war lange französischer Generalkonsul in Palermo gewesen. Auch er hatte einen Garten, in dem Statuen mit steinernem Gesicht uns bei unseren Spielen mit seiner Tochter zuschauten, der hübschen Loulou, die sich als genügend sizilianisiert erwies, um unsere einzige Pariser Freundin zu werden.

Wir gingen oft in die Parks: in den *Jardin d'Acclimatation* (Zoologischer Garten), dessen zahmen Elefanten und das Zebra, auf denen wir ritten, ich nie vergessen habe; in den Botanischen Garten und seinen Zoo, der, obwohl er weit weg war und nichts von einem Garten Eden an sich hatte, uns beglückte (sehr viel später begriff ich den tieferen Grund für unser Entzücken: wir konnten unserer Tierliebe wieder frönen); in den Luna Park mit seinen Berg- und Talbahnen, dem Spiegelkabinett und den kleinen tückischen Brücken, auf die wir die vertrauensselige Sandrina schubsten, die voll Schrecken bemerkte, wie sich ihre Röcke durch künstliche Zugluft aufblähten und dann hoben. Von diesen Spaziergängen kehrte sie aufgebracht, entrüstet und in vorwurfsvolles Schweigen gehüllt nach Hause zurück.

In den Tuilerien verachteten wir die von stinkenden Ziegen und räudigen Eseln gezogenen kleinen Wagen, und ebenso verachteten wir das Marionettentheater, dem es im Vergleich mit unserem Pupi-Theater an Schwung mangelte. Wir hatten nur Augen für einen alten Mann mit Patriarchenbart, der mit der Reglosigkeit einer Statue auf einer Bank saß und die Vögel einlud, auf seinen Armen, Schultern und dem zerbeulten Hut Platz zu nehmen. Wir nannten ihn »die verkehrte Vogelscheuche«. Der Vogelbändiger hätte uns fast vergessen lassen, daß wir in den Tuilerien waren, um das bißchen Erde einzusammeln, das wir, wie versprochen, der lieben Toré bringen mußten, unserer palermitanischen Dame.

In der ersten Zeit meiner Jugendliebschaft mit Paris bin ich oft im Zirkus gewesen, dem Medrano, dem Nouveau Cirque und dem Cirque d'Hiver, und ein- oder zweimal haben wir sogar vor einer Tasse Tee im Palais de Glace gesessen, wo wir keineswegs Schlittschuhe anschnallen, sondern lediglich Schlittschuhläufern zusehen wollten, damit wir nach unserer Rückkehr in Sizilien vor unseren Freunden mit unseren angeblichen Heldentaten protzen konnten. Was würden wir ihnen erzählen? Daß wir einen Lehrer hatten, der eine tressenbesetzte Husarenjacke und eine Persianermütze mit Aigrette trug und uns beibrachte, eine Acht auf dem Eis zu laufen und auf Schlittschuhen Walzer zu tanzen. Ungefährliche Prahlereien in einem Land ohne Eis. Und nicht die geringste Chance, daß es das je geben würde. Wir konnten flunkern, soviel wir wollten, nie würden wir unser angebliches Können unter Beweis stellen müssen.

Aber unsere Großmutter fand, daß unser Zeitvertreib in Paris zu wenig bildend sei. Sie warf uns vor, daß wir »die Stätten des Geistes«, wie sie es nannte, überhaupt nicht kannten, sondern nur die Pariser Lieferanten unserer Mutter. Tatsächlich konnte ich die Namen ihrer Parfümerie, ihres Friseurs, ihres Juweliers, ihrer Schneiderin sehr viel besser aufsagen als meine lateinischen Deklinationen. Meine Kenntnis von Paris beschränkte sich auf zwei Achsen, von der Oper zum Palais Royal und von den Tuilerien zur Place Vendôme, denn mir war klar, daß alles, was »Rang und Namen« hatte, sich dort befand. Wir wurden mit Gewalt in die Nachmittagsvorstellungen klassischer Stücke in der Comédie Française geschleppt. Da ertrug ich unter heftigem Gähnen *Der Bürger als Edelmann* und *Die gelehrten Frauen.* Wie konnte ich das auch verstehen? Um Molière zu lieben, hätte ich jemanden kennen müssen, der ihn liebte, und wie ich schon erwähnte, habe ich überhaupt keine richtigen Lehrer gehabt.

Die Märchenvorstellungen im Theater Châtelet dagegen, *Der gestiefelte Kater* und *Aschenputtel* oder die Welt von Jules Verne, vor allem *Der Kurier des Zaren* oder *In achtzig Tagen um die Welt,* entsprachen meinem Niveau. Meine sizilianische Vorliebe für das Dramatische kam bei den grausamsten Szenen auf ihre

Kosten. »Sieh dich um, Michel, sieh dich zum letztenmal um«... ehe Strogoff mit einem glühenden Eisen die Augen ausgebrannt werden – diese Szene erschreckte mich weder mehr noch weniger als die grausamen Folterungen der ersten Christen, die auf den Gemälden in der Galleria des Palazzo Verdura dargestellt wurden. Das Grauenvolle störte mich nicht. Ich befand mich hier auf vertrautem Boden.

An der Fassade des Châtelet verkündeten riesige Plakate, daß es sich bei den Aufführungen um »Ausstattungsstücke« handle, und auch das war nicht überwältigend für mich. Als Stammgast im Teatro Massimo war ich ein anspruchsvoller Zuschauer, dem man nichts vormachen konnte. Die Inszenierung von *Reise um die Welt,* der Angriff der Rothäute auf den Eisenbahnzug, das Fließband, auf dem die Pferde gleichsam mit verhängten Zügeln dahinpreschten, die Waldkulissen, die sich in umgekehrter Richtung zur Lokomotive bewegten, das Geschrei der Indianer, die Revolverschüsse, die donnernden Geräusche, die aus dem Orchestergraben kamen, all das, was die Pariser, die Provinzler und die Fremden, die aus allen Hauptstädten Europas gekommen waren, verblüffte, erschien mir ganz alltäglich.

Wenn man einen Erwachsenen fragt, welches Schauspiel oder welche Entdeckung in seiner Kindheit ihn geprägt habe, wird er einem eine Antwort geben müssen, die ihn selbst erstaunt, und oft wird es ihm sehr schwer fallen zu sagen, warum ihm dieses oder jenes besonders gefiel, und er wird es nicht erklären können. Das ist bezeichnend für das Altern: die Unfähigkeit, eine bestimmte Einstellung aus der Kindheit wiederzuerschaffen. Die jetzige Vorstellungsgabe schafft es nicht mehr. In diesem Sinne bin ich entsetzlich alt geworden, denn ich kann beim besten Willen nicht sagen, warum *Der blaue Vogel* von Maurice Maeterlinck, an dem mich heute das Konventionelle und Süßliche stört, damals für mich eine umwerfende Offenbarung war, eine Zauberreise, die in meinen Träumen etwas Zwanghaftes annahm. Das Märchen wurde in einer Nachmittagsvorstellung in einem Theater nahe den Champs-Elysées gegeben. Sechs Akte und zwölf Bilder... Kaum war ich abends eingeschlafen, da erschien mir Georgette Leblanc als Lichtfee mit ihren schimmernden, goldenen Pailletten. Sie beherrschte meine Träume. Sie brachte mich an Orte, die zugleich bekannt und unbekannt waren und von denen ich, wie ich wußte, nicht zurückkommen würde. Im Schlaf waren Maeterlincks Gärten des Glücks nicht mehr vom Garten der Villa Niscemi zu unterscheiden. Eine Fee zeigte mir den Käfig, wo der blaue Vogel auf mich wartete. Ich erkannte das Fenster meines Schlafzimmers zu Hause: da hing der Käfig. Mal war es Georgette Leblanc, die mir zu ihm hinaufhalf, mal erreichte ich ihn auf prosaischere Weise: über die Rolltreppe der Galerie Lafayette, die ich zu meinem Entzücken kürzlich entdeckt hatte.

Die geträumte Reise zum blauen Vogel ging immer sehr langsam vonstatten, und lebensgefährliche Hindernisse türmten sich auf, die kein Ende nehmen wollten. Historische Persönlichkeiten, die etwas Unheimliches an sich hatten, versuchten sich einzumischen und mir jede Flucht zu verbieten. Manchmal waren es Napoleon und Josephine, die zu weinen anfingen, als wären sie meine Eltern (Erinnerung an die tränenreiche Trennung, die ich einige Tage zuvor im Musée Grévin – dem Pariser Wachsfigurenkabinett – gesehen hatte); manchmal war es Marat, der wütend aus seiner Badewanne kam und mir nachlief; manchmal waren es Ratten aus dem Kerker Ludwigs XVII., die mich verfolgten. Gleichzeitig tauchten in meinen Träumen Szenen auf, die nicht erfunden waren. So sah ich, gleichsam wie in einem Spiegel, im Traum den Zwischenfall im Musée Grévin wieder, der die Folge davon war, daß unsere Kusine Maria Giulia, Maria Felice und ich auf den Gedanken gekommen waren, Wachsfiguren zu spielen, weil nämlich einige hier und dort auf Bänken oder Stühlen saßen, als wären sie Museumsbesucher. Maria Giulia brachte eine Reglosigkeit zustande, die an ein Wunder grenzte, und starrte die Leute an, ohne auch nur mit der Wimper zu zucken. Ich war auch nicht schlecht in meinem Matrosenanzug von Peter Jones. Dabei war meine Aufgabe sehr viel mißlicher, weil ich auf einer Bank saß, meine Füße nicht auf den Boden reichten und es wirklich schwierig war, sie ruhig zu halten. Seltsam, dieses Bedürfnis von so jungen Menschen, sich zugleich als Zuschauer und Schauspieler zu fühlen.

Ich will das peinliche Erlebnis, das, wenn ich es in meinen Träumen wiedererlebte, wie eine Explosion war und mich jedesmal weckte, nicht in allen Einzelheiten schildern. Halten wir lediglich die dramatische Beschleunigung der Handlung fest, als ein französischer Junge, in meinem Alter und sehr sommersprossig, die Hand in eine Tasche steckte, die er für die einer Wachsfigur hielt, um meine Trillerpfeife zu stehlen. Das ging zu weit, und es folgten die fatale Ohrfeige, das bizarre Auftauchen eines riesigen Hutes, unter dem sich eine höchst aufgebrachte Person ereiferte, die Mutter des Geohrfeigten, der nicht zu überbietende Zorn zweier sizilianischer Furien, Maria Giulia und Maria Felice, die mir zu Hilfe eilten, kampfbereit, zwei Amazonen, die mit typisch mediterraner Gerissenheit zur allgemeinen Verwirrung beitrugen, indem sie vorgaben, kein Wort Französisch zu sprechen. Dann das Erscheinen des Museumswärters mit vor Entsetzen geweiteten Augen, die langen Schritte, mit denen wir ohne viel Federlesens zum Ausgang geführt wurden, während die restlichen Beteiligten immer noch brüllten, schließlich die ironische und wütende Geste, mit der der Museumswärter auf das Straßenschild »Boulevard des Italiens« wies, als wollte er sagen, das sei wohl ein prophetischer Name, und dann das Knallen der Museumstür hinter uns.

Zuerst eingeschüchtert, dann entzückt von unserer Kühnheit, stellten wieder einmal unsere vollkommene Solidarität angesichts des ständigen schlechten Betragens, das wir stolz für uns in Anspruch nahmen, fest. Nur konnten wir uns die perfide Anspielung auf unsere Nationalität schlecht erklären. Das war gleichsam ein plötzlicher Sturz ins Banale. »Italiener ...« Wir waren also *diese* Italiener. Unsere so lebhaft empfundene Insellage hatte uns nicht daran gewöhnt, in der Masse unterzugehen. Sie machte uns zu etwas Besonderem und genügte uns vollauf.

Die Dynastien des süßen Weins

Etwa drei Kilometer von der Villa Niscemi entfernt wohnte in der Villa Sofia eine englische Familie, die Whitakers, oder vielmehr die Robert Whitakers, um sie von den beiden anderen Zweigen derselben Familie zu unterscheiden, die ebenfalls in Palermo lebten. Sie alle gehörten zu einer der Dynastien englischer Winzer, die nach Sizilien gekommen waren, nachdem einer von ihnen im 18. Jahrhundert einen Wein entdeckt hatte, der ihm im höchsten Grade verlockend erschien und der in Europa unbekannt war: der Marsala.

Die Reise nach Sizilien galt damals als so gefährlich, daß man wichtige Beweggründe haben mußte, um sie zu unternehmen. Und die Beweggründe des ersten Gentleman, der sich in diese Gegend gegenüber der Großen und Kleinen Syrte wagte, waren beileibe nicht touristische. John Woodhouse war Weinimporteur und belieferte regelmäßig die berühmtesten Haushaltungen im Vereinigten Königreich. Bei seinem Aufenthalt in Marsala fiel ihm der hohe Alkoholgehalt des dortigen Weins auf. Er war erstaunt über seine Blume, sein feuriges Bukett und seine dunkle Farbe wie altes Gold. Das war nicht das Ende seiner Überraschungen. Ihm war gesagt worden, die Sizilianer seien schreckliche Menschen, die immer gleich zum Messer griffen, das Volk sei faul, die Sonne mörderisch, die Insel unbewohnbar und er werde dort den entsetzlichsten Mißlichkeiten ausgesetzt sein. So und so oft hatte er das zu hören bekommen. Er fand das Volk sympathisch und die Gegend die schönste der Welt. 1773 ließ er sich in Marsala nieder, baute ein *stabilimento,* wie man es noch nie gesehen hatte, da Wein bisher nur für den Familiengebrauch angebaut worden war, und neue Weinberge erstreckten sich über die Hügel der Umgebung.

John Woodhouse wurde rasch reich. Nelson war an seinem Erfolg nicht unbeteiligt. Der Admiral ließ den Wein der Firma Woodhouse an die ganze Mittelmeerflotte ausgeben. Damit bezweckte er nicht allein, die Verpflegung seiner Matrosen aufzubessern, sondern auch, die englische Vormachtstellung auf der »dreckigen Insel« auszubauen. Denn ermutigt durch das Beispiel von John Woodhouse, kamen sofort andere Engländer nach Sizilien und ließen sich dort nieder. In zeitlicher Reihenfolge der zweite war Benjamin Ingham, ein Mann von ganz anderem Kaliber als John Woodhouse. Er gehörte schon zu der Sorte Männer, aus der sich die heutigen Profitjäger rekrutieren. Er beschränkte sich nicht darauf, die britische Flotte zu verproviantieren, seine Weine nach England zu exportieren, um sie beim Adel seines Landes bekanntzumachen und von den Prinzen am Hof würdigen zu lassen. Er lieferte sie auch in die Vereinigten Staaten, nach Brasilien und sogar in den damals in Sizilien wenig bekannten Erdteil Australien. Dann wollte er noch reicher werden, indem er den umgekehrten Weg einschlug. Dank seinen Bemühungen wurde Sizilien überschwemmt mit britischen Produkten, Keksen, Silberwaren, feinen Stoffen und Spitzen, und jedes Haus, das auf Schicklichkeit bedacht war, hielt sich für verpflichtet, mindestens ein Service aus englischem Porzellan zu besitzen.

Mit Ingham war der größte Teil des Handels der Insel den Engländern in die Hände gefallen. Würden seine Nachkommen ebenso tüchtig sein? Ingham zog ihnen seinen Schwiegersohn vor und gründete mit ihm etwa 1806 die Firma Ingham Whitaker & Co. Und damit kommen wir zu unseren Nachbarn, denn dieser Whitaker, ein geschickter Spekulant, war der Ahnherr des Robert Whitaker in der Villa Sofia und der beiden anderen Whitakers, die in Palermo die erste Geige spielten oder es sich wenigstens einbildeten: Joseph und seine Familie in der Villa Malfitano, umgeben von einem riesigen Garten im Stadtviertel Olivuzza, und die Joshua Whitakers, die in einem seltsamen Gebäude, einem gotisch-venezianischen Stilgemisch, in der Via Baria wohnten, nicht weit vom Teatro Massimo mitten in der Stadt.

Das englische Ehepaar in der Villa Malfitano bestand aus Mrs. Tina Whitaker, einem langaufgeschossenen, mageren Geschöpf mit strengem Gesicht und einem ziegenähnlichen Profil, und ihrem liebenswürdigen Mann, den sie »Peppinine« (statt Peppino) nannte und dabei überzeugt war, dieses Kauderwelsch sei sizilianisch. Joseph hatte einen Spitzbart, war höflich und sehr würdevoll. Seine Sammlung ausgestopfter (und ziemlich mottenzerfressener) Vögel stach stark vom Prunk seiner Behausung ab, aber seine Sammlung phönikischer Kunstwerke lag ihm ebenso am Herzen. Sie stammten von der bezaubernden Insel Mózia[61] im Golf von Stagnone. Er führte dort völlig ungestraft ergiebige Ausgrabungen durch. Die ganze Insel gehörte ihm.

Die beiden Töchter Whitaker, älter als ich und ziemlich affektiert, waren, wie mir gesagt wurde, die Zierde der Villa Malfitano und Musterbeispiele für die Errungenschaften der britischen Erziehung. Ich kannte sie kaum, und das einzige, was ich an ihnen interessant fand, waren ihre Vornamen, Norina und Delia. Denn so hießen die beiden Hausmädchen von Mrs. Brown, der sanften Mutter, die immer die Streiche meines geliebten Buster Brown[62] ertragen mußte, der mich in meiner Kindheit so entzückte. Norina und Delia, merkwürdige Namen, vor allem wenn man weiß, daß die Dame Whitaker an Snobismus nicht zu übertreffen war. Die Photographien regierender Fürsten und Königlicher Hoheiten in mit Kronen versehenen silbernen Rahmen auf ihrem Flügel waren ein eindrucksvoller Beweis dafür. Sie hatte die Gewohnheit, ihre Empfänge mit einer musikalischen Einlage zu beschließen, und pflegte dann *Das Ideal* zu singen, eine Romanze von Tosti. Sie spielte aber auch gern die große Dame und hielt sich aus Gründen, die uns unerfindlich waren, allen anderen Whitakers in Sizilien für weit überlegen.

Noch seltsamer war die Frau von Joshua Whitaker. Denn Effie, eine kleine, rundliche, viktorianische Erscheinung, nahm, wo immer sie auch hinging, in Geschäfte, ins Theater oder zu Besuch, einen großen Papagei mit, der wie ein Falke auf ihrer behandschuhten Hand saß. Da der bunte Vogel mit einem sagenhaften Appetit gesegnet war, hielt sie in der linken Hand noch zusätzlich eine silberne Tabaksdose voller undefinierbarer Bröckchen, Kuchenreste, Brotkrümel, Zuckerwaren und dergleichen, die der Papagei unablässig aufpickte.

Effie ging auch nie ohne einen Stock mit Jaspisknauf aus dem Haus, den sie stolz in der rechten Hand hielt, als wäre er ein Zepter. Es war offenkundig, daß sie dieses Requisit nicht brauchte, um sich darauf zu stützen, sondern um damit anzugeben, und es war ebenso offenkundig, daß man Engländerin sein mußte, um sich so ungeniert so verschroben zu gebärden.

Der Papagei war ein Bestandteil der palermitanischen Folklore geworden und trug dazu bei, die drei Zweige der Familie Whitaker auseinanderzuhalten. Denn man nannte sie nicht nach den jeweiligen Vornamen der Familienoberhäupter, sondern bediente sich anderer Unterscheidungsmerkmale und sagte: Whitakers Villa Sofia, Whitakers Villa Malfitano und Whitakers Pappagallo (Papagei).

Was gibt es noch von den Dynastien des süßen Weins zu berichten? Die Dame mit dem Papagei war eine begeisterte Tennisspielerin und hatte nicht weniger als drei Tennisplätze in ihrem Park, die Hölle, Fegefeuer und Paradies genannt wurden. Die Zulassung zu diesen Plätzen war streng geregelt. Anfängern stand nur die Hölle zur Verfügung, aber erst, nachdem sie einen Beweis ihres Talents abgelegt hatten. Meine Schwester mußte eines Tages die grausame Erfahrung machen, als Effie sie aufforderte, zur Probe einige Bälle mit ihr zu wechseln. Die Herrin des Hauses setzte ihren Papagei ab und entledigte sich ihres Stocks, ehe sie sich mit dem Racket in der Hand zur Hölle begab. Der Ballwechsel war kurz. Nach dem ersten Aufschlag, Effies, hörte Maria Felice sie ausrufen: »Dies Kind hat nicht mehr Talent für Lawn-Tennis als eine Katze!« Und das war alles. Effie nahm ihren Papagei und ihren Stock und ging von dannen.

Für das Fegefeuer mußte man sich lange vorher anmelden. Das Paradies hingegen war einigen wenigen Erwählten vorbehalten. Nur die wirklichen palermitanischen Tenniscracks wurden von der herrischen Effie anerkannt und zugelassen. Sie brauchte als Partner vollgültige Sportler in zunftgerechter Aufmachung: weiße Flanellhose ohne irgendwelche Kinkerlitzchen. Aber der Sport, wie sie ihn auffaßte, war keine vergnügliche Angelegenheit. Es war nicht die Stunde der Heiterkeit. Die Kinder wurden ferngehalten und Geschwätz verboten. Das Tennis im Paradies ähnelte eher einer Messe.

Es waren auch die englischen Dynastien, die in der palermitanischen Gesellschaft die Mode der *garden parties* einführten. Das sizilianische Klima eignete sich besonders gut für diese rituellen Zusammenkünfte im Freien, bei denen sich Damen in Seidenkleidern und großen, blumenbeladenen Hüten, den unerläßlichen Federboas und mit Sonnenschirmen aus Spitze vorteilhaft von einem Hintergrund aus Palmen, Zypressen und Platanen abhoben. Das Kommen und Gehen der Herren, in mehr oder weniger helles Grau gekleidet, den Strohhut unter dem Arm, denn nur einige wenige verstiegen sich zu Jacketts aus Rohseide, von Kavallerieoffizieren in bauschigen Reithosen mit himmelblauem Cape und schwarzen Stiefeln, all das gehörte zu einer Folklore, die wie die soliden englischen Möbel aus massivem Mahagoni dem Zahn der Zeit zu widerstehen schien.

Wenn die *garden party* im Park der Villa Malfitano bei der Dame Tina mit dem strengen Gesicht gegeben wurde, war der Grund für den Empfang immer die Durchreise von britischen Hoheiten, ein Besuch der englischen Flotte oder einfach der Aufenthalt eines Lords und seiner Lady bei den Whitakers. Ein riesiges gestreiftes Zelt mit spitzem Dach wurde auf einer Rasenfläche aufgeschlagen, um die Hauptpersonen des Tages aufzunehmen. Aber dieser fürstliche Prunk beeindruckte uns Kinder weniger als der Anblick der weißgedeckten Tische, auf denen sich in protziger Fülle alle guten Gaben Gottes häuften: unzählige Süßigkeiten, Pyramiden von Erdbeeren, Berge von Sorbetts und *granite.*

Die einzigen Whitakers, mit denen wir befreundet waren, waren unsere Nachbarn in der Villa Sofia. Sie hatten nichts von der Aufgeblasenheit und den Schwächen an sich, die bei den anderen an Lächerlichkeit grenzten. Robert Whitaker war etwas füllig und immer fröhlich, hatte einen Spitzbart und einen verschmitzten Blick. Er sammelte Halbedelsteine und seltene Pflanzen und war bis zu seinem letzten Atemzug so britisch, wie man nur sein konnte; Italienisch sprach er mit einem fürchterlichen Akzent und Sizilianisch völlig akzentfrei.

Er schockierte durch das, was die feine Gesellschaft am wenigsten gelten läßt: Unverblümtheit. Er war ein Mann der

Späße und des schallenden Gelächters. Er befleißigte sich mit Vorliebe jener Art von Humor oder Fopperei, die, anderswo als geistlos erachtet, nur von Engländern gewürdigt wird. In Großbritannien nennt man das *practical jokes.* Ein Beispiel: eines Abends war meine Mutter bei ihnen zu Gast, und als er bemerkte, daß sie ihren Teller etwas mißmutig betrachtete, sagte er:

»Keine Sorge, liebe Freundin, ein Haar werden Sie in der Suppe nicht finden, höchstens eine Wimper der Köchin.«

Oder auch der plötzliche Einfall bei einer Kindergesellschaft in seinem Haus, die abends stattfand – und es war das erstemal, daß ich abends ausgehen durfte. Ich muß wohl zwölf Jahre alt gewesen sein. Kaum hatten wir zu tanzen begonnen, eingedenk aller Lehren, die uns die Signorina Sulli erteilt hatte, und mit dem Eifer, mit dem Kinder sich Vergnügungen dieser Art hingeben, da erschien Robert Whitaker. Offenbar hatten wir sein Mißfallen erregt. Aber wodurch? Wir haben es nie erfahren. Er hatte ein besonderes Talent, einen aus der Fassung zu bringen. An dem Abend gab er dem Klavierspieler ein Zeichen, aufzuhören, versammelte uns alle um sich und sagte, als wäre es ein Scherz: »Wenn ich bei euch wäre, würde ich jetzt sofort nach Hause gehen.« Aber es war kein Scherz, sondern das Ende der Kindergesellschaft.

Seine Frau, die hübsche Maud, milderte durch ihre Liebenswürdigkeit die etwas übertriebene Unverblümtheit ihres Mannes. Sie war für mich der Inbegriff weiblicher Eleganz. Ich war überzeugt, daß in ihrer Kleidung ihre Gedanken Ausdruck fanden: ihre duftigen Kleider aus pastellfarbenen Stoffen, Federjabots, Schleier, um riesige Strohhüte drapiert, Pelze weich wie Samt, am Rand ihrer Toques wie ein lila Fleck ein Veilchenstrauß und vor allem ihr Parfum, das nach Wiesen duftete, »Ormonde« von Floris, glaube ich, entzückten mich. Zu Hause trug Maud Whitaker leichte *tea gowns.* Ich bewunderte sie wahnsinnig, und wenn ich mir ihr Bild in Erinnerung rufe, sehe ich sie in viele Meter Tüll gehüllt mit ihrer doppelten Perlenschnur, die ihr bis zum Saum reichte.

Ehrlich gesagt, wenn ich die Robert Whitakers so sympathisch fand, dann hatte das seinen Grund: ich war in ihre Tochter verliebt. Eileen, die erstgeborene, interessierte mich nicht. Sie war älter als wir, ging schon in Gesellschaft und nahm nicht mehr an unseren Spielen teil. Nein, es war die kleine Beatrice, mit Spitznamen Boots, dieses bezaubernde Geschöpf, die mehr als jeder andere dazu beitrug, meine Kindheit zu verschönen. Wenn ich mit ihr zusammen war, ließ ich mich von allen möglichen Illusionen übermannen. Ich hielt mich für stark und glaubte über Neigungen und Talente zu verfügen, die ich nicht besaß. Die liebe Boots mit ihren blaßblauen Augen, den aschblonden Haaren und ihrem seltsam gleitenden Gang wie ein etwas zögernder Schlittschuhläufer, oder als ob sie Rollschuhe anhätte. Oh, diese wunderbaren Nachmittage in der Villa Sofia im Zimmer von Mrs. Goodman, die ihre Kinderfrau gewesen war. Die Stille, nur unterbrochen vom Knistern der Holzscheite im Kamin, während Boots und ich uns auf dem Teppich mit einer Arche Noah aus der berühmten Spielzeugstadt Nürnberg vergnügten. Nichts fehlte, weder die Lastkähne, auf die wir die Tiere paarweise setzten, noch die schiefen Ebenen, die uns ermöglichten, die unendliche Vielzahl der der Sintflut Entkommenen in das rettende Schiff zu bugsieren.

Der Teppich wurde zur Oberfläche eines sanften Gewässers, auf dem wir uns bewegten und dabei immer auf Geräusche aus dem Erdgeschoß lauschten und den Augenblick fürchteten, in dem sich davon eine Stimme klar abheben würde: »Sechs Uhr, Fulco!«, die mich meinem Glück entreißen und mir befehlen würde, schleunigst herunterzukommen. Es war Zeit, in die Villa Niscemi zurückzufahren.

Boots begleitete mich zum Treppenpodest, um mir auf Wiedersehen zu sagen. Wir gaben uns die Hand, dann ging ich. Meine Schritte hallten auf der Treppe wider. Seltsam, daß ein alter Mann wie ich bei der Erinnerung an einen so kurzen Augenblick noch gerührt ist.

Boots trug immer eine kleine goldene Brosche, an der zwei winzige Stiefel mit eingelassenen Diamanten im Rosettenschliff hingen. Diese Anhängsel waren aber nicht der Grund für ihren Spitznamen, wie man hätte glauben können. *Boots* war vielmehr eine sikulisch-britannische Zusammenziehung des Wortes *bebuzza* (Baby), mit dem ihre sizilianische Amme sie bezeichnet hatte, die wie die meine aus dem Dorf Porticello stammte, wo sich die feinen Familien ihre Ammen besorgten.

Das Haus der Whitakers war ein Konglomerat von Renaissance-Motiven, das ein schlauer Architekt des 19. Jahrhunderts zusammengestellt hatte. Terrassen, Säulen, große und kleine Loggien, Fensterkreuze, Pfeiler und Türme, alles war vorhanden. Es stand im hinteren Teil eines bewundernswerten Gartens, in dem sich außer Palmen, halbtropischen Bäumen und seltenen Pflanzen eine Reihe Lauben und Pavillone befanden, außerdem eine Pferdekoppel und eine Reitbahn. Am Ende einer Allee lag eine strohgedeckte Hütte, die Boots' Privateigentum war.

Sobald man die Schwelle der Villa überschritt, befand man sich unbestreitbar auf britischem Boden. Alles, von der Standuhr mit den Messinggewichten bis zur eichenen Treppe, den geblümten Tapeten in den Zimmern, den Nippes auf den Tischen, dem Kaminvorsetzer und den Ledersofas, all das waren nur unterschiedliche Arten und Weisen, um ein und dasselbe Wort zu buchstabieren: Britannia.

Wo immer die Engländer auch hingehen, stets erschaffen sie von neuem ihre heimatliche Szenerie, selbst wenn sie sich einige Freiheiten zugestehen und dem Tagesgeschmack Opfer bringen, wie es die Whitakers taten, als sie sich erlaubten, auf der Wand im Treppenhaus ein altes Meßgewand und eine Stola aufzuhängen, die aussahen, als kämen sie direkt aus den Ateliers von Fortuny. So kam es, daß mir, als ich zum erstenmal in Großbritannien war, sofort die Villa Sofia und ihre Atmosphäre einfielen und mir sogar ihre Gerüche wieder in die Nase stiegen.

Ich befand mich auf vertrautem Boden. Das war Palermo, das Palermo, zu der Zeit, als ich zehn Jahre alt war, und in London wurde es wieder lebendig.

Lebende Bilder, Karneval, gekrönte Häupter und Bälle

Nie habe ich die Stunden vergessen, die Boots und ich zusammen verbrachten. Wir verzogen uns in einen großen, fensterlosen Raum voller Schränke und riesiger Holztruhen, die Gott weiß was enthielten. Ich entsinne mich des Geruchs von Mottenkugeln, die einem den Atem benahmen, und dieser Atmosphäre des Abgekapseltseins, die uns umfing, wenn wir endlich allein waren.

Wenn Maria Felice zu uns kam, spielten wir »Colisebo«, unser Kodewort für Kolosseum. Drei Rollen waren zu verteilen, Nero, der Löwe und der Märtyrer; die begehrteste war natürlich die Rolle von Nero, der durch einen großen Smaragd, den er als Monokel benutzte – wie waren wir bloß darauf gekommen? – die Arena überblickte und dann mit dem Daumen nach unten das Todeszeichen gab.

Diese Rolle wurde mir selten zuteil. Als Jüngster mußte ich meist den Märtyrer spielen, was sonst keiner wollte. »Was macht das Sterben schon aus?« sagte Boots, als Ermutigung gemeint. Ich war also bereit, mich als Christ zu opfern, um ihr Freude zu machen, und wenn es für mich nicht gerade eine Freude war, so doch zumindest aufregend, vor ihren Augen und auf ihren Befehl hin zu sterben.

Es kam auch vor, daß ich der Löwe war, allerdings nur ein- oder zweimal, denn ich begann die arme Boots zu lecken, ihr die Kleider zu zerreißen und sie so blutrünstig durch das ganze Zimmer zu jagen, daß sie um Gnade flehte: »Bitte, hör auf!«

Aber ein Löwe hört nicht auf. Ich fuhr also fort, sie wie ein Rasender zu verschlingen, so daß mir die Rolle abgenommen wurde, denn meine Schwester und mein Opfer fanden beide, daß meine Darstellung zu realistisch sei.

Boots und ich haben uns auch auf friedlichere und nicht weniger unterhaltsame Weise die Zeit vertrieben. Besonders hübsch war es, wenn wir in Boots' Hütte »Haushalt« spielten und kochen durften. Unsere ersten kulinarischen Versuche waren indes auch so britisch wie nur möglich: wir hatten Befehl, uns auf Tee und hartgekochte Eier zu beschränken; ausnahmsweise waren auch Pfannkuchen erlaubt, aber beim Wenden sprangen sie uns immer aus der Pfanne.

Boots' Gartenhütte lag in der Nähe der Pferdekopppel in einem Dickicht unbekannter und baumähnlicher Pflanzen. Dieses Gebüsch hatte für mich etwas Zauberhaftes, es war eine Art heiliger Hain. Ich erinnere mich an den Duft der Pflanzen und das fröhliche Summen des Wassers im Kessel. Ich erinnere mich an die reglose Boots. Wir waren still und erwarteten ängstlich das mehr als unsichere Ergebnis unserer Kochversuche. Ich wußte noch nicht, daß allein die Liebe dieses heftige Bedürfnis nach gemeinsamem Gelingen, nach einem Erfolg zu zweit eingibt.

Dann kam der gefürchtete Augenblick, in dem ich, um Boots nicht zu beleidigen, ihre Kost verzehren mußte. Boots reichte mir auf einer Untertasse zwei hartgekochte Eier, die nach nichts schmeckten. Sie nötigte mich zum Essen, ohne daß es so aussah, denn sie hatte vortreffliche Manieren. Und ich zwang mich lächelnd, sie zu essen, aber mein Leben lang habe ich seitdem harte Eier verabscheut.

Dagegen gab ich mich einem Zeitvertreib, der in der Villa Sofia sehr beliebt war, mit dem größten Vergnügen hin: lebende Bilder. Ich konnte es kaum erwarten, Boots in einem vergoldeten Rahmen erscheinen zu sehen. Mit ihrer hellen Haut, ihren rosigen Wangen, den himmelblauen Augen und dem verträumten Blick stellte sie *Beatrice Cenci* von Guido Reni oder auch mit zwei ausgestopften Tieren zu ihren Füßen die Circe dar. Aber ihren größten Triumph feierte sie in Reynolds' *Unschuldsalter.* Sie sah wunderbar aus mit ihrem hellen Teint, auf dem sich einige Sommersprossen wie Honigtropfen abzeichneten. Bei all dem Beifall, den sie erhielt, wünschte ich, sie würde nur meinen hören.

Abends, als ich nach Hause kam, flehte ich Großmama an, ob wir nicht auch bei uns in der Villa Niscemi lebende Bilder aufführen könnten. Aber der Wunsch wurde mir nie erfüllt, denn Maria Felice, die das läppisch fand, legte ihr Veto ein.

Um nichts von den Belustigungen auszulassen, an denen schon kleine Kinder teilnahmen, muß die Leidenschaft für das Verkleiden erwähnt werden, von der Erwachsene und Kinder gleichermaßen befallen waren.

Die Maskenbälle beschäftigten uns während der ganzen Faschingszeit. Vom Dreikönigstag bis Aschermittwoch besuchten wir mindestens drei oder vier, und Großmama sorgte dafür, daß wir keinen versäumten. Sie besaß eine üppige Phantasie, war unerhört energisch und liebte es, derlei Dinge in die Hand zu nehmen.

Unsere Vergnügungen hatten die berühmtesten Palazzi als Szenerie. Ich erinnere mich noch dunkel des Balls, der im Palazzo Mazzarino stattfand und bestimmt das schönste Fest in meiner Kindheit war.

Heute käme es einem lächerlich vor, soviel Zeit damit zu verbringen, die Kostüme bis auf die kleinsten Einzelheiten festzulegen und dafür viele Bücher zu lesen, Rat einzuholen und unwahrscheinlich lange Anproben über sich ergehen zu lassen. Meine Mutter, sanft wie gewöhnlich, widersetzte sich den Einfällen meiner Großmutter höchstens dann, wenn das gewählte Kostüm uns in unserer Bewegungsfreiheit so behindern würde, daß wir nur noch durch den Ballsaal hätten schleichen können.

Maria Felice fand das Verkleiden entsetzlich langweilig, aber sie hatte da nicht mitzureden und mußte sich fügen. Ich sah sie mehr als einmal vor dem Spiegel stehen und radikale Veränderungen erfahren. Dabei war sie so stumm, wie es Sizilianer zu sein pflegen, wenn sie ihre Mißbilligung zum Ausdruck bringen wollen. Als ich sie eine Stunde später wiedersah, war sie eine Khmer-Tänzerin in bauschigen Hosen geworden, mit gen Himmel ragenden goldenen Epauletten und einer pagodenartigen Frisur. So hatte es meine Großmutter gewollt, die anläßlich eines Aufenthalts in Paris den König Sisowath von Kambodscha ins Elysée hatte gehen sehen und sich von ihrer Verwunderung noch nicht erholt hatte. Die Pariser übrigens auch nicht: »Na, was sagt ihr dazu, ein König, der mit seinen Tänzerinnen reist!« Die Schaufenster waren voll von kambodschanischen Puppen, und sogar die Damenmode hatte sich durch die »Tänzerinnen von Sisowath« anregen lassen.

Einem Schnupfen hatte es Maria Felice zu verdanken, daß sie nicht diese langen Metallhülsen anlegen mußte, die die nach außen gebogenen Handflächen und die Finger der kambodschanischen Tänzerinnen verlängern. Sie verweigerte das energisch mit der Begründung, sie müsse sich schließlich die Nase putzen können. Ein gewichtiges Argument. Man stelle sich eine Tänzerin von Sisowath vor, die mit einem Tropfen an der Nase den Ballsaal betritt. Meine Großmutter mußte sich dem beugen.

Bei einer anderen Gelegenheit verwandelte sich Marie Felice in eine Tulpe nach den *Fleurs animées* von Grandville. Das Kostüm herzustellen war überaus schwierig gewesen. Auf dem Kopf trug sie eine Art Turban, und auf ihrem Rock aus Musselin waren die handgemalten Blütenblätter einzeln befestigt. Ich begleitete sie im Kostüm eines Stutzers im Directoire-Stil. Meine Weste mit Revers und meine Redingote, aufgeschlagen und mit schwarzem Kragen, waren aus Stoffen des 19. Jahrhunderts geschneidert. Die kurze Hose, die bis unter das Knie reichte, war unerträglich eng. Jedenfalls beraubte sie mich der Möglichkeit, mich hinzusetzen. Eine Perücke mit tief in die Stirn gekämmtem Haar, wie sie in der antirepublikanischen Gesellschaft im Schwange war, ließ mich wie einen Cocker-Spaniel aussehen. Ich durfte auch weder meinen Zweispitz lüften noch meinen Krückstock weglegen, und sei es, um mich zu erholen. Aber all das war nichts im Vergleich zu dem, was eine Freundin von uns erduldete, die als Johanna von Orléans auf dem Ball erschien. Auch das war eine Idee meiner Großmutter gewesen, die ihr vorgeschlagen hatte, so getreu wie möglich das Bild *Jeanne d'Arc bei der Salbung* von Ingres zu kopieren. Ihre Rüstung hatten die Puppenspieler der Opera dei Pupi hergestellt. Schließlich schlug das in ihr Fach. Aber diesmal hatten sie nicht eine Marionette auszustaffieren, sondern ein kleines Mädchen.

Von Kopf bis Fuß gepanzert, kam sie im Wagen mit ihrer Gouvernante. Muß es erwähnt werden, daß die Engländerin ihr Kostüm mißbilligte? Sie fand es peinlich.

Als sie ankamen, erwies sich das Erklimmen der Treppe als schwierig. Sie hatten noch nicht den ersten Absatz erreicht, als Jeanne d'Arc einen Fehltritt tat und mit entsetzlichem Gepolter zu Boden ging. Man hätte glauben können, eine ganze Garnitur Kochtöpfe sei ins Treppenhaus geworfen worden. Die Diener der Casa Mazzaroni wurden zu Hilfe gerufen. Irgend etwas an der Fußschiene hatte sich verklemmt. Nicht ohne Schwierigkeiten gelang es ihnen, die Jungfrau wieder auf die Füße zu stellen.

Dann gestand uns Jeanne d'Arc, daß sie unbedingt ein kleines Bedürfnis befriedigen müsse. Der Schwarm von deutschen und englischen Gouvernanten eilte herbei, um dem armen Kind behilflich zu sein, den Panzer abzulegen. »Keine Übereilung«, sagten sie. Aber die Kleine hatte es schrecklich eilig. »Nimm dich zusammen«, sagte Maria Felice mit ihrem üblichen Sadismus. Und meine Bemerkung, es sei nicht ratsam, sich von Engländerinnen entwaffnen zu lassen, »sie werden dich ein zweites Mal verbrennen«, brachte sie völlig außer Fassung. Schluchzend mußte sie weggetragen werden.

In Palermo war auch eine aus Frankreich importierte Belustigung Mode geworden, mit der man sich bis dahin ausschließlich in Nizza vergnügt hatte: die Blumenschlacht. Auch sie fand in der Faschingszeit statt. Es gehörte zum guten Ton, gemächlich den sogenannten »Giardino inglese« entlangzufahren, eine lange Allee, die nichts von einem Garten und nichts Englisches an sich hatte und deren wirklicher Name, den niemand benutzte, Via della Libertà lautete. Unmengen von geduldigen und schlecht behandelten Blumen machten die Landauer und Victorias und die ersten Automobile zu großen Beeten auf Rädern, von denen aus sich die feine Gesellschaft, ohne großen Schaden anzurichten, gegenseitig mit Blumensträußen bombardierte.

Man konnte sich keine unschuldigeren Vergnügungen vorstellen, trotz ihrer scheinbaren Aggressivität.

Ich erinnere mich an einen *corso di fiori,* der mit besonderem Prunk zu Ehren des deutschen Kaisers und der Kaiserin abgehalten wurde. Wir saßen in unserem kleinen Landauer, der mit Glyzinien und rosa Nelken geschmückt war. Die Damen hatten lange zwischen verschiedenen Toiletten geschwankt; sie hatten ihr Äußeres vor dem Spiegel überprüft und viermal die Hüte gewechselt, um möglichst vorteilhaft auszusehen. Sie machten sich für diese Blumenparade zurecht, als ob sie auf einen Ball gingen. Es war dann auch ein sehr reizendes Bild, das sich von den Tribünen, die entlang der Allee errichtet worden waren, bot. Donna Franca Florio, immer noch eine große Schönheit, allein in ihrem mit roten und weißen Rosen dekorierten Victoria, und die Fürstin di Trabia, eine sanftere Schönheit, zwischen Girlanden aus Vergißmeinnicht.

Geschrei, unterdrücktes Gelächter, Mangel an Disziplin... Kein Wunder, es waren die Kinder, die sich das zuschulden kommen ließen. Wir versorgten uns mit Munition aus den Körben, wo sie bereit lag, und warteten mit klopfendem Herzen auf den nächsten vorbeifahrenden Wagen, um ihn unerbittlich zu bombardieren. Wir trafen jedesmal ins Schwarze. Das ging nicht ohne Zwischenfälle ab, manchmal verlor eine Dame das wagenradähnliche Gebilde, das ihr als Hut diente, manchmal lösten sich auch nur ein paar Federn aus einer Boa, oder ein Ehemann sah seine graue Melone entschwinden und war wütend, weil er es als Frechheit empfand. Ich wurde jahrelang damit geneckt, daß ich der Kaiserin mit solcher Wucht eine Rose ins Gesicht geworfen hatte, daß sie, als unsere Wagen sich wieder begegneten, ein Taschentuch auf die verletzte Wange drückte. Ich übertrieb immer, das stimmt. Dennoch hege ich Zweifel, ob sich dieser Vorfall wirklich ereignet hat. Hüten wir uns vor erfundenen Erinnerungen. Davon wimmelt es in den Familien.

Das erstemal, als Boots einen *corso di fiori* miterlebte, war sie von dem Schauspiel so beeindruckt, daß sie etwas Ähnliches im Garten der Villa Sofia improvisieren wollte. Ich sehe noch heute Maria Felice in ihrem mit Nelken bekränzten *tonneau* in einsamer Pracht. Sie lenkte Nninni, das Pony, während Boots und ich in meinem sizilianischen Karren, der mit Margeriten und Kornblumen geschmückt war, nebeneinander saßen und langsam dahingondelten. Und dann? Nichts, wirklich nichts. Wir konnten nur aneinander vorbeifahren, nur uns mit Sträußen bewerfen. Ein Publikum aus gelangweilten Eltern und sehr wenig belustigten Gouvernanten war auf der Freitreppe gestrandet. Arme Boots! Sie hatte nicht nur gute Ideen. Aber noch heute sehe ich ihre Arme vor mir, ausgestreckt, um die Zügel zu halten, ich sehe noch die Räderspuren auf den frisch geharkten Alleen, den rosa Schatten des Hauses und ihr strahlendes Gesicht, weil dieses lächerliche Unterfangen ja auf ihre Initiative zurückzuführen war. Boots... Mir scheint, ich habe diese erste Liebe nie verwunden.

Wenn gekrönte Häupter nach Palermo kamen, dann immer anläßlich einer Kreuzfahrt und auf Yachten, die wie Passagierschiffe aussahen. Es fällt mir außerordentlich schwer, den genauen Zeitpunkt dieser Geschehnisse anzugeben und sie in streng chronologischer Reihenfolge zu berichten, denn jene Zeit ist von der heutigen weit entfernt, jenseits der Grenzen meines Gedächtnisses. Ich kann die Entfernungen nicht mehr ermessen und muß mich dem Durcheinander unterwerfen, das alles mischt, wie man Karten mischt, große und kleine Erlebnisse, große und kleine Betrübnisse, Freuden oder Tränen. Daten und Szenerien entfliehen, ohne daß ich sie zurückhalten kann. Und wenn ich feststellen muß, einen wie wichtigen Platz Geschehnisse dieser Art in meinem kindlichen Gemüt einnahmen, dann muß ich hinzufügen, daß es dafür einen Grund gab: sie standen in enger Beziehung zu unserem Familienleben. Denn das Programm der Könige und Königinnen sah unweigerlich einen Besuch der *palazzina cinese* vor. Die Wagenkolonne hielt am Rondell der Favorita etwa hundert Meter von unserem Portal entfernt. Und da standen wir, gleichsam mit den Händen an der Hosennaht, dem Alter nach angeordnet, zuerst Großmama, dann meine Mutter, schließlich getrennt durch unsere Gouvernante meine Schwester und ich – gestickter Kragen, kurze Hose und weiße Strümpfe –, alle im Sonntagsstaat. Auch da handelte es sich um einen Ritus, dem man sich unter keinen Umständen entziehen konnte. Maria Felice, die mißmutig einen Strauß in der Hand hielt, ertrug die Ratschläge der Familie, ohne mit der Wimper zu zucken: »Halt ihn doch nicht nach unten! Und drücke ihn nicht so zusammen, er wird schon nicht wegfliegen!«, während die gekrönten Häupter uns entgegenschritten.

Wenn sie uns erreichten, erstarrten unsere Damen in tiefen Hofknicksen, Maria Felice übergab den Strauß mit einem Ausdruck nichtssagender Liebenswürdigkeit, während ich mich mit einstudierter Steifheit verbeugte, zutiefst beunruhigt durch die Neckereien der Familie, die vermuten ließen, die Kaiserin werde auf den ersten Blick in mir den Schlingel, den Nichtsnutz erkennen, der ihr die fatale Rose ins Gesicht geworfen hatte. Unnötige Besorgnis. Der Blick der Kaiserin war ausdrucksIos bis auf einen winzigen und schnell unterdrückten Schimmer von Interesse. Leere Augen.

Ein andermal waren es Eduard VII. von England und Königin Alexandra, die wir empfangen mußten. Ihr Aufenthalt in Palermo hatte im Whitaker-Clan einen Zustand der Erregung hervorgerufen, der an Delirium grenzte.

Die kleine Zeremonie am Rondell der Favorita spielte sich für uns ohne die geringste Abweichung ab. Der König war dicklich, hatte einen friedlich-rosigen Teint, ein Puppengesicht überragt von einem grauen Hut, der an einen Eierwärmer erinnerte. Königin Alexandra, eine sehr hübsche Person, trug noch die glatt anliegende Frisur, die einen kleinen Kopf machte, in den 1870er Jahren Mode gewesen war und die auch ihre Schwester, die Zarin Maria Feodorowna, beibehalten hatte. Die Königin war seit einer schweren Krankheit im Jahr 1867 gelähmt, und das war die Erklärung für ihre starre Haltung, die ich als Kind so unnatürlich gefunden hatte.

Und dann war es die Kaiserin Eugénie, die aus dem Wagen stieg, um die Blumen aus unserem Garten und die freundlichen Worte unserer Damen entgegenzunehmen. Ihr Charme war damals berühmt. Das Bild, das man sich in Palermo von ihr machte, stammte aus der Zeit der Krinolinen, aus der Zeit vor 1870, vor ihrem Exil, einer vergangenen Zeit.

Wir sahen eine Frau in Trauer auf uns zukommen, sehr alt, sehr klein und zart. Sie schien große Sorgfalt darauf zu verwenden, eine Melancholie zu verschleiern, die alles erraten ließ. Maria Felice wurde mit einem Kuß bedacht, ich mit einer Liebkosung. Liebkosung ist vielleicht zuviel gesagt. Sie strich mir mit der Hand über die Wange, was unsere Engländerin unbeschreiblich verblüffte. In der Tat hatten uns die vorangegangenen Besuche nicht an derlei Freundlichkeiten gewöhnt.

Die Augen zu schminken entsprach nicht dem damaligen Geschmack und war auch in der feinen Gesellschaft keineswegs üblich. Es wurde sogar übel vermerkt. Nun waren die blauen Augen der Kaiserin wirklich und wahrhaftig mit einem schwarzen Stift nachgezogen. Mir kam das wie ein Trauerrand vor, und ich war gerührt. Vielleicht wirkte auf mich weniger der Charme dieser Fremden, die überall im Exil war, als vielmehr die Tatsache, daß ich kürzlich eine Ode von Carducci über den Tod des kaiserlichen Prinzen Louis Eugène bei den Zulus gelesen hatte. Darüber ist zu jener Zeit unaufhörlich gesprochen worden. »Wieder so ein hinterhältiger Streich der Engländer! So machen sie es immer, diese Schurken!« Derlei Reden hörte man oft, und sie brachten unsere Gouvernanten in Rage.

Wir sollten die Kaiserin vor ihrer Abreise noch einmal sehen, und zwar bei einem Empfang, der ihr zu Ehren gegeben wurde. In dem Augenblick, in dem die Gastgeber sie hinausbegleiten wollten und nachdem sie sich von den Gästen schon verabschiedet hatte, drehte sie sich an der Tür noch einmal um und vollführte ihre berühmte »Reverenz in der Runde«, die sich an die Anwesenden im allgemeinen richtete, vielleicht aber auch an die Wandteppiche, die Porträts, die Schönheit der Holztäfelungen, die Musik oder auch an die schönen Frauen und die Freuden von Palermo, aber wie auch immer, bei jedem hinterließ diese charmante Geste den berauschenden Eindruck, daß sie nur ihm gelte.

Weder meine Mutter noch Großmama legten viel Wert auf Geselligkeit und gingen praktisch nie abends aus. Dennoch besuchte meine Mutter jeweils am ersten Montag im April einen Wohltätigkeitsball, der in der Villa Igiea[63] oder im Hotel Excelsior zugunsten der »Volksküchen« gegeben wurde, deren Schirmherrin Großmama war. Sie hatte in ihrem Schreibtisch eine Liste von allen mildtätigen Personen in Palermo und Umgebung. Ihnen allen wurden gegen sofortige Bezahlung Eintrittskarten übersandt. Das war gewiß eine Überrumpelung, aber niemand wagte, die Karten zurückzuschicken. Ein einziges Mal bekam Großmama eine Karte zurück, die versehentlich an eine Kranke geschickt worden war. Die gelähmte alte Dame, die seit einem halben Jahrhundert ans Bett gefesselt war, schrieb in einem Begleitbrief, wie gern sie auf den Ball gegangen wäre, und entschuldigte sich, als ob es sträflich sei, nicht mehr tanzen zu können.

Uns Kindern erschien dieses Fest, an dem wir nicht teilnahmen, dessen Vorbereitungen und Nachwirkungen wir aber miterlebten, als das schönste der Welt. Später Vormittag im Schlafzimmer meiner Mutter... Nun erzähle... Ich saß auf ihrem Bett zwischen all den Kotillons, die sie mir geschenkt hatte, und fragte sie aus. Ich sehe noch die Nachttischlampe und ihren verschleierten Schein, die zugezogenen Vorhänge, damit uns die Sonne um elf Uhr nicht blende, die sanfte Dämmerung und Mama, den Blick in die Ferne gerichtet, aber bestrebt, mir nichts von den Herrlichkeiten des Abends vorzuenthalten. Ihr Bericht bewirkte, daß ich zugleich anwesend und abwesend war, während ich da saß, den Kopf auf die Hand gestützt, den Ellbogen auf dem Bett, und ganz Ohr, aber auch damit beschäftigt, mir das Verhalten der fabelhaften Tänzer vorzustellen, deren Heldentaten sie beschrieb. Meine Gedanken verloren sich in der Welt der Ballsäle.

Von den Aussprüchen, die ich noch in Erinnerung habe, höre ich noch diejenigen, mit denen bestätigt wurde, daß »Mama die beste Tänzerin ihrer Generation« war. Aber so sehr ich auch versuchte, sie mir in den Armen eines Unbekannten vorzustellen, so sehr ich mich dazu zwang, es gelang mir nicht, wie nicht anders zu erwarten.

Als die Mode der Tanztees bis nach Palermo vordrang, wurden wir zu einem der ersten bei der Fürstin di Trabia eingeladen. Was sie machte, machte sie gut, und so war alles bei ihr sehr prächtig. Ich kam mir etwas verloren vor und hatte mich mit den Töchtern Trabia und den beiden jüngeren Mazzarinos in eine Ecke verzogen.

Nach einigem Hin und Her stimmte die Kapelle einen Walzer an, und ein erstes Paar begab sich auf die Tanzfläche. Es drehte sich mit einer Geschwindigkeit, die mich fast ebenso verblüffte wie das Fliegen der volantbesetzten Unterröcke und die Tatsache, daß diese Unterwäsche überhaupt sichtbar wurde. Und sie drehten sich schneller und schneller, bis ich plötzlich erkannte, daß dieser Schmetterling, der sich wie ein tanzender Derwisch gebärdete, meine Mutter war, die mit zurückgelegtem Kopf fest im Arm gehalten wurde von einem bärtigen Herrn, der mir aus der Ferne wie ein schrecklicher Käfer erschien, der sie verschlingen wollte.

Ein Gefühl der Bewunderung (das ich für Angst hielt) hatte die Gäste bewogen, sich im Kreis um die Tanzenden aufzustellen und ihnen zuzuschauen. Das war zuviel für mich, und ich sah mich in der Rolle des geopferten Kindes. Meine Mutter würde sich drehen und immer weiter drehen und schließlich verschwinden. Sie würde nicht zurückkommen. Sie würde mich im Stich lassen. Sie sollte warten! Sie sollte auf mich warten. Ach nein! Sie würde ... Plötzlich die grausame Gewißheit: sie würde sich verlieben. Sie würde ihrer halben Witwenschaft, die mir so gefiel, ein Ende bereiten! Es war zum Heulen! Und ich brach in ununterdrückbares Schluchzen aus.

Mama kam angelaufen und drückte mich ans Herz, während die Anwesenden ihr Mitgefühl mit dem so »sensiblen« Kind zum Ausdruck brachten. Liebevolle Stimmen, beruhigende

Küsse, Ausrufe, während Maria Felice kühl erklärte, ich sei nicht salonfähig. Zweifellos hatte sie recht.

Seltsamerweise war ich, als meine Mutter mich in die Arme nahm, wonach ich mich doch so gesehnt hatte, keineswegs getröstet, sondern zutiefst beschämt. Ich fühlte mich schuldig, ohne genau zu wissen, was ich mir vorwarf. Vielleicht, sie zu sehr zu lieben.

Als Wiedergutmachung wurde der nächste Tanz, der zufällig eine Mazurka war, den Kindern vorbehalten. Das kam mir sehr gelegen: die Mazurka sollte keine Schwierigkeiten bieten. Ich stürzte mit Lucia Mazzarino auf die Tanzfläche. Nach so vielen gemeinsamen Tanzstunden kannten wir einander gut. Die Musik beflügelte uns. Ich war fest entschlossen, mein kindisches Benehmen durch einen flotten Tanz wettzumachen.

Doch das Unglück wollte es, daß ich ausgerechnet an diesem Tag stolperte und Lucia mitriß und wir beide bäuchlings auf dem Fußboden landeten. Wie schnell so etwas gehen kann! Ich stand unter allgemeinem Gelächter auf. Und wie immer hatte Mama das letzte Wort. Sie umarmte mich und sagte: »Siehst du, ich wenigstens bin nicht hingefallen!« Ich war wütend, ich konnte den Spott nicht vertragen.

Aber dieses Erlebnis ist nicht umsonst gewesen, denn es hat mir geholfen zu begreifen, daß es wahres Glück für mich nur mit den Meinen in unserer Landvilla gab. Alles, was nicht meine Mutter war, was nicht wir waren, die Bewohner der Villa Niscemi, war (mit ganz wenigen Ausnahmen wie meine Boots und unsere Kusine Maria Giulia, die getreue Komplizin meiner Schwester) anscheinend eine fremde Welt. Fremd meine Gouvernanten und Lehrerinnen, fremd Pater Trupiano, unser Beichtvater; fremd sogar die Gebbiarossas, abgekürzt die Gebbies, unsere Nachbarn, die nur wenige Kilometer von uns entfernt wohnten. Und ich sah sie, weiß Gott, oft! Die Dame des Hauses war die Baronin Marie, die »Mutter der Gracchen« genannt, ein Muster an allen bürgerlichen und häuslichen Tugenden, die ihren drei Söhnen nichts durchgehen ließ, wofür im übrigen auch Fräulein Mittinger sorgte, ihre deutsche Gouvernante; sie stammte aus Friedrichshafen, hatte den Grafen Zeppelin gekannt und sprach von nichts anderem. Einer der drei Söhne, Alessandro, war von vornherein zu meinem besten Freund bestimmt worden. Er war immer tadellos gekämmt, immer sehr gepflegt, konnte alles besser als ich, abgesehen vom

Schwimmen und Bäumeklettern, und war ein guter Schüler. Er ging mir entsetzlich auf die Nerven.

Oft habe ich mich gefragt, was er und ich miteinander gemein hatten. Aber muß ein Spielgefährte unbedingt ein Freund werden? Ähnlich ging es mir mit dem entfernten Vetter, der uns ab und zu besuchte. Hätte er ein Freund werden können, wenn wir öfter Gelegenheit gehabt hätten, uns zu sehen? Damals hieß er Giuseppe Tomasi (später di Lampedusa). Er war der einzige Sohn einer geistreichen und lebhaften Mutter, der er nicht ähnelte. Er war dick und schweigsam und hatte große, verschlafene Augen, liebte Spiele im Freien nicht und war ängstlich mit Tieren.

Niemand hätte sich damals vorstellen können, daß er sich in ferner Zukunft als Schriftsteller erweisen sollte, als der Verfasser jenes Romans, der, wenn ich auch bei gewissen historischen Aspekten einige Vorbehalte habe, dennoch ein Meisterwerk ist: *Der Leopard.*

Wie schon erwähnt, hieß es in meiner Familie, Großmama Favara und ihr Mann, der Garibaldiner-Fürst, seien die Vorbilder für Tancredi und Angelica gewesen. Ich sage »es hieß«, denn mir sind zwischen den Romanfiguren und den Vorbildern beträchtliche Unterschiede aufgefallen. Aber ist es nicht das Privileg eines Romanciers, Fakten zu ändern, wenn er Fiktion schreibt?

Ich will nichts erfinden. Ich versuche nur, mich zu erinnern. Ich spüre vergessene Verhaltensweisen auf, ich bemühe mich, die Redeweise und das Gelächter wiederzufinden, die man nicht mehr hören wird.

11

Das Ende eines Sommers

Die Zeit war gekommen, zu früh für meinen Geschmack, da man begann, sich über meine Ausbildung Gedanken zu machen. Bis dahin war ich ja nie in einer Schule gewesen und hatte keinerlei Kurse besucht. Ich war sozusagen nur häppchenweise unterrichtet worden, und das wenige, was ich wußte, hatten mir zu Hause Priester, alte Fräuleins und die jeweilige »Signorina Miss« beigebracht. Ich hatte das Alter der höheren Schule erreicht, ohne etwas gelernt zu haben.

Mit einer Ausnahme allerdings: Französisch hatte ich in einer kleinen Privatschule bei den Ursulinen gelernt, die zu Anfang des Jahrhunderts aus Frankreich vertrieben worden waren und in einem *villino* von Palermo, der in ein Kloster verwandelt wurde, Unterschlupf gefunden hatten. Die Äbtissin war eine kultivierte Frau und von meiner Mutter sehr geschätzt. Oberin Marie des Anges war es, die mich mit den Fabeln von La Fontaine vertraut machte und mich den Katechismus auf französisch lernen ließ, und in der Kapelle des *villino* der Ursulinen ging ich zur ersten Kommunion. Aber abgesehen davon waren Geschichte, Geographie, Latein, Mathematik und was sonst noch zum Lehrplan gehörte, böhmische Dörfer für mich.

Drei Möglichkeiten, einen Jungen zu erziehen, boten sich an: ein Jesuitenkolleg (in allen italienischen Städten gab es welche), ein renommiertes Internat wie La Quercia in der Nähe von Florenz oder Mondragone in Frascati oder ein Gymnasium. Für diese letzte Möglichkeit entschied sich meine Familie, und so wurde ich im »Ginnasio Garibaldi« angemeldet.

Plötzlich ein neues Leben. Jeden Morgen bestieg ich um halb acht den sogenannten »Küchenwagen«, mit dem unser Monsú auf den Markt fuhr. Nicola, der zweite Kutscher, setzte mich am Gymnasium in der Via Maqueda ab.

Der erste Tag war entsetzlich. Ich war so eingeschüchtert, verängstigt und verwundert, daß ich kaum verstand, was mir gesagt wurde. Innerhalb weniger Stunden hatte die Welt meiner Kindheit unheilbare Risse bekommen. Ich begann zu erkennen, daß sich das Dasein nicht nur in schönen Gärten und Villen abspielt, die von verläßlichen Freunden, liebevollen Familienmitgliedern und treuen Hunden bewohnt sind.

Von jetzt an kam das weißgetünchte, schmuddelige Klassenzimmer dazu, in dem ich an einem Pult saß, dessen Tintenflekke auf die Hände abfärbten, und wo, was noch schlimmer war, dreißig Augenpaare mich anstarrten, die mir feindlich vorkamen, während sie in Wirklichkeit nur neugierig waren. Am ersten Schultag hatte Mama nämlich darauf bestanden, mich hinzubringen, und alle hatten gesehen, daß ich aus einer Kutsche ausstieg, deren Tür von einem Lakai in Livree aufgehalten wurde. Ein nicht wiedergutzumachender Fehler, der allerdings nur einmal vorkam. Ich wurde als Wundertier betrachtet, ohne daß damit Antipathie verbunden war.

An einem Tisch auf einem kleinen Podium saß ein Mann, der sich ununterbrochen Notizen machte. War das der Lehrer? Von Zeit zu Zeit bediente er sich zielsicher eines Spucknapfes, der zu seinen Füßen stand. Das erste, was er von uns verlangte, war, unsere Namen an die Tafel zu schreiben. Als ich an die Reihe kam, schrieb ich »Santostefano, Fulco«, wie mir zu Hause eingeschärft worden war, und ließ della Cerda und Verdura weg. Das hatte zur Folge, daß ich meinen Namen nicht erkannte und mich nicht meldete, wenn ich aufgerufen wurde, und trug mir Tadel ein, die ich unverdient fand.

Dreimal in der Woche hatten wir nur vormittags Unterricht, und ich konnte in der Villa Niscemi Mittag essen. An den anderen Tagen reichte die Zeit nur, daß Nicola mich abholte, mich in die Casa Verdura brachte, wo ich eine Kleinigkeit zu mir nahm, und mich dann wieder zurückfuhr. Um drei Uhr war Schulschluß, und manchmal fuhr ich dann mit der Straßenbahn nach Hause, was für mich ein ganz neues Erlebnis war, das ich um so mehr genoß, wenn ich, was ab und zu vorkam, allein fuhr. Ich war zwölf Jahre alt, und bis dahin war mir das nie erlaubt worden. Übrigens brachte mich die Straßenbahn direkt bis vor unser Tor.

Die ersten Wochen im Ginnasio Garibaldi waren wie eine Reise, die von einer Etappe zur andern täglich abscheulicher wurde. Daß man in einem solchen Gebäude überhaupt etwas lernen konnte! Das sollte eine Bildungsanstalt sein? Diese langen dunklen Korridore, in denen am hellichten Tage Licht brennen mußte – eine nackte Birne an der Decke, die es kaum heller machte –, die Klassenzimmer mit dem abblätternden Putz, laut, klösterlich kalt und so trostlos, daß ich noch heute voll Grauen daran zurückdenke. Und über allem ein anhaltender, durchdringender Geruch nach Desinfektionsmitteln.

Die Reinigung der Schule war Sache von zwei oder drei *bidelli,* altersschwachen Pedellen, wie man sie damals in allen Gymnasien des neuen Italien sah. Arme Teufel, fast immer Veteranen, die für das Vaterland irgendeinen Krieg geführt und körperlichen Schaden davongetragen hatten, entweder hinkten oder sonstwie verstümmelt waren. Als staatliche Angestellte hatten sie Anrecht auf eine schmierige Uniform und eine Mütze, an der die Krone des Hauses Savoyen über dem Schirm wie eine Beule wirkte. Ihre jetzigen Waffen waren ein Besen sowie ein Eimer, dessen Inhalt sie einfach auf den Boden schütteten. Das verstanden sie unter Saubermachen. Die *bidelli* rechneten darauf, daß die Luft die Pfützen trocknen würde. Aber da sie des Guten zuviel taten, war der Fußboden, wenn wir morgens in die Klasse kamen, naß wie ein frisch überflutetes Reisfeld.

Das Verhältnis zu meinen Klassenkameraden war außerordentlich kühl. Ich wußte nicht, wo sie herkamen; ihre Namen sagten mir nichts; ich hatte keine Anknüpfungspunkte, um erste Kontakte herzustellen. Sie schienen mir zwei Kategorien anzugehören. Die erste umfaßte die Blassen und Schweigsamen, die gewöhnlich einen Tropfen an der Nase hängen hatten und sich still verhielten. Zur zweiten rechnete ich die Rauhbeinigen und Maulhelden, die alle anderen kujonieren wollten, die ununterbrochen ordinäre Geschichten erzählten und unanständige Ausdrücke gebrauchten, deren Sinn ich nicht verstand, aber instinktiv mißbilligte. Die Blassen zählten gar nicht. Sie schienen sich noch unbehaglicher zu fühlen als ich und wurden erst wieder lebendig, wenn sie ihre Mütter sahen, die sie am Ausgang erwarteten. Die Maulhelden dagegen gingen mir auf die Nerven und verunsicherten mich. Sie stellten mir indiskrete Fragen, auf die ich um so weniger antworten konnte, als ich nicht wußte, was sie eigentlich meinten. Ihre Sprache verletzte mich, und ihre dreckigen Witze ließen mich vor Verlegenheit erröten. Ich tat so, als könnte ich kein Französisch oder verstünde es zumindest schlecht, um nicht zur Zielscheibe ihrer zotigen Gallizismen zu werden. Aber die schlimmste Tortur von allen war, daß ich in Gegenwart von anderen die Urinale benutzen mußte, die an der Wand eines schlecht gelüfteten und stinkenden Raums angebracht waren. Ich war ein schamhafter kleiner Junge, weil ich zu dem erzogen worden war, was man heute ein »schwieriges« Kind nennen würde, und dieses hautnahe Zusammensein mit anderen war mir gräßlich.

Was war ich bis zu meinen ersten Schultagen gewesen? Ein Kind, das sich einbildete, es würde sich nie etwas ändern. Oder vielmehr, das keinen Grund sehen konnte, warum das Leben nicht immer eine Reihe erfreulicher Tage bleiben sollte: erst Weihnachten und seine Feste, dann wurden die Tage allmählich länger, es kamen Ostern, der Mai und Juni und die Badezeit in Mondello, plötzlich die aufregende Reise auf den Kontinent, dann im Herbst das Wiedersehen mit dem geliebten Garten und unsere Geburtstage mit den Vergünstigungen, die sie uns einbrachten: Nachtisch nach unserer Wahl, Windbeutel und Schokoladencreme für Maria Felice, Maronen mit Schlagsahne für mich.

Ich war glücklich. Zufrieden mit meinem Schicksal. Ich begehrte nichts anderes und beneidete niemanden. An die Zukunft dachte ich nicht. Gibt es noch Kinder, die es so wenig eilig haben, erwachsen zu werden, so wenig neugierig sind auf das wirkliche Leben? Erst jetzt, nach so vielen Jahren, kann ich besser verstehen, woher diese Gleichgültigkeit kam, dieser Mangel an Wißbegierde. Ich genoß einfach den Augenblick. Ich war ganz erfüllt von dem, was mich umgab, diesem schönen Haus, den schroffen Hängen des Berges, dem unglaublich blauen Meer und dem Zauber unserer Familie im himmlischen Licht unserer Insel.

Und dennoch begann ich mich allmählich zu verändern. Bei meinen Schulkameraden fielen mir Unterschiede auf, die mich verwunderten. Einige waren gut gekleidet, aber andere hatten abgetragene Sachen an mit Flicken auf den Hosenböden und Schuhe mit durchgelaufenen Sohlen. An sie schloß ich mich an. Mein hübscher Matrosenanzug von Peter Robinson, auf den ich bisher so stolz gewesen war, und mein Mantel mit den Messingknöpfen wurden mir plötzlich zuwider.

Ich ahnte nicht, wie schwierig es sein würde, die Familie davon zu überzeugen, daß ich auf diese Anzüge verzichten und in dem blauen Pullover und den vorjährigen Hosen in die Schule gehen müsse. Wie, du willst im »Hausanzug«, wie er genannt wurde, ausgehen? Das entsprach keineswegs der Vorstellung, die sich meine Mutter von einem Gymnasiasten machte. Immerhin gab sie nach.

Die nächste Phase der Auseinandersetzung bestand darin, daß ich ihr und auch Maria Felice und der Signorina Miss untersagte, sich am Ginnasio Garibaldi sehen zu lassen. Aber was ist denn mit dieser Schule, daß man sich ihr nicht nähern darf? Ich gab ihnen zu verstehen, daß wenn sie versuchen würden, mit ihrem Wagen in dieser Gegend zu halten und mich in Gesellschaft meiner neuen Freunde sehen sollten, ich so tun würde, als ob ich sie nicht kenne.

Dann kamen meine ersten Prüfungen. Sie endeten mit einem totalen Mißerfolg. Die Reaktion der Familie ließ nicht auf sich warten und war, wie bei uns üblich, wenig objektiv. Ausnahmsweise waren mein Vater und meine Mutter einer Meinung: der Mißerfolg konnte nur meinen Lehrern zuzuschreiben sein. Ich wurde im Ginnasio Garibaldi ab- und im Umberto I. angemeldet, einer größeren und ebenso schmutzigen Schule, obwohl sie sich in einem ehemaligen Benediktinerkloster mit einem schönen Kreuzgang befand. Und dann? Es läßt sich in einem Satz sagen: mehrere Jahre lang führte ich noch das Leben eines unglücklichen Gymnasiasten, blieb sitzen, versuchte mich mit der Kunst des Lernens vertraut zu machen, füllte meine Lücken, so gut es ging, und wurde 1916 in diesem Gymnasium vom Krieg ereilt.

Auf den Straßen Palermos trugen Damen aus unserem Bekanntenkreis weiße Schleier. Sie gingen ins Lazarett, um sich ihren Verwundeten auszusuchen, wie sie sich in Friedenszeiten ihre Tänzer auf einem Ball ausgesucht hatten. Ich hatte mich freiwillig gemeldet und besuchte eine Offiziersschule – nicht aus Patriotismus, das will ich nicht behaupten, sondern weil ich nicht als einfacher Soldat dienen wollte. Weniger als ein Jahr später wurde ich an die Isonzo-Front geschickt, gerade rechtzeitig, um eine Katastrophe mitzuerleben, eines der schwärzesten Kapitel des Krieges: die Schlacht von Caporetto. Aber das ist eine andere Geschichte und gehört nicht hierher. Kehren wir zu meinen Schuljahren zurück, jenen kummervollen Jahren.

Maria Felice war erwachsen geworden, eine hübsche Brünette mit großen, strahlenden Augen, aber im Grunde ihres Herzens immer noch ein Kind und immer noch von ihrer Tierliebe beseelt. Wichtig waren ihr nur der Zauber der Villa Niscemi und deren unwandelbare Freuden. Was mich betrifft, so entdeckte ich, daß ein Bleistift ein Requisit ist, mit dem ich alles reproduzieren konnte, was ich sah, alles, was mir durch den Kopf ging, und das faszinierte mich immer mehr.

Noch sind wir im Jahr 1912. Der Winter war mild gewesen. Die Blüte der Mandelbäume war bereits vorüber, und schon zog der Duft der Orangenblüten durch die offenen Fenster. Unsere Großmutter schien schweigsamer als gewöhnlich zu sein. Sie hatte gerade ein Automobil bestellt, das in ein oder zwei Monaten geliefert werden sollte. Die Nachricht hatte Gnu Antonio entrüstet, der ein glühender Traditionalist war. Blasi, einer unserer jüngeren Kutscher, war zum zukünftigen Chauffeur ausersehen und nahm schon Fahrstunden.

Die große Geschirrkammer wurde umgebaut, um Platz für das Auto zu schaffen. Maria Felices *tonneau* und mein sizilianischer Karren, die seit Jahren dort gestanden hatten, waren einfach ausquartiert worden. Auch das hatte Gnu Antonio erbost. Diese ganzen Neuerungen gingen ihm sehr gegen den Strich. Tatsächlich herrschte auf dem gesamten Wirtschaftshof eine entsetzliche Verwirrung in Erwartung des ersten pferdelosen Fahrzeugs.

Auch Mama war verändert. Sie wirkte irgendwie geistesabwesend, sorgenvoll und führte flüsternd unendlich lange Telefongespräche. Eines Tages suchte ich Maria Felice im Garten. Ich fand sie damit beschäftigt, die Goldfische zu füttern, und mir fiel auf, daß sie geweint hatte. Als ich sie nach dem Grund fragte, antwortete sie: »Du wirst es schon früh genug erfahren.« Ich war völlig überrascht und verstand es gar nicht. Was hatte sie zu fürchten? Soviel ich wußte, gab es nichts, was ihr Kummer bereiten konnte. Unsere Hunde erfreuten sich bester Gesundheit, und auch bei unseren Freunden gab es keine Krankheit. Ich war jetzt überzeugt, daß sich etwas Schreckliches zusammenbraute.

Dann kam der dramatische Tag, an dem wir auf dem Rückweg zur Villa Niscemi durch den Park La Favorita fuhren (wenn ich mir diese Fahrt in Erinnerung rufe, sehe ich sofort die Hecken zu beiden Seiten der Allee wieder, links die Reitbahn und rechts die vertraute Harmonie der Hänge des Monte Pellegrino, die sich rosa färbten, wenn die Sonne unterging). Auf dieser Fahrt nahm Mama meine beiden Hände in die ihren und fragte:

»Hast du je darüber nachgedacht, was du später tun willst?«

Und als ich die Augen aufriß und nicht wußte, was ich antworten sollte, fuhr sie fort:

»Es wird bald große Veränderungen in unserem Leben geben. Deine Großmutter ist gefährlich krank und kann ganz plötzlich sterben. Nach ihrem Tod müssen wir die Villa verlassen, die meinem Bruder zufällt. Wir werden also in der Stadt leben müssen und in die Via Montevergine ziehen, verstehst du?«

Ich hörte sie, war aber ganz bestürzt und wie benommen und konnte nichts sagen. Sie sah mich freundlich an und versuchte in meinen Augen zu lesen, was sich hinter meinem Schweigen verbarg. Dann fragte sie:

»Würde es dich reizen, die Schule in der Nähe von Rom zu beenden, in der Villa Mondragone, wenn wir dort einen Platz für dich bekommen können? Oder wäre dir La Quercia in Florenz lieber? Die beiden Internate haben einen gleich guten Ruf.«

Ich hörte sie kaum. Ich kämpfte gegen die sich verstärkende Gewißheit, daß es um die Welt geschehen war, die ich immer gekannt hatte, daß sie im Begriff war, sich vor meinen Augen aufzulösen, zu vergehen, oder schlimmer noch, daß sie in tausend Stücke zerbrechen würde, die so winzig waren, daß man sie nie wieder zusammenkleben könnte. Und die Stimme meiner Mutter fuhr fort:

»Du mußt dir über deine Zukunft klar werden. Möchtest du Offizier werden? Dein Vater hatte sich, als er sehr jung war, für die Armee entschieden. Oder die Marine, wie dein Onkel Alessino, der vor deiner Geburt gestorben ist? Er hatte die Marine-Akademie in Livorno besucht. Sofern du den diplomatischen Dienst nicht vorziehst, das wäre auch eine Möglichkeit. Aber wie auch immer, du mußt dir ernstlich darüber Gedanken machen, denn wir werden nicht sehr reich sein, sogar weniger als reich, nämlich arm. Darum mußt du wissen, welchen Beruf du ergreifen willst.«

Als sie so weit gekommen war, machte ich unerhörte Anstrengungen, um mich gegen eine Verzweiflung zu wehren, die meine Schläfen hämmern und mein Kinn zittern ließ. Als wäre ich von einer unbekannten Krankheit befallen, die mir den Atem benahm.

Als wir zum Rondell kamen und der Wagen um die Ecke fuhr, so daß wir das Portal aus weißem Stein und die große Platane erblickten, die es beschattete, da war es um meine Fassung geschehen, und ich wandte den Kopf ab, damit meine Mutter mich nicht weinen sah.

Das Leben ging weiter, aber es änderte sich von Tag zu Tag und wurde immer bedrückender. Ärzte kamen und gingen und schritten bedächtig die langen Korridore auf und ab. Ein Facharzt, woher er kam, weiß ich nicht, war hinzugezogen worden, und die Konsultationen fanden immer in einem Zimmer im zweiten Stock statt. Mit ernsten Gesichtern kamen die Ärzte wieder heraus und führten dann auf den Korridoren weitere beunruhigende Besprechungen.

Großmama kam nicht mehr nach unten. Sie verließ ihr Bett nur noch, um sich auf die Chaiselongue in ihrem Wohnzimmer zu legen, wo sie die wenigen Besucher empfing, an denen ihr lag. Die getreue »old Monte« kam oft und empfahl immer ein Heilmittel, von dem sie behauptete, es kuriere die schlimmsten Krankheiten. Dieses Wundermittel nannte sie »Froufrou« und meinte damit ein tägliches Klistier. Eine andere willkommene Besucherin, die auch die erste Jugend hinter sich hatte, war die Fürstin Grangi, eine blasse und zierliche alte Dame, zart wie Eierschalenporzellan. Ihre Tochter Beatrice war die Frau unseres Onkels Peppino und würde mit ihm zusammen eines Tages unseren Platz in der Villa Niscemi einnehmen. Die Fürstin-Mutter gehörte zu jenen Palermitanerinnen, deren fast geflüsterte Sprache ein erstaunliches französisch-sizilianisches Kauderwelsch war und dadurch noch schwerer verständlich wurde, daß sie das R manchmal wie Z und manchmal wie S aussprach. So ersetzte sie *caro* oder *cara* durch »cazo« und »cazissima« und sprach von ihrer Fahrt durch den »Pask La Favozita« wie von einem außerordentlichen Abenteuer.

Ich durfte nur noch in der Frühe zu Großmama, um ihr einen guten Morgen zu wünschen, und kurz am Abend, um ihr gute Nacht zu sagen. Das Verhalten von Kindern ist doch seltsam! Ich liebte sie weiß Gott. Außer meiner Mutter gab es niemanden, an dem mein Herz mehr hing. Niemanden. Und jetzt widerstrebte es mir, sie zu sehen. Hätte man mich nicht gezwungen, wäre ich vielleicht gar nicht zu ihr gegangen. Und wenn ich bei ihr war, fiel es mir schwer, ihr einen Kuß zu geben. Warum? Ich kann mir diese plötzliche Zurückhaltung schlecht erklären; heute kommt sie mir wie Feigheit vor. Maria Felice, die Großmama öfter und ausgiebiger sah als ich, empfand ungefähr dieselbe Scheu. Wie seltsam! Unsere Großmutter war noch da, aber unsere Gesten hatten schon an Sinn verloren, unsere Hände waren leer, als ob nicht genug Zeit wäre, ihr unsere Liebe zu bekunden, als ob sie aus unserem Leben verschwunden wäre, ehe sie tot war. Vielleicht sind Kinder weitblickender als Erwachsene. Einer Krankheit gegenüber empfinden sie Groll. Sie erraten das Drama. Sie sind gewiß, daß die Krankheit etwas verschleiert, zweifellos das Schlimmste, eine bevorstehende Trennung, Abwesenheit, Abtrünnigkeit. Für uns war all das hinter der geheimnisvollen Krankheit verborgen, an der Großmama litt: sie würde uns im Stich lassen; sie würde aus dem Leben scheiden.

Auf beiden Seiten der Pfefferbaumallee im Garten standen ornamentale Laternen, die nie benutzt wurden. Aber Großmama hatte immer davon gesprochen, sie wolle sie anzünden lassen, wenn Maria Felices achtzehnter Geburtstag mit einem großen Ball gefeiert werde. An dem Abend, hatte sie gesagt, werde der Garten taghell beleuchtet sein. Von diesem Ball hatten wir seit Jahren geträumt. Und soviel wir von dem Ball auch sprachen, nie stellten wir ihn uns woanders als in der Villa Niscemi vor. Der 23. Februar, das war sehr früh im Jahr. Sollten wir nicht bis zu den letzten Frühlingstagen warten, wenn man schon spürte, daß die warmen Abende kommen? Dann würde man gern ins Freie gehen.

Tausendmal hatten wir uns die Musik ausgemalt, die in großen, zauberhaften Wellen den Garten und die aufmerksamen Gäste, die von den Terrassen aus den Tänzern zuschauten, überflutet, und auch andere, junge und alte, die an den offenen Fenstern standen. Wir vergaßen niemanden. Ehemalige Bediente wie der alte Manuele, der jetzt im Dienst der Schwäne und Paviane stand, die Ammen, die Zofen im Ruhestand, die Gärtner vom königlichen Park La Favorita, mit deren Kindern wir gespielt hatten, die Torhüter an den drei Portalen und ihre Familien, sie alle drängten sich am Eingang zu den Dienstbotenräumen.

Unsere Hunde würden neue Halsbänder bekommen und am Fest teilnehmen. Und meine Freunde, die eigentlich zu jung waren für eine solche Belustigung, waren ausnahmsweise und auf meinen Wunsch auch da. Wenn ich mir diesen Ball ausmalte, sah ich auch sie. Sie waren vergnügt und aßen herzhaft. Wie Zugvögel machten sie halt an den Büfetts und verschwanden wieder. Dann fand man sie unter den Bäumen sitzend, mit Kuchen in der Hand. Anschließend brachten sie alle zum Lachen, indem sie ihre Großmütter zum Tanz aufforderten.

Aber dieser Ball war nicht mehr vorstellbar, als Maria Felice und ich eines Abends in der Dämmerung durch den Garten spazierten. Gedankenverloren gingen wir durch die Pfefferbaumallee, die rotgolden leuchtete wie glühende Lava. Plötzlich brach Maria Felice das Schweigen und deutete betrübt auf die Reihe der Laternen: »Für mich werden sie niemals angezündet«, sagte sie. »Und es wird auch keinen Ball geben.« Wie ein großer Luftballon war er davongeflogen. Keine Musik mehr, keine Tanzkapelle. Wir blieben stehen. Es gab nichts mehr zu träumen. Wir fielen uns in die Arme und gingen dann langsam Hand in Hand zum Haus zurück, und die Hunde folgten uns.

Ein Schleier der Trübsal senkte sich langsam auf unsere Hoffnungen, auf das Haus mit der lebhaften Atmosphäre, und hüllte uns ein. Mama ging selten aus. Sie verbrachte die Tage am Bett der Kranken und versuchte sie davon zu überzeugen, daß sie bald wieder gesund werde, legte ihren Ärzten in den Mund, was sie sie glauben machen wollte – beruhigende Lügen, Vorspiegelungen falscher Tatsachen –, und drängte sie sogar, wieder Pläne zu schmieden, eine Reise in andere Gegenden mit anderem Klima, warum nicht nach Rußland? Ach ja, warum nicht...

Es wurde Sommer, und da sie sah, daß wir bekümmert und unbeschäftigt waren, redete sie uns gut zu, wir sollten nicht den Kopf hängen lassen. »Ihr müßt euch zusammenehmen. Unbedingt.« Sie wollte, daß wir »schöne Ferien« haben, und schickte uns zum Baden mit unseren Vettern und Kusinen aus Rom, die wie alljährlich hergekommen waren. Wir verzichteten auf Mondello, weil es zu weit war, sondern fuhren an einen beliebten Strand von Palermo, Acqua Santa, wo wir von einem gemieteten Boot aus in Höhe der Villa Igiea schwammen.

Die ockergelbe Fassade der Villa und die Ruinen ihres Tempels stiegen zwischen Bäumen und Blumen steil aus dem blauen Wasser auf. Bis dahin hatte ich mir gesagt, kein Kummer könne groß genug sein, um mir die Freuden des Meeres zu verderben. Ich erkannte meinen Irrtum. Ich war wie betäubt. Man muß das verstehen. Ich hatte von nichts eine Ahnung. Ich kannte nur ein Milieu, das unsere, nur einen Rahmen, in dem sich das Leben abspielte, die Villa Niscemi, und gleich hinter dem Gartenzaun begann für mich das Unbekannte.

Manchmal schöpfte ich auf dem Nachhauseweg Hoffnung. Ich hoffte wie nie zuvor. Ein Wort, ein Lächeln würde das Tor zur Zukunft wieder weit öffnen; aber kaum sah ich das sorgenvolle Gesicht meiner Mutter, da waren meine Illusionen verflogen.

Großmama verließ das Bett nicht mehr. Vorher war sie ein letztes Mal aufgestanden und hatte sich mit den Ellbogen aufs

Fensterbrett gestützt wie auf eine Logenbrüstung. Ein düsteres Gefährt mit Messinglampen war eingetroffen, das neue Automobil. Großmama, die soviel Hoffnungen auf dieses Transportmittel gesetzt hatte, von dem sie wie von einem Wunder sprach, das den Planeten erschrecken und verzaubern würde, sie, die uns während unserer ganzen Kindheit von einem Ende Europas zum anderen mitgenommen hatte, stark wie ein Heerführer und, wie es schien, ein für allemal die Macht besitzend, konnte sich jetzt nur noch mühsam ans Fenster schleppen, um das Auto zu sehen, das am anderen Ende des Hofes um die Palme herumfuhr.

In dieses Auto würde sie nicht mehr einsteigen. Andere vielleicht. Für sie waren wir die anderen. Sie schlug uns vor, wir sollten eine Probefahrt unternehmen. Aber das ganze Haus lehnte es ab unter dem Vorwand, wir wollten damit warten, bis sie wieder gesund sei. Was wir ihr nicht sagen konnten, war, daß wir fanden, diese Teufelsmaschine sehe wie ein Leichenwagen aus und habe bestimmt die *iettatura.* So wurde also das anstößige Ding, kaum war es geliefert, in dem zur Garage avancierten Stall abgestellt. Aus den Augen, aus dem Sinn: wir sahen es nie wieder.

Das Haus war sehr still geworden. Das galt besonders für die Abendessen. Nach den rituellen Fragen: »Und was habt ihr gemacht?« oder »Wo seid ihr gewesen?« und unseren Antworten, die fast immer den gleichen Tenor hatten: »Wie gewöhnlich« oder »Wie immer«, wußten wir nichts mehr zu sagen, es trat wieder Schweigen ein, und man hörte nur das melancholische Klappern von Messern und Gabeln. Wir hatten keine Miss mehr. Unser letztes Opfer, Miss Lilley, war abgereist. Wir saßen also zu dritt an dem großen Tisch.

Der Sommer war heiß und schwül. Durch die offenen Fenster sahen wir abends Blitze am dunklen Himmel zucken, in deren Lichtschein die Sarabande der Fledermäuse erkennbar war, die zwischen den Bäumen hin und her flogen.

Gleich nach der Mahlzeit verließ uns Mama. Sie nahm ihre Wache am Krankenbett wieder auf, während Maria Felice und ich die Kühle auf der Terrasse suchten, von wo uns die Mücken bald vertrieben. Es blieb nichts anderes übrig, als in unsere Zimmer zu gehen und unsere Zuflucht zum Schlaf zu nehmen, der uns in unserem Alter, Gott sei Dank, nie im Stich ließ.

Unsere arme Mutter befand sich in einem entsetzlichen Gewissenskonflikt. Sie war, wie ich erwähnt habe, sehr fromm, und Großmamas Ungläubigkeit machte ihr großen Kummer. Was sollte sie tun? Was sollte sie ihrer Mutter, die sie so innig liebte, sagen? Ihr die Wahrheit gestehen und sie anflehen, ihren Frieden mit Gott zu machen, oder sie anlügen und sie weiter auf eine unmögliche Gesundung hoffen zu lassen? Das war ihr Dilemma, obwohl wir Kinder nichts davon ahnten.

Indes war mir aufgefallen, daß Padre Trupiano häufig kam und lange Gespräche mit meiner Mutter und den Tanten führte. Er war unser Beichtvater, Schloßkaplan unserer Nachbarn, der Gebbiarossas, und Gemeindepfarrer von San Lorenzo. Er war ein großer, gut gewachsener Mann, dem unsere Engländerinnen schöne Augen gemacht hatten, ohne jeden Erfolg. Sie nannten ihn *the handsome priest*, und er sah unbestreitbar gut aus. Er gehörte zu jenen Geistlichen von kräftiger Statur, die an handfeste Erziehungsmethoden glauben. Unsere Freunde Gebbiarossa, die bei ihm Religionsunterricht gehabt hatten, konnten ein Lied davon singen.

Was Großmama betraf, so war klar, daß er keinerlei Machenschaften dulden würde. Er war ein Mann, dem man nichts vormachen konnte. Ich sah ihn ein- oder zweimal zu Großmama hinaufgehen. Er kam fast sofort wieder herunter.

Der August verging, und im September war die Hitze noch genauso unbarmherzig wie im Sommer. Ich durfte nicht mehr zu Großmama und mußte sogar mein Zimmer aufgeben. Maria Felice ebenso, die direkt neben Großmama geschlafen hatte. Wir mußten beide in die ehemaligen Gouvernanten-Zimmer umziehen. Im Haus wurde nur noch geflüstert, und man ging auf Zehenspitzen. Auch die Dienstboten murmelten nur noch, von Tag zu Tag etwas leiser.

Wir wurden nicht mehr zum Baden gefahren und verbrachten die Tage im Garten; wir wagten uns nicht einmal mehr in La Favorita, aus Angst, zu weit wegzugehen. Beim geringsten Geräusch fuhren wir zusammen. Was ging vor? Die Ärzte verließen das Haus nicht mehr, und auch der Padre war ständig da und betete in einer Ecke des Salons. Die Zofen, die irgendwelche geheimnisvollen Aufgaben erfüllten, eilten durch die Korridore und trugen Schüsseln und mit Gaze abgedeckte Tabletts. Die Hunde keuchten in der Hitze, und weil wir uns nicht mehr um sie kümmerten, waren sie auch nicht an uns interessiert.

Nach drei oder vier Tagen wurde Maria Felice in den zweiten Stock gerufen, und weil ich immer noch als Kind behandelt wurde, blieb ich allein, verlassen, und rief alles zu Hilfe, was schon entfloh, die Gewohnheiten, die Erinnerungen, unsere Rechte. Aber hatten wir welche? In Sizilien gab es damals nur das Erstgeburtsrecht.

Das ganze Leben des Hauses schien sich auf ein Zimmer im zweiten Stock zu konzentrieren, dessen Fenster immer hell war, und auf das Souterrain, wo das Personal seinen Beschäftigungen nachging. Am Spätnachmittag bemühte ich mich erfolglos, mich für Cocos, des Papageien, Possen in der Halle zu interessieren. Sie werden mich holen, dachte ich. Und tatsächlich kam Maria Felice und sagte, das Ende sei nahe. Großmama sei bewußtlos, und Mama wolle mich sehen. Mich überkam die Verzweiflung. Ich sah Maria Felice an. Sie hatte geweint. Unsere Schatten fielen auf die hellbraune Wand, an der oben die feierlichen Gesichter aller Könige Siziliens aufgereiht waren.

»Wir müssen uns beeilen«, sagte sie.

Sie nahm mich an die Hand, und ohne zu sprechen gingen wir durch die großen Räume im Erdgeschoß, die wir so liebten und die uns bald nicht mehr gehören würden. Mit allen verbanden sich Erinnerungen: die *stanza del telefono* mit dem altmodischen Apparat zu Füßen eines Putto; der *salone,* wo ein Vorfahr, als Römer gekleidet, mit Karl dem Großen einen *pas de deux* tanzte; die *stanza verde,* die nicht grün war und wo sich ein Bär im Klavier verbarg; die *stanza di Tobia,* wo ich das Licht der Welt erblickt hatte. Dann gingen wir die Treppe hinauf und den Korridor entlang, an dem die Tür lag, hinter der der erschöpfte Körper von Maria Favara, unserer Großmutter, um einen Rest von Leben kämpfte.

Trotz der späten Stunde war es noch so warm, daß man die Jalousien zugelassen hatte. In der halben Dunkelheit auf dem Korridor konnte ich eher erraten als sehen, wer die reglosen Gestalten waren, die vor der Tür von Großmamas Zimmer warteten. Ich erkannte Padre Trupiano, der stehend betete, und drei sitzende Damen, unsere Tanten, die sich unhörbare Worte ins Ohr flüsterten. Von Zeit zu Zeit stand Tante Caterina auf und ging ins Schlafzimmer. Wenn sie zurückkam, schüttelte sie den Kopf und ließ die Tür halb offen. Wir konnten sehen, daß drinnen alle Lampen brannten; sie warfen einen Lichtschein auf die Fliesen im Flur. Mama, verstört und etwas zerzaust aussehend, kam wie eine Schlafwandlerin heraus, küßte uns und ging wortlos wieder zurück. Ich saß wie versteinert auf meinem Stuhl, vermochte mich nicht zu rühren und kein Wort zu sagen. Maria Felice hielt immer noch meine Hand. Ein Gedanke begann sich in meinem Kopf Bahn zu brechen und Gestalt anzunehmen: eines Tages werde auch ich sterben müssen. Das war unumgänglich. Ich hatte geglaubt, ich würde keine Angst haben. Wieder einmal hatte ich mich getäuscht. Vielmehr flößte mir der Todeskampf meiner Großmutter eine geradezu irre Angst ein.

Hinter uns hatten sich die Zofen hingekniet und murmelten Gebete. An der Wand standen völlig reglos Angelo, unser alter Butler, und Pasquale, der unser Reisemarschall gewesen war. Sie trugen die Sonntagslivree, als ob sie vor einem Beichtstuhl warteten. Dann knieten auch sie nieder. Irgendwo schlug eine Uhr die Viertelstunden. Die Zeit schien angehalten zu sein, doch in Wirklichkeit war sie abgelaufen. Unser Onkel Peppino kam leise heraus, um eine Zigarette zu rauchen. Aber er hatte sie noch nicht angezündet, da rief ihn Mama wieder herein. Die anderen folgten ihm auf Zehenspitzen. Die Dienerschaft betete weiter im Dunkeln. Die Stimme des Padre wurde lauter. Schließlich ging auch er hinein. Jetzt waren nur noch die Dienstboten und wir auf dem Flur.

Ich war so benommen, daß ich gar nicht richtig begriff, was vor sich ging. Eingehüllt in Schweigen und Dunkelheit, wagten wir uns nicht zu rühren. Es muß ein erstickter Schrei im Schlafzimmer gewesen sein, der mich plötzlich aus meiner Betäubung aufschreckte. Die Tür ging auf, und meine ohnmächtige Mutter wurde herausgetragen und auf ein Sofa gelegt. Ihre Schwestern scharten sich um sie, aber niemand dachte daran, im Korridor Licht zu machen, und der einzige Schimmer drang aus dem Zimmer, in dem man im unbarmherzigen Schein der Lampen Großmamas abgezehrtes Gesicht erkannte.

Jetzt, da der Tod sein Werk vollbracht hatte, erwachte das Haus aus seiner Erstarrung. Unter unseren Küssen und Tränen kam Mama wieder zu Bewußtsein, entzog sich unseren Liebkosungen aber sofort und kehrte ins Schlafzimmer zurück.

Unser Vater und die beiden anderen Schwiegersöhne warteten im Salon. Jemand mußte sie verständigen. Befehle und Gegenbefehle wurden erteilt. Das Personal rannte in alle Richtungen. Das Durcheinander erreichte seinen Höhepunkt. Schließlich gingen Maria Felice und ich nach unten zu unserem Vater. Er wiederholte, was Mama schon gesagt hatte: wir könnten nicht hierbleiben, sondern würden in der Casa Verdura wohnen, sobald alle Vorbereitungen für unseren Einzug getroffen seien.

Zum erstenmal hörte ich das Wort Testament, ohne zu ahnen, welche Rolle es auf Jahre hinaus in unseren Gesprächen spielen sollte.

Ich konnte nur daran denken, daß wir nach Großmamas Tod hier nicht länger bleiben konnten. Diese Gewißheit schien mir durch alles um mich herum bekräftigt zu werden, ich spürte sie in den Düften, die vom Garten aufstiegen, im Flug der Nachtvögel, sogar in der Nacht selbst und ihren Schatten, die auf uns lasteten.

Aber wie immer die Umstände auch sind, anscheinend muß man essen, und Angelo meldete, das Abendessen sei angerichtet. Er war kaum wiederzuerkennen, denn sein sonst so üppiger Backenbart klebte ihm vor Kummer und Tränen am Gesicht.

Es war eine unruhige Mahlzeit. Dauernd stand einer der Schwiegersöhne auf und rannte zum Telephon. Testament ... Mama kam nicht. Sie war immer noch im Sterbezimmer.

Nach dem Essen erhoben sich mein Vater, die Onkel und Tanten und sagten:

»Es ist ja nicht weit, höchstens eine halbe Stunde Fahrzeit.« Sie kehrten nach Palermo zurück.

Mama kam kurz herunter, sagte ihnen Auf Wiedersehen und gab uns zerstreut einen Gutenachtkuß. Sie wollte die Nacht oben bei Großmama verbringen.

Ein Gewitter war aufgezogen. Es regnete in Strömen. Beim Hinausgehen fragte eine Stimme: »Ist das das Ende des Sommers?« Wie konnte man daran zweifeln. Die schönen Tage waren vorbei.

Nachwort

Der Verfall einer Gesellschaft

Fulco Santostefano della Cerda, Herzog di Verdura und Marquis Murata la Cerda, erblickte 1899 in der Villa Niscemi nahe Palermo das Licht der Welt. Mit siebenundsiebzig Jahren unternahm er es, seine Erinnerungen aufzuzeichnen. Als echter Sizilianer suchte der Entwurzelte, der er war, in seiner Kindheit letztlich die Verwurzelung zu finden. Denn diese Memoiren beschränken sich auf eine sehr kurze Spanne seines Lebens und umfassen nur die Zeit zwischen seinem fünften und seinem dreizehnten Jahr. Sie waren zuerst auf englisch geschrieben und erschienen in London[1], wo sich der Autor nach seiner Rückkehr aus den Vereinigten Staaten niedergelassen hatte.

Fulco di Verdura hatte das Glück, Kosmopolit zu sein, und teilte sein Leben unter mehreren Vaterländern auf. Er gehörte zu jener Gruppe Menschen von unbestimmtem Status, die mindestens drei Sprachen sprechen und sich überall zu Hause fühlen: die Relikte eines gewissen Europas.

Seine Memoiren waren nur mit seinem Vornamen gezeichnet: Fulco. Ihr Titel, angeregt durch eine Stelle in *Alice im Wunderland,* lautete *The Happy Summer Days.* Anschließend hat er diesen ersten Text nicht etwa in seine Muttersprache übersetzt, sondern ihn umgeschrieben. Der von Lewis Carroll entlehnte Titel wurde 1977 zu *Estati Felici,* unter dem das kleine Werk auf italienisch erschien.[2].

Auf weniger als zweihundert Seiten wurde hier die scheinbar idyllische Geschichte einer Vergangenheit erzählt, die indes Bedrohungen aller Art in sich schloß und vom unnachahmlichen Stempel der Wahrheit geprägt war.

Auf die frühe Kindheit zurückgreifen, wenn man den wesentlichsten Teil seines Lebens im Ausland verbracht hat, ist nicht einfach. Dabei besteht die Gefahr zu fabulieren, eine erfundene Kindheit poetisch zu beschreiben, die wunderbare Geschichte eines Sohns aus gutem Hause, der vom Leben nichts weiter kannte als die zauberhafte Szenerie von Palästen, Parks und Festen in Palermo zu Beginn unseres Jahrhunderts. Wenn Fulco di Verdura diese Klippe umschifft, dann darum, weil er gewissermaßen seine Kinderstimme behalten hat, und auch dank seiner Erbarmungslosigkeit, der Erbarmungslosigkeit eines Lausbuben, der er bestimmt gewesen ist, eines Faulpelzes, eines unwissenden Kindes, das ohne irgendwelche Komplexe in der Illusion lebte, es werde sich nie etwas ändern. Er wollte das Glück um des Glückes willen. Und in eben diesem Glück fühlte sich der kleine Fulco wohl, in dem außerordentlich milden Klima und der Pracht seiner Insel war er glücklich. Vor seinen Augen rollte das erstaunliche Schauspiel ab, das sich die sizilianischen Aristokraten durch ihre Lebensweise selber boten, und Fulco nützte das weidlich aus.

Der Autor hat keinerlei literarische Prätention, er wollte auch kein geschichtliches Werk schreiben, sondern nur verhindern, daß ein unersetzliches Zeugnis einer Kaste und einer Vergangenheit verloren gehe, die er selbst abgelehnt hat, indem er im Ausland und anders lebte.

Das Gerücht, Fulco habe zu schreiben begonnen, muß indes denen, die ihn kannten, verwunderlich erschienen sein. Was hatte er zu sagen? Er wirkte zurückhaltend, aber unbeschwert, so unbeschwerten Sinnes wie jene, die Müßiggang, Vergnügungssucht, Haltlosigkeit und auf die Spitze getriebene Geselligkeit niemals für tadelnswert hielten. Er war auch leichtsinnig, aber sein Leichtsinn hatte etwas Tragisches an sich, weil er seit eh und je den Diktaten einer anspruchsvollen Eleganz unterworfen gewesen war, wonach es sich nicht schickte, zu klagen, Verbitterung erkennen zu lassen oder die Gedanken eines anderen wie wenig auch immer zu belasten.

Zu der Zeit, als er zu schreiben begann, war Fulco di Verdura also schon recht betagt. Der Tod war nicht mehr fern. Der Tod, dieser alte Bekannte, zur Vertrautheit mit dem er erzogen worden war. Er mußte sich beeilen, sich erinnern und unbedingt die einfachen Dinge erzählen, die aber gerade am schwierigsten zu sagen sind, Geschehnisse, die vor langer Zeit erlebt worden waren, als er sich noch keine Fragen stellte, Dinge, die er in der oft dialektgefärbten Sprache gehört hatte, deren sich seine Umgebung bediente, Dinge, die er gelesen hatte. Er mußte das Benehmen der sizilianischen Aristokratie in den Jahren 1900 bis 1912 schildern. Und er mußte durch eine scheinbar harmlose Beschreibung eine Gesellschaftsschicht sichtbar machen, die mit irdischen Gütern reich gesegnet und entschlossen war, auf keines ihrer Vorrechte zu verzichten – insbesondere nicht auf den Besitz von Landgütern, die sie nicht bestellte und auf die sie sich nur selten begab und deren Ausdehnung sie oft nicht kannte –, Leute, die sich Druck jeder Art widersetzten, sei es durch den jungen italienischen Staat oder als Folge der neuen Zeit, einer absonderlichen Epoche, in der man sie von der Notwendigkeit einer »Mutation«, was für ein barbarisches Wort, zu überzeugen suchte.

Im fernen England, wo er am 15. August 1978 verscheiden sollte, hat Fulco di Verdura, als er sein Buch schrieb, teils belustigt, teils gerührt seine ganz und gar widerspenstige Insel wiedergefunden, die abgesehen von anderen Privilegien sich das Recht vorbehielt, unwiderruflich anders zu sein.

Seine Memoiren, in denen sich seine Wehmut am Ende der Ferien mit der über den letzten Glanz einer Gesellschaft verbindet, kommen uns wie eine Art Testament vor.

Aber ehe wir weiter von dem Buch sprechen, sollten wir erst mehr über den Verfasser sagen. 1916 gehörte er zu denen, die von der Schulbank und den Raufereien mit Klassenkameraden in die grausame Wirklichkeit der Front am Isonzo und der Schlachtfelder des Ersten Weltkrieges versetzt wurden. Unleugbar ist, daß er während seiner ganzen Schulzeit den letzten Platz in der Klasse innehatte und es einen schlechteren Schüler als ihn nicht geben konnte. Aber in der Schule der Gefahr, der militärischen Niederlagen, der ungeordneten Rückzüge und mißlungenen Offensiven erwies er sich als tapferer Offizier.

1926 starb sein Vater. Fulco di Verdura erbte seinen Titel, seinen ziemlich verfallenen Palast und seine Schulden. Ein Zeitalter ging zu Ende. Jetzt war er tatsächlich arm. Er machte sich an die Arbeit. Aber nichts war einfach für jemanden, der mit den berühmtesten Familien der Insel verwandt war, und es war besser, es in einer anderen Stadt als Palermo zu versuchen, wenn man seinen Lebensunterhalt verdienen wollte. Er wanderte aus. Überdies mußte er einen Beruf wählen. Herumgeschubst vom Leben, schlecht gerüstet, um Erfolg zu haben in diesen »Goldenen Zwanzigern«, die gleichsam als Gegengift gegen die Bedrohungen und Härte der vergangenen fünf Jahre einen systematischen Dünkel kultivierten, suchte er sich seine außerordentliche Begabung für das Zeichnen zunutze zu machen. Er wurde Goldschmied. Das war ein genialer Einfall. Seine vortreffliche Kenntnis der Malerei und Zeichenkunst kam ganz natürlich den Gegenständen zugute, die er schuf.

1929 ging er nach Paris, für das er schwärmte, und fand eine Stellung bei Chanel. Das war nicht erstaunlich: er war ein guter Freund des Grafen Etienne de Beaumont, bei dem sich alle möglichen Ausländer, welche die Fata Morgana Paris anzog, einfanden. Nun übte Graf Etienne damals einen entscheidenden Einfluß auf Chanel aus. Da die berühmte Modeschöpferin sich in den Kopf gesetzt hatte, ihrer anfänglich kleinen Gruppe ehemaliger Zarenanhänger, die sie seit dem Ende der russischen Revolution angeheuert hatte, französische und italienische Aristokraten beizuordnen, war es Etienne de Beaumont, der ihr die Kandidaten vorschlug. Er war einer der ersten gewesen, der sich für Accessoires hatte einspannen lassen, und er wußte am besten, daß keinerlei Snobismus eine Rolle spielte bei einem Entschluß, der eher einer Art Staatsräson unterworfen war. (Des Staates Chanel, natürlich ...) Die große Mademoiselle suchte sich mit Leuten von Rang und Namen zu umgeben, um durch sie Kenntnisse zu erwerben, die ihr fehlten, und um die Verbindung mit einer Gesellschaft herzustellen, der sie noch nicht angehörte. Der junge Sizilianer wurde auf der Stelle engagiert. Er brachte einen jungen Römer mit, der wiederum einen jungen Wiener mitbrachte... Alle waren mehr oder weniger Grafen, Vicomtes oder Barone. Das war die Spielregel.

Fulco begann damit, daß er Webmuster entwarf, dann Stickereimotive, eine im wesentlichen ornamentale Arbeit, bei der keine Spur Beeinflussung durch die dekorativen Moden der Vergangenheit oder Abhängigkeit von ihnen festzustellen war. Es war eine vollkommen autonome Arbeit, die sich nach dem ungebundenen Elan seiner Phantasie richtete, bei der sich aber eine gewisse Zurückhaltung – fast Verschämtheit – zeigte, die Chanel nur gefallen konnte.

Es ist amüsant, daß dieser Sohn Siziliens ganz von selbst seinen Stil findet und sich auf einem der ältesten Fachgebiete seiner Insel auszeichnet: der Webkunst. Schon im 9. Jahrhundert bestätigen arabische Schriftsteller, daß es in Palermo und Messina Webereien gab, wie man sie nirgends sonst in der christlichen Welt fand. Später wurde die Kunst der Seidenherstellung, die die Araber mitgebracht hatten, durch den Normannenkönig Roger II. gefördert, als er den Maulbeerbaum in Sizilien einführte und in Theben und Korinth gefangengenommene Männer und Frauen herüberholte »zur Vermehrung der Schönheit«[3] der Arbeit der jungen Muselmanen in seinen palermitanischen Werkstätten. Und es ist auch kein Zufall, wenn unser junger Sizilianer Ende der zwanziger Jahre der von den Handwerkern eines anderen Zeitalters eingeschlagenen Richtung folgte, als er immer noch ganz natürlich von der Webkunst zur Goldschmiedekunst überging. Gold und Halbedelsteine behielten für ihn den Reiz, den sie auf ihn in seiner Kindheit ausübten, wenn er seine Mutter auf einen Ball gehen sah. Aber von diesem Augenblick an und während seiner ganzen Laufbahn galt seine Vorliebe dem Email, dessen sich – daran sei erinnert – schon die Künstler der normannischen Könige erfolgreich bedienten. Die Gewänder, die bei der Krönung getragen wurden, Chorhemden, Stolen, Sandalen und Handschuhe der Herrscher waren »verziert mit Perlen, Edelsteinen und Email und auf der Handfläche mit einem glanzumflossenen Vogel inmitten von Voluten...«, all diese Dinge waren, wenn wir der Inschrift in Lateinisch und Arabisch glauben können, die das kaiserliche Gewand schmückt, »hergestellt im Jahr 1181 nach der Zeitrechnung unseres Herrn, des Messias, in der glücklichen Stadt Palermo«.[4]

Aber die dreißiger Jahre waren nicht mehr eine Zeit, in der Schmuckstücke Bestandteile der Kleidung waren, und Fulco machte nur höchst bescheidenen Gebrauch von Email. Er verwendete es diskret und unauffällig entsprechend dem Geschmack einer Epoche, in der alles, was nicht leer, nackt, glänzend und glatt war, als abscheulich erachtet wurde und in der sogar die Innenarchitekten Lack und Spiegel zu Hilfe nahmen, um Wände und Möbel zu verkleiden.

1937 brachte die Neugier Fulco di Verdura in die Vereinigten Staaten. Er setzte dabei alles aufs Spiel, sagte Paris, seiner Wahlheimat, Lebewohl, sagte Chanel Lebewohl und nahm eine Stellung bei dem New Yorker Juwelier Paul Flato an. Zwei Jahre später hielt er den Augenblick für gekommen, sich selbständig zu machen. Er eröffnete auf der Fünften Avenue sein eigenes Juweliergeschäft und signierte seine Schmuckstücke von äußerstem Raffinement mit »Fulco«. Um Erfolg zu haben, brauchte er nur seiner Neigung zu folgen. Sie machte ihn zeitlos, das heißt unabhängig von der Mode.

Sein Erfolg in New York war so nachhaltig, daß er bis 1973 in den Vereinigten Staaten blieb und erst dann nach Europa zurückkehrte.

Nun fand er Italien wieder. Er hatte kein Verlangen mehr nach anderen Ländern. Jeden Sommer kam er nach Sizilien und verbrachte einige Wochen auf Panarea, wo ich ihm begegnet bin am Abhang des Hügels auf den schmalen, sonnendurchglühten Pfaden. Er ging mit nacktem Oberkörper zum Meer, stark gebräunt; er hatte sich sehr gut gehalten, man sah ihm sein Alter nicht an. Später traf ich ihn noch einmal, als es fünf Uhr läutete. Er kam vom Baden zurück zu der Stunde, da von der Erde die durch die Kühle freigesetzten Düfte aufsteigen und einen einhüllen: der würzige Geruch des Madonnenkrauts, der stärker zu Kopf steigende Duft von Minze und Melisse, die sich in der Abendluft mit dem herben Geruch des Johannisbrotbaums vermischen.

So unvermutet in der geschlossenen Welt dieser kleinen Insel entdeckt, die der Wirklichkeit so fern war, hatte Fulco di Verdura fast gar keine Ähnlichkeit mit der Vorstellung, die man sich von jenen »Persönlichkeiten ohne Grenzen« machte, wie Paul Morand sie liebte. Fulco war wieder ein Sizilianer wie viele andere, zwar aus der Fremde zurückgekehrt, nachdem er den Planeten kreuz und quer durchreist hatte, aber endlich im Einklang mit seinem inneren Wesen, dieser Leidenschaft für die Sonne, für das Meer, für den wahren Kontakt mit den Dingen, den schlichten Freuden, die er einst in den Parks seiner Kindheit empfunden hatte, als er noch in der unbändigen Erwartung der »seligen Sommerzeit« lebte.

Nichts in den Kindheitserinnerungen von Fulco di Verdura ist an den Haaren herbeigezogen, selbst wenn die Anekdoten, die er uns erzählt, etwas ungereimt wirken. Ebenso seine Sucht, Inventur zu machen. Sehr seltsam, diese Versessenheit auf Genauigkeit. Die Häuser seiner Kindheit werden bis ins einzelne beschrieben. Sie (und vor allem die Villa Niscemi) spielen die Hauptrolle bei seinem Unterfangen, die Vergangenheit wiederaufleben zu lassen. Dieses heftige Verlangen, nichts auszulassen, das in den ersten Kapiteln seinen Höhepunkt erreicht und zweifellos mehr als einen Leser verwirren wird, ist alles andere als eine Manie. Der Autor will der Nachwelt etwas sagen, das sie ohne ihn gewiß nicht erführe, denn niemand hat diese Wohnsitze sorgfältiger und leidenschaftlicher beschrieben, und wenn man in der sizilianischen Literatur unschwer Autoren finden kann, die auf andere Weise talentiert sind, wollen wir ihm jedenfalls den Vorzug zugestehen, daß er schlechthin *der* Porträtist der pompösen, dunklen Salons mit den blutroten Tapeten war, der minuziöse Historiograph der Villen aus rosenfarbenem Stein und ihrer riesigen Gärten.

Drei Wohnsitze nacheinander, drei fürstliche Szenerien, die der Leser bezieht und in denen er durch die Beschreibung des Autors stellvertretend lebt. Die Patriziervillen quollen über von herrlichen oder scheußlichen Dingen, bezaubernden oder häßlichen Gemälden, erlesenen Kunstgegenständen oder abgeschmackten Nippsachen. Aber wie immer diese Landgüter auch ausgestattet waren, sie alle veranschaulichten den ungesicherten Luxus und bedrohten Wohlstand einer Gesellschaftsschicht, die sich vor der Katastrophe von 1914 nur noch acht oder zehn Jahre dessen erfreuen sollte.

Nachdem das Bühnenbild geschildert war, kommt der Autor nicht mehr darauf zurück. Er geht von der Bestandsaufnahme der Immobilien zur Inventur der Haustiere über. Die weiße Eselin, der Zwergmaulesel, der wütende Schafbock, was für ein sagenhaftes Bestiarium! Und mit derselben peinlichen Genauigkeit stellt er die Liste der Hunde, Katzen, Pferde und Affen zusammen, dann führt er die Gouvernanten und die Dienstboten vor, die die Nebengebäude der Villa Niscemi bevölkerten. Danach durchforscht er seine Erinnerungen, rührt sie auf und findet gleichsam stückweise das wieder, was einst das Glück des unverbesserlichen Bruder Leichtfuß, der er gewesen war, ausgemacht hatte: den Park, diesen Ort an sich, der ihm völlig genügte, diese Zauberwelt der Kindheit, in der die Bäume, die Berge und die Wagen ungewöhnliche Namen hatten: *Himmlischer Hintern, pampaleone* und *la papone.* Die Kindermahlzeiten, die Bälle, die Possen, die Lebenslust einer sorglosen, aus Leichtsinn grausamen und wahnsinnig verwöhnten Jugend, welcher Scherz, welcher mehr oder weniger boshafte Streich, welche Machenschaft der Dienerschaft oder der Herrschaft auch immer, die geringste Anekdote, das kleinste Zeichen von Anstand, Höflichkeit oder Melancholie, alles ist ihm recht, alles macht er sich zunutze, um uns zu verblüffen, uns zu unterhalten und zu fesseln.

Und hier erhebt sich eine Frage: welche Epoche wird hier beschrieben? Alles wirkt barock in diesen Memoiren, die Liebesaffären, die Verkleidungen, die Gespräche, die Lebensweise. Also? Sind wir wirklich im Jahr 1900, oder ist es 1850 oder gar 1780? Das Zögern kommt daher: man vergißt zu oft, daß in Sizilien im Jahr 1900 noch das 18. Jahrhundert und bestenfalls das 19. herrschte. Angesichts des mangelnden Urteilsvermögens eines Adels, der sich, während seine Stadthäuser verfallen, in Schulden stürzt, um weiterhin für schweres Geld seine Paläste auf dem Land zu unterhalten, statt in Palermo zu wohnen und zu arbeiten; angesichts seiner Obsession, sich hervorzutun *(fare bella figura)* bei diesen endlosen Karnevals und dieser Leidenschaft für Maskeraden; angesichts der Komödiengestalten, unter denen der Adel seine Freunde rekrutiert, alte, etwas törichte Kokotten, die sich einbilden, sie könnten noch gefallen, Schmarotzer und Leute, die den bösen Blick haben – angesichts von alledem wird man unweigerlich an die Zusammenfassung von drei Stücken von Goldoni erinnert, an die *Trilogie de la villégiature,* »Komödie der Atmosphäre«, wie Giorgio Strehler sie genannt hat, wo der Niedergang einer Gesellschaft am stärksten spürbar wird. Allein der Name Goldoni in Verbindung mit dem seines genialen Regisseurs genügt als Analogie, um uns das zu zeigen, was uns in Fulcos letztem Sommer in der Villa Niscemi auch in die Nähe des *Kirschgarten* führt. Dieselbe Unfähigkeit, auch die geringste Besorgnis zu empfinden, bei den einen, dieselben geheimen Ängste bei den anderen, dieselbe Schwäche einer Gesellschaft, die sich abkapselt, Opfer des Fortschritts und einer für sie zu schnellen Zeit. Tschechow ist nicht fern. »Denken Sie an Anton Pawlowitsch!« rief bei den Proben zu *La Villégiature* auf der Bühne des Odéon Giorgio Strehler den verdutzten französischen Schauspielern zu. Für den Leser, den Fulco di Verdura in die Zauberwelt seiner Kindheit einführt, könnte eine entsprechende Warnung von Nutzen sein: »Denken Sie an das Ende der Welt!« So viele Lustbarkeiten konnten nur das Schlimmste ankündigen.

Es ist immer noch verwunderlich, daß die Vorfahren der gezeigten Familien im Lauf der vergangenen Jahrhunderte so heftig gegen den parthenopeischen Absolutismus rebelliert haben, während zwischen ihnen und den Höflingen, die in Neapel um den König herumschwänzelten, so viele Bindungen, Beziehungen und gemeinsame Interessen bestanden. Tatsächlich ein seltsamer Antagonismus zwischen zwei grundbesitzenden Aristokratien, der von Sizilien und der von Neapel, zwei Adelskasten, die untereinander heirateten, dieselben Bälle besuchten, Untertanen desselben Königs waren und sich nicht voneinander freimachen konnten. Vergessen wir nicht das Sizilien des Jahres 1848. Einstimmig und durch Akklamation riefen beide Kammern seines Parlaments die Republik aus und verkündeten die Absetzung der Bourbonen. In der Pairskammer saßen die Vertreter der ältesten Aristokratie der Insel. Kaum war die Monarchie wiederhergestellt, zogen sie sich zurück.

Vergessen wir auch nicht den Fürsten von Salina, der sich auf den ersten Seiten von *Der Leopard* an die unzähligen, ihm von König Ferdinand II. gewährten Audienzen erinnert und sich, obwohl er stillschweigend die liberalen Ansichten seines Neffen Tancredi vertrat, anschickte, als er auf der Durchreise in Neapel war, dem Souverän, den er verachtete, seine Aufwartung zu machen. Beim Durchschreiten der Säle des Palais fiel ihm das geschmacklose Mobiliar auf, »genau wie die bourbonische Monarchie«, aber dennoch begab er sich zur königlichen Audienz.

So war die sizilianische Aristokratie.

Zu der Zeit, in der die Memoiren von Fulco spielen, war das Königreich beider Sizilien verschwunden und Italien seit vierzig Jahren geeint. Aber in Palermo lebte die Aristokratie noch in der bourbonischen Ära. »Unglaublich!« ruft man beim Lesen mancher Stellen aus. Ja, unglaublich, diese Wutausbrüche und diese Tätlichkeiten. Konnte ein Edelmann völlig ungestraft, und das in den ersten Jahren unseres

Jahrhunderts, auf den Straßen Palermos mit Stockschlägen Recht sprechen? Konnte er einen Mann prügeln, der einen Esel mißhandelt hatte? Und der Vorfahr, der schreckliche Fulcone, der drohte, einen kleinen Schornsteinfeger umzubringen, bloß weil er ihm die Hose schmutzig gemacht hatte, muß man das glauben? Und warum nicht? Hatte es der König nicht ebenso gemacht? War nicht Ferdinand II. bei einem kurzen Besuch in Catania im Jahr 1838 aus dem Wagen gestiegen, um seine Verehrer mit Faustschlägen auseinanderzutreiben? Er zerbrach dabei die Brille eines Angestellten der Intendantur, eines gewissen Maravigna, der bis an sein Lebensende davon sprach. Und in derselben Stadt kam es drei Jahre später noch schlimmer. Der König stieg die Treppe des Benediktinerklosters herab. Signor Anzalone, von sehr vornehmer Abstammung und überdies Senator von Catania, ging einige Schritte hinter dem Herrscher, als er aus Versehen den Fuß auf einen der Sporen des Königs setzte und ihn zerbrach. Ganz entsetzt bückte er sich rasch, sammelte die Stücke auf und reichte sie, Entschuldigungen stammelnd, dem König, der ihm mit einer Ohrfeige dankte![5]

Gerade das, was uns an Fulco di Verduras Berichten höchst verwirrend erscheint, unterrichtet uns am besten über die aus dem vorangegangenen Jahrhundert stammenden Sitten, Spielereien und Lebensweisen. Zum Beispiel die Streiche, die entsetzlichen Streiche auf Kosten der Gouvernanten und Dienstboten – die Milch der Hündin, die zur geheiligten Teestunde serviert wurde, oder die Schlange im Nachttisch des Zimmermädchens –, und auch jene eindeutig sadistischen Streiche, die der unglücklichen Cousine gespielt wurden – der Streich auf dem See und derjenige mit dem Bock, bei dem das kleine Opfer völlig in Hysterie geriet, »das Hemd verrutscht« –, diese grausamen Belustigungen waren, so seltsam es erscheinen mag, nicht anstößig. Sie waren durchaus im Einklang mit dem Geist einer Monarchie, die ihre Prügelknaben hatte. In der erstaunlichen Sammlung von Tatsachen und Anekdoten, die 1895 unter dem Titel *La fine di un regno* erschien und deren Autor der Historiker und Journalist Raffaele de Cesare ist, lesen wir: »Scherze, die jeder Person einer gewissen Bildung unwürdig waren, waren dennoch in der vornehmen Gesellschaft jener Zeit Mode.«[6] So wurde Don Raffaele Caracciolo di Castellucio, ein alter Hofschranze, Gegenstand des allgemeinen Gespötts. Bei einer üppigen Mahlzeit hatte der König lebhafte Fröhlichkeit erkennen lassen und Seine Majestät riß dem Cavaliere Caracciolo eigenhändig die Perücke vom Kopf, die er anschließend weit wegschleuderte. Dann nahm sich der König den Hut von San Cesario vor und warf ihn ins Feuer. Und als einige Gäste sich bemühten, ihn herauszuholen, bewaffnete sich der Herrscher mit einer Schaufel und stieß ihn nur tiefer in die Glut, so daß von der herzoglichen Kopfbedeckung nichts übrig blieb. Und was soll man von der Anekdote halten, wonach der König in dem Augenblick den Stuhl der Königin wegziehen ließ, in dem sie sich zu Tisch setzen wollte? Es handelte sich um Marie-Christine von Savoyen, seine erste Gemahlin, eine fromme Frau, der die groben Späße ihres Mannes ein Greuel waren. Sie setzte sich, mit Verlaub, auf den Hintern und wurde von den Bedienten aufgehoben.

Nichts von dem, was Fulco di Verdura beschreibt, ist fragwürdig. Zu bezweifeln ist weder die plebejische Ausdrucksweise von Herzoginnen mit ihrem Hang, Dialekt zu sprechen, noch die väterliche Gleichgültigkeit hinsichtlich der Erziehung seines Sohnes und vor allem nicht die Spitznamen, die eine Manie der palermitanischen Welt waren, ein charakteristischer Punkt, der auf dem Gebiet der Sprache veranschaulicht, was André Chastel auf dem Gebiet der Kunst so zutreffend »die Konkordanz zwischen Mitteleuropa und Kampanien ... gewissermaßen das Nord-Süd-Barock nennt«[7]. Sagen wir, daß sich im vorliegenden Fall die Achse Wien–Neapel bis Palermo verlängerte. All das trug noch das Gepräge einer Epoche, in der der Adel Siziliens und der Drei Kalabrien sich an einem Herrscher ein Beispiel nahm, dessen Regierungszeit neunundzwanzig Jahre währte.

In Neapel war das Wort Student verdächtig. In der Redeweise der Sbirren war es ein Synonym für Nichtsnutz und Flegel. In Palermo, Messina und Catania war es nicht anders, und an diesen drei Universitäten konnten sich die Studenten nur zur Prüfung anmelden, wenn sie eine Bescheinigung darüber vorlegten, daß sie Ostern kommuniziert hatten. Beim kleinsten Anzeichen von Rebellion wurde die Prügelstrafe verhängt, um diesen jungen Leuten ein bißchen Ehrerbietung einzubleuen. Wenn die Beamten eine so lebhafte Abneigung gegen das Studium und die Studenten bekundeten, so trug der König eine nicht weniger große Abneigung gegen die Gebildeten zur Schau, aus deren Reihen seiner Ansicht nach die Liberalen stammten, und insbesondere gegen die Schriftsteller, die er mit dem abfälligen Ausdruck *pennaruli* (auf neapolitanisch Tintenkleckser) bedachte. Die Gesellschaft von Gelehrten ertrug er nur schwer, und alles, was ihn nötigte, auf die neapolitanische Ausdrucksweise zu verzichten, verdroß ihn sehr.

Die Tatsache, daß er mit seinen Dienern, seinen Kindern, seinen Offizieren und Ministern Dialekt sprach, erklärt, warum seine zweite Frau, Königin Marie-Therese, die Österreicherin war, niemals auch nur ein Sterbenswörtchen Italienisch verstanden hat. Das war für sie kaum anders als in Wien, wo die Aristokratie und der Kaiser persönlich es als Ehrensache ansahen, sich mit der Zwanglosigkeit eines Fiakerkutschers des Wiener Dialekts zu bedienen. Immerhin war diese Marie-Therese eine seltsame Königin, die mit ihrer Lieblingshofdame, der blonden Fürstin Ruffo, ebenfalls einer Wienerin, in ihrer Muttersprache reden konnte, aber von der Fürstin verlangte, nur Dialekt zu sprechen. Das Neapolitanische sprach die Königin mit starkem Wiener Akzent, und da sie das R nicht zu rollen verstand, wie im Italienischen üblich, war ihre Sprache ebenso überraschend wie die Spitznamen, mit denen sie nach dem Beispiel des Königs ihre Freunde titulierte.

Der König nannte seinen Bruder »Popo« und die Königin »Tetella«.

Antonio Carafa, der Bürgermeister von Neapel, wurde nie anders genannt als »Torquato Tasso«, und der Ministerpräsident Don Fernando Troja hatte den Spitznamen »der verkehrte Sankt Ferdinand« erhalten. Niemand wurde verschont. Der Spitzname, den der Erbprinz als Kind erhalten hatte, war ihm geblieben. Der König nannte seinen ältesten Sohn »Lasa«, eine Abkürzung von *lasagne,* und unter diesem Namen erscheint der zukünftige Franz II. im königlichen Testament. Was ihn betrifft, so ist es sehr spaßig, wie er denjenigen bezeichnete, der ihm den Thron rauben sollte. Während Garibaldis Einzug in Palermo in Europa Bestürzung hervorrief, nannte der letzte König beider Sizilien bei der tragischsten Kabinettsitzung, die je am Hof von Neapel abgehalten wurde, seinen Feind »Don Peppino« (Verkleinerungsform von Joseph) oder sogar »Don Peppiniello«. Er adelte ihn. Im Vergleich damit erscheinen die *»cara bella«* und *»cara simpatica«*, die »Toto« und »Tutu«, die wir in den Memoiren von Fulco di Verdura finden, fast harmlos.

Nein, nichts in seinen Erinnerungen kann in Zweifel gezogen werden. Der fromme Dreck der Priester, die ihn unterrichten sollten, die Verpflichtung, ihnen die Hand zu küssen, all das, was den im Königreich beider Sizilien ein halbes Jahrhundert zuvor herrschenden Bräuchen entsprach, klingt wahr. Wir müssen also feststellen, daß man zu den Familien gehören konnte, die den siegreichen Marsch eines Garibaldi, eines notorischen *mangiapreti* (Pfaffenfressers) unterstützt hatten und dennoch weiterhin in der Öffentlichkeit den Geistlichen absolute Unterwürfigkeit bekundete. Es war eben üblich.

Auch hier sollten wir uns an die Verhaltensweise derjenigen erinnern, die fast zwei Jahrhunderte lang die Macht repräsentierten und das Beispiel gaben: die Bourbonen.

De Cesare weist darauf hin, daß der vorletzte König sich mit obskuren Priestern umgab, denn »intelligente Geistliche« hielt sich dieser gute Christ vom Leibe und hatte als seinen Beichtvater einen biederen Priester von unglaublicher Gewöhnlichkeit und Unwissenheit gewählt, der bisher nur Kindern das Alphabet beigebracht hatte. In seinem erheiternden Bericht über die erste königliche Reise durch die Basilicata, Kalabrien und Sizilien erwähnt de Cesare, daß der König in Rogliano hatte Halt machen wollen, um einen Laienbruder mit seinem Besuch zu beehren, dessen Bekanntschaft er unbedingt machen wollte. »Fra Ntoni«, wie ihn der König nannte (»Frate Antonio« auf neapolitanisch), lebte im Geruch der Heiligkeit. Geruch ist milde ausgedrückt: er stank. Eine seiner Eigenheiten war, daß er sich nie wusch. Der Schmutz seiner Kleidung und seiner Zelle wurde verstärkt durch seine Leidenschaft für ein zahmes Murmeltier. Das Tier, dem der heilige Mann eine überschwengliche Liebe bekundete, teilte sein Bett. Wenn man sich an die Anekdote vom Diener Manuele erinnert, der einen der Schwäne der Villa Niscemi in seinem Zimmer schlafen ließ, können einen die Gefühle von Fra Ntoni für sein Murmeltier kaum wundernehmen.

Betrachten wir jetzt Ferdinand II., der eines Sommertages im Palais von Caserta vom Familientisch aufstand und seine Mahlzeit unterbrach, die Serviette in der Hand, um einen gewissen Padre Cutinelli zu begrüßen. Der achtzigjährige Priester, mit Perücke und Gebiß versehen, hatte freien Zugang zur *reggia* und seltsame Berufe. Gennaro Maria Cutinelli, der zuerst Gefängnisgeistlicher in einem Königreich gewesen war, das die politischen Häftlinge unter so unmenschlichen Verhältnissen schmachten ließ, daß alle europäischen Staatskanzleien darüber empört waren und die britische Regierung nachdrücklich dagegen protestiert hatte, war im hohen Alter auf den Gedanken gekommen, eine »Kunstakademie für junge Gauner« zu gründen. Als dieser merkwürdige Jesuit in Caserta erschien, erhielten die Königin und die älteren ihrer Kinder (sie hatte deren insgesamt zwölf) aus dem Mund des Königs auf neapolitanisch – *Vasata a mano o padre Cutine* – den Befehl, allesamt den alten Priester mit einem Handkuß zu bedenken, was sie schleunigst taten. Falls die Leser der uns vorliegenden Memoiren noch irgendwelche Zweifel hegen sollten über den Handkuß, den der Schüler Fulco seinem Hauslehrer schuldig war, dann sind sie hiermit zerstreut. Die schwarzen Nägel, die nikotinverfärbten Finger des Priesters, nichts von alledem war eine ausreichende Entschuldigung, um wen auch immer von dieser Respektsbezeugung zu entbinden.

Unter dem Gesichtspunkt der Sittengeschichte betrachtet, ist das Hauptmerkmal der Memoiren von Fulco, daß sie in außerordentlich ungezwungener Weise das religiöse Leben in Palermo zu Beginn unseres Jahrhunderts dokumentieren. Noch heute sind ausländische Besucher, die entweder konfessionellen Vorurteilen verhaftet oder überzeugt sind, sie besitzen ein, wie sie meinen, überlegenes Kulturverständnis, verblüfft über die Äußerlichkeit des südlichen Katholizismus. In allem, was sie verwundert und was sich seit der Zeit, als der kleine Fulco an Prozessionen teilnahm, nicht wesentlich geändert hat – Kirchen an Festtagen wie ein Salon geschmückt, Hochaltäre zur Zeit der Trauer von schwarzem Krepp verhüllt, theatralische Aufmachung für prunkvolle Messen, Dankgebete vor einer Opernkulisse, Rivalitäten der einzelnen Stadtteile, brennende Scheiterhaufen und rituelles Gebäck –, in alledem sehen die Ausländer den Beweis, daß es in Sizilien mehr Heidentum als Gläubigkeit gebe. Ein Urteil, das einer näheren Prüfung nicht standhält. Hören wir Ernesto de Martino in *Italie du Sud et magie*[8]: »Es muß sofort gesagt werden, daß jeder Vergleich des magisch-religiösen Lebens des Südens mit dem Heidentum der antiken Welt nur ein simples Argument der konfessionellen Polemik oder oberflächlicher touristischer Eindrücke bleiben kann; der elementarste historische Verstand zeigt, daß das antike Heidentum mit der Komplexität seiner mythisch-rituellen Welt (...) überall absolut tot ist und es kindisch wäre zu glauben, man könne es im Süden und im meridionalen Katholizismus mit seinen Determinanten und besonderen Nuancen wiederfinden.«

Noch komplexer sind die Beziehungen der sizilianischen Aristokratie zu den Geistlichen, auf die Fulco di Verdura hinweist. Eine Mischung von Rücksichtnahmen und Schikanen, von Scharwenzeleien und Beleidigungen, von Vertrauen und Mißtrauen, deren Geheimnisse eine Menge Fallen für denjenigen enthalten, der weder mit dem stattlichen und wohlhabenden sizilianischen Klerus vertraut ist (ein Drittel des Vermögens der Insel waren unveräußerliche kirchliche Güter) noch mit den Bräuchen und der Vergangenheit »dieses Zipfels Europas, der geographisch als Süditalien und politisch bis 1860 als Königreich Neapel bezeichnet wurde«[9]. Die Ambiguität liegt auf der Hand. Der Priester blieb eindeutig der einzige Vermittler, den die Angehörigen der Familie di Verdura in ihrem Verhältnis zu Gott anerkannten. Es gehörte sich also, den Priester um Rat zu fragen, ihn zu ehren, auf ihn zu hören. Was nicht bedeutete, daß man sich von der Kirche auch tyrannisieren lassen mußte. Vertraute man sich ihrer Herrschaft an, bestand das Risiko der Depersonalisation, und das *würden* sich die Kräfte des Bösen sofort zunutze machen.

Und jetzt kommen wir zur Polarität von Religion und bösem Blick.

Der Aberglaube in Süditalien schließt keineswegs stillschweigend Ungläubigkeit ein. Die Vergangenheit des Königreichs beider Sizilien liefert uns das berühmte Beispiel von Ferdinand II., bei dem allein der Aberglaube vom bösen Blick vergleichbar war mit religiösem Fanatismus. Es ist nützlich, sich in Erinnerung zu rufen, daß der Herrscher, der in Begleitung der Königin mit dem Wagen sein Palais in Caserta verließ, um eine Reise durch seine Staaten zu machen, die seine letzte werden sollte, zusammenfuhr, als er zwei Mönche sah, die vor Ehrfurcht schier erstarben, sich verbeugten und auf die Knie fielen. »Teré«, rief er, »was für eine abscheuliche Reise steht uns bevor!« Er wurde von heftiger Angst ergriffen. Obwohl er außerordentlich fromm war, hielt er die Mönche und insbesondere die Kapuziner, wenn er zwei von ihnen zusammen traf, für ein schlechtes Omen. Und diese Reise wurde schlimmer als ein Kreuzesweg: zuerst ein Gewittersturm, der mehrere hundertjährige Bäume im Park von Caserta entwurzelte, dann eine ungewöhnliche Kälte, Schnee und Eis und schließlich die Krankheit.

De Cesare berichtet uns, daß der König einige Tage später bei einem kurzen Aufenthalt in der Kathedrale von Brindisi, wo er einen Mann mit Glatze erblickte, sofort dessen Ausweisung befahl. Auch Kahlköpfe waren seiner Ansicht nach »Typen«, die Unglück brachten.

Während seiner Agonie verstärkte sich seine Furcht vor dem bösen Blick auf unwahrscheinliche Weise. Er war überzeugt, daß die Krankheit, an der er litt, die Folge einer Verhexung sei. *»M'hanno iettato!«* rief er aus und ging noch einmal die beunruhigenden Begegnungen während der Reise durch: die beiden Kapuziner in Caserta, eine garstige Gestalt, die er in Ariano erblickt hatte, eine zweite in Foggia und eine dritte in Andria, dann noch der Kahlkopf in Brindisi und so weiter.

Im Vergleich mit alledem erscheint der Tod der Marchesa di San Giorgio, wie er in den Memoiren von Fulco di Verdura berichtet wird, fast freundlich.

Daß achtbare Männer, Priester, Mönche, Advokaten, Beamte oder Ärzte, von frommen Katholiken in den Ruf gebracht werden, ein *iettatore* zu sein, daß dieser Glaube nicht nur im Volk, sondern auch in den führenden Kreisen verbreitet ist, hat Ausländer immer in grenzenlose Verblüffung versetzt. Sehr viele Reisende – ausgenommen Alexandre Dumas –, die die Hoffnung aufgaben, es zu verstehen, haben von dem *iettatore* wie von einer Art Erzengel des Bösen gesprochen und die ganze Sache als ein Hirngespinst angesehen, eine folkloristische Kuriosität, die man nicht ernst zu nehmen brauchte.

Obwohl die Vorstellung von der Verhexung durch den *iettatore* aus dem 18. Jahrhundert stammt, hat sie nichts Fröhliches an sich. Sie symbolisiert die Gesamtheit der negativen Kräfte, die den kaum geborenen Menschen bedrohen, ob er nun Christ ist oder nicht, und auch im reifen Alter gefährdet der böse Blick seine Selbständigkeit. Der *iettatore,* derjenige, durch den das Unglück eintritt, ist indes ein blindes Werkzeug dieser bösen Kräfte. Nichts ist daher weniger byronisch als der arme Teufel, um den herum sich alles zum Schlimmsten wendet und der von seiner unheilvollen Macht gar nichts weiß. Im Mißverständnis befangen, ist der *iettatore* die Figur einer unbewußten Posse. Und eben darin ist die Schilderung, die Fulco di Verdura davon gibt, beispielhaft. Was wäre tatsächlich weniger satanisch und dem Äußeren nach weniger unheilbringend als dieser Priester in der abgetragenen Soutane mit den staubigen Schuhen und der ausgehungerten Gestalt? Dieser brave Mann, seiner Familie und der Wohltäterin seiner Schwester treu ergeben, war bestimmt von den besten Absichten erfüllt; dennoch war er ein »ausgemachter *iettatore*«.

Diese summarische Analyse von zwei unter mehreren Aspekten des südlichen Aberglaubens – die Unschuld des *iettatore* und sein burleskes Widerspiel, deren Gegenstück die Kompromißbereitschaft des zwischen seinem christlichen Glauben und seinem Schrecken vor unbeherrschbaren Kräften gefangenen Sizilianers – hebt den durchaus wahrscheinlichen Charakter der Anekdote schärfer hervor, in der Fulco di Verdura die letzten Augenblicke der Marchesa di San Giorgio schildert. Ob es der Priester hinter seinem Wandschirm ist, die Kranke in ihrem Bett oder die versammelte Familie – alle waren sich der Possenhaftigkeit dieses halb ernsthaften, halb scherzhaften, ja sogar schockierenden Kompromisses bewußt. Aber keiner konnte dem anderen Ungläubigkeit vorwerfen. Jeder spielte die von ihm erwartete Rolle: nicht ohne Schwierigkeiten hatte die christliche Familie erreicht, daß die Kranke die Kommunion empfing, der Priester erfüllte seine Pflicht, indem er sie spendete, und weder die einen noch die anderen zogen in Zweifel, daß die Seele, die den Körper der Marchesa verlassen sollte, Gottes ausschließliches Eigentum war. Indes gestanden alle der

Sterbenden das Recht zu, bis zum letzten Atemzug gegen ihre Wahnvorstellungen anzukämpfen. Ihr Leben lang war sie absonderlich und neurotisch gewesen. Es blieb nichts anderes übrig, als sie angesichts des Todes so zu akzeptieren.

Wir können noch eine ganze Menge Eigenheiten des Berichts von Fulco di Verdura erkennen, die zeigen, wie sehr er mysteriöserweise noch von der bourbonischen Epoche geprägt ist. Abgesehen von der fragwürdigen Kultur, der Polarität von bösem Blick und Religion, vom Snobismus der Spitznamen und von den plebejischen Redewendungen müßte auch die Beliebtheit der französischen Schneiderinnen erwähnt werden. Wir sehen, daß eine Madame Durand, die in Palermo ein Geschäft hat, für seine Mutter und Großmutter arbeitet. Zur Zeit der Bourbonen nannte man in Neapel alle Schneiderinnen und Putzmacherinnen »Madames« oder «Madaminen«. Wir sehen auch, welche Bedeutung den Monsú beigemessen wird und welche Rolle sie spielen, die bei weitem die eines Kochs in einem herrschaftlichen Haus in Westeuropa übertraf. 1900 konnte in Sizilien allein das Frankreich der künstlichen Blumen, das Frankreich der Putzmacherinnen, das Frankreich der Modeschöpfer und Küchenchefs sich gegen das England der Parks, der *nurses*, der *gardenparties* und der Weihnachtsbäume durchsetzen. Alles in den Memoiren von Fulco di Verdura beweist, daß der englische Ästhetizismus grassierte und der Einfluß Großbritanniens vorherrschend war.

Wenn der Monsú einer adligen Familie über das erforderliche Können verfügte – und die Ansprüche der Sizilianer auf dem Gebiet waren, weiß Gott, ebenso groß wie ihre legendäre Gefräßigkeit –, dann wurde er eine wichtige Persönlichkeit, ein geachteter, beneideter Mann. Er besaß eine unbestreibare Machtposition. Und auch das war nicht neuesten Datums. Hierfür ein Beispiel. Um sich nach der Restauration der Bourbonen im Jahr 1849 beim sizilianischen Adel möglichst beliebt zu machen, begnügte sich der sehr prunkliebende Fürst von Sartriano, den der König zum stellvertretenden Gouverneur ernannt hatte und dessen Aufgabe besonders schwierig war, nicht damit, einen alten Legitimisten, den Herzog di Verdura, zum Chef des Rathauses von Palermo zu machen. Er hat auch den glücklichen Einfall gehabt, einen gewissen Monsú Charles aus Frankreich kommen zu lassen. Die hervorragenden Leistungen dieses großen Küchenchefs hatten eine politische Wirkung: sie trugen erheblich dazu bei, das Prestige der Monarchie wiederherzustellen. Und der Koch hielt sich länger auf seinem Posten als sein Herr. Sechzehn Monate des königlichen Zauderns und der neapolitanischen Intrigen hatten die Geduld des Fürsten von Sartriano erschöpft. Als er zurücktrat, verloren alle Angehörigen seines Haushalts ihre Stellungen. Mit Ausnahme von Monsú Charles und des allzu berühmten Maniscalco, des grausamen Polizeichefs, die der neue stellvertretende Gouverneur Ruffo di Castelcicala in ihren Ämtern beließ.

Und was soll man von den Pavianen halten? Muß man sich wundern über den Affenkäfig der Villa Niscemi? Auch er gehörte zur Tradition. Man lebte in Palermo in einem Traum, der aus dem 18. Jahrhundert stammte und im 19. noch keineswegs zu Ende war; es war ein englischer Traum von großen Parks mit Rasenflächen und vielen Blumen, von Volièren voller Vögel, von Katzen, Hunden und *coffee* houses, um sich zu erfrischen, von Chippendale vortäuschenden Käfigen mit seltenen und gefräßigen Tieren. Wenn man auch nicht so weit ging, die Extravaganzen einer Lady Ellenborough nachzuäffen, die mit ihrer Menagerie reiste, so war man es sich wenigstens schuldig, einige exotische Tiere zu besitzen. Und man beharrte darauf, sie zu behalten, selbst wenn einen die Gläubiger aufs äußerste bedrängten. Unter Umständen frischte man anläßlich der Rennen in Palermo den Hundezwinger ein bißchen auf, indem man einen weiteren Hund kaufte. Ein Hund, war das nicht eine ins Auge zu fassende Ausgabe?

Hunde, sehr viele Hunde... Man fand sich mit ihrer Anwesenheit um so besser ab, als man in der Vergangenheit der überaus kostspieligen und lästigen Mode hatte frönen müssen, Raubtiere zu halten. Auf diese Art und Weise bekundete die elegante Welt ihr Interesse an der wilden Welt. Eine Mode, die Donna Lucia, Herzogin di Floridia, Mätresse und spätere morganatische Gemahlin von Ferdinand I., 1822 auf den Hügeln von Neapel fast mit dem Leben bezahlt hätte. Ihr Löwe war in dem Augenblick ausgebrochen, als sie in ihren Wagen steigen wollte, sie bekam einen großen Schreck und alarmierte mit ihrem Geschrei die Dienerschaft. Es wurde sofort eine Treibjagd veranstaltet, der die Herzogin, immer noch voller Angst, auf der Loggia ihrer Villa verbarrikadiert, beiwohnte. Das edle Tier wurde getötet, und König Ferdinand I., der sofort verständigt wurde, schrieb seiner Freundin, er habe dem Allmächtigen und der hochheiligen Maria Dank gesagt und anschließend Messen lesen lassen für die Seelen im Fegefeuer, denn bestimmt waren sie es, die seine liebe Lucia in dieser dramatischen Lage beschützt hatten.

Aber schon am 22. Dezember 1824 teilte er in einem mit *»il tuo vecchio papazzo«* (Dein guter, alter Papa) unterzeichneten Brief der Herzogin mit, daß eine ungeduldig erwartete Feluke endlich im Hafen Anker geworfen hatte.

Sie brachte einen neuen Löwen für die Käfige der Floridiana.

Der Leser möge sich auch nicht über die Art und Weise verwundern, wie unser Autor erzogen wurde. Man folgte den Bräuchen der Vorfahren, und die angewandten Methoden waren seit einem halben Jahrhundert in Geltung. Wenn man erfährt, daß der *»Lasa«* genannte, letzte König beider Sizilien zu der Zeit, als er Erbprinz war, niemals allein schlafen durfte, und das fast bis zu seiner Heirat – Beichtväter, Kaplane und Lehrer begleiteten ihn Schritt für Schritt bis zur Toilettentür –, wundert man sich weniger, daß Fulco di Verdura bis zu seinem achten

Lebensjahr das Schlafzimmer seiner Mutter teilte trotz der eindrucksvollen Zahl von Schlafzimmern, die es in der Villa Niscemi gab.

Aber abgesehen von einem derartigen Festhalten an den Bräuchen muß betont werden, daß diese Verhaltensweise etwas spezifisch Sizilianisches hatte. Sie veranschaulicht die Faszination, das Entzücken und den Stolz, die jede sizilianische Mutter angesichts ihrer männlichen Nachkommenschaft empfindet. Der Sohn muß auch möglichst lange in ihren und den Augen seiner Verwandten das unschuldige Baby bleiben, das sie zur Welt gebracht hat. Niemand ermutigt diesen Sohn, erwachsen zu werden. Ganz im Gegenteil: man hält ihn zurück, man verschiebt die gefürchtete Stunde seiner Reife. Auch Fulco wurde gegen alle Vernunft behütet, bemuttert, und durfte über die Zeit hinaus die Kinderschuhe nicht abstreifen. Die Zuneigung, die er zu seiner Mutter empfand, hinderte ihn, ein eigenes Leben zu führen. Sah das Kind, daß sie mit einem Unbekannten tanzte, vergoß es bittere Tränen. Es zitterte bei dem Gedanken, daß eines Tages irgend etwas ein Einvernehmen stören könnte, das nach der Formulierung von Dominique Fernandez zur »althergebrachten Nabelschnur-Solidarität« gehört. Nebenbei bemerkt ist *Mère Méditerranée*[10] das erschöpfendste Buch, das je über Süditalien, seinen Charme, seine Eigenheiten und seine Kultur geschrieben wurde.

Und es ist wiederum Fernandez, der im Zusammenhang mit dem ironischen und subtilen sizilianischen Schriftsteller Brancati von dem spricht, was er »die Regression der Männer Siziliens auf die geschlechtslose Welt der Mütter« nennt.[11] Die Analogie ist frappierend. Man denkt sofort an die kleine Welt der Villa Niscemi. Eine Welt, die von der Großmutter beherrscht wird, einer unternehmungslustigen, klarsichtigen Respektsperson, eine Welt ohne Männer, eine Welt, in der man, ausgenommen die Tochter – im Bewußtsein ihrer Vorrechte als Erstgeborene –, gegen die väterliche Schürzenjägerei entschieden feindlich eingestellt ist, eine Welt, in der sich die Mutter auf die Verkörperung der Mütterlichkeit und auf den Zustand der halben Witwenschaft beschränkt sieht, eine Folge der physischen Abneigung gegen den Vater, von dem sie getrennt lebt, eine Welt, in der sich der einzige Sohn freiwillig in eine unendlich verlängerte Kindheit einsperren läßt und diese Kindheit nachdrücklich ausspielt, da er sehr wohl weiß, daß er als Knabe und Stammhalter die einzige Entschädigung für das verpfuschte Leben seiner Mutter ist, die er innig liebt.

Was den Vater betrifft, so zeichnet der Autor ein köstliches Porträt von ihm. Er schildert ihn uns umgeben von Frauen und ein glanzvolles gesellschaftliches Leben in Palermo führend. Der Vater wollte unbedingt dem Prototyp eines *galantuomo* entsprechen, wie man das damals nannte. Ob man nämlich zur Kaste der *galantuomini* gehörte oder nicht, war ein Anliegen, das das provinzielle Leben beherrschte.

Überall sonst in Italien hatte das Wort eine moralische Bedeutung. Damit war ein Ehrenmann gemeint. Im alten Königreich beider Sizilien hatte das Wort lediglich eine gesellschaftliche Bedeutung. Die Definition von de Cesare[12] erhellt in bewundernswerter Weise die Persönlichkeit von Giulio Santostefano della Cerda: »Diejenigen, die einen *giamberga* genannten Paletot und einen flotten und durch langen Gebrauch verfärbten Zylinder trugen, waren auf den ersten Blick erkennbar: es waren die *galantuomini,* und man titulierte sie ›*Don*‹, worauf sie Anspruch hatten ... Sie unterteilten sich in zwei verschiedene Klassen: Junge *giamberghe,* die Neulinge, und alte *giamberghe,* die Abkömmliche von Familien, die es seit einigen Jahrhunderten gab und die Porträts der Vorfahren, Möbel, Bücher, wertvolle Stoffe, Silber und Gemälde besaßen. Diese waren tatsächlich die einzigen, die als authentische *galantuomini* anzusehen waren, jene Edelleute, denen es oblag, nichts zu tun, da die Ausübung eines Berufs für entehrend gehalten wurde.« Natürlich waren die reichen *galantuomini* die wahren Herren des Landes. Sie besaßen die Macht. »Die Überzeugung, daß man mit Geld alles erhalten konnte, war im Volk so fest verwurzelt, daß der Reiche nach allgemeiner Übereinstimmung und fast naturgesetzlich in eine privilegierte Kategorie gehörte.« Wenn wir hinzufügen, daß man, um angesehen zu sein, mehrere Duelle bestanden haben mußte in einer Stadt, in der Adlige und Bürgerliche für nichts und wieder nichts die Klingen kreuzten und viele Söhne aus gutem Hause Gäste in ihrem Fechtsaal empfingen, weil das Fechten als unerläßliche Ergänzung der Erziehung galt, dann kann man nicht mehr daran zweifeln, daß Giulio Santostefano della Cerda, der Florett, Säbel und Revolver unübertrefflich handhabte, das Inbild des vollkommenen *galantuomo* war.

Einige bekannte Persönlichkeiten tauchen kurz in den Memoiren von Fulco auf, unvergeßliche Künstler oder legendäre Gestalten. Was er über sie sagt, wird bestätigt in den Schriften seiner Zeitgenossen, insbesondere Morand und Cocteau. Fulcos Gedächtnis ist ohne Fehl. Niemals verliert er das Wesentliche, das heißt die Genauigkeit, aus den Augen. Wenn man *Venises*[13] wiederliest, ist es amüsant, hier das schmetternde *do di petto* des Tenors Tamagno zu erkennen, das nach den Worten von Maria Favara, Fürstin von Niscemi, Fensterscheiben zerspringen lassen konnte. Und tatsächlich erklang an manchen winterlichen Mittwochabenden bei den Eltern von Paul Morand in Paris der verheißene Ton, und Tamagno ließ »bei einer Arie aus *Messaline* die Scheiben des Ateliers vibrieren«. In den *Portraits-souvenirs*[14] von Jean Cocteau finden wir den blauen Glanz des Blicks der Kaiserin Eugénie wieder, und Cocteaus Beschreibung bestätigt, daß der Glanz dieses Blicks tatsächlich von einem kreisförmigen Strich umgeben war. »Dieses Blau«, heißt es bei Cocteau, »und der schwarze Stift, der es unterstreicht, erinnert an die tätowierten Augen junger, zur Zwangsarbeit verurteilter Matrosen, die als alte Männer frei wurden.« Fulco hatte »die geschminkten Augen« der ehemaligen Schönheit nie vergessen, deren »Verbeugungen nach allen Seiten« die sizilianische Aristokratie betört hatte.

Man könnte noch weitere derartige Verifikationen durchführen, bei denen sich die Dinge, die Leute und die Orte von einem Autor zum anderen ineinanderschieben, und die Wiederholung macht uns die Geschehnisse vertrauter und glaubwürdiger. Zum Beispiel d'Annunzio, den die Mutter des Autors in den Himmel hob. »Man vergötterte d'Annunzio!« lesen wir in *Venises.* Zum Beispiel die Matrosenanzüge englischer Hersteller, letzter Schrei der Kindermode in Paris wie in Palermo. Und die Trillerpfeife, die ein Bengel eines Tages im Pariser Museum Grévin Fulco wegnehmen wollte, war in eben der Tasche, in der er sie suchte. »Old England verkaufte Matrosenanzüge mit Trillerpfeifen...« lesen wir in *Portraits-souvenirs.* Und was soll man vom Geruch des Nouveau Cirque halten, »der großartige, herrliche Geruch dieses Zirkus«, wo ein siebenjähriger Cocteau auftauchte, »eskortiert von der Platzanweiserin und Fräulein Josephine«, und wo Fulco im gleichen Alter auf der Durchreise in Paris Moffus wiedersah, »das einzige musikalische Kamel«. Dieser Zirkus war, wie beide bemerken, das Stelldichein der kleinen schicken Jungen, die da nebeneinander auf dem roten Plüsch saßen und Footit und Chocolat applaudierten. Einige Jahre später, als sie größer geworden waren und alle von Paulette Leblanc träumten, war es eine Art Wundertempel, in dem sie sich trafen, das Palais de Glace, aber nur gegen vier Uhr, das war die passende Stunde, die der Gymnasiasten und diejenige, zu der Fulco im Kreis der Familie Tee trank. Denn die Halbweltdamen kamen um fünf. Die Begegnung mußte vermieden werden. »Im Umkleideraum schraubte man uns die Schlittschuhe ab, und unsere Dienstmädchen beschimpften uns. Wir bummelten und zögerten unser Weggehen bis zur äußersten Grenze des Möglichen hinaus. Es handelte sich darum, die Familien über die Stunde zu täuschen und wenigstens eine Minute beim Auftritt der Kokotten und Künstler dabeizusein«, erklärt Cocteau.

In dem Kapitel über Maskenbälle und Blumenkorsos hätte man gern mehr über die Schönste von allen erfahren, diese Donna Franca Florio, das Traumbild einer Epoche. Vom Süden bis zum Norden bezauberte sie die Dandies der Halbinsel und beherrschte sogar die Modeschöpfer in Paris. Sie hatte den Enkel des unternehmungslustigen aller Männer geheiratet, den Wahl-Sizilianer Vincenzo Florio, der in den 1850er Jahren der wahre König der Insel gewesen war. Eine Persönlichkeit, dieser Florio, ein Mann, wie es ihn in Sizilien nie gegeben hatte, ein Geschäftemacher, ein *businessman* auf italienisch, aber ohne den fragwürdigen Aspekt des französischen Vorbilds und ohne die Unerbittlichkeit des amerikanischen Vorbilds. Als er nach Palermo kam, hatte Vincenzo Florio seinen Vater begleitet, einen Kalabresen, Kleinbürger aus Bagnara, der in der Straße der Polsterer eine Drogerie eröffnet hatte. Der Sohn begann das neue Leben sehr zielstrebig und überlegt. Auch er hegte einen englischen Traum, aber einen praktischen: die Insel mit einer Handelsflotte ausstatten, ihre Industrie verbessern, aus

Sizilien ein kleines England machen. Zum erstenmal gab es eine regelmäßige Schiffsverbindung, die Paketboote Florio, die zwischen Neapel und Palermo und später zwischen Palermo, Amerika und England verkehrten. Danach reorganisierte er den Thunfischfang, gab der Erzeugung von Marsala-Wein, der gleich Weltberühmtheit erlangte, einen neuen Anstoß und starb 1868 als Multimillionär. Für seine Erben kamen dann Zeiten der Rückschläge, Verluste oder Dummheiten, und sobald man etwas darüber wissen wollte, verstummten die Gespräche. Das war das Ende der Dynastie. Aber noch heute weiß jeder, daß Florio dadurch, daß er die Industrie modernisierte, Sizilien um ein Jahrhundert weitergebracht hatte.

Eine letzte Frage erhebt sich: wo hat Fulco di Verdura die Anzeichen einer »schlecht verhehlten Ironie« von Alexandre Dumas in bezug auf seinen Vorfahren, diesen *»Duca«*, bemerkt, der Bürgermeister von Palermo und Garibaldis Freund war?[15] Ein gewissenhafter Leser wird in den persönlichen Erinnerungen von Dumas und den Beschreibungen der Tage des Sieges, als den er die Landung der Tausend ansah, vergeblich spöttische Äußerungen über die Niscemis oder die Verduras suchen.

Während die Episode vom 10. Juni 1860, als die Freunde im Gefolge von Garibaldi, unter ihnen Dumas, aus dem Schlaf aufgeschreckt durch den Lärm einer Schießerei auf dem Meer, sich im Nachthemd auf einem Balkon des königlichen Palastes wiederfanden, wurden der Schriftsteller und der Bürgermeister von Palermo näher miteinander bekannt. Dumas lief los, um Major Cenni zu wecken. Wie die ganze Stadt und der gesamte Stab fürchtete er, die Neapolitaner würden sich den Waffenstillstand zunutze machen, um zu versuchen, Palermo zurückzugewinnen. Und an der Schlafzimmertür des Majors traf Dumas *Il Duca*, der »ganz bestürzt« herbeirannte. Na schön. Aber das kann man kaum Ironie nennen.

Später entdecken sie gemeinsam, daß der einzige Anlaß für die Panik das unzeitgemäße Unterfangen einer englischen Korvette war, die auf der Höhe von Palermo um ein Uhr morgens eine Schießübung abhielt! Angesichts der in Trümmern liegenden Hauptstadt, die gerade tausend oder fünfzehnhundert ihrer Einwohner verloren hatte, war Fröhlichkeit nicht angebracht. Doch als die Botschaft des englischen Admirals eintraf, der »die Behörden aufforderte, sich nicht zu beunruhigen«, konnten sich die Beobachter auf dem Balkon des Lachens nicht erwehren, und Dumas als erster. »Ich wußte, daß die Engländer recht überspannt sind, aber für so närrisch hätte ich sie nicht gehalten«, sagte er später.

Man muß *Les Garibaldiens* wieder lesen. Ein anderer Vorfahre von Fulco wird hier ehrenvoll genannt, ein Niscemi, der eine mutige antibourbonische Tätigkeit entfaltet hatte, und zwar mehrere Monate vor der Ankunft des Expeditionskorps.

Maniscalco, den Alexandre Dumas nicht ausstehen konnte, hatte die Verhaftung eines jungen Verschwörers und aller seiner Gefährten angeordnet. Dumas stellte eine Liste von ihnen zusammen: Fürst Pignatelli, Fürst Niscemi, Fürst Giardinelli, Ritter Notarbartholo di San Giovanni, Pater Ottavio Lanza, Baron Riso und der älteste Sohn des Herzogs di Legiaro. »Maniscalco ließ sie gefesselt wie Diebe ins Gefängnis bringen.« Im letzten Augenblick wurden sie durch die Ankunft Garibaldis und seiner *picciotti* gerettet.

Im endlich befreiten Palermo, im »glücklichen Palermo«, wie Dumas es nennt, wurde dem Schriftsteller am Tag vor seiner Abreise eine seltsame Botschaft übermittelt, »die Folge«, behauptet er, »eines von mir erteilten Rats«. Kann man das glauben? Die ewige Frage: müssen wir der Historie à la Dumas Glauben schenken? Sollten Adlige von so erlauchter Abstammung tatsächlich, wie er behauptet, auf *seinen* Rat hin das rote Hemd angezogen haben? Die Bescheinigung, die sie ihm schickten, würde als Beweis dienen. Sie ist in *Les Garibaldiens* abgedruckt und lautet: »Heute, am 20. Juni 1860, haben sich die Herren Fürst Conrad Niscemi, Baron Jean Colobria Riso, Fürst François Giardinelli, Chevalier Notarbartholo di San Giovanni als *einfache Soldaten* für das Kavallerieregiment, dessen Oberst ich bin, anwerben lassen. Gezeichnet: Oberst Giulio Santostefano aus der Familie der Marquis de la Cerda.«

So finden wir zufällig auf einer Seite des Autors der *Drei Musketiere* unter dem Namen Conrad jenen Corrado wieder, der die große Liebe von Maria Favara war, der guten Fee der Villa Niscemi. Corrado, den Lampedusa umzutaufen beliebte und aus dem er Tancredi machte, den Helden des *Leopard.* Und in Erinnerung an diesen Corrado erhielt ein festlich gekleidetes Mädchen, die Mutter unseres Autors, den Auftrag, mit einem Blumenstrauß in der Hand Garibaldi zu empfangen, als man in Palermo des sechshundertsten Jahrestages der Sizilianischen Vesper gedachte. Es war ein Tag im März 1882.

Gegen ein Übermaß an Beschimpfungen kann man ebenso abstumpfen wie gegen ein Übermaß an Lobpreisungen. Nichts dergleichen war Garibaldi erspart geblieben. Er wurde abwechselnd von seinen Feinden verunglimpft (der Ausländer, der Ehrlose, der Antichrist) und von seinen Bewunderern in den Himmel gehoben (König Garibaldi, Held der Alten und der Neuen Welt, der Washington Europas). Fügen wir, um ein übriges zu tun, hinzu, daß Undankbarkeit und Distanz nichts bereinigen.

An dem Tag nämlich versuchten die Palermitaner, die sich schon seit dem Morgengrauen auf den Straßen versammelt hatten, vergeblich, in dem leichenblassen Greis, der vom Hafen bis in sein Hotel in der Via Toledo[16] hatte getragen werden müssen, den Mann ohne Gebieter und ohne Ahnen wiederzuerkennen, den Paladin im Zauberhemd, der sie vor zweiundzwanzig Jahren der Herrschaft der Bourbonen entrissen hatte. Man hatte ihn seitdem nicht gesehen und sich oft gefragt, ob man ihn je wiedersehen würde. Zur Zeit seines Ruhms unter dem Volk hatte man geglaubt, sein rotes Hemd werde ihn weiterhin vor Krankheit, Alter und Tod schützen. Jene Zeit lag weit zurück, und die Dinge hatten eine merkwürdige Wendung genommen. Jetzt war er mit diesem leicht vernebelten Gesicht zurückgekommen. War er es? Gerüchte waren umgegangen, daß es nur ein Bild von ihm sei. Manche stellten sich Fragen. Wen wollte man täuschen, und welche Beziehung bestand zwischen dieser aufrechten Leiche und dem legendären Helden? War das die versprochene triumphale Gedächtnisfeier in der beflaggten Stadt? Das konnte es doch nicht sein! Alles erschien verkehrt, und der Tag bot nur eine weitere Möglichkeit, die enttäuschten Hoffnungen zu ermessen. Der Neuanfang? Aus und vorbei. Sizilien ein wichtiges Anliegen des jungen italienischen Staates? Das gehört ins Reich der Fabel! Der Traum ist verflogen. Statt dessen das Fest der zunichte gemachten Illusionen, diese unheimliche Zeremonie, diese ernüchternde Prozession. Im übrigen verschwendete man seine Zeit: Garibaldi war nicht da.

Andere dagegen zweifelten nicht. Die Ähnlichkeit war atemberaubend. Es war das Gesicht des Ruhms und gleichzeitig das des Todes, er war es also, es war Garibaldi, und die Menge wollte ihm Beifall zollen. Aber die Behörden hatten jede Demonstration verboten. Keine Ovationen, vor allem kein Lärm. Die kleinste Erschütterung könnte für ihn tödlich sein. Stille. So war Garibaldi oder vielmehr sein Schatten durch Palermo gezogen zwischen zwei Reihen bestürzter Zuschauer, deren Herzen dieser Name mit feurigen Lettern eingeprägt war. Als sich der Bürgermeister an den Helden des Tages wandte und ihn fragte, ob er wünsche, daß den Bürgern Palermos in seinem Namen eine Botschaft übermittelt werde, murmelte Garibaldi: »Sagt ihnen ... Sagt ihnen, daß sie niemals so großartig waren wie heute.« »Das war«, schrieb T.A. Trollope in einer großen englischen Tageszeitung, »die erschütterndste Szene, der beizuwohnen mir je vergönnt war.«[17]

Aber kommen wir auf das so verschüchterte kleine Mädchen zurück, das zum großen Verdruß seiner Familie mit einem Blumenstrauß in der Hand Garibaldi erwartete. Was hatte man diesem Kind gesagt? Denn zwischen dem, was Garibaldi vollbracht hatte, und dem, was man sich erzählte, je nach dem, ob man ausgebeutet oder Ausbeuter war, ob man Garibaldi liebte oder ihn nicht liebte, lagen Welten. Fulco versäumt es, uns darüber aufzuklären ... Immerhin hätte man gewünscht, daß er uns sagte, an was von dem beschützenden Durcheinander in seiner Tasche das kleine Mädchen am meisten glaubte. Horn oder Rosenkranz? Aber wenn man es sich recht überlegt, das Kind hätte es niemals gesagt. Nicht einmal bei der Beichte.

Zwei Wochen später war Garibaldi wieder auf Caprera. Am 2. Juni 1882 fühlte er sein Ende nahen. Das letzte, das er von seinem Bett aus sah, waren zwei Mönchsgrasmücken, die in sein Schlafzimmer flogen und deren Fittiche wie ein Omen rauschten, dann am ganz dunklen Horizont ein Schiff, das in Richtung Sizilien fuhr.

Abends um sechs Uhr dreißig gab er, den man für unüberwindbar gehalten hatte, seinen Geist auf. Wie konnte das sein? So viele Hoffnungen waren noch mit seinem Namen verknüpft. Palermo war bestürzt. Mein Gott, wie fern war die Zeit, da Sizilien an einen Wandel geglaubt hatte! Plötzlich war dieser große, gewichtige Körper reglos. In aller Stille war Garibaldi gestorben. Es war zu Ende.

So vergänglich ist das Leben.

Les Maurely, 1981

Anmerkungen

[1] André Pieyre de Mandiargues weist darauf hin, daß »das Wort *villa* im Italienischen die Bedeutung von Lustschloß hat«. (In *Les Monstres de Bomarzo,* Verlag Grasset, 1957.)

[2] Römische Obstgöttin. Anm. d. Übers.

[3] In *Der Leopard* spricht Tomasi di Lampedusa davon, ein vom Festland stammendes Chanson wurde »verwandelt in arabische Klage-Gesänge, ein Schicksal, das jede kleine, lebhafte Melodie ereilt, wenn sie in Sizilien gesungen wird«. Und wir sehen, daß der *Lime Juice* von Atkinson, ein Haarwasser, das sich Fürst Salina kistenweise aus London kommen ließ, ebenfalls eine linguistische Verformung durchmachte und zu *Lemo Liscio* wurde.

[4] In *I Vicere* von Federico de Roberto liest man, daß im Benediktinerkloster in Catania »jedes Jahr der Novize bestimmt wurde, der die Predigt vorbereiten mußte und als Preis eine Unze erhielt, nicht gerechnet eine Schachtel Schokolade und *zwei lebende kleine Hähne«.* Im Jahr 1861, von dem die Rede ist, fiel diese Ehre Consalvo Uzeda zu, dem Sohn von Giacomo XIV., Fürst von Francalanza, der etwa zehn Jahre alt war und, obwohl er keineswegs für den Priesterstand bestimmt war, das Novizengewand trug und von Mönchen erzogen wurde.

[5] In seinem Vorwort zu *Il carretto siciliano* zitiert Antonio Buttitta *Les lettres sur la Sicile* eines französischen Reisenden, der niemand anderes als Eugène Viollet-le-Duc war. Er reiste zu Fuß und schrieb 1848: »Ein für allemal, verlassen Sie sich nicht auf Landkarten. Die dort eingezeichneten Straßen existieren nur in der Phantasie der Topographen.« Das erste Straßenbauprogramm – es wurde nur zu einem sehr geringen Teil durchgeführt – stammt aus dem Jahr 1852. Buttitta fügt hinzu: »Dort, wo es Straßen gab, ersetzten die Karren sehr bald die Maulesel.« Schließlich lesen wir in *Der Leopard:* »Die Straßen, die berühmten Straßen Siziliens, derentwegen der Fürst von Sartriano die Statthalterschaft verloren hatte, waren nichts als unbestimmte Spuren, holperig vor lauter Löchern und dick voll Staub.« Die Szene spielt im August 1860.

[6] Fulco täuschte sich nicht, als er behauptete, daß Angelica, die junge Heldin im *Leopard,* große Ähnlichkeit mit Maria Favara hat. Sie hätte es gewesen sein können, die sich Fürst Tomasi di Lampedusa, ein Vetter von Fulco di Verdura, zum Vorbild nahm.

[7] Die Mode, einen *»Jour«* zu haben, hatte sich bei den Damen der sizilianischen Gesellschaft etwa 1865 eingebürgert und dann von Palermo aus rasch die unbedeutenderen Städte erobert. So sehen wir in *I Vicere* von Federico de Roberto, wie sich die Damen von Catania um die Ehre bemühen, von der Gräfin di Lumera empfangen zu werden, »die diese Sitte eingeführt hatte und der es sogar gelungen war, ihrem Salon einen eigenen Ton und eine besondere Bedeutung zu verleihen«.

[8] Die Erinnerungen von Catherine Karolyi – 1980 unter dem Titel *On m'appelait la comtesse rouge* bei Éditeurs Français Réunis erschienen – enthalten die folgende Beschreibung der schönen Franca Florio, geborene San Giuliano: »In Rom wurde ich in die Gesellschaft eingeführt... Wir wohnten im Grand Hôtel. Ich erinnere mich noch an die berühmte Schönheit Franca Florio; ihr Gesicht, leicht gebräunt wie eine antike Kamee, ließ mich an einen Sioux-Häuptling denken. Sie war eine erstaunliche Erscheinung, fast beängstigend. Ihre Schultern und ihr Hals, die aus Stein gemeißelt schienen, tauchten aus einem sehr tief ausgeschnittenen schwarzen Kleid auf, und daß es mit einer Reiherfeder geschmückt war, verstärkte nur die Ähnlichkeit mit einem Indianerhäuptling.« Die junge ungarische Aristokratin war der »Königin« der italienischen Gesellschaft im Jahr 1912 begegnet.

[9] 1905 nach dem Erscheinen seines Romans *Der Heilige.*

[10] Ravenna, Guidarello Guidarelli
Ruht rücklings, die Hände gekreuzt
Auf seinem langen Schwert...
G. d'Annunzio, *Versi d'amore e di gloria,* B. II, *Laudi del Cielo, del Mare, della Terra e deglia Eroi; libro II – Elettra. La Città del silenzio, Ravenna.* Mondadori, 1939, S. 542. Guidarelli war ein Kondottiere im Solde Venedigs und des Papstes Alexander Borgia. Er starb 1501, zweifellos von einem Fürsten Orsini ermordet.

[11] Als König Ferdinand IV. von Bourbon 1806 von Napoleon abgesetzt wurde und zum zweiten Mal nach Palermo flüchtete, konnte er Sizilien nur dank dem Schutz der englischen Flotte halten. Seine Untertanen verlangten eine Verfassung. Er verweigerte sie. Aber die Engländer »rieten« ihm, sie zu gewähren. Diese Ratschläge waren Befehle. Unter Umgehung des Königs und durch Vermittlung des britischen Oberkommandierenden, Lord Bentinck, erhielt Sizilien 1812 eine Verfassung, die das englische System zum Vorbild hatte. Der Wiener Kongreß erstattete Ferdinand sein Königreich zurück. 1816 vereinigte er seine Länder und regierte unter dem Namen Ferdinand I., König beider Sizilien. Es sei daran erinnert, daß er zu Beginn seiner Regierung auch den Namen Ferdinand III. getragen hatte. Ein einmaliger Fall.

[12] Maria Felice blieb sich selbst treu, als sie sich später in denjenigen verliebte und ihn heiratete, den die internationale Presse als »ersten Reiter Italiens« bezeichnet hatte: Tomaso Lequio di Assaba. Nach dem Verlassen der Militärschule wurde er zum Reitlehrer an den Kavallerieschulen Tor di Quinto und Pinerolo ernannt und verstand es, viele gute Reiter auszubilden und ihnen die Grundsätze der *equitazione naturale* des »Maestro« Caprilli beizubringen. Er war ein ausgezeichneter Ausbilder und ging bei Reitturnieren seinen Schülern

mit gutem Beispiel voran, indem er glänzende Siege errang. Der größte Teil seiner Karriere spielte sich in Tor di Quinto ab, aber er erhielt auch andere wichtige Kommandos. Nach seiner Teilnahme am Afrikafeldzug wurde er mit zwei Silbermedaillen und dem Militärkreuz von Savoyen ausgezeichnet.

[13] In den Augen der vom Kontinent stammenden Gouvernanten war Sizilien »das Ende der Welt«. Und das galt für alle, welcher Nationalität sie auch waren. Guiseppe Tomasi di Lampedusa erwähnt in *Der Leopard*, wie aufgelöst Mademoiselle Dombreuil auf der Reise nach Donnafugata war: »Die französische Gouvernante ... seufzte in Erinnerung an die in Algier bei der Familie des Marschalls Bugeaud verbrachten Jahre: ›Mon Dieu, mon Dieu, c'est pire qu'en Afrique!‹ «

[14] Dieser *nursery rhyme* berichtet, daß Mary zuviel Marmelade gegessen hatte, und als sie ins Bett ging, tat ihr der ... weh. Nein, nein, nein, der Kopf tat ihr weh.

[15] Sizilianisches Volkslied: Es war einmal ein Mann, der hieß Nao, er ging nach Hause, legte sich ins Bett und starb. Und Naos Kuh verlor vor Kummer ihr ganzes Fell.

[16] *The Book of Nonsense* hatte Edward Lear für die Enkel des Earl of Derby geschrieben und selbst illustriert. Es erschien 1846. Die damals schon seit etwa hundert Jahren in der Volksdichtung verwandte Limerick-Form fand durch Lears Buch weite Verbreitung. Die Zeichnungen unterstreichen die humoristische Seite des Textes.

[17] Der Bau des Teatro Massimo auf einer Grundfläche von 7730 qm zog sich von 1875 bis 1897 hin. Das von der Bevölkerung Palermos mit Ungeduld erwartete Unterfangen war in jeder Hinsicht eine Torheit. Es kostete die Stadt gewaltige Summen und hatte zur Folge, daß zuerst das große Kloster San Giuliano niedergerissen werden mußte, dessen Kuppel ein Meisterwerk gewesen war; das gleiche Schicksal erlitten die angrenzende kleine Kirche »der Wundmale« mit den Gipsdekorationen von Serpotta und die größere Kirche Santa Agata gli Scorruggi aus dem 14. Jahrhundert.

[18] Der italienische Tenor Alessandro Bonci (1870–1940) kannte nur einen Rivalen: Caruso. Die beiden Sänger hatten indes ein sehr unterschiedliches Timbre. Während sich Caruso durch einen Verismus und eine Stimme von beispielloser Natürlichkeit durchsetzte, zeichnete sich Bonci um den Preis harter Arbeit durch eine Virtuosität, einen Schmelz und einen elegischen Stil aus, die nach ihm kaum noch jemand besaß.

Der Antagonismus zwischen den beiden Rivalen trat zwischen 1906 und 1910 mit unerhörter Heftigkeit in New York zutage, zu einer Zeit, da Bonci sensationelle Erfolge in einer Stadt errang, in der Carusos Überlegenheit noch nie in Frage gestellt worden war.

Un ballo in maschera war das Werk, in dem Bonci seine größten Triumphe erlebte. Der Hauptgrund war, daß er gewagt hatte, einen Takt Gelächter in die Arie *E scherzo od è follia* einzuschieben – mit Zustimmung des Komponisten, behauptete der Tenor. Aber die Musikwissenschaftler bestritten die Echtheit von Verdis Brief, den Bonci erwähnte. Dennoch verzichtete er nicht auf seine berühmte *risata,* auf die das Publikum schon gespannt wartete.

[19] Giovanni Zenatello, 1879 in Verona geboren, 1949 in New York gestorben, trat 1898 in Bassano als Bariton in *Bajazzo* und *Cavalleria rusticana* auf. Und in derselben Stadt und derselben Saison sprang er ohne Vorbereitung für einen Tenor ein und blieb seitdem diesem Fach treu. 1902 wurde der Tenor Zenatello für die Uraufführung von *Madame Butterfly* in der Mailänder Scala (1904) verpflichtet. Das war der Beginn seines Ruhms. Zenatello wurde ein Idol der amerikanischen Bühnen. 1913 begründete er die Festspiele von Verona. Später machte er als Sänger in der ganzen Welt Karriere und betätigte sich gleichzeitig als Impresario in Verona. In seinen letzten Lebensjahren leitete er eine von ihm gegründete Gesangschule in New York.

[20] Von 1895 bis 1905 errang Regina Pacini ihre größten Erfolge in Mailand, Rom, Neapel, Warschau, Madrid, Lissabon, St. Petersburg und London mit einem außerordentlich großen Repertoire. Sie war eine unvergleichliche Zerline und Manon. Eine klare, glockenreine Stimme, vortreffliche Schauspielerin, unnachahmliche Anmut, exquisite Künstlerin – mit diesen Epitheta wurde sie in der zeitgenössischen Presse gefeiert. In den zwanziger Jahren heiratete die Pacini den Präsidenten der Republik Argentinien.

[21] Am Konservatorium von Barcelona, wo sie 1885 geboren wurde, hatte Maria Barrientos zuerst Klavier und Geige studiert. Nach nur sechs Monaten Gesangsunterricht debütierte sie mit fünfzehn Jahren in ihrer Geburtsstadt. Im Londoner Covent Garden trat sie zuerst 1903 auf. Die Metropolitan Opera in New York entdeckte sie 1916 und inszenierte speziell für sie *Die Puritaner, Lakmé* und *Die Nachtwandlerin.* Sie blieb bis 1920 in den USA und starb 1946 in Ciboure.

[22] Die polnische Sopranistin Salome Kruceniski, etwa 1872 in Tarnopol geboren, starb 1953. Sie studierte in Mailand und debütierte 1896 in Triest. Sie sang 1904 in Brescia die Cho-Cho San bei der Aufführung der *Madame Butterfly,* die ein Erfolg wurde, nachdem die Oper bei der Uraufführung an der Mailänder Scala durchgefallen war.

Salome Kruceniski war seit 1907 an der Scala engagiert und die erste italienische Elektra.

[23] Francesco Tamagno ist 1850 in Turin geboren. Seit seinem Debüt im Jahre 1873 erregte seine außergewöhnliche kräftige Stimme Aufsehen. Berühmt wurde er 1874, als er in Palermo in *Un ballo in maschera* auftrat. Seitdem gilt er als der größte »tenore di forza« seiner Zeit.

In Frankreich trat er zuerst 1897 als Othello auf, und die Presse nannte ihn »Verdis Lieblingskünstler«. Er war ungewöhnlich groß und gut aussehend, seine Stimme hatte einen unglaublichen Umfang und erreichte mit außerordentlicher Leichtigkeit die Höhen, seine Diktion war makellos. In der französischen Presse von 1897 liest man: »Monsieur Tamagno, der einen Schnurrbart und blonden Spitzbart trägt, sieht eher wie ein Franzose denn wie ein typischer italienischer Tenor aus.«

[24] Gemma Bellincioni wurde 1864 in Monza geboren und starb 1950 in Neapel, wo sie 1881 debütiert hatte. Sie war erst achtzehn, als sie mit dem italienischen Tenor Tamberlik, der achtundsechzig Jahre alt war, die Gilda sang. 1880 war sie die erste Santuzza, 1898 die erste Fedora und die erste italienische Salome.

Ihr Vater war der Baßbuffo Cesare Bellincioni, sie heiratete einen Tenor – Roberto Stagno, der der Ur-Turridu war –, und ihre Tochter wurde ebenfalls Sängerin.

[25] Maler und Graveur, 1727 in Florenz geboren, Reisender und unermüdlicher Arbeiter. Schüler der Akademie von Florenz, fertigte dann in Rom Kopien von antiken Kunstwerken an, studierte später in Venedig die Stecherkunst. Ließ sich 1764 endgültig in England nieder. Stellte Kupferstiche, punktierte Arbeiten und Radierungen her. Übernahm mit achtzig Jahren die Leitung der nationalen Akademie in Lissabon. Behielt bis zu seinem Tod in Portugal im Jahre 1815 eine erstaunlich sichere Hand.

[26] »Gänsebrust« – Lokalausdruck für die Barockbalkone, die auf stark gewölbten Kragsteinen ruhen.

[27] 1743 von König Karl III. gegründete Manufaktur. Die Gebäude der königlichen Fabrik befanden sich im Park des Schlosses Capodimonte oberhalb von Neapel.

[28] Wörtlich übersetzt: Feldwächter, die den Schutz auf großen Besitzungen übernahmen. Sie waren bewaffnet und überwachten die Tagelöhner und die Landarbeiter.

[29] *Bersaglieri,* leichte Infanterie, deren Elitegruppe 1836 von General La Marmora aufgestellt worden war.

[30] Roger Peyrefitte sagt dazu: »Dieser Brief, der Sammlung von Chasles würdig, wurde vor siebenhundert Jahren bei einem Brand vernichtet, aber man hat ein Haar der Madonna gerettet, das die Abgesandten gleichzeitig mitgebracht hatten und das am 15. August in der Prozession mitgeführt wird.« *Du Vésuve à l'Etna,* Paris 1952.
Anm. d. Übers.: Michel Chasles, 1793–1880, Professor der Geometrie an der Sorbonne, wurde Opfer eines berühmten Betrugs: Er hat fast 200000 Fr. für verschiedene gefälschte Briefe bezahlt, darunter einer, den Maria Magdalena angeblich an Lazarus geschrieben hatte.

[31] Ferdinand II. von Bourbon, König beider Sizilien, war als abgesetzt erklärt worden, und ganz Sizilien hatte sich gegen den neapolitanischen Absolutismus erhoben. Ferdinand II. ließ Messina bombardieren, setzte 10000 Mann an Land und begann die Wiedereroberung der Insel, die im Mai 1849 vollendet war.

[32] *Promenades dans Rome,* François Maspero, »La Découverte«, Bd. I, S. 178

[33] Giovanni Verga in *Ieli der Hirte.*

[34] »Unn u sacciu, ma si Voscenza vuole sapiri di scecchi e di cani ciu pozzo diri.«

[35] »Unn e ca sugnu orba di scecchi e di cani u pozzo vidiri, io vurrei sapiri di pisci.«

[36] »La Galleria Vittorio Emmanuele II«, eine riesige, gedeckte Passage, von 1865–1877 erbaut, die als Durchgang zwischen dem Teatro alla Scala und dem Dom dient.

[37] Die *mastini* der Bourbonen waren auch gefürchtete Jagdhunde. Viele von ihnen sind auf dem großen Gemälde von Jakob Philipp Hackert (1737–1807) *Ferdinand I. auf der Wildschweinjagd* abgebildet (Neapel, Gallerie Nazionali di Capodimonte).

[38] Im kürzlich vereinten Italien vertrat in jeder großen Stadt ein Präfekt die königliche Regierung in Rom.

[39] Das alte Theater, das 1860 bei der Einigung Italiens eiligst in Bellini umgetauft worden war, hatte bis dahin Teatro Carolino geheißen zu Ehren der Königin Maria Carolina, Gemahlin Ferdinands I. von Bourbon, König beider Sizilien, und Schwester von Marie Antoinette, Königin von Frankreich. Es war Palermos Opernhaus bis zum Bau des Teatro Massimo, das erst 1897 eingeweiht wurde.

[40] Karl V., Philipp II., III. und IV.

[41] Heilige Cristina, heilige Ninfa, heilige Olivia und heilige Agata, Schutzpatroninnen von Palermo.

[42] »Italien gründen, die verschiedenen Elemente, aus denen es besteht, verschmelzen, Harmonie zwischen dem Norden und dem Süden herstellen bietet ebensoviel Schwierigkeiten wie ein Krieg gegen Österreich und der Kampf um Rom.« Diese ernüchterte Überlegung von Cavour im Jahre 1860 zeigt, wie schwierig die Aufgabe der Führer des neuen Staates war.

[43] In dem Werk des Keramikers Giovanni de Simone *La cucina di Sicilia,* erfährt man, daß in alten sizilianischen Rezepten oft die bourbonischen Geldbezeichnungen und Maßeinheiten angegeben waren: *onza,* 65 g, *rotolo,* 890 g, *tumolo,* 14 g usw. Der *soldo* entspricht etwa 200 heutigen Liren.

[44] Institut zur Erziehung adliger junger Mädchen, 1783 gegründet. Es war – wie das Teatro Carolino – nach Maria Carolina genannt, der Gattin des Königs Ferdinand, und wurde ebenfalls im Risorgimento umgetauft, und zwar in »Il Reale Educatorio Maria-Adelaide«. Diese Namensgeberin war »die fromme Gattin Viktor Emanuels II.« oder »die verehrte Frau des Souveräns«, wie es der damalige Erziehungsminister, Michele Amari, ein Sizilianer, ausdrückte. Um aufgenommen zu werden, mußten die Schülerinnen nachweisen, daß ihre Familien seit mindestens einem Jahrhundert dem Adel angehörten.

[45] Es heißt, Alexandre Dumas habe sich in Marseille auf seinem Schoner »Emma« eingeschifft, um sich mit seinem Freund Garibaldi in Genua zu treffen und nach Abstimmung mit ihm die Biographie des »Generals« zu beenden. Als er erfuhr, daß Garibaldi die Landung in Sizilien vorbereitete, unterbrach Dumas seine Arbeit, verließ Genua, verzichtete auf den Rest seiner Reise – in den Orient – und fuhr Garibaldi nach. Er stach am 31. Mai in See, landete am

9. Juni in Palermo und wohnte in der Stadt voller Barikaden und Ruinen den letzten Straßenkämpfen bei.

[46] Auf welchen der »roten« Priester spielt die Familie Verdura an? Zweifellos glaubte man, der Ordensbruder Giovanni vom Kloster Santa Maria dell'Angeli in Salemi, Sizilien, der beschloß, Garibaldi zu folgen und an seiner Seite an den harten Kämpfen zur Befreiung seiner Heimatinsel vom Joch der Bourbonen teilnahm, habe das Priestergewand abgelegt.

[47] Eine Überlieferung berichtet Giovanni de Simone in *La cucina di Sicilia:* »Es wird häufig behauptet, die *cannoli* seien von den Frauen von Caltanissetta erfunden worden. Tatsächlich war Caltanissetta (auf arabisch Kalat el Nissa) ein Ort der Langeweile und des Wartens, wo die Emire im Landesinneren ihren Harem hatten. Da die Frauen nicht wußten, wie sie sich die Zeit vertreiben sollten, buken sie Kuchen.« Diese Kuchenrezepte sind über die Jahrhunderte hinweg bis heute erhalten geblieben. Und in den sizilianischen Klöstern backen die Nonnen immer noch diese *cannoli,* die einst von lasziven Gefangenen der Emire erfunden worden waren.

[48] Diese Beschreibung wird alle überraschen, die unter sizilianischer *cassata* Eis verstehen. Tatsächlich gibt es die sizilianische *cassata* in zwei Formen. Hier handelt es sich nicht um *cassata gelata,* die an Fürst Pückler-Eis erinnert, sondern um die Oster-Cassata, die eine bei den Sizilianern sehr beliebte Torte ist.

[49] In Sizilien wird jeder Gassenjunge in den Städten wie auf dem Land *piccioto* oder *picciotello* genannt. In den Briefen von Michele d'Amari liest man, daß das Land unsicher gemacht wurde durch *»piccioti,* die ein wenig grausam, ein wenig diebisch, ein wenig faul, sonst aber sehr brave Jungen waren«. (Brief an Isidoro La Lumia, 1868, zitiert von De Cesare, *La fine di un regno,* Bd. II, Kap. VII.)

[50] Miuu, Miuu, da ist der Dudelsackpfeifer. Drei Flöhe verfolgen ihn bis zur Straßenmitte. Sie stehlen ihm alles, was er hat. Miuu, Miuu, wieder ein Bestohlener, und ein Hanswurst dazu.

[51] Auch Villa d'Aumale genannt. Es war die Residenz von Louis-Philippe während seines Exils. In Palermo hatte er Marie-Amélie von Bourbon-Sizilien geheiratet. Die Villa war das Hochzeitsgeschenk seines Schwiegervaters, des Königs von Neapel.

[52] Santa Maria della Catena, eine Kirche im gotisch-katalanischen Stil, verdankt ihren Zunamen einer Kette *(catena),* deren Hüterin sie war. Nicht weit von ihm entfernt, schützte die Kette den Hafen von Palermo vor nächtlichen Überfällen.

[53] Santa Maria degli Angeli, genannt La Gancia. Diese Kirche aus dem 16. Jahrhundert war 1860 der Treffpunkt der Verschwörer, die den Aufstand vorbereiteten, aber von der bourbonischen Polizei entdeckt wurden. Dreizehn palermitanische Patrioten wurden an Ort und Stelle erschossen. Nur zwei vermochten sich zwischen den Grabmälern in der Kirche zu verstecken, und Frauen

aus dem Stadtteil lenkten von ihrer Flucht ab, indem sie eine Karambolage zwischen zwei Heuwagen vortäuschten.

[54] Roger Peyrefitte hat beobachtet, daß sich die palermitanischen Gassenbuben, die abends um den Brunnen herum spielten, merkwürdige Freiheiten mit den Marmornymphen herausnahmen. *Du Vésuve à l'Etna*, a.a.O.

Der 1555 geschaffene Brunnen ist das Werk des Florentiner Bildhauers Francesco Camilliani. Er war ursprünglich für die Villa von Don Pietro di Toledo in Florenz bestimmt, von seinen Erben verkauft und 1573 von der Stadt Palermo erworben worden.

[55] Gattin des Prinzen Umberto, Sohn des ersten Königs des geeinten Italiens, Victor Emanuel II. Umberto wurde 1878 König und 1900 von einem Anarchisten ermordet. Königin Margherita starb 1925.

[56] Nach Eloisa Martorana, die 1460 in Palermo ein Kloster gegründet hatte. Mit ihrem Namen wird ungerechtfertigt auch eine der schönsten Kirchen aus der Zeit der normannischen Könige bezeichnet. Diese Kirche, Santa Maria dell'Amiraglio, die an das Palais der Äbtissin grenzte, ist nie anders als la Martorana genannt worden.

[57] Gegen Ende des 19. Jahrhunderts wanderten Konditoren zwischen der Schweiz und der sizilianischen Hauptstadt hin und her. Manche siedelten sich dort an und sind immer noch da; zum Beispiel Caviezer, Caflisch, Rageth und Koch. Caflisch ist der renommierteste. Doch gibt es zwei Geschäfte dieses Namens, Caflisch di A. & C. und Caflisch di G. B. mit unterschiedlichen Spezialitäten und jeweils bestimmter Kundschaft.

[58] Leonardo Sciascia, *feste religiose in Sicilia,* Verlag Leonardo da Vinci, Bari.

[59] Seit der Schaffung des *Festino* hat sich der Senat von Palermo immer gegen eine Kürzung der Festdauer verwahrt. Erst 1860 ging man von den traditionellen fünf arbeitsfreien Tagen zu den drei Tagen über, die auch heute noch gefeiert werden.

[60] Eine dieser Sänften für Verstorbene ist im Sizilianischen Ethnographischen Museum ausgestellt, das 1909 von Giuseppe Pitrè gegründet wurde und sich in den Gebäuden im Park La Favorita befindet, wo einst Dienerschaft und Hofstaat untergebracht waren. Die Sänfte hat die tiefschwarze Farbe, die so zutreffend *nero morto* genannt wird.

[61] Die Insel Mózia oder Motya auf der Höhe von Marsala, eine alte phönikische Siedlung, ist eine höchst interessante archäologische Fundstätte. Sie kann heute besichtigt werden, und das Sommerhaus der Whitakers ist jetzt ein Museum.

[62] Titelheld eines 1902 im *New York Herald* erschienenen *comic strip* von Richard F. Outcault, der schon vorher mit *Yellow Kid* einen großen Erfolg errungen hatte.

[63] Die Anfang des Jahrhunderts im Auftrag von Ignazio Florio von dem Archi-

tekten Ernesto Basile erbaute Villa Igiea enthält in der sogenannten »Sala Basile« ein Meisterwerk des italienischen »Liberty«-Stils, eine einzigartige Holztäfelung mit Blumenmuster. Die Villa ist jetzt ein Hotel.

Anmerkungen zum Nachwort

[1] Weidenfeld and Nicolson, London.

[2] Giangiacomo Feltrinelli, Mailand.

[3] *Histoire de la Sicile* von Hugues Falcando, zitiert von Antonio Santangelo in *Tessuti d'arte italiani.*

[4] a.a.O.

[5] De Cesare, *la Fine di un regno,* Newton Compton editori, Band I, S.45.

[6] a.a.O. S.206.

[7] »Sous les Bourbons, devant le Vésuve (Naples aus XVIIIe siècle), erschienen in Le Monde vom 10. April 1980, S.15.

[8] Veröffentlicht 1963 bei N.R.F. in der Sammlung *»L'espèce humaine.«*

[9] Ernesto de Martino, a.a.O.

[10] Dominique Fernandez, éditions Grasset, 1965.

[11] In *le promeneur amoureux,* édition Plon, 1980.

[12] *La Fine di un regno,* a.a.O. Bd.II, Kap.5

[13] Éd. Gallimard.

[14] Éd. Grasset, 1935.

[15] Vgl. *Garibaldi* von Félix Mornand, Kapitel »Garibaldi à Aspromonte«.

[16] Paolo und Monika Romani, *Garibaldi,* Fayolle éditeur.

[17] Zitiert von Arturo Fratta in *Garibaldi, Passioni e Battaglie,* Verlag Fausto Fiorentino, Neapel 1961.